SFV

Joseph Hayes
Insel auf dem Vulkan
Roman

S. Fischer

Aus dem Amerikanischen von Matthias und Jo Klein

2. Auflage. 9. bis 10. Tausend
Titel der Originalausgabe: »Island On Fire«
Erschienen bei Grosset & Dunlap, Inc., New York

Redaktion: I. W. Maybach
Umschlagentwurf: Rambow, Lienemeyer, van de Sand
Gesamtherstellung: Clausen & Bosse, Leck
Printed in Germany
ISBN 3-10-030308-3

Dieser Roman ist, ebenso wie alle meine anderen Bücher, meiner Frau Marijane gewidmet voller Liebe und Dankbarkeit für ihre Geduld und Ergebenheit, die ich oftmals kaum verdient habe.
Und mit einer dankbaren kleinen Verbeugung James Oliver Brown sowie Martha und Foster Harmon, die mir in mancher Hinsicht geholfen haben.

Dieser Roman beruht auf Tatsachen. Die Eruption hat wirklich stattgefunden ebenso wie der Kampf um die Rettung der Stadt. Die Mittel, die in diesem Kampf eingesetzt wurden, sind in diesem Buch wahrheitsgetreu beschrieben.

In anderer Hinsicht habe ich mir Freiheiten gestattet, da dies kein Dokumentarbericht ist, sondern ein Roman über Menschen, die Opfer einer Katastrophe werden. Es geht darin um menschliche Reaktionen, charakterliche Veränderungen und die miteinander verketteten Schicksale von Ortsansässigen und Fremden.

Die Personen sind frei erfunden und sollen niemand Bestimmtes darstellen.

Gegen Ende der letzten Eiszeit, vor ungefähr fünfzehntausend Jahren, brach südlich der Hauptinsel Island im Nordatlantik, wo ein Ausläufer des Golfstroms auf die subarktischen Gewässer des Nordens trifft, auf dem Meeresboden ein Vulkan aus und gebar eine Reihe von Inseln, Urweltungeheuern gleich, dunkel und zerklüftet, umsäumt von der weißen Gischt der Brandung.
Die Inseln bestehen aus Tuff, aus zu Fels gewordener Vulkanasche, Staub und in der Kälte erstarrter Lava. Sie wirken majestätisch und nackt zugleich, herb und großartig mit ihren steilen, tief eingeschnittenen Klippen, gekrönt von smaragdgrünen, blumenübersäten Wiesen. Wie auf diesen Hochplateaus hat sich auch in den Tälern eine dünne Humusschicht gebildet, wenn auch nicht tief genug, um Bäumen Halt zu bieten oder Ackerbau zu betreiben.
So friedlich und idyllisch die Inseln heute wirken, so barbarisch und blutig war ihre Geschichte. Die Überlieferung berichtet, daß, vor der Besiedlung Islands durch die Wikinger, etwa im Jahr 900 zwei Wikinger – die Blutsbrüder Ingólfur Arnarson und Leifur Hródmarsson – nach einem blutigen Raubzug durch irische Dörfer zehn Iren auf die Hauptinsel Island verschleppt hatten. Aber die Iren leisteten Widerstand und töteten Leifur mitsamt seinen Männern und entführten alle Frauen sowie eines der hochmastigen Drachenschiffe auf

eine Insel, die sie vor der Küste liegen sahen. Ingólfur verfolgte sie mit seinen Männern, stöberte sie in ihren Verstecken und Höhlen auf und brachte sie gnadenlos um. Im Europa der damaligen Zeit nannte man alle westlich von Norwegen wohnenden Menschen, so auch die Iren, Westmänner, und daher erhielten die Inseln ihren Namen: die Westmännerinseln.

Die folgenden Jahrhunderte standen unter dem Fluch von Invasionen, Piratenüberfällen, Plünderungen und Brandschatzungen. Im Jahr 1402 fielen zwei Drittel der Bevölkerung Islands der Pest zum Opfer. In jüngerer Zeit allerdings kann man sich kaum eine ruhigere Gegend und friedfertigere Menschen vorstellen.

Da die anderen Inseln kaum Täler und tiefliegende Gelände haben, ist nur Heimaey bewohnt: ein vulkanischer Landbrocken mit sechseinhalb Kilometer Ausdehnung von Norden nach Süden und einer Breite von etwa drei Kilometern. Heimaey selbst entstand vor fünftausend Jahren bei einem letzten Vulkanausbruch, der zwei kleinere Inseln verband. Seitdem erhebt sich der elegante Kegel des Vulkans Helgafell mit der zierlich grauen Lavasteinspitze über den blumenbedeckten Hügeln von Heimaey, verhalten drohend.

Anfang 1973 erstreckte sich das stille Fischerdorf Vestmannaeyjar an der Nordspitze Heimaeys bis an die unbedeckte Flanke des alten Vulkans. Die Häuser scheinen in der erstarrten Lavakruste feste Wurzeln geschlagen zu haben, als stünden sie auf grünen Weiden oder fruchtbaren Ebenen. Der Hafen ist durch bogenförmig aus dem Wasser ragende Felsformationen gegen die Gewalt des Ozeans abgeschirmt. Von den höhergelegenen Lagerhäusern und den Fischfabriken am Ufer führen Straßen aus grauen Lavapflastersteinen und Wege aus rotem Lavakies in den Ort. Die Häuser stehen aneinandergekuschelt, grau und rot die Dächer, die Fassaden in Weiß und Gelb, Schokoladenbraun und verschiedenen Blau- und Grüntönen, in zartem Rosa und kräftigem Orange;

sie wirken sauber und solide, unangreifbar, als seien sie für ewig mit dem basaltfelsigen Untergrund verhaftet. Gleichzeitig strahlen sie eine spielerische Fröhlichkeit aus, als hätten die Menschen beschlossen, der Düsterheit der Natur während der kargen und endlosen Winternacht die Farben entgegenzusetzen. Am Rande des tiefen Meeres, dessen Oberfläche, ob in leuchtendem Blau oder abgrundtiefem Schwarz, nie so ruhig ist, daß sie nicht von silbernem Wellengekräusel überflimmert wird, wirkt Vestmannaeyjar so lebendig und vital wie eine sonnenverwöhnte Stadt am Mittelmeer. In den zwölfhundert Häusern dachte keiner der fünftausend Inselbewohner, die den Anbruch des neuen Jahres 1973 feierten, an den düsteren Kegel über den Dächern im Osten, dessen Anblick ihnen zeit ihres Lebens vertraut war. Alle Anzeichen sprachen dafür, daß die beste Kabeljausaison dieses Jahrzehnts bevorstand.

Ende Januar, normalerweise der erfolgreichste Fangmonat, sollten sich nur noch dreihundertelf Menschen, darunter viele Fremde, auf der Insel befinden. Und keiner hatte die Gewißheit, daß jemals wieder eine Stadt voller Leben an der alten Stelle erstehen würde.

Margret Magnusdottir, die Frau von Arni Loftsson, dem Schullehrer, hatte eine helle Haut wie die meisten anderen Frauen, aber im Gegensatz zu ihnen war ihr Gesicht zart und fein geschnitten und ihr üppiges Haar von einem schillernden Schwarz. Diese Unterschiede hatten sie früher immer gestört. Als junges Mädchen will man nicht anders als die anderen sein. Doch nun, mit vierundzwanzig Jahren, hatte sie sich nicht nur mit ihrem Aussehen ausgesöhnt, sondern erkannt, daß es ihr den Rang einer exotischen Schönheit verlieh, was sie mit einem gewissen Stolz erfüllte.

Trotzdem fragte sie sich manchmal, ob Arni sie mehr geliebt

hätte, wäre sie blond wie die anderen oder wenigstens rothaarig wie einige gewesen. Immer wenn ihr solche Gedanken durch den Kopf gingen, wie gerade jetzt, während sie eine Platte mit inzwischen erkalteten Kringeln von der Kommode hob, um sie in den Schrank zu stellen, mußte sie sich selbst versichern, daß Arni sie wirklich sehr liebte.

Es lag nur am Trinken. Ja.

Sie hatte sich mit den Kringeln viel Mühe gegeben. Die Küche war hell erleuchtet und verbannte die Dunkelheit nach draußen, wo in der Straße die Laternen seit der Dämmerung um halb vier Uhr am vergangenen Tag brannten und in dem auffrischenden Wind hin und her schwankten. Während sie Mehl, Zucker und Kardamom abwog, den Teig ausrollte und in Streifen schnitt, die sie in heißem Fett ausbuk, pfiff der Wind noch heftiger ums Haus und sie kannte nur eine Freude: Arnis Lieblingsfrühstück zu bereiten. Aber er hatte nichts gegessen. Schon wieder. Er war ohne einen Schluck schwarzen Kaffee, den er sonst so mochte, in der Dunkelheit verschwunden. Und sie hatte Angst bekommen.

Noch hatte sie sie nicht abgeschüttelt. Vor den Fenstern wich die Schwärze allmählich einem schwachen Grau. Margret störte die Dunkelheit nicht. Im Gegensatz zu vielen ihrer Bekannten hatte sie von Kind an mit ihr leben gelernt. Aber andere konnten es nicht. Und sie begannen wie Arni zu trinken.

In der vergangenen Woche war er drei Tage nicht in der Schule erschienen. Nahm er an, sie wüßte es nicht? Kümmerte es ihn überhaupt?

Inzwischen war die Morgenstunde herangerückt, in der normalerweise eine Nachbarin auf eine Tasse Kaffee herüberkam oder sie ihre Schwester oder eine Freundin besuchte. Eine Gelegenheit, die Eintönigkeit zu unterbrechen und die wenigen Stunden Tageslicht auszunützen.

Margret spürte einen leichten Anflug von Panik und unterdrückte ihn. Ihr war wirklich nicht nach einem Gespräch zumute. Besonders nicht mit ihrer Schwester. Seltsam, überlegte sie häufig, daß Hana und sie – die Eltern waren schon lange tot – kein engeres Verhältnis hatten. Das Gefühl der Einsamkeit überfiel sie und auch Angst. War Arni in der Schule und unterrichtete? Und sollte sie ihm, wenn er heimkam – er kam immer heim – ihr Geheimnis verraten?

Sicher konnte sie es ihm nur sagen, wenn er nüchtern war. Aber mittlerweile fragte sie sich bereits, welches sein wahres Ich war: der ungestüme, grausame und vorwurfsvolle Fremde mit dem von Mißtrauen und Qual getrübten, flackernden Blick oder der stattliche und vitale junge Mann, in den sie sich vor drei Jahren beim Sommerfest verliebt hatte?

Sie zog ihren Wollpullover an, weiß mit braunen und schwarzen Mustern, locker fallend mit einem raffiniert gestrickten Kragen, und darüber den dunkelbraunen Lammfellmantel. Sie stülpte eine weiße Pudelmütze mit einer Bommel auf und streifte passende Handschuhe über; so gerüstet trat sie in das Dämmerlicht hinaus, das von Reihen erleuchteter Fenster und Straßenlaternen auf beiden Seiten der rötlichen Schotterstraße und an den Straßenecken von den kreuzenden Lichterreihen der Querstraßen durchbrochen wurde. Der Wind überraschte sie: Sie hatte sein Brausen im Haus vernommen, aber jetzt war er stärker geworden und peitschte ihr ins Gesicht.

Da dachte man lieber an den Sommer, an die nie endenden Tage, die vierundzwanzig Stunden währende Helligkeit, an die Sonne.

Und an das Fest, das jedes Jahr in Herjolfsdalur gefeiert wurde, einem nach dem ersten Siedler benannten üppig bewachsenen Talkessel in einiger Entfernung von der Stadt, früher ein Vulkankrater, aber nun ein wogendes Meer von grünem Gras unter dem gewölbten Abhang des Aegisdyr. Dort wuchs Anfang August eine Zeltstadt aus dem Boden,

weil sich die meisten aus der Stadt und viele von der Hauptinsel für die drei Tage andauernden Festlichkeiten häuslich niederließen, um Spiele und Musik, Tanz und Fröhlichkeit zu genießen.
Selbst die Gesichter sahen dann anders aus: strahlend, sorglos, mit leuchtenden Augen, nicht so ernst und abweisend wie im Winter. Und die Lieder und das Sonnwendfeuer um Mitternacht des ersten Tages mit dem Flammengeflacker und dem fröhlichen Stimmengewirr. Der Kampf mit der stürmischen See war für kurze Zeit vergessen.
Und Arni, der von Reykjavik gekommen war, um hierzubleiben. Sie hatte vorher nicht gewußt, was Liebe ist. Es war mehr seine Herzlichkeit gewesen als seine blonde und wikingerhafte Männlichkeit, sein hochgewachsener, drahtiger Körper, seine geröteten Wangen, das intensive, brennende Blau seiner Augen und sein breiter Mund, der immer zu lächeln schien – seine Heiterkeit hatte sie zu einem neuen Leben erweckt.
Und nun?
Margret merkte erst jetzt, wohin sie ging. Es war ein Ort, an den sie sich seit ihrer Kindheit zurückgezogen hatte, wenn sie Ruhe brauchte. Sie lief eine leichte Senke hinab, am Hotel vorbei, und die Lichter des Hafens schimmerten am Ende der Straße. Zu ihrer Linken gleich hinter dem Feuerwehrhaus stand ein flaches Gebäude mit einer Wandmalerei von Vögeln und Fischen an der Vorderfront: das Aquarium. Und innen der vertraute Anblick: viele Fische und die ausgestopften Vögel und Kleintiere der Gegend, die in ihren Glaskäfigen noch wie lebendig wirkten. Schon beim Näherkommen fühlte sie sich weniger angespannt. Nicht eins mit sich selbst, aber mit der Hoffnung, ein paar Minuten still zu werden. Und für eine Weile die Fragen verdrängen zu können, die sie verfolgten. Warum zögerte sie, Arni von dem Kind zu erzählen? Fröstelnd schritt sie durch die altbekannten Türen, und die Wärme umfing sie tröstend.

Im Jahre 1627 gab es dreizehn Monde statt zwölf. Es war das Jahr der Türken.

Tatsächlich kamen die Piraten, die in jenem Jahr die Insel überfielen und ausplünderten, aus vielen Nationen. Das Schiff stammte aus Marokko, der Anführer aus den Niederlanden; er war ein religiöser Fanatiker und nannte sich Rais Murad. Zuvor hatte er die Hauptinsel in einem Raubzug verwüstet. Die Heimaeyer waren wehrlos. Die Eindringlinge, dreihundert Mann stark, hausten fürchterlich: Sie schnitten die Älteren in Stücke oder verbrannten sie bei lebendigem Leibe, sie brachen kleinen Kindern das Genick, machten Farmen, Häuser und Kirchen dem Erdboden gleich, vergewaltigten die Frauen und durchkämmten dann die Insel nach Flüchtlingen, die sich in Höhlen versteckt hatten. Die trieben sie zu den drei Schiffen und metzelten alle nieder, die sich nicht schnell genug bewegten. Als sie wieder abzogen, hatten sie sechsunddreißig Menschen umgebracht, und zweihundertzweiundvierzig Männer, Frauen und Kinder verschleppten sie, um sie auf dem Sklavenmarkt zu verkaufen.

Es war ein vernichtender Schlag: Von dem Dorf war nichts übriggeblieben als Ruinen, verbrannte und geschändete Leichen und eine Handvoll Überlebender, die auf die Klippen entkommen konnten.

Jeder Inselbewohner kennt die Geschichte, und selbst heute noch drohen die Eltern manchmal ihren ungezogenen Kindern mit den »Türken«.

Mehr als andere Leute in Vestmannaeyjar war Hulda Palmadottir sich der Geschichte und all ihrer Schrecken bewußt. Als sie hörte, wie sich der Wind vom Pfeifen zum lauten Heulen um die Mauern des Altenheims steigerte, mußte sie an die Türken denken, weil sie wußte, daß die Türken nicht nur Piraten waren. Die Türken waren gleichbedeutend mit Vernichtung und Katastrophen jeder Art. Das konnte ein Sturm sein, einer der Orkane über dem Nordatlantik, von denen sie viele überlebt hatte. Große Windstärken waren zwar für Heimaey nichts Ungewöhnliches, aber da dieses Jahr ein Vollmond am Anfang und am Ende des Monats Juli bevorstand, war es wieder ein Jahr mit dreizehn Monden. Und außerdem hatte sich die Stadt über jenen Felsbrocken hinaus ausgedehnt, den die Natur als ihre Grenze gesetzt hatte, und überdies war der Pfarrer des Kirchspiels der Sohn eines Bischofs. War nicht prophezeit worden, daß die Türken wiederkämen, wenn all dies zusammenträfe? Hulda hatte mit niemand darüber gesprochen; sie wußte, daß die Leute wenig von den Voraussagen alter Weiber hielten.

Hulda Palmadottir war eine große, grobknochige Frau mit breiten Schultern, vollem weißem Haar und einem kleinen, faltendurchfurchten Gesicht mit einem vorspringenden Kinn. Die einst klaren, blauen Augen saßen tief in den Höhlen und hatten ein wäßriges Blaßblau angenommen. So hockte sie in ihrem Lieblingssessel im Gemeinschaftsraum, lauschte dem tobenden Wind und beobachtete, wie draußen auf der engen gewundenen Straße der Staub in Böen aufgewirbelt wurde.

Stürme. Tod. Sie gehörten zusammen. Zuerst ihr Mann: sein Schiff an Felsen zerschellt, sein Leichnam nie gefunden. Dann, Jahre später, ihr Sohn: über Bord gespült in die arktischen Gewässer. Viele Jahre war das her. Wie viele? Wie alt war sie eigentlich? Sie mußte scharf nachdenken, um sich zu erinnern. Aber die Leiche ihres Sohnes konnten sie bergen. Er war an die Insel getrieben worden und wurde auf dem Friedhof neben der Kirche begraben. Die Nacht vor der Beerdigung, als sie allein bei ihm wachte, würde sie nie vergessen, und auch wenn ihr niemand glaubte, es war wirklich geschehen: Er hatte sich bewegt, sich aufgerichtet und ihr prophezeit, daß sie lange leben würde, ehe sie dorthin kam, wo er nun war.

Wie viele hatte sie gekannt, die die unendlich lange, dunkle

Winternacht nicht ertragen konnten und in die See gegangen waren. Sogar einige aus diesem Haus. Wie oft war sie selbst in Versuchung geraten? Einsamkeit ist eine schwere Last, eine schwere. Ihre verwitwete Schwiegertochter hatte einen Isländer geheiratet und war nach Reykjavik gezogen. Wie hieß das Mädchen noch? Zu Besuch auf die Insel war es nicht mehr gekommen. Aber jetzt war sie auch kein Mädchen mehr, hatte vielleicht Kinder und sogar schon Enkel. Welches Jahr schrieb man? Es war Januar, das wußte sie. Oh, sie konnte vielleicht ihre Gedanken nicht mehr recht zusammenhalten, aber sie wußte noch einiges. In jüngeren Jahren war sie scharfsinnig gewesen, eigenwillig und ein wenig unnachgiebig, mit einer ziemlich spitzen Zunge.

Doch nun, in diesem gottverlassenen Heim, vom Wind umtost und noch so lange hin bis zur Aprilsonne und der farbenfrohen Klarheit des Junis, überließ sie sich dem Gefühl, absolut wertlos und nutzlos zu sein, nur noch warten zu können bis ... Warum ging sie dann nicht ins Meer? Gehen konnte sie noch, gerade und aufrecht. Ja, das wäre ein würdiger Abschied.

Da Agnar Ivarsson wegen des Wetters nicht mit seinem nach dem alten Seefahrergott *Njord* benannten Boot hinausfahren konnte, hatte seine Frau Ruth die Suppe aus gesalzenem Lammfleisch und gelben Bohnen gekocht, auf die sich Agnar in den zwanzig Jahren ihrer Ehe immer freute, wenn er einen Tag nicht beim Fischen war. Die Arbeiten – Zwiebel hacken, Rutabagarüben und Karotten klein schneiden – gingen ihr leicht von der Hand, und mit Vergnügen betrachtete sie Agnars volles, zerfurchtes und ledergegerbtes Gesicht, als er mit einer muskulösen Hand zufrieden die Suppe löffelte.

Der Wind wurde heftiger, es regnete wie aus Kübeln. Ruth putzte und polierte, leise summend. Agnar war im Nebenzimmer, und so hatte der Sturm keine Schrecken für sie. An anderen Tagen, wenn er nicht zu Hause war, dann sah es anders in ihr aus. Sie hörte, wie er aufstand, und dann erschien er und zog seinen schweren Mantel mit dem abgeschabten Schaffellkragen an. Ein würziger Tabakgeruch begleitete ihn, als er leicht gebückt durch die Tür ging.

»Da willst du hinaus?« fragte sie und strich eine Strähne aus der hohen Stirn. Ihr Haar schien mit den Jahren immer spröder zu werden.

»Ich hab' schon Schlimmeres erlebt«, antwortete Agnar und setzte die speckige schwarze Kapitänsmütze auf sein dichtes braunes Haar. »Wenn es sich beruhigt, und das tut es wohl, fahre ich mit der *Njord* um Mitternacht aus. In der Zwischenzeit schaue ich bei Axel rein auf eine Tasse Kaffee.«

»Zum Abendessen gibt es Lammbraten.« Es gab fast immer Lamm. Kann man sich einen Fischer vorstellen, der keinen Fisch mag? »Rosa arbeitet heute nicht, sie ißt mit uns.«

Agnar lächelte im Gedanken an seine blonde, braunäugige Tochter, die in dem kleinen Büro der Icelandic Airlines angestellt war und mit ihren neunzehn Jahren noch immer wie ein unternehmungslustiges Kind wirkte. Dabei war sie hochgeschossen, einen Kopf größer als die Mutter und fast so groß wie ihr Vater. Plötzlich verdüsterte sich Agnars Miene.

»Und Rolf?« fragte er und schob die Pfeife in die Tasche.

Was sollte sie sagen? »Ich hoffe, daß er auch kommt.«

Agnar nickte. Dann trat er näher, und sein Gesicht leuchtete auf. »Und nach dem Lammbraten«, sagte er in ganz anderem Ton, »ein Nachtisch für uns zwei, ehe ich wieder mit der Mannschaft auslaufe.« Er grinste.

Ruth durchschoß es warm und heiß, und gleich darauf spürte sie die vertraute und immer wieder erregende Leere in allen Gliedern. So wirkte ihr Mann noch immer auf sie. »Du hast recht«, sagte sie heiser und wünschte, es wäre schon Nacht.

Und Agnar lachte, tief aus der Kehle und voller Vorfreude. Er beugte sich herab und küßte sie auf die Stirn. Dann ging er hinaus. Ein Windstoß fuhr in die Küche, ehe sie die Tür gewaltsam schloß.
Agnar würde gegen den Wind gestemmt durch die Stadt stapfen und einen Kaffee mit Axel trinken. Axel, ein Mann aus seiner Crew, war drei Jahre zuvor von Bord gespült und gegen die gezackten Felsen von Geirfuglasker geschleudert worden. Dr. Pall, dem auch Rolf während der zweiten Lungenentzündung sein Leben verdankte, hatte Axel das Bein oberhalb des Knies amputiert, und so überlebte der arme Mann und unterhielt die anderen bei Festen mit einem Tänzchen auf seinem Holzbein. Typisch Agnar, dachte Ruth, ihm so oft wie möglich ein Päckchen Tabak zu bringen und vermutlich auch eine Flasche Branntwein, um die Stimmung zu heben. Agnar trank gern ein Glas, wie andere auch, aber er war vom Alkohol nicht abhängig.
Nach der Kaffeepause bei Axel würde Agnar in die Buchhandlung am Heidarvegur etwas oberhalb des Hafens gehen, wo Rolf heute wahrscheinlich arbeitete. Falls er nicht dort war und Kristrun Egilsdottir aushalf, war er bestimmt um die Ecke im Baubedarf-Geschäft von Kristruns Mann Rudolph anzutreffen.
Rolf.
Sie unterbrach ihre Arbeit, ging ins Wohnzimmer und setzte sich ans Klavier. Das Problem überschattete nicht gerade ihr Leben, aber es gab ihr Rätsel auf. Sie nahm es jedenfalls nicht so schwer wie Agnar. Trotz seiner Größe und Zähigkeit war Agnar ein sanfter und gütiger Mann. Aber wenn es um Rolf ging, war er leicht verletzbar. Zweifellos wünschte, nein ersehnte er, daß Rolf eines Tages die *Njord* übernehmen würde. Aber es steckte noch mehr dahinter, viel mehr. Rolfs Motorrad störte ihn, sein Fernbleiben bis in die frühen Morgenstunden, seine Widerspenstigkeit, und Agnar reagierte darauf mit

einem Zornausbruch und verließ ratlos das Zimmer. Ruth erkannte, daß etwas in ihrer Natur, eine angeborene Fröhlichkeit, sie daran hinderte, die Dinge so schwarz zu sehen wie Agnar. Schließlich war der Junge erst siebzehn. Aber es schmerzte sie, wie Agnar – und auch Rolf – litten.
War der Junge nicht mindestens ebenso verwirrt wie Agnar? Rolf schaute sich jeden Film an, der im einzigen Kino gezeigt wurde: all die fremden Länder, die schönen Menschen, Gewalt, Grausamkeit. Woher sollte sie wissen, welche Sehnsüchte er hatte, welche Nöte ihm zusetzten? Einmal war ihm herausgefahren, daß die Insel die traurigste und langweiligste Hölle auf Erden sei. Weshalb empfand er so?
Arni Loftsson, der Lehrer, hatte damals beim Sommerfest in Herjolfsdalur, als sie zusammen getanzt hatten, gemeint, daß Vestmannaeyjar für Rolf nicht das Richtige sei. Und wie hatte Agnar reagiert, als sie mit ihm darüber sprach? Daß der gute Arni Loftsson, der sich für Odin halte, den superklugen Gott und Patron der Dichtkunst, sich bald nach einer neuen Stelle umsehen könne, wenn er mit seiner Sauferei so weitermache.
Ruth ließ die Finger über die Tasten gleiten und erhob sich. Es war Zeit, mit den Vorbereitungen für das Abendessen zu beginnen. Der Lammrücken brauchte ungefähr eine Stunde; dazu sollte es gebackene Kartoffeln, grüne Bohnen und süßsauren Rotkohl geben. Hoffentlich kam Rolf rechtzeitig heim.

Die Einwohner von Vestmannaeyjar sind sehr freundliche Menschen. Sie gebrauchen keine Worte, die verletzen. Ausdrücke wie zurückgeblieben, verrückt oder wahnsinnig vermeiden sie. Wenn ein Mensch anders ist, dann ist er eben so: nicht wie andere Menschen. Die Isländer behandeln ihn nicht mit Herablassung, sondern mit Güte und Nachsicht. Er gehört ebenso zum Leben wie die silbernen Sommertage nach der schwarzen Winternacht. Und so kommt man ihm eher mit Verständnis als mit Mitleid entgegen: Er wird akzeptiert.

Josef Gunnarsson war nicht wie andere Menschen. Er lebte auf einer Farm so nahe der Südwestküste der Insel, daß er vom Fenster seines Schlafzimmers selbst in der dunkelsten Nacht die Lichtblitze des Leuchtturms sehen konnte. Er war sechzehn Jahre, obgleich ihm sein Alter und die Jahre wenig besagten, und er war glücklich. Josef besaß einen Hund namens Odin, und zusammen hüteten sie die Schafe seines Vaters. Im Sommer erfreute er sich am farbenprächtigen Nordlicht, dem Feuer des Lebens am Ende der Welt. Die Farben flammten hoch und ebbten ab, pulsierten und flackerten wieder hoch. Sein Vater hatte ihm einmal erzählt, daß dort die Walküren aus den eisigen Flammen tauchten, um einen Helden nach Walhall zu geleiten, aber das begriff Josef nicht. Er verbrachte viele Stunden bei der Betrachtung des Nordlichts, bis der Schein schwächer wurde und schließlich einen leeren, schwarzen Himmel zurückließ.

Er hatte Freude am Schnee, wenn er in dicken Flocken fiel und alles bedeckte, wenn er vor Kälte knirschte und im Mondschein funkelte, wenn er die verdorrten Grasnarben und aufragenden Felsen in Weiß hüllte, das im Morgenlicht silbern aufblitzte.

Jetzt war es Winter, das wußte er, obgleich kein Schnee lag. Es regnete nur stark. Es schneite überhaupt nicht oft. Er war in seiner Höhle, seinem Lieblingsversteck an einem Sims oben in den Felsen und schaute auf die Regenschwaden über dem Meer; er hörte, wie unter ihm die Brecher an die zerklüfteten Felsen donnerten. Aber bei dem Regen und der Dunkelheit konnte er seine Robben im Wasser nicht sehen, und im Winter vermißte er seine Vögel: das nie endende Krächzen und Rufen, Zwitschern und Kreischen am Himmel und in

den Klippen. Er wurde nie müde, diesen Vögeln zuzusehen, vom Wind gezaust und getragen, mit ausgebreiteten Schwingen dahingleitend, im Kreis flatternd auf der Suche nach Nahrung, auf dem Weg zu ihren an den Felsen klebenden Nestern. Ihr Anblick erfüllte ihn mit einer verhaltenen Freude und tiefen Ruhe. Am liebsten mochte er den Papageientaucher mit seiner clownähnlich weißen Brust, dem weißen Federbusch am Kopf und dem roten Papageienschnabel. Vor langer Zeit hatte er mitansehen müssen, wie die Männer die Papageientaucher von den Klippen aus in Netzen fingen und sie den Männern in den Booten zuwarfen, aber jetzt sammelten sie nur noch die Eier, wie er auch – ein wagemutiges Unternehmen. Die Papageientaucher kehrten erst wieder, wenn die Tage länger wurden. Sein zweiter Freund war der Strandläufer mit seinen lauten, seltsam knarrenden Rufen, und dann kam der Regenbrachvogel, der so lustige Melodien pfiff. Seine Vögel gehörten ebenso zu seinem Leben wie Vater und Mutter und die drei Schwestern. Oh, er wußte wohl, daß Menschen etwas anderes waren als Vögel, genauso wie auch Kühe anders waren als Schafe, oder Hunde anders als Katzen, aber der Unterschied war nicht groß und hatte auch wenig zu bedeuten.
Heute hatten sogar die Möwen Schutz gesucht. Nur die Möwen und die Kragenenten mit ihrem farbenprächtigen Gefieder in Weiß, Schwarz, Rostrot und Blaugrau blieben im Winter hier. Aber jetzt sah und hörte man nichts von ihnen.
Plötzlich hatte auch er ein ungutes Gefühl und legte eine Hand auf Odins zottiges Fell, der neben ihm ausgestreckt war. Der Hund zitterte und zuckte. Und Josef fiel unvermittelt ein, daß auch die Kühe das Heu nicht fressen wollten und im Stall gemuht hatten und daß das Pony wiehernd und stampfend fast die Tür des Gatters eingetreten hätte und wie sich die Schafe vor dem Ansturm des Windes aneinandergeschoben hatten, mit blanken gelben Augen und hängenden

Ohren, als wollten sie von der Hochweide in den Pferch. Er spürte eine seltsame Unruhe. Die Tiere waren manchmal klüger als die Menschen.
Josef beschloß, in der Höhle zu bleiben. Nicht daß er ungern nach Hause gegangen wäre. Die scharfen Blicke und die spitzen Bemerkungen seiner Mutter betrafen niemals ihn, sondern nur seine Schwestern und seinen Vater. Er war ein riesenhafter Mann mit einem flachen Gesicht und einem eckigen Kinn und wurde nie zornig, und seine Schwestern wagten es nicht. Josef blieb aus einem anderen Grund. Was ihn zurückhielt, wußte er nicht. Er neigte seinen mageren, kräftigen Körper über den Hund und stieß beschwichtigende und tröstende Laute aus. Aber der Hund hörte nicht auf zu zittern.
Nach einer Weile, während die Regenschwaden den Eingang der Höhle wie ein Vorhang verhüllten, wand Odin sich aus der Umarmung, stellte sich hin und begann zu jaulen.

Die Navigations-Funkstation im Postgebäude war das Kommunikationszentrum, das Herz von Vestmannaeyjar. Hier arbeiteten zwei Funker schichtweise rund um die Uhr und gaben Nachrichten der siebenundsiebzig Kutter der Fischereiflotte an die Gefrier- und Konservenfabriken am Hafen weiter: ihre Fangergebnisse, den Standort ihrer Schiffe und die ungefähre Zeit ihrer Rückkunft. Doch die Station hatte noch viel mehr Funktionen. Sie unterhielt einen ständigen Funkkontakt mit dem meteorologischen Institut der Universität Reykjavik und den Wetterstationen des internationalen Flughafens und der NATO-Basis in Keflavik sowie mit verschiedenen Schiffen der Küstenwache und anderer Länder, die das Gebiet beobachteten. Außerdem diente es als Telegraphenamt und Kabelrelaisstation. Im großen Nebenraum der Funkstation ratterten zwei Fernschreiber fast unaufhörlich.

Und durch die Telefonzentrale hatten die Besatzungen der Schiffe über Radio und Telefon Kontakt zu ihren Häusern.
Da an diesem Montag wegen der rauhen See und dem Südweststurm mit Windstärke 12 kein Boot ausgelaufen war, ging es in der Station ruhig zu. Am Nachmittag kam die Meldung durch, daß der Sturm Orkanstärke erreicht hatte.
Jonas Vigfusson, ein untersetzter, dunkelhaariger Mann Mitte Dreißig, der heute Dienst hatte, scherte sich nicht um das Unwetter. Wie immer bediente er die Fernschreiber, drei Telefone, die Schreibmaschine und die riesige Telefonzentrale. Seine Frau Jonina sagte ihren vier Söhnen nach einem Besuch bei ihrem Mann oft, er scheine sieben Hände und zwei Gehirne zu haben – obgleich sie und die Jungen wußten, daß es mit dem Denken bei ihm nicht weit her war. Die Jungen lächelten oder kreischten dann immer, und Jonas grinste. Wenn er mit seiner Frau und seinen Kindern zusammen sein konnte, war er entspannt und glücklich. Bei der Arbeit war er oft insgeheim besorgt oder nervös, aber äußerlich wirkte er gelassen und schien alles unter Kontrolle zu haben. Heute hatte er von Mittag bis Mitternacht Dienst, morgen von Mittag bis sechs Uhr am Nachmittag. Die Stärke des Sturmes über dem Nordatlantik beunruhigte ihn nicht.
Sie beunruhigte ihn nicht, weil die Fischereiflotte im Hafen lag, sicher vertäut, mit leicht stampfenden Hecks und schwankenden Antennenmasten. Die Straßen lagen verlassen da.
Die Fischereischutzfahrzeuge, alle nach alten Göttern benannt, waren ebenfalls nicht ausgelaufen, das wußte Jonas. Er ärgerte sich immer, wenn die ausländische Presse so herablassend und amüsiert über den sogenannten Kabeljaukrieg berichtete, als wäre es ein Kasperletheater. Aber wenn Rammen, Kappen von Fangnetztauen und Warnschüsse isländischer Kanonenboote vor den Bug größerer englischer Kriegsschiffe ein Theater war, dann verstand Jonas die Welt nicht mehr.

Die Ausbeute von Hering, Rotbarsch und Kabeljau in diesen Gewässern betrug ein Sechstel des gesamten Fangs, und Islands Außenhandelsbilanz hing zur Hälfte von den Fangergebnissen ab. Mochten die Journalisten spotten – für die Menschen hier war es eine Überlebensfrage.
Jonas lehnte sich in seinem Sessel zurück und überlegte, ob er seine Frau anrufen sollte. In knapp zehn Stunden erst hatte er frei, und nach all den harten Männerstimmen wäre ihr sanfter und neckender Ton eine willkommene Abwechslung.
Aber ehe er den Gedanken in die Tat umsetzen konnte, trat Arni Loftsson ein. Arni sollte eigentlich um diese Tageszeit in der Schule sein. Seine Augen glänzten verdächtig, die Krawatte hing schief, sein breiter Mund wirkte schlaff, und er triefte vor Nässe. Jonas drückte auf einen Knopf und rief eine Vertretung.
Dann ging er mit Arni in einen kleinen Nebenraum. Sie setzten sich an den Tisch, und Jonas wußte, daß es keinen Sinn hatte, Fragen zu stellen oder Ratschläge zu erteilen. Arni sprach wenig, trank drei Tassen Kaffee, erwähnte den Sturm draußen und verglich ihn mit der Totenklage nach einem Seemannstod. Höflich erkundigte er sich nach Jonas' Frau und Jungen und stand dann unvermittelt auf. Mit einem ratlosen Ausdruck in den Augen schlurfte er durch den engen Gang in die Schalterhalle der Post und hinaus ins Freie, als wüßte er nicht wohin.
Jonas blieb einen Moment nachdenklich sitzen. Arni war sein Freund geworden, seit er vor drei oder vier Jahren von Reykjavik übergesiedelt war. Obgleich Arni niemals Erklärungen abgegeben hatte, war einigen Bemerkungen während der Saufgelage zu entnehmen, daß er vor seiner verwitweten Mutter auf die Insel ausgerissen war. Wenn er sie ab und zu spöttisch erwähnte, konnte man aus dem Tonfall Zuneigung herauslesen, aber auch Verbitterung. In letzter Zeit war Jonas in Arnis Gegenwart immer hilflos und verwirrt.

Viele Männer soffen, besonders im Winter, aber jetzt auch Arni ...
Jonas stieß einen Fluch aus und kehrte an seinen Schreibtisch zurück. Vierzig Minuten später fing er den Funkspruch eines Fischerbootes auf, das nicht zur Flotte von Vestmannaeyjar gehörte und das in der schweren See beschädigt worden war. Der Kapitän gab seine Position durch, aber forderte keine Hilfe an. Er wollte versuchen, das Schiff mit eigener Kraft in den Hafen von Heimaey zu bringen. Jonas informierte die Station der Küstenwache in Reykjavik und den Hafenmeister von Vestmannaeyjar, der laut und ausgiebig fluchte. Nicht, weil er gefährliche Arbeit für sich und seine Männer fürchtete, sondern weil er sich ebenso wie Jonas vorstellen konnte, wie das einsame Boot durch Sturm und Wellen zweiundzwanzig Seemeilen vor der Küste stampfte und hin und her geworfen wurde. Eine gottverlassenere, verzweifeltere Lage konnte man sich nicht denken.
Jonas schickte ein kurzes Stoßgebet zum Himmel und machte sich wieder an die Arbeit.

Das Sturmgebraus und die Regenböen, die gegen das Schaufenster der Buchhandlung peitschten, waren nicht dazu angetan, die Depressionen zu lindern, gegen die Kristrun Egilsdottir ankämpfte. Sollte sie den Laden schließen, da kaum noch mit Kunden zu rechnen war, und Gudrid abholen, oder sollte Gudrid in der Schule auf sie warten? Auf keinen Fall durfte das Kind mit seinen elf Jahren an so einem Tag allein nach Hause laufen. Wenn sie es sich aber in den Kopf gesetzt hatte?
Bei dem Gedanken an Gudrid überfiel sie eine an Furcht grenzende Unruhe. Aber es war ja absurd, den Phantasien oder Träumen eines elfjährigen Kindes Glauben zu schenken, als hätte es tatsächlich die Gabe, in die Zukunft zu schauen.

Unsinn und Narretei – in der heutigen Welt gab es keine Sybillen!
Was sollte sie zum Abendessen kochen? Lieber Gott, wollte der Winter nie enden? Rotbarsch mit Rogen und Leber, das hatte sie am Morgen beschlossen. Wenn sie keinen Rotbarsch mehr in der Gefriertruhe hatte, dann eben Kabeljau.
Woher kam nur dieses innere Zittern?
Die Türglocke bimmelte, und Kapitän Agnar Ivarsson betrat das Geschäft. Er begrüßte sie wie üblich, schaute sie mit blauen Augen an und nannte ihren Namen mit einer gewissen Schüchternheit. Dann schlenderte er zu den Regalen. Er kam nur an Tagen wie heute, sonst war er mit seinem Schiff draußen, und kaufte gewöhnlich ein oder zwei Bücher, darunter immer einen Roman für seine Frau Ruth, die Kristrun nur dem Namen nach kannte.
Die Entscheidung war ihr aus der Hand genommen: Nun konnte sie den Laden nicht schließen. Viel Erleichterung brachte das nicht. Jedes Jahr im Januar versank sie in einem Sumpf von Melancholie, so daß sie kaum noch einen klaren Gedanken fassen konnte. Ausgerechnet sie, die so stolz auf ihren logischen und disziplinierten Geist war, die mit Auszeichnung an der Universität abgeschlossen hatte – vor vielen Jahren, vor vielen trüben Wintern. Würde sie lieber in Reykjavik leben? Ja, o ja, überall anders lieber als hier.
Agnar Ivarsson kaufte wie üblich seine zwei Bücher, einen neuen Roman und einen bebilderten Reiseführer über die Karibik, und erkundigte sich dann, ob sein Sohn heute im Geschäft arbeite. Während sie sich fragte, ob dieser Schrank von einem Mann mit dem wettergegerbten Gesicht auch von warmen Orten träumte – von Palmen und strahlender Sonne und weißen Stränden und salziger Hitze auf der Haut –, antwortete sie, daß Rolf im Lager eine neue Sendung auspakke. Er nickte, bedankte sich mit seiner tiefen Stimme und ging nach hinten in den kleinen Lagerraum.

Als sie die Bücher einwickelte, dachte Kristrun weiter nach. Rolf war ein seltsamer und unberechenbarer junger Mann oder eigentlich noch ein Junge, den sie liebgewonnen hatte. Kleiner als sein Vater und dunkler, wirkte er meistens zurückhaltend, wobei manchmal eine gewisse Bitterkeit aus seinen Blicken sprach. Als sie einmal das Schiff seines Vaters erwähnt hatte, hatte Rolf mit einem verkrampften Lächeln etwas erwidert, was sie erstaunte und ihr Interesse weckte: *Es ist seines. Nicht meines. Seines.* Nicht mehr. Sie glaubte, ihn zu verstehen, wenigstens teilweise. Obwohl Rolf wenig sprach, während er hier und im Geschäft ihres Mannes um die Ecke am Strandvegur arbeitete, hatte er auch noch andere Andeutungen gemacht. Und Kristrun hatte daraus gefolgert, daß Rolf die Insel und die Stadt ebenso haßte wie sie, vielleicht sogar noch mehr, weil er jünger war.
Aber das stimmte nicht: Sie haßte Vestmannaeyjar nicht. Nur im Winter. Schließlich war Reykjavik im Winter auch dunkel, und die Winternacht dauerte so lang. Aber dort konnte man etwas unternehmen, in Ausstellungen oder Museen oder in viele Geschäfte gehen.
In dieser düsteren Stimmung dachte sie an den Sommer. Die goldene Sonne, die tagelang schien und oft erst um Mitternacht unterging, die dunkelroten Klippen, die wie von innen heraus leuchteten. Und die schimmernde Wasserfläche, in der sich der blaue Himmel spiegelte, jadegrün an manchen Stellen, von kleinen weißen Wellenkämmen gesprenkelt. Und die weiche Luft, die duftenden, grünen Gräser, die silbernen Federwölkchen am Himmel. Und die Blumen draußen, in den Gärten und Kästen, ein farbiges Feuerwerk von Rosen, Tulpen und Narzissen. Und das Leben in den Straßen, hüpfende Mädchen auf dem Pflaster, Jungen, die sich balgten und verfolgten und die sich an den gelben Felsen abseilten, um die Eier der Papageientaucher einzusammeln. Im Hafen ein emsiger Schiffsverkehr. Selbst nachts spiegelte sich eine rote Sonne

in den Fenstern der Geschäfte und Häuser, und dann stand ein voller Mond wie eine zweite Sonne im klaren Himmel über dem Meer.

Sie überlegte, wie sie in den Augen der anderen aussah: eine hochgewachsene, schlanke Frau mit fein geschnittenem Gesicht, das ausgebleichte Haar streng zurückgekämmt und zu einem Knoten geschlungen. Sie wußte, daß sie kühl und selbstsicher und zufrieden wirkte, was ihre ruhevollen Bewegungen und ihre Stimme noch unterstrichen. Wie es hinter dieser Fassade aussah, wußte niemand, würde niemand erfahren. Nicht einmal Rudolf und Gudrid . . .

Gudrid. Unweigerlich drängte sich Kristrun die Erinnerung an jenen Sonntagnachmittag Ende August auf, als Rudolf beschlossen hatte, zum letzten Mal in diesem Jahr zu picknikken, und mit ihnen zu einer Wiese am Fuße des Helgafell gefahren war, einer grünen Matte, übersät mit Strandwicken, weißen und gelben Bergastern, Gänseblümchen, Butterblumen und Silberwurz. Sie kletterten über lockeres Lavageröll empor, stolperten und rutschten in den Aschenresten, die bei der leichtesten Berührung zu rieseln begannen, ihnen voraus ein Goldregenpfeifer mit seinen Rufen, bis sie oben angelangt waren. Im flachen Krater wuchs Gras, ein hellrosa Polster von Lichtnelken, eine lebhafte weißschwarze Schneeammer nistete dort und ließ ihren süßen Ruf ertönen. Ein leichter Wind wehte. Von oben hatten sie eine herrliche Aussicht über die Insel, auf bestellte Felder, eingebettet in verwittertes Eruptionsgeröll ähnlich dem, auf dem sie standen, und in der Ferne auf andere Inseln, die massiv aus der weißen Brandung emporragten. Surtsey im Süden war zu erkennen, rauchend noch und von Schwaden umwallt. Im Norden zeichnete sich jenseits einer neun Meilen breiten glitzernden Wasserfläche die langgezogene Küste der isländischen Hauptinsel ab, braun und grün, mit aufragenden Bergen im Schein der Sonne. Es war ein Anblick, der Kristrun immer mit einem Gefühl der Dankbarkeit und der Lebensfreude erfüllte. Hatte ihr Rudolf als Mittel gegen ihre winterliche Niedergeschlagenheit dieses Erlebnis beschert? Das sähe ihm ähnlich. Aber Gudrid war im Verlauf des Tages immer ernster geworden und hatte zu weinen angefangen, als sie die Sandwiches mit den scharf gewürzten Fleischrouladen verspeist hatten. Betroffen und dann besorgt versuchten Kristrun und Rudolf, sie zu trösten, aber erst, als sie am Abend zu Hause angelangt waren, hatte Gudrid gestanden, was sie so bedrückte.

Es wird dort einen Vulkan geben, hatte sie gesagt.

Aber, war der Einwand ihres Vaters mit einem liebevollen Lächeln gewesen, *aber Helgafell ist doch ein Vulkan. Oder war einer, vor langer Zeit.*

Gudrid hatte den Kopf geschüttelt, daß die langen blonden Haare um die Schultern flogen. *Ich meine nicht Helgafell. Ich meine einen anderen Vulkan, dort, wo wir waren.* Und dann hatte sie sehr ernst und sanft hinzugefügt: *Ich habe Angst.*

Gudrid, erkundigte sich Kristrun, *hast du geträumt?*

Wieder eine Bewegung der hellen Haare. *Nein.*

Woher weißt du es dann, wollte Kristrun mit einem Auflachen wissen.

Das weiß ich nicht, antwortete Gudrid mit fast tonloser Stimme. *Aber es ist wahr.*

Auf Rudolfs Gesicht stand ein nüchtern abwägender Ausdruck, was Kristrun noch mehr erschreckte. Sie sagte: *Es ist Zeit zum Schlafen. Hoffentlich träumst du etwas Schönes.*

Ich habe es nicht geträumt, beharrte Gudrid. *Es war kein Traum.*

In jener Nacht war sie zornig ins Bett gegangen, erinnerte sich Kristrun gerade, als Agnar Ivarsson mit ernster Miene und vorgeschobenem Kinn aus dem Lagerraum kam und sich mit einem Nicken verabschiedete. Er marschierte in den Sturm hinaus, der nicht mehr ganz so machtvoll rauschte. Nein, eigentlich zornig war sie damals nicht gewesen, eher perplex und einfach fassungslos. Rudolf hatte nämlich im Laufe des Abends zu bedenken gegeben, daß Gudrids Vorstellungen vielleicht gar nicht so weit hergeholt seien. Seine Großmutter väterlicherseits hätte die Gabe gehabt, Dinge vorherzusehen. Kristrun war trotz ihrer sommerlichen Hochstimmung schockiert. Wahrsagen, Omen deuten, Prophezeiungen ... wie konnte ein so belesener und intelligenter Mann wie Rudolf solche Dinge denken und sie gar glauben? Es war ein seltsamer und rätselhafter Tag und ein beunruhigender Abend gewesen, aber als sie am nächsten Morgen erwachten, verloren sie kein Wort mehr darüber, auch später nicht. In ihrer düsteren Winterstimmung mußte Kristrun jetzt daran denken, und ihre Depressionen verstärkten sich.

Mit schnellen Handgriffen räumte sie den Laden auf und schob etwas planlos Verkaufshilfen und Regale im Schaufenster beiseite. Dabei sagte sie sich immer wieder, daß es sich bei Gudrid um eine Reaktion auf frühe Kindheitserlebnisse handele, als sie wie alle anderen Inselbewohner dreieinhalb Jahre lang Tag und Nacht nur zum Fenster hinauszuschauen brauchten, um die Feuersäule und die rot durchzogenen, schwarzen Rauchwolken von dem Vulkan zu sehen, der nur dreizehn Kilometer weiter südwestlich ausgebrochen war, eine Szene zum Fürchten, an die sich alle mit der Zeit gewöhnten. Während des Ausbruchs waren auf Heimaey zwei Erdstöße zu spüren gewesen. An keinem Kind – obwohl Gudrid beim Ausbruch erst ein Jahr alt war – konnte ein so erschreckender Anblick spurlos vorübergehen.

Kristrun blieb an der Lagerraumtür stehen und sagte Rolf, der wie üblich eifrig und ohne Pause arbeitete, daß sie den Laden schließen würde, damit Gudrid nicht im Regen nach Hause laufen müsse. Rolf nickte und erklärte, er würde dann um die Ecke in das Baumaterialgeschäft gehen.

Die Glocke bimmelte, als Kristrun zur Ladentür hinausging.

Der Sturm war etwas abgeflaut. Sie ließ den Motor ihres schwedischen Autos an, schaltete die Scheibenwischer ein und merkte nun erst, daß der Regen aufgehört hatte.

Für Baldvin Einarsson, den Maler, war Helgafell ein heiliger Berg – eine der vielen heiligen Stätten Islands. Zusammen mit Gleichdenkenden hatte er dagegen protestiert, daß Geröll und erkaltetes Lavagestein zum Bauen verwendet wurde. Baldvin Einarsson teilte mit anderen Inselbewohnern die Meinung, daß es eine Entweihung und noch dazu eine gefährliche war, an Helgafell zu rühren. Warum gefährlich? Baldvin hatte es bisher nur seiner Frau Inga und seinen Freunden Dr. Pall und Pfarrer Petur gegenüber erwähnt. Er glaubte daran, daß Helgafell sich für den Übergriff des Menschen rächen würde. In Peturs Augen war Baldvin eher ein Romantiker als ein Ketzer: *Du sprichst leblosen Dingen eine Seele zu.* Pall, der solchen Diskussionen mit amüsierter Skepsis zuhörte, hielt von der Vorstellung geweihter Stätten ebensoviel wie von Hexenglauben und wandelnden Toten: *Alles verkümmerte Reste einer überlebten Mythologie, blanker Aberglauben.* Die drei Männer, der Künstler, der Arzt und der Geistliche, debattierten oft auf lockere und undogmatische Weise über ernste Themen, denn sie waren Freunde.

Nachmittags um halb fünf unterbrach Baldvin für gewöhnlich seine Arbeit und trank mit Inga Kaffee. Inga stammte aus Kopenhagen, hatte sich aber dem Inselleben nach ihrer Heirat mit Baldvin, den sie vor fünfzehn Jahren bei einer Skulpturenausstellung in Reykjavik kennengelernt hatte, angepaßt – und Heimaey immer mehr lieben gelernt. Sie war schlank, kleiner und zierlicher als die meisten einheimischen Frauen, mit hellbraunem statt blondem Haar. Dr. Palls Eröffnung, daß sie keine Kinder bekommen könnte, hatte sie Baldvin noch näher gebracht; er hatte fast noch mehr als sie darunter gelitten.

Der Sturm hatte nachgelassen. Nachdem Inga ihre Einkäufe erledigt hatte, eilte sie nach Hause, wo sie den Kaffee aufbrühte und papierdünne Pfannkuchen mit Heidelbeermarmelade buk, Baldvins Lieblingsspeise seit seiner Kindheit. Das Tablett auf einer Hand balancierend, öffnete sie die Studiotür.

Baldvin vertrat ihr zu ihrem Erstaunen den Weg. Sein massiger und völlig kahler Kopf schimmerte in der weißen Deckenbeleuchtung, bei der er im Winter arbeitete. Seine braunen Augen leuchteten vor innerer Erregung und einer sonst ungewohnten Hochstimmung.

»Wir trinken heute im Wohnzimmer Kaffee«, sagte er und ging auf sie zu, so daß sie zurückweichen mußte. Er schloß die Tür. »Ich zeige es dir, wenn ich fertig bin. Ich werde dich zur Enthüllung einladen, nur dich.«

Er folgte ihr den kurzen Gang entlang. Das Haus war alt und solide, geräumig und gemütlich. Wie andere Maler – aber auch Schriftsteller, Bildhauer und andere Künstler – erhielt er von der Regierung ein Stipendium, um ungestört arbeiten zu können. Vielleicht war er kein großer Künstler, aber sein Schaffen befriedigte ihn. Und darauf kam es Inga an.

Der Wind war nur noch ein gedämpftes Rauschen, und nach halb fünf nahm die Temperatur draußen immer empfindlich ab. Hier drinnen aber war es warm.

»Köstlich!« rief Baldvin und leerte die Tasse. Er erhob sich. »Es kann heute spät werden. Hast du etwas dagegen?«

»Warum sollte ich? Wollen wir dann das Abendessen ausfallen lassen? Du weißt, was Dr. Pall gesagt hat.«

»Zum Teufel mit Pall! Warum kann ein Mann nicht in Frieden dick werden? Mein Blutdruck ist auch nicht höher als seiner. Nicht alle Menschen können so gertenschlank sein wie du.«

»Gefällt dir meine Schlankheit nicht?«
»Wie sie mir gefällt, das zeige ich dir später, aber jetzt muß ich arbeiten!« In seiner Stimme lag die gleiche überschwengliche Intensität wie in seinem Blick. »Mit etwas Glück werde ich heute noch fertig.«
Nachdem er sie allein gelassen hatte, stellte sich Inga an das Fenster und sah in die Dunkelheit. Baldvins Wunsch war schon lange, die großen Gemälde der Welt zu sehen, in London, Paris und New York. Er hatte sich nie ganz damit abgefunden, daß er sich niemals Reisen würde leisten können, auch wenn die Regierung großzügig für seinen Lebensunterhalt sorgte.
Es sei denn, eines seiner Gemälde würde auf einen der Sammler Eindruck machen, die manchmal auf dem Weg von Europa nach Amerika in Reykjavik Zwischenstation machten. Sie hegte diese Hoffnung insgeheim. Nur ein solcher Glücksfall konnte Baldvins Sehnsucht erfüllen, die er nur im Scherz erwähnte oder manchmal in den traumschweren Minuten, wenn sie ineinander verschlungen auf den Schlaf warteten.

Nach einigen Stunden der Entspannung im Aquarium, während der tobende Sturm draußen zu einem leiseren Klagen abebbte, spazierte Margret nach Hause. Und während sie die Abendmahlzeit zubereitete, überfiel sie wieder die Angst. Sie erinnerte sich, wie Arni am Morgen das Haus ohne Frühstück verlassen hatte. Ob er wohl in die Schule gegangen war?
Und der Gedanke an jene Szene drängte sich ihr auf, als Arni zum ersten Mal handgreiflich geworden war, ihre Benommenheit und Fassungslosigkeit, als er sie mit der Handfläche geschlagen hatte, so daß sie fast zu Boden gefallen wäre. Wie war es nur soweit gekommen? Vestmannaeyjar war nicht Europa oder Amerika oder Reykjavik; wie kam er, selbst in seinen wildesten Eifersuchtsanfällen, auf die Idee, sie könne

einen Liebhaber – oder mehrere, wie er ihr manchmal vorwarf – haben, ohne daß die anderen es merkten oder vermuteten? Doch das gehörte zu seiner Selbstquälerei: daß jeder es wußte, nur er nicht. Die Situation machte sie völlig ratlos. Aber sie konnte seine Ängste nachempfinden, sah sie in seinen Augen und hinter seinen späteren Entschuldigungen und Selbstvorwürfen. Und sie spürte, wie sehr er sie brauchte.

Stunden waren vergangen, seitdem sie den Tisch gedeckt hatte. Sie hockte noch immer da. Das Essen war kalt geworden. Sie hatte ein paar Bissen gegessen und an Dr. Palls Ermahnung gedacht, jetzt besonders auf die Ernährung zu achten.

Sie versuchte aufzustehen, sank aber wieder auf den Stuhl.

Wie wird sich Arni verhalten, wenn er von dem Baby erfährt?

Mit einem Mal war ihr sonnenklar, warum sie nicht mit der Sprache hatte herausrücken können.

Was war, wenn Arni in seinem alkoholisierten und vom Mißtrauen vergifteten Hirn sich einbildete, das Kind wäre nicht von ihm?

Ich habe mich noch nie von einem anderen Mann berühren lassen! Seine Vorwürfe hatten sie dazu getrieben, ihm diesen Satz entgegenzuschreien in der vergeblichen Hoffnung, zu ihm durchzudringen – zu jenem Arni Loftsson, den sie liebte, dem gutaussehenden, blonden Wikinger vom Sommernachtsfest mit seiner Fröhlichkeit und seinem Humor.

Sie riß sich zusammen und stand auf. Schluß damit. Wenn er jetzt heimkam, würde er betrunken sein, ohne Zweifel.

Sie faßte einen Entschluß. Sie wollte zu ihrer Schwester gehen. Ihre Schwester und ihr Mann verstanden sie. In letzter Zeit hatte Hana für Arni nur noch Verachtung gehabt. Und Hanas Mann Einar hatte ihn auf seine verständnisvolle Art mit kühler Höflichkeit behandelt. Sie schlüpfte in ihren Lammfellmantel.

Ob Arni sich änderte? Wenn sie es ihm sagte – er hatte sich so einen Sohn gewünscht –, würde er sich besinnen und sein Schicksal und ihres wieder in die Hand nehmen?
Sie ging nach draußen. Es wehte nur noch eine frische Brise.
Die Straßenlaternen beleuchteten die Wände und Dächer der Häuser, und hinter einigen Fenstern erlosch bereits das Licht. Morgen war ein neuer Tag, die Wolken würden aufreißen und die Flotte auslaufen. Morgen war ein Arbeitstag, und die Menschen brauchten ihren Schlaf. Hinter einigen Fenstern schimmerte es bläulich vom Bildschirm; das Programm des amerikanischen Senders in Keflavik war bald zu Ende. Über den Dächern war der Umriß des Helgafell zu erkennen, aber Margret hatte keinen Blick dafür.
Wenn Arni heimkam, würde er dann vermuten, daß sie zu Hana gegangen war? Oder würde sein Mißtrauen in Wut umschlagen und ihm vorspiegeln, sie wäre mit einem Liebhaber zusammen?
Lieber Gott, wie hatte es soweit kommen können? Wie lange noch hielten ihr Verständnis, ihr Mitleid, ihre Liebe stand? Denn manchmal empfand sie bereits Haß . . .

Während Owen Llewellyn die Fotos einzeln aus dem Entwickler nahm, empfand er Erleichterung und Dankbarkeit. Er hatte befürchtet, vom seltsamen Licht der Winternächte im nördlichen Island genarrt worden zu sein und die schwere Arbeit der vergangenen drei Wochen umsonst gemacht zu haben. Statt dessen hatte die Beleuchtung den Bildern etwas Gespenstisches verliehen, so daß die Inlandgletscher, die gefrorenen Wasserfälle, die bizarren Berge ihre groteske Schönheit in mystischer Großartigkeit enthüllten. Er betrachtete sie nacheinander mit der Befriedigung und dem unpersönlichen Stolz des Fachmanns. Da war der eisblaue, blubbernde Askja-See, von dem durchscheinende Schwefelschwaden emporstiegen, und die Lavawüste um den braunen Krater des Viti, eine Mondlandschaft mit schwarzen Dünen. Ein Bild ddem anderen nahm Form und Farbe an: rote, weiße und gelbe Ablagerungen, kristallartig und urwüchsig; die mörderische Einsamkeit der sogenannten »Lebenden Wüste«, mit üppigen grünen Moospolstern bedeckt; die brodelnden Schlamm- und Schwefelquellen und die hochschießenden Geysire. Sogar auf dem matten Fotopappier blendete die Helligkeit der Schneefelder. Ja, er hatte gute Arbeit geleistet.

»Jetzt bist du bestimmt froh, daß du gekommen bist«, sagte Todd.

Das verdankte er genaugenommen einem glücklichen Zufall. Er hatte einige Bücher in einer Buchhandlung auf der Fifth Avenue in New York durchgeblättert und war dabei auf einige Fotos von Island gestoßen, bei denen er sich fragte, ob der Fotograf den Motiven gerecht geworden war. Da er gerade keine Aufträge hatte, war er schnell entschlossen nach Island aufgebrochen, hatte den Norden der Insel allein durchstreift und war dann nach Reykjavik zurückgekehrt. Dort hatte er spontan Todd Squier angerufen, den einzigen Menschen, den er in Island kannte. Er hatte sich nach menschlicher Gesellschaft gesehnt, was nur selten geschah, und Todds Einladung angenommen, zumal er erst am nächsten Morgen zurückfliegen konnte. Auf der dreißig Kilometer langen Fahrt von der Hauptstadt zu Todds Bauernhof durch eine eintönige, aber dennoch fesselnde Landschaft, hatte Owen entdeckt, daß Todd, vermutlich weil er Island zu seiner neuen Heimat gemacht hatte, mehr über das Land wußte als mancher Einheimische und daß er mit Begeisterung und einem Anflug von Prahlerei von den Verhältnissen berichtete: der unglaublich geringen Kriminalität – weniger als ein Mord pro Jahr, nur hundert Gesetzeshüter auf der ganzen Insel, die meisten Verhaftungen wegen Trunkenheit. Und keine

Elendsviertel, keine Arbeitslosigkeit, keine Wasser- und Luftverschmutzung! Todd wirkte fröhlicher, als Owen ihn in Erinnerung hatte, und während der Landrover durch den mit Schnee vermischten Regen rollte, entspannte sich Owen und dachte daran, daß Todd in New York ihm recht ähnlich gewesen war: ein Einzelgänger, immer auf Distanz. Mit einem Unterschied, wie Todd einmal erklärt hatte: *Mein Fluch sind eine kleine Erbschaft und zu viele kostspielige Interessen.* Owen hatte nichts geerbt, und wenn er die Fotos nicht verkaufen konnte, war er wieder einmal pleite. Zum Teufel damit. Er hatte es auch früher überlebt.
Die gemächliche Abendmahlzeit wurde vom Gelächter von Todds halbwüchsigem Sohn und der fast gleichaltrigen Tochter begleitet.
Nach dem Essen meinte Todd: »Hättest du nicht Lust, deine Bilder noch heute abend zu entwickeln?«
Owen war überrascht. Er fuhr sich mit der Hand durch sein dichtes, rotes Haar. »Heute? Wo?«
»Hier! Ich habe alles da. Eine Töpferscheibe und einen Ofen für die Keramik; Ton und Lava für Skulpturen, altertümliche Werkzeuge, wie du sie noch nie gesehen hast. Komm mit!«
Nun hingen also da die Bilder an Schnüre geklammert, und Owen sah, was er in den letzten Wochen geschafft hatte. Auf dem Rückweg ins Wohnzimmer rief Todd etwas auf isländisch in einen der Räume und übersetzte dann: »Der Junge läßt das Radio die ganze Nacht laufen, wenn ich nicht jeden Abend schimpfe. Aber das hilft wahrscheinlich auch nichts.«
Todds Frau Malfrour, die Mal gerufen wurde, eine große, breitschultrige Person mit strohblondem, zurückgekämmtem Haar, hatte sie kommen hören und goß Kaffee ein, der aromatisch und angenehm bitter duftete. Todd drückte ihr einen Kuß auf die Wange, und sie wandte sich lächelnd ab wie ein verlegenes junges Mädchen.

»Hätte ich verdammt nicht geglaubt, daß man im Norden auf sich selbst gestellt überleben kann«, sagte Todd. Er betrachtete Owen. »Du mußt zäher sein, als du aussiehst . . .«
Das traf zu. Owen wußte es. Er war weder hochgewachsen noch grobknochig noch muskulös, aber sein Körper hatte eine drahtige Widerstandskraft, auf die er stolz war. »Jedenfalls habe ich endlich erfahren, wie ein wirklicher Winter aussieht.«
»Die Winter hier setzen manchen Leuten ganz schön zu«, sagte Todd. »Ziemlich hohe Selbstmordquote – und aus irgendeinem Grund mehr Frauen als Männer.«
Malfrour sagte etwas auf isländisch, und Todd nickte. »Mal hat mich eben auf noch einen Aspekt unseres Lebens hier aufmerksam gemacht. Beispielsweise Hekla. Anscheinend hast du unseren berühmtesten Vulkan beim Fotografieren übergangen.«
»Stimmt. Wenn Hekla allerdings liebenswürdigerweise für mich ausbrechen würde . . .« Er brach ab, als er ihre ablehnenden Blicke bemerkte. Malfrour stellte die Tasse hin. Todd hatte sich versteift, und sein Gesicht war ausdruckslos.
Hastig fuhr Owen fort: »So habe ich es nicht gemeint.«
»Nein«, antwortete Malfrour sanft. »Sicher nicht.«
»Wenigstens ist mir ein gutes Bild von der Wolke über dem Krater gelungen.«
»Mönchskutte«, sagte Todd. »Das bedeutet der Name. Im Altertum galt Hekla als Pforte zur Hölle. Hat um 1100 eine ganze Siedlung ausgelöscht, das Grundwasser vergiftet und meilenweit die Felder mit Lava überzogen.«
Und dann zitierte Malfrour etwas mit einem seltsam angstvollen Unterton: »Niemand wußte, ob es Tag war oder Nacht, drinnen oder draußen.«
»Zweihundert Jahre später dauerte der Ausbruch ein ganzes Jahr«, fuhr Todd fort. »Und während des amerikanischen Bürgerkriegs sogar über zwei Jahre.«

»Als ich vier war«, erzählte Malfrour im gleichen Ton, »trugen Höhenwinde die Asche bis nach England und bis Helsinki und bis nach Rußland hinein.«
Dann schwiegen sie. Owen sah, daß es draußen stark schneite, und fluchte insgeheim. Was war er nur für ein taktloser Kerl geworden, ohne jedes Fingerspitzengefühl.
»Wenn du einen Vulkan sehen willst, der erst seit kurzem im Ruhezustand ist«, sagte Todd wieder mit normalem Ton, »dann fahr nach Surtsey. Er raucht noch. Ich weiß, daß es davon viele Fotos gibt, aber deine Bilder . . .« Er wechselte ein paar isländische Worte mit Malfrour und wandte sich dann wieder an Owen. »Du könntest auf eine Insel fliegen, die Heimaey heißt. Mal meint, daß man dort ein kleines Schiff chartern kann, wenn zu dieser Jahreszeit keine Ausflüge veranstaltet werden. Eigentlich kannst du Island nicht verlassen ohne ein paar gute Aufnahmen von Surtsey.«
Malfrour streckte Owen eine Hand hin. »Ich muß mich verabschieden.« Als Owen aufstand und ihre Hand ergriff, lächelte sie wieder. »Es war nett von Ihnen, uns zu besuchen. Todd . . . wir sehen selten Gäste. Wenn Sie nach Heimaey wollen, eine Cousine von mir wohnt in Vestmannaeyjar.«
»Eine irische Prinzessin«, sagte Todd und erhob sich ebenfalls. »Wie meine Frau, nur mit schwarzem Haar.« Er trat zu Malfrour, und sie küßten sich. Ihre Körper schienen zu verschmelzen.
Ohne die geringste Verlegenheit drehte sie sich zu Owen um. »Gute Nacht, Owen.«
»Gute Nacht, Mal. Ich möchte mich entschuldigen.«
Sie zog die Brauen in die Höhe. »Weswegen? Sie können doch nichts dafür, was Hekla angerichtet hat . . .«
Sie ging.
»Ich habe zu lange allein gelebt«, sagte Owen zu Todd, und es klang ihm selbst lahm.
»Vergiß es. Du konntest es nicht wissen. Ich habe Jahre

gebraucht, ehe ich es begriff. Ein Vulkan ist in diesen Landstrichen . . .« Er zuckte mit den Achseln und schüttelte den Kopf. »Magst du noch einen Schlaftrunk? Ich habe Whiskey.«

»Nein, danke.«

Todd ließ sich wieder nieder. »Als ich dich das letzte Mal sah, warst du ein Nervenbündel.«

»Das bleibt man nicht ewig.«

»Ich dachte, sie hätte dich fertiggemacht.«

»Das ist vorbei. Bis auf den Unterhalt.«

»Unterhalt? Nach allem, was sie . . .«

Owen unterbrach ihn: »Ich bin keine Kämpfernatur, Todd. Ich habe im College ein bißchen geboxt und dabei gemerkt, daß mir Gewinnen auch nicht mehr Spaß macht als Verlieren. Sicher, ich hätte gegen sie gewinnen können, aber da hätten wir eine Menge schmutzige Wäsche waschen müssen. Da zahle ich lieber Unterhalt.«

Todd nickte. »Das sieht dir ähnlich.« Er holte tief Luft und erhob sich. »Na schön, hier gibt es eine Menge hübscher Frauen. Bleib doch noch eine Weile.«

Owen schüttelte den Kopf. »Hübsche Frauen gibt es überall. Ich hatte mal eine.« Er stand auf und unterdrückte ein Gähnen. »Aber trotzdem schönen Dank.«

»Owen . . . tut mir leid, daß es mit euch so gekommen ist. Das wollte ich dir schon damals in New York sagen. Dort spricht man es nicht aus, aber hier schon.«

In dem kleinen Schlafzimmer, das man ihm für die Nacht überlassen hatte, wünschte Owen, er hätte den Whiskey nicht abgelehnt. Es schneite in leichten Flocken, und durch die dünnen Vorhänge sah er über dem Horizont das Nordlicht. Er hatte keine Lust, am nächsten Tag nach New York zu fliegen. Oder in das kleine Bauernhaus tief in den Wäldern von Connecticut zurückzukehren. Es zog ihn nicht dorthin. Es war eine Unterkunft, kein Zuhause.

Im Landrover auf Lavafeldern durchgerüttelt, knapp an hausgroßen Vulkanitbrocken vorbei, durch Abgründe und Wildbäche, über Spalten und Löcher und Krater – merkwürdig, er vermißte bereits jetzt die unwirtliche und erschreckende Großartigkeit, aus der er eben zurückgekehrt war: die unendliche Stille, die Öde und Kargheit und die Majestät. Dort draußen hatte er sich nicht einsam gefühlt.
Aber hier . . .

Während die meisten Menschen in Vestmannaeyjar schliefen, ging ein kleiner Mann von Mitte Dreißig mit einer schwarzen, gestrickten Seemannsmütze und einer schweren, ausgebleichten Matrosenjacke den Heidarvegur entlang, von Heimweh und Kummer geplagt. Am unteren Ende der Straße lag der Hafen; er konnte die Lichter sehen. Er kam am Hotel vorbei, wo er noch während des Sturms vom Geschäftsführer höflich, aber bestimmt hinauskomplimentiert worden war.
Olaf Jonsson hatte zu trinken begonnen, nachdem ihm das Mädchen am späten Nachmittag begegnet war. Sie kam mit zwei anderen Kindern beim Einbruch der Dämmerung, als die Straßenlaternen angingen, dahergeschlendert, das Gesicht in den stürmischen Wind gereckt. Er hatte sie sofort erkannt, weil sie ihrer Mutter so ähnlich sah. Sie hatte ihn auf der anderen Seite der engen Straße nicht erblickt, und selbst wenn es anders gewesen wäre, hätte sie nur einen Seemann in ihm gesehen, der ihr unbekannt war. Wie sollte es auch anders sein? Es war nicht sein Kind. Sie war die Tochter von Juliana und ihrem Mann, Halldor Danielsson. Sie war acht Jahre alt. Ja, er war vor neun Jahren zur See gegangen, als Juliana geheiratet hatte, also mußte das Mädchen sieben oder acht Jahre alt sein. Verwechseln konnte man sie nicht: das gleiche helle und sommersprossige Gesicht, die gleichen anmutigen Gesten, wenn sie sprach, sogar die gleiche Neigung des Kop-

fes, bei der es ihn warm durchfuhr. Er war wie erstarrt stehengeblieben, bis sie um eine Ecke herum verschwunden war. Dann hatte er zu saufen begonnen. Jetzt ging er am dunklen Schaufenster der Buchhandlung vorbei und konnte den Hafen deutlicher erkennen: die Kaianlagen, davor die gleichförmig viereckigen Gebäude am Strandvegur – die Gefrierhäuser und Fischverarbeitungsfabriken, die Geschäfte für Netze und Fischereibedarf, die Werften, Maschinenwerkstätten und Lebertranfabriken. Hochragend und ordentlich und sauber. Olaf bog von der Straße zur Mole ab, hörte durch den abflauenden Wind wieder das Kreischen und Rufen und Krächzen der Vögel und rief sich einige Hafenviertel in Erinnerung, die er gesehen hatte: unratübersät, von Ratten nur so wimmelnd, ordinär und häßlich. Warum war er von hier weggegangen?

Das wußte er natürlich genau.

Er beobachtete die Lichter eines Fischkutters. Als er sich im Hotel ein paar Drinks genehmigt hatte, war von einem Funkspruch eines beschädigten Fangschiffs die Rede gewesen, fiel ihm wieder ein. Nun schaute er zu, wie das Schiff sich schwerfällig in den Hafen schob, dem Orkan entronnen, der die Vestmannaeyjarer Flotte am Auslaufen gehindert hatte.

Er wußte nicht, wohin er sich wenden sollte. Seine Eltern waren schon so lange tot, daß die Erinnerung an sie verblaßt war. Er war bei einem Onkel aufgewachsen, einem Fischer, einem gütigen Mann, der ihm alles beigebracht hatte, was er über die See wußte. Onkel Lars lag nach einem Schlaganfall im Krankenhaus, und Olaf erschien es fraglich, ob er ihn bei seinem Besuch am Morgen erkannt hatte. Der kräftige Mann war zusammengeschrumpft, und sein Haar war weiß geworden; er konnte sich bewegen und gehen, aber nicht sprechen. Mit dem Gefühl eines unwiederbringlichen Verlustes war er ziellos durch die fremden und doch so vertrauten Straßen gewandert.

Er hatte überlegt, ob er nicht ein paar alte Freunde auftreiben sollte. Auf der Straße hatte er niemanden erkannt. Aber alle seine Freunde waren sicher mittlerweile verheiratet; sie würden ihn zwar willkommen heißen und sich von seinen Fahrten erzählen lassen, aber trotzdem hatte er keine rechte Lust, eher Angst.

Der Arm schmerzte wieder, der Arm, den er fast eingebüßt hätte, unter den Tritten von Stiefeln, bei der brutalen und sinnlosen Wirtshausschlägerei in Marseilles. Wenn die Schmerzen unerträglich wurden, nahm er das Medikament, das er in der Tasche hatte, Pillen, die einen so schön gleichgültig und gelöst machten, während der Schmerz zu einem dumpfen Pochen verblaßte.

Mit einem Mal spürte er ein Rumoren unter den Füßen. Er blieb nicht stehen. Erschütterungen der Erde waren hier keine Seltenheit.

Die Hände in die schlitzförmigen Taschen seiner Jacke gegraben, setzte er die ziellose Wanderung fort, und Schmerz stach ihm ins Genick, in die Brust, in den Kopf – in die Seele. Ihm fielen Nächte wie diese ein, in Häfen, Tausende von Meilen entfernt, lange, verzweifelte Nächte, in denen er sich so oft gewünscht hatte, nicht länger leben zu müssen.

Es bebte unter seinen Füßen. Ein kurzer Erdstoß, so heftig, daß er befürchtete, das Gleichgewicht zu verlieren. Er blieb stehen. Doch es wiederholte sich nicht. Dann ging in einem Fenster weiter oben an der Straße ein Licht an.

Im Kern unseres Planeten sind kochende Urgewalten am Werk. Tausende von Kilometern von diesem Kern entfernt ist die Kruste keineswegs der festgefügte Boden unter unseren Füßen, wie er sich dem Auge darbietet. Sie ist vielmehr brüchig und hat gefährliche Risse. Und sie ist noch immer in Bewegung; die gewaltigen Kontinentalschollen verschieben sich und geraten in Kollision. Die Cheops-Pyramide liegt heute ungefähr vier Kilometer südlicher als zur Zeit ihrer Errichtung. Und die Meerenge von Gibraltar ist fast fünf Kilometer breiter als zu der Zeit, als die Felsen Säulen des Herkules genannt wurden. Rom rückt dem Äquator näher und Australien dem Südpol. Die Entfernung zwischen New York und Cherbourg wächst jeden Tag um ungefähr einen Zehntel Zentimeter. Ganze Kontinente treiben trägen Flößen gleich auf den zerborstenen Schollen, nirgendwo fest verankert.

Wo die Ränder dieser gigantischen Schollen aneinanderstoßen und sich den Platz streitig machen, wird die Kruste geschwächt, werden unvorstellbare Energien freigesetzt. Wenn sich dann die innerirdische Glut einen Weg bahnt, bebt und zerbirst die Erde, speit sie Feuer.

Unbemerkt begann ein Stück Land östlich des Helgafell-Kegels sich mit einem zitternden Seufzen zu recken wie ein schlafender Mann. Steine flogen hoch, als wären sie von einer straff gespannten Trommel abgeprallt; sie rieselten herab, um wieder hochgeworfen zu werden, während sich der Buckel ausbreitete und der Boden Risse zeigte. Wie eine Eiterbeule, in die ein Skalpell schneidet, brach die Erdoberfläche auseinander, und aus der in Sekunden über drei Meter breiten Spalte drangen Feuer und Asche und schwarzer Qualm. Dann quoll Lava heraus wie schwerflüssiges Blut, glühendheiß. In dem Spalt bildeten sich Fontänen, die glühende Asche aus den Tiefen des Planeten über hundert Meter hoch in die Winterdunkelheit schleuderten.

Die Nacht fing Feuer.

Die Uhr am Rathaus blieb um 1.55 Uhr stehen.

Zufällig war Jonas Vigfusson der erste, der die Eruption sah. Er hatte die Funkzentrale wenige Minuten nach Mitternacht

planmäßig verlassen, als seine Ablösung eingetroffen war. Obwohl nicht viel Betrieb gewesen war, hatte sich der Tag in die Länge gezogen: zwölf Stunden Dienst und nicht genug zu tun. Trotz des Südoststurms hatte nur ein Schiff einen Notruf ausgesandt, und das hatte sich vor ungefähr einer halben Stunde aus eigener Kraft in den Hafen geschleppt. Jonas trat aus dem Postgebäude, müde und froh, weder das Klappern noch seine eigene Stimme zu hören; zigmal hatte er die Wetteraussichten heruntergeleiert. Er freute sich auf einen gemächlichen Heimweg und auf sein warmes Bett.
Der Wind hatte noch mehr nachgelassen und umfächelte jetzt angenehm sein Gesicht. Er spazierte die verlassene Straße entlang, als er ein anderes Geräusch als seine Schritte vernahm – wie ein Stöhnen, wie verhaltener, ferner Donner. Dann sah er den Feuerschein am Himmel. Unschlüssig blieb er stehen. Zuerst glaubte er, ein Haus im Osten der Stadt brenne: In einer Entfernung von etwa einem halben Kilometer züngelten Flammen empor. Flammen und Funken und Rauchwolken.
Er lief los, hielt inne und starrte hinüber. War das die Rache des erloschenen Vulkans, an die viele Leute glaubten? Aber der alte Kegel war dunkel, lediglich vom Feuerschein angestrahlt. Er hastete weiter, bis er den Spalt sah, eine langgeschwungene Linie, die auf den ersten Blick einer Feuermauer glich, bis er erkannte, daß sich ein leuchtend roter Riß aufgetan hatte, aus dem zitronengelbes Feuer und rote Asche bis hundert Meter hochschossen.
Er wandte sich von den Höllenschloten ab und rang mit einem Entschluß, während er weiterlief. Es lagen mindestens siebenundsiebzig Schiffe im Hafen, zuverlässig und seetüchtig: Er mußte die Stadt alarmieren. Es gab nur einen einzigen Ausweg. Jonas war überzeugt, daß die Asche und das Feuer und die Lava die ganze Stadt verschlingen würden. Trotzdem machte er einen Umweg zu seinem Haus, als ihm zum ersten Mal das Beben unter den Füßen auffiel und gleichzeitig vi-

brierende Geräusche von allen Seiten, als bebe sogar die Luft. Ringsum wurden Fenster hell. Er hatte fast die Haustür erreicht, als er sich wieder an den Traum seiner Frau erinnerte. Wie lange war es her – Wochen? Monate? –, daß sie eines Nachts weinend, fast schreiend aufgewacht und zitternd in seine Arme geflüchtet war und erzählt hatte, sie habe Helgafell im Traum ausbrechen gesehen? Leise hatte er sie zu beruhigen versucht. Von diesem Alptraum war nie mehr die Rede gewesen. Und nun mußte er sie zu einem noch größeren Alptraum wecken, der Wirklichkeit war.

Er tat es so ruhig und sanft wie möglich. Sie starrte ihm hellwach in die Augen, begriff sofort, stand auf, ohne zum Fenster hinauszusehen, und ging zu den Kindern, während er telefonierte. Seine eigene Stimme klang ihm fremd in den Ohren, tief und angestrengt, ohne Überzeugungskraft. Sein Kollege gähnte hörbar. »Ausbruch? Jonas, trink noch einen. Auf meine Rechnung.«

Es dauerte eine volle Minute, bis er dem anderen laut und mit zorniger Stimme begreiflich machen konnte, daß eine vulkanische Spalte, zwei Kilometer lang, aufgebrochen war und daß er seine Familie zum Hafen bringen wollte, ehe er in die Funkzentrale zurückkehrte.

»Mayday?« fragte der Mann.

»Ja, SOS«, antwortete Jonas.

Im kleinen, weißgetünchten Polizeirevier überlegte der diensthabende Beamte, sehr jung, unverheiratet und zufrieden mit dem stillen Nachtdienst, ob der Sturm wieder aufgefrischt war: Die Fenster ratterten in den Rahmen, und in den vergangenen Minuten hatte er einige Male das Gefühl gehabt, als schwanke das ganze Gebäude. Als er das Mayday-Signal bekam, wäre er am liebsten hinausgerannt, um zu gaffen. Dann aber besann er sich auf seine Pflichten und rief den

Polizeichef zu Hause an, während sich in seinem Kopf Schreckensbilder überschlugen. Die Isolation der Insel, auf der er sein Leben verbracht hatte, wurde ihm zum ersten Mal bewußt, und er dachte an Pompeji und was er darüber gelesen hatte: die drohende Wolke vom Krater des Vulkans, die die Sonne verfinsterte, die Eruption, die den Todesregen eröffnete. Hatte jener Ausbruch nicht zweitausend Menschen das Leben gekostet und eine blühende Stadt zum Massengrab gemacht? Ehe er die schlaftrunkene Stimme des Chefs hörte, erzitterte er innerlich und hoffte, nicht in Panik zu geraten.

Der Polizeichef, der im Gegensatz zu den meisten Männern auf der Insel keine Kinder hatte, behandelte seine jüngeren Beamten immer mit brummiger Herzlichkeit und väterlicher Herablassung. Er knurrte, als er geweckt wurde. Ob jemand in der Stadt ermordet worden sei? Da noch nie ein Mord vorgekommen war, wenigstens nicht in neuerer Zeit, war das sein Lieblingswitz, den er oft anbrachte, um seinen Untergebenen die Hemmungen zu nehmen und um kleinere Vergehen richtig einzuordnen. Auf den Bericht hin, daß kurz hinter Kirkjubaer, der Kirchenfarm, ein vulkanischer Spalt aufgebrochen war, war am anderen Ende der Leitung Stille. Dann gab der Chef mit fester Stimme Anweisungen: Er würde den Bürgermeister benachrichtigen, damit der Evakuierungsbefehl herausging, während der Diensthabende den Zivilschutz und die Behörden in Reykjavik benachrichtigen und alle Polizeibeamten zusammentrommeln solle. »Alarmieren Sie auch das Krankenhaus, und schicken Sie beide Streifenwagen mit Blaulicht und Martinshorn auf die Straße. Raten Sie allen, zum Hafen zu gehen, aber das werden sie sowieso. Und geben Sie Feueralarm.«

»Jawohl«, sagte der junge Beamte, und plötzlich war die Angst verflogen. Er hatte Arbeit zu erledigen.

Ruth schlief unruhig, wachte immer wieder auf. Sie sollte Agnar wecken, damit er die Crew zusammentelefonieren und mit der *Njord* noch vor Mitternacht auslaufen konnte; mittlerweile war es ihrem Gefühl nach später als zwei, und jedesmal, wenn sie ihn sanft rüttelte, brummte er grinsend im Halbschlaf: »Später, später, vielleicht in einer halben Stunde.« Möglicherweise schlief er noch bis zum ersten Tageslicht. Aber was machte es aus? Sein gleichmäßiges tiefes Schnarchen wirkte beruhigend. Auch sie hätte, wie gewohnt, tief und fest geschlafen, aber Rolf war nicht nach Hause gekommen.

Sie schlug die Augen auf. Ein schwacher rosa Schimmer schien das Ostfenster zu erhellen. Sie überlegte, wo Rolf sein mochte. Dann dachte sie plötzlich an die Französin, die vor drei Jahren auf die Insel gekommen war und einen Holländer geheiratet hatte, der angeblich die Stille suchte, um seine Romane zu schreiben. Aber der arme Mann hatte nicht einmal den ersten Winter überlebt und ein unvollendetes Manuskript hinterlassen über das Treiben auf der Insel. Als könnte ein Fremder, der nicht einmal die Sprache beherrschte, das Leben hier in Vestmannaeyjar erfassen.

Die Frau war geblieben. Niemand verstand es. Man sagte, sie hätte kein Geld. Man munkelte auch, sie würde sich in dem alten Bauernhaus auf der Klippe über der See im Süden der Stadt amüsieren. Böse Zungen behaupteten, sie hätte Laster und Unmoral auf die Insel gebracht – hatte sie nicht bis in die frühen Morgenstunden junge Leute, meist junge Männer bei sich?

Wenn Rolf nur käme! Sie befürchtete, er würde zuviel trinken und blindlings losrasen und in das eisige Meer stürzen. Ruth versuchte, diese Bilder zu unterdrücken, was ihr normalerweise auch gut gelang – aber nicht in solchen Nächten. Ein Mensch konnte in dem arktischen Wasser nur einige Minuten überleben, ehe der Schock ihn hilflos machte. Wie viele Männer waren schon so umgekommen! Wenn der Junge noch dazu benebelt war, die Muskeln vom Saufen oder von Drogen schlapp . . . Sie legte hilfesuchend eine Hand auf Agnars sehnige Brust.

Die seltsame Morgenröte war noch immer durch das Fenster zu sehen. Und plötzlich hörte sie die Feuersirene.

Agnar erwachte gleich, als sie ihn schüttelte. Er rollte sich aus dem Bett und trat schwerfällig ans Fenster, wo sich sein muskulöser Körper schemenhaft gegen das rötliche Glühen draußen abhob. Dann wandte er sich um und sagte mit so leiser und sanfter Stimme, daß sie ihn kaum verstand: »Weck Rosa und Rolf.«

Auch sie stand auf. »Ja. Brennt es?«

»Nein.« Der gleiche Tonfall. »Es ist kein Feuer.«

Da wußte sie Bescheid. Als hätte sie es die ganze Zeit schon geahnt, aber das Undenkbare nicht wahrhaben wollen.

»Helgafell?« fragte sie.

»Ich weiß nicht.«

»Was nun?«

»Weck die Kinder auf. Wir bringen sie zur *Njord.*«

Sie mußte es ihm gestehen. »Rolf ist nicht da.«

Er fluchte unterdrückt, dann setzte er sich in Bewegung – keine Zeit für unnütze Bemerkungen. Sie ging hinaus und über den kurzen Gang ins Zimmer ihrer Tochter. Rosa schlief noch. Ihre Mutter beugte sich zu ihr hinab und sprach sie leise an. Das Mädchen schlug die braunen Augen auf, und als es begriffen hatte, nickte es wortlos. Ruth erwähnte, daß Rosas Bruder noch immer nicht heimgekommen war, was das große, zierlich gebaute Mädchen ohne Erstaunen hinnahm. Während Ruth sie im Hinausgehen ermahnte, sich warm anzuziehen und ein Kopftuch mitzunehmen, wurde ihr bewußt, daß Rosas ausgeglichenes Temperament und ihre liebenswürdige Gutmütigkeit wieder einmal als selbstverständlich hingenommen wurden, weil die Sorgen dem Bruder gal-

ten. Wie ungerecht, daß die Sanften und Unterwürfigen nie ihren Teil an emotionaler Zuwendung erhielten. Impulsiv kehrte Ruth um, wieder von brennender Sorge um Rolf erfüllt, und schloß Rosas zerbrechlichen Körper in die Arme.
Sie hörte Agnar am Telefon im Wohnzimmer und dann seine laute Auskunft: »Es ist nicht Helgafell, Ruth.«
Aber er klang nicht erleichtert.
Agnar nahm die Dinge in die Hand: Seinen ersten Maat hatte er schon angerufen, und der würde die Mannschaft verständigen. Sie alle würden mit ihren Frauen zum Hafen gehen. Er selbst wollte Ruth und Rosa zur *Njord* fahren und dann Rolf suchen. Wenn Autofahren in der Stadt nicht mehr erlaubt war, würde er eben zu Fuß gehen. Wußte er, wo Rolf zu finden war? Ihre Blicke trafen sich. Er ging nicht auf die Frage ein. Bis die *Njord* soweit war, würde er mit Rolf zur Stelle sein, und mit Alex, der mit seinem Holzbein zwar auch bis zum Hafen kam, was man ihm aber nicht zumuten sollte. Sie würden gemeinsam nach Thorlakshofn fahren, dem nächsten Hafen auf Island.
Und dann? Darüber wurde nicht gesprochen. Es gab zuviel zu tun. Ruth dachte an Hunderte von Sachen, die sie gern mitgenommen hätte, besonders ihr altes Klavier; aber sie packte nur ein paar Kleider ein. Rosa machte es ebenso, schweigsam und unaufgefordert. Agnar, mit konzentrierter Miene, aber nicht mehr grimmig, lächelte beifällig, ehe sie das Haus verließen. Sie schauten nicht zurück.
Der Himmel hatte sich blutrot verfärbt, die Sirenen heulten jetzt lauter, denn andere hatten eingestimmt, Menschen liefen durch die Straßen, die Luft fühlte sich seltsam warm an, und aus der Ferne hörte man ein Donnern, das näherkam.

Zuerst wußte er nicht, was ihn aufgeweckt hatte. Dann hörte er ein Geräusch und glaubte, der Sturm hätte wieder aufge-

frischt. Der Sturm war schuld daran, daß er so müde war: In seinem Sprechzimmer im Krankenhaus hatte er dauernd kleinere Verletzungen verarzten müssen. Dabei wären all die Wunden und Brüche und Erfrierungen leicht zu vermeiden, wenn die Leute sich nicht so verdammt dumm anstellten! Unbedingt der Nässe und Kälte und dem Wind trotzen zu wollen! Wie die alte gebrechliche Dame, die er gefragt hatte, was sie in so einem Sturm draußen zu suchen hätte: *Ich habe schon viele Stürme erlebt, Herr Dr. Pall.* Da konnte man nur noch den Kopf schütteln. Als die Erinnerung daran beim Erwachen verblaßte, wurde ihm wie so oft bewußt, daß das Bett neben ihm leer war. Er konnte sich nicht daran gewöhnen. Die Zeit – wirklich schon fast sechs Jahre? – hatte das Gefühl der Einsamkeit in seinem kleinen Haus nur noch verstärkt. Und auch eine Müdigkeit, die ihn unweigerlich jeden Tag aufs neue einholte. Die Menge der Arbeit hatte damit nichts zu tun, das wußte er nur zu genau. Viele wußten von seiner Frau, aber nur wenige konnten die Leere ermessen, die ihr Tod hinterlassen hatte. Nur Odette spürte es. Wenn er sie in ihrem Bauernhaus auf den Klippen besuchte, konnte er sich seinen Stimmungen überlassen. Sie stellte keine Fragen und keine Forderungen. *Aber du schläfst hinterher nie*, hatte sie einmal bemerkt. Und er hatte geantwortet: *Nein.* Denn er wollte nie wieder mit jemandem neben sich aufwachen. Nicht einmal mit einer so zauberhaften und einsamen Frau wie Odette. Sie hegten große Hochachtung voreinander, sie respektierten den Verlust, unter dem der andere litt und den die Befriedigung körperlicher Gelüste nur zeitweilig lindern konnte.
Da hörte er es und wußte, was ihn aus dem Schlaf gerissen hatte. Er stand auf, schlurfte wie ein Bär zum Fenster und zog den Vorhang zurück. Ein gespenstischer Schein lag über dem Himmel im Osten. Sein erster Gedanke galt Baldvins Prophezeiung, die sich erfüllt hatte: Helgafell rächte sich für die Entweihung. Er zog sich im kühlen Dämmerlicht an, telefo-

nierte mit dem Krankenhaus und gab Anweisung, alle Patienten für die Evakuierung vorzubereiten; dabei erfuhr er, daß die zwei anderen Ärzte in der Stadt weder erschienen waren noch sich gemeldet hatten. Typisch für die Jungen: Alles überließen sie ihm. Aber – sie hatten Frauen, Kinder . . . Wie würde er handeln, wenn seine Frau bei ihm wäre? Oder das Kind, dessen Totgeburt sie nicht überlebt hatte?

In den Straßen gab es keine Panik. Die wenigen Autos fuhren hintereinander, ohne zu hupen und zu überholen, und ihre Scheinwerfer leuchteten blaß in dem immer röter werdenden Dämmerlicht. Viele waren zu Fuß unterwegs, alle in Richtung Hafen – Erwachsene mit angespannten, ernsten Gesichtern und Kinder, die sich fast die Hälse verdrehten, wie gebannt von dem furiosen Schauspiel und dem keuchenden Grollen; sie alle wanderten dahin mit stiller Würde und starrer Entschiedenheit. Einige hielten sich an der Hand, manche trugen Reisetaschen, nicht eingepackte Kleider, die sie lose über dem Arm trugen, Spielsachen und Kleinkinder. Wie die gebrechliche Dame im Krankenhaus: Sie hatten alle schon einige Stürme erlebt. Aber so etwas noch nie.

Pall bog um eine Ecke und bewegte sich nun gegen den Menschenstrom, der auf dem Kirkjuvegur zum Hafen drängte, fuhr an der Bank vorbei und näherte sich dem Krankenhaus mit der gigantischen Skulptur davor, die in dem gespenstischen Licht grotesk, fast bedrohlich wirkte. In dem Augenblick sah er die Eruption.

Eine Reihe gigantischer und rotglühender Schlote erstreckten sich nach Norden, so weit das Auge reichte, und verschwanden hinter dem angestrahlten, aber festgefügten Kegel des erloschenen Vulkans. Also nicht Helgafell. Er dachte an Baldvin: Sein Haus mußte der bedrohlichen Feuerwand am nächsten liegen. Wenn es aber nicht Helgafell war, bestand dann noch Hoffnung? War das Rollfeld noch brauchbar?

Kümmerte sich jemand darum? Flugzeuge wurden dringend gebraucht.
Er hielt vor dem Krankenhaus, zauderte, starrte vor sich hin. Eigentlich sollte er sich beeilen, aber er mußte an den Traum denken. Seit ihrem Tod hatte sie ihn in den wachen Stunden verfolgt, aber er hatte nur einmal von ihr geträumt. Sie war ihm erschienen, so wie er sie kannte und liebte. Sie rang um Worte, brachte keines heraus, ihr Gesicht war vor Anstrengung verzerrt, und ihre Lippen bewegten sich lautlos, kalte Angst und Verzweiflung in den Augen, sie versuchte ihn vor etwas zu warnen und schaffte es nicht. Er war beunruhigt und vor Sehnsucht zitternd erwacht, wollte wieder in den Traum sinken und sie noch einmal sehen, sie trösten. Hatte sie ihn vor dieser Nacht warnen wollen? Nein, Unsinn, nein.
Er stieg aus, in die Kälte hinaus, die über die See von den Gletschern und nördlichen Tundren herüberwehte und an seinen Kleidern zerrte; doch sein Gesicht fühlte sich trocken und warm an, erhitzt von dem Höllenfeuer dort drüben. Er kletterte die Stufen zum Eingang hinauf und sah, daß alle Fenster erleuchtet waren. Aber seine Gedanken waren noch jenem Traum verhaftet. Er war ein Mann der Wissenschaft. Er gehörte nicht zu den abergläubischen Narren, die an Omen, alte Götter, Auguren und Vorahnungen glaubten. Dann schob er die fruchtlosen Betrachtungen beiseite und betrat das Hospital. Er setzte den Hut ab und fuhr sich mit der Hand durch die kurzgeschnittenen grauen Haare, über die struppigen schwarzen Augenbrauen und über das breite Gesicht mit den hohen Backenknochen, als könne er so einen klaren Kopf für die vor ihm liegenden Aufgaben bekommen.

Der Leuchtturm auf der Spitze der steilen Halbinsel sechs Kilometer südwestlich der Stadt blinkte seine nun völlig sinn-

lose Warnung in den Nordatlantik hinaus; seine grellen Blitze kamen nicht mehr gegen das Glühen im Nordosten an.
Gunnar Axelson, ein Mann mit enormen Schultern, Schaufeln von Händen, einem platten Gesicht und einem kantigen Kinn, ritt auf einem der widerstandsfähigen Island-Ponys von seiner Farm auf die Stadt zu. Seine stämmigen Beine baumelten bis fast auf die Erde herab.
Von dem Moment an, als Josef mit unartikulierten Schreien in ihr Schlafzimmer gestürmt war und mit wilder Freude zu erkennen gegeben hatte, daß die Erde explodierte, hier auf Heimaey, hatte Svava, Gunnars Frau, nur mit verkniffener Miene reagiert, störrisch wie ein Maulesel, und war über ihn und ihre drei Töchter hergefallen: Mochten sie doch ohne sie das Weite suchen; sie, Svava Hannesdottir, war aus anderem Holz geschnitzt! Und die Töchter hatten gekuscht, während er, ausgerechnet er, unmännlich gefleht und gebettelt und Furcht geheuchelt hatte – ja, ein Weib wie Svava konnte einen Mann soweit bringen! Und was hatte Josef getan? Er war mit seinem Hund Odin verschwunden. Als Gunnar das merkte, hatte er den in über zwanzig Jahren aufgestauten Zorn entladen und Svava eine rücksichtslose, gewalttätige und herrschsüchtige Frau geschimpft. Dann hatte er sich aufgemacht, seinen Sohn zu suchen und ihn vor sich selbst zu retten. Ja, vor sich selbst, denn Josef war ebenso unzähmbar wie seine Mutter.
Er hatte sich nicht in seiner Höhle an den Klippen verkrochen. Dahin war Gunnar zuerst geeilt. Wohin nun?
Angesichts des roten, milchigen Schimmers vor ihm, gegen den sich die Häuser der Stadt silhouettenhaft abhoben, verwandelte sich Gunnars Ratlosigkeit in quälende Sorge, so daß er sich haltsuchend mit den Beinen an den Flanken des Ponys festklammerte. Dem Jungen war alles zuzutrauen. Da er keine Angst kannte, mochte er so närrisch sein, zum Feuer zu rennen . . .

Gunnar kam an der Schule vorbei und erreichte die Kirche. Seine Augen suchten in der Menge, die sich um einen Streifenwagen mit träge drehendem Blaulicht am Friedhofseingang versammelt hatte. Die weißgetünchte Kirche war rosa angehaucht, und das steile Dach hob sich scharf vom flammenden Hintergrund ab. Gunnar ließ sich vom Pony gleiten und spürte, wie unter seinen Füßen die Erde bebte. Er brauchte einen Augenblick, um sein Gleichgewicht wiederzufinden. Er erkannte niemanden. Die meisten blickten grimmig ernst, einige ungläubig, manche zornig. Zwei junge Paare ließen eine Flasche Schnaps kreisen. Das Kreischen und Lachen wurde von Detonationen übertönt. Josef war nicht da.
Gunnar wandte sich an den jungen Polizisten, der nickte, als wären ihm die Antworten auf die vielen Fragen ausgegangen. Niemand dürfe näher heran, brüllte er gegen das Tosen, bis auf die Anlieger. Ja, er kenne Josef, aber hier sei er nicht gewesen.
Ratlos sah Gunnar über die Menge, aber es war niemand da, der ihm helfen konnte.
Bei einer erneuten Explosion bäumte sich das Pony plötzlich auf, mit wild rollenden Augen, scheute und galoppierte blindlings davon, nicht von der Vulkanspalte weg, sondern in ihre Richtung. Der Polizist rannte ihm ein paar Schritte nach und schaute dann entsetzt hinter ihm her. Gunnar verfolgte die Szene verblüfft, aber fast mit Verständnis.
Wohin sollte er sich nun wenden? Würde auch Josef sich ins Verderben stürzen, anstatt Sicherheit zu suchen? Gunnar wußte, wie unberechenbar in seinem beschränkten Verstand der Junge reagieren konnte.
Gunnars erster Impuls, in der Kirche Rat und Hilfe zu suchen, verflog. Wie sollte der allmächtige Gott gerade jetzt Ohren für einen kleinen Farmer wie ihn haben? Gott wollte er nicht belästigen. Er würde allein zurechtkommen. Und während er sich in Bewegung setzte, an verlassenen Häusern

mit offenstehenden Türen vorbei, wo hinter manchen Fenstern noch Schatten hin und her huschten, wo Katzen kauerten oder vorbeistrichen, inmitten von dahintrottenden Fremden, wußte er plötzlich, was sein nächstes Ziel war. Er beschleunigte seine Schritte, bog vom Kirkjuvegur ab, der in einer Kurve zum Hafen führte, und ging in Richtung Aquarium, dem einzigen Ort in der Stadt, zu dem es Josef hinzog.

Rolf hatte Geschmack an dem Wein gefunden, den Odette ihm anbot. Nicht nur ihm, sondern allen, die sich bei ihr die langen Abende vertrieben, während die See unten an die Klippen brandete und die Möwen um das Haus kreischten. Wenn in der Runde eine längere Gesprächspause eintrat, konnte man die Wellen und die Vögel sogar durch die dicken Mauern und trotz der Musik hören, die immer die Räume erfüllte. Heute waren von der Gesellschaft wie so oft nur noch zwei übriggeblieben: Odette und Rolf. Rolf kannte die Gerüchte, die in der Stadt kursierten; daß dieses alte Haus, anheimelnd ausgestattet mit Gemälden und Büchern und Polstern auf dem Boden und farbenfrohen seidenen Vorhängen, eine Lasterhöhle sei. Nun, seine Eltern betonten immer, er sei nun ein Mann. Sie verstanden darunter, daß er sich auf seine Aufgaben im Leben der Stadt vorbereiten sollte; daß die Grenzen der Insel auch die Grenzen des Daseins bedeuteten; daß er eines Tages die *Njord* übernehmen und wie alle Männer der Familie Fischer werden würde, während die Jahre verstrichen, bis er selbst alt war und mit einer Pfeife im Mund am Kai stand und seinem Sohn nachsah, der dann die *Njord* befehligte. Er kam sich vor wie in einem Gefängnis, ausgeliefert und zunehmend zorniger an den Gittern rüttelnd, bis er Zuflucht bei Odette gefunden hatte. Hier konnte er frei reden. Hier unterhielt man sich über Paris und London und

Amsterdam und sogar New York – Odette kannte all diese Städte. Hier verließ ihn die Melancholie über sein Leben und den Weg, der ihm vorbestimmt war. Odette gähnte, geleitete ihn zur Tür und meinte mit ihrer melodischen Stimme und dem aparten Akzent, es sei schon wieder viel zu spät geworden. Er mußte plötzlich an Dr. Pall denken. Würde er noch erscheinen? Ihn störte der Gedanke. War Dr. Pall der Grund, warum sie ihn . . .

»Der Himmel!« sagte sie. »Schau doch!«

Über den Dächern, die in der Ferne nicht mehr zu erkennen waren, hatte sich eine feurige Wolke gebildet, aber es konnte nicht Helgafell sein, denn sein Kegel hob sich von dem Glühen ab.

Bald würde er wissen, was los war. Aber zuerst . . .

»Hast du Angst?« erkundigte er sich.

Odette stand im Schatten. Leichter Spott lag in ihrer Stimme: »Sollte ich?«

»Nein«, log er, von Erregung gepackt. »Wenn es gefährlich wird, hole ich dich.«

Er schwang sich auf sein Motorrad. Was für ein dummer Spruch, wie der Prinz in einem Märchen. Aber er hatte keine Zeit, sich wie ein Narr vorzukommen. Er raste los, spürte die Spannung in jedem Nerv und Muskel, die salzige Luft stach ihm kalt ins Gesicht, die Schotterstraße schüttelte die Maschine durch, der Motor röhrte, und er sah durch die Augenschlitze, wie sich die Fahrbahn unter ihm abrollte. Flüchtig dachte er an die Polizei und die Klagen, die sie bei seinem Vater vorgebracht hatte. Geschwindigkeitsüberschreitung, Motor zu laut, Erregung öffentlichen Ärgernisses. Er dachte an seinen Vater, wie er heute im Lagerraum der Buchhandlung gestanden hatte wie ein Fels, ausgemergelt und ledergegerbt, Zorn in den sonst gütigen Augen. Mehr als jeder andere verkörperte er das ausweglose Eingeengtsein. Er, der Rolfs Wünsche nie gekannt hatte.

Lange ehe Rolf die Kirche erreichte, konnte er den Ausbruchsherd sehen, gelb in Bodennähe und feurig rot, Hunderte von Metern hoch. Und die Hitze war so sengend, daß ihm Schweißtropfen auf das Gesicht traten. Er vernahm das Grummeln, unterbrochen von donnernden Explosionen, und betrachtete mehr fasziniert als erschrocken die schwarzen Rauchwolken, die Asche und die Lava.
Ein besonders heftiger Ausbruch knallte durch die Nacht. Die Feuerwand schien zu explodieren. Auf der ganzen Länge schossen Rauchfahnen hoch, höher als zuvor, scharlachrot bis zum Himmel. Und er konnte sich die zähe Lava vorstellen, die aus dem Riß herausbrodelte.
Kein Zweifel: Die Stadt stand vor der Zerstörung.
Er war nicht entsetzt, er frohlockte. Mochte das Chaos die Oberhand gewinnen. Vernichtung. Weltuntergang. Sollte die Stadt dem Feuer und der Lava zum Opfer fallen, die ganze Insel, dieses öde und brache Eiland. Er hatte keine Angst.
Rolf lenkte das Motorrad dem Stadtzentrum zu, raste an der Kirche, der Schule, dem Krankenhaus, der Bank, dem Rathaus vorbei.
Er sah den Mannschaftswagen der Polizei, hörte das Krächzen des Lautsprechers, das Heulen der Sirenen. Nur noch wenige Menschen hasteten dem Hafen zu.
Er merkte, daß er zu den Kaianlagen fuhr. Zu welchem Zweck? Um sein eigenes Boot zu nehmen, nicht um sich den anderen anzuschließen, um allein hinauszufahren in das Hafenbecken und von dort aus zuzuschauen, was weiter geschah.
Sollte er nicht nach Hause?
Nein. Nicht nötig, seine Mutter zu warnen, seinen Vater. Agnar würde sehen, was los war, würde wissen, was er tun mußte, schnell und umsichtig. Auf Kapitän Agnar war Verlaß. Vater, unser bestes Stück.

Von den Werftanlagen, wo er abgesessen war, konnte er in südöstlicher Richtung das Inferno über den Dächern sehen. Hier bebte die Erde nicht. Aber das Wasser reflektierte die Glut, spielerisch und gleichzeitig furchterregend schön.
Warum plötzlich diese Schwäche in allen Gliedern? Diese Gänsehaut den Rücken entlang bis zum Mark, trotz der Hitze im Gesicht?
Er wollte nicht sterben.
Er hatte noch nicht einmal richtig gelebt.
Jetzt konnte es nicht zu Ende sein.
Hatte er doch Angst?
Ja, wie alle.
Er betrachtete die nebeneinander festgetäuten Fischerboote, die Menschen, die an Bord gingen. Er konnte die *Njord* von hier aus nicht erkennen. Alle Boote mit ihren verschiedenen Farben, vom Salz und Wetter ausgebleicht, schimmerten wie mit Rost überzogen.
Ein furchtbares Brüllen ließ ihn herumfahren. Die Hölle schien ihren Schlund aufgerissen zu haben und spuckte ihr Feuer aus. Ja, die Stadt war verloren.
Schnell ging er in das Bootshaus, in dem er sein Fünfmeterboot aufgebockt hatte. Allein bekam er es niemals ins Wasser. Doch es war keine Zeit zu zaudern. Plötzlich bewegte sich etwas, und trotz des Getöses vernahm er ein Geräusch. Unverwechselbar eine menschliche Stimme. Er rief. Keine Antwort. Er schaute in den halbfertigen Bootsrumpf neben seinem Schiff.
Wie ein Baby im Mutterleib lag da ein Mann. Die Hände in den Taschen einer blauen Seemannsjacke vergraben, die Mütze halb ins Gesicht gezogen. Im Schatten war er kaum zu erkennen, aber seine Stimme bat um Hilfe. Rolf beugte sich herab und wußte, wer der Mann war. Er kannte ihn nicht, hatte nur nachmittags auf der Straße mit ihm gesprochen, als der Fremde ihn nach Halldor Danielssons Adresse gefragt

hatte. Da war er schon betrunken gewesen. Der Mann, der sich Olaf nannte, hatte versucht, Halldors Frau zu beschreiben, und mehrere Male ihr Haar erwähnt: das schöne Rot. Dann hatten sie zusammen einen getrunken, und Olaf hatte von fremden Häfen und Ländern erzählt. Seitdem waren Stunden vergangen, und die rotunterlaufenen Augen des Mannes über dem dichten, kurzgestutzten Bart blickten verschwommen.

Sinnlos, ihm zu sagen, was geschehen war. Aber Rolf konnte ihn nicht sich selbst überlassen, ihm einfach den Rücken kehren. Warum eigentlich nicht? Vor wenigen Minuten fand er es noch erhebend, wenn das Scheißnest in Flammen aufging, von Lava und Asche erstickt wurde.

»Können Sie aufstehen?« fragte er.

»Weiß nicht«, sagte Olaf.

»Versuchen Sie's mal.«

»Wenn Sie Brennivan haben.«

»Hab ich«, log Rolf, »aber erst brauche ich Hilfe, um mein Boot startklar zu machen.«

»Boot. Ich kenne mich mit Booten aus.« Als sie draußen im Hafen waren, überfiel Rolf eine lähmende Erschöpfung. Kaum bekam er mit, daß der bärtige Seemann etwas von ihm verlangte, ihm drohte. Rolf ruderte, und das kleine Boot tanzte im Kielwasser der viel größeren Schiffe, die aus dem Hafen ausliefen, aber er war zu schwach. Über die rotangehauchten Wellen sah er die schwarze Stadt vor der Feuerkulisse. Bald hatte die lodernde Hölle die Stadt verschlungen.

Und er – er starb mit.

Nein. Er war hier, in sicherer Entfernung.

Die Hölle würde aber nach ihm greifen.

Das Boot trieb ab, schwankte. Warum ruderte er nicht?

Weil er dem Tod geweiht war. Aber er wollte nicht umkommen. Er war doch erst siebzehn.

Dann verwünschte er sich, Feigling, der er war. Trotzdem

brachte er es nicht fertig, die Arme zu bewegen, das Boot fortzurudern. Leblos saß er noch immer da, ausgehöhlt, und beobachtete das düstere Schauspiel.
Und während er so erstarrt dahockte, verwandelte sich sein Haß auf die Stadt in Eigenhaß.

Im Südwesten Islands gelegen, ist Reykjavik die nördlichste Hauptstadt der Erde: modern, aber mit europäischer Atmosphäre in den engen, gewundenen Straßen, um einen schönen See gruppiert, der nun zugefroren dalag. An vielen Stellen gingen die Lichter an, in Häusern, in einigen Schiffen im Hafen, im Regierungssitz und sogar im Parlamentsgebäude. Busse und Autos fuhren, Telefone klingelten, Hoffnung mischte sich mit Angst, der Schock wurde in Aktivitäten umgesetzt. Naturkatastrophen gehörten zum Leben der Insel, die Menschen waren darauf vorbereitet.
Das Zivilschutzkomitee tagte im Polizeipräsidium in einem unterirdischen Bunker, atombombensicher gebaut; seine dikken Stahlwände hätten den Menschen hundert Kilometer weiter südöstlich im Hagel von Magma und Feuer mehr genützt. Neun Männer standen vor einem Berg von Problemen. Die Frage der Transportmittel hatte Vorrang. Bereits jetzt stachen Schiffe von Heimaey mit Passagieren in See. Es wurde beschlossen, sie nach Thorlakshofn, dem nächstgelegenen Hafen auf der Hauptinsel, zu dirigieren. Aber Thorlakshofn lag fünfundvierzig Autominuten von Reykjavik entfernt, und auf Heimaey lebten über fünftausend Menschen, die untergebracht werden mußten.
Da die Nachricht vom Vulkanausbruch auf Heimaey bereits im Radio gekommen war, konnte man damit rechnen, daß Verwandte und Freunde die Flüchtlinge abholen und auch bei sich aufnehmen würden. Aber Wohnraum war knapp. Konnten denn fünftausend Menschen überhaupt in

einer Stadt von nur achtzigtausend Einwohnern untergebracht werden?

Von seinem Büro aus konnte Thurbjorn Herjolfsson die Schiffe aus dem Hafen stampfen hören, mit tuckernden Motoren und blökenden Signalhörnern, untermalt vom fernen Trommelfeuer, und seine größte Sorge war, daß früher oder später das letzte Schiff abgelegt haben würde ohne Elin an Bord. Das Büro über der Tiefkühlfabrik war spartanisch mit dem Nötigsten möbliert und keineswegs komfortabel, genau wie zu den Zeiten, als Elins Vater hinter dem nun leergeräumten Schreibtisch gesessen hatte. Wie gelähmt schaute er seine Frau an, die die Aktivitäten unten verfolgte, uninteressiert. Nicht so sehr die Eruption bestürzte ihn, sondern die Veränderung, die mit seiner Frau Elin vorgegangen war, seitdem vor zwei Stunden die Sirenen und das Beben sie aus dem Schlaf geschreckt hatten.
Er wußte sofort, was passiert war. Er richtete sich in der Dämmerung auf, und Elin regte sich. Sie reagierte wie erwartet, schien auch sofort zu begreifen und flehte ihn atemlos an, sie zu beschützen. Er streichelte ihr übers Gesicht, stand auf und schaltete das Licht an. Elin kauerte am Bettrand und zitterte am ganzen zierlichen Körper wie ein verängstigter Vogel. Sie war schon immer etwas farblos gewesen, zartknochig, mit unschuldigen, unterwürfigen, grauen Augen und so hellem und feinem Haar, daß es durchscheinend wirkte.
Während Thurbjorn sich anzog, beschwichtigte er sie: Brekkagata lag am westlichen Ende der Stadt, vom Ausbruch weit entfernt – den er Helgafells endlich entfesselter Wut zuschrieb –; er würde sie auf ein Schiff bringen, aber sie sollte sich bitte beeilen und mitnehmen, was sie tragen konnte.
»Was wirst du machen?« fragte Elin.
»Ich werde wahrscheinlich in der Fabrik gebraucht«, erwi-

derte er. »Wir müssen erst mal abwarten, wie schlimm es wird, und dann entscheiden.«
Da war Elin wie eine Furie hochgesprungen, die Augen stechend, und ihre sonst piepsige Stimme hatte einen ungewohnten leidenschaftlichen Unterton angenommen:
»Die Fabrik! Etwas anderes hast du nicht im Kopf. Nicht einmal jetzt! Was ist mit mir?«
»Du kannst zu deinem Vater gehen«, schlug er vor, etwas überrascht. »Es werden Schiffe zum Festland fahren. Jetzt zieh dich an. Auf dem Wasser ist es kalt.«
»Deine Aufgabe ist es, für mich zu sorgen«, kreischte sie. »Das ist deine Pflicht. Was soll ich auf einem fremden Fischkutter?«
Ihre Unvernunft machte ihn ärgerlich. »Kein Mensch auf Heimaey ist für dich ganz fremd, Elin. Du hast von klein auf unter ihnen gelebt.«
»Sie hassen mich alle! Sie sind neidisch, schon immer!« Dann wurde ihr Ton steif und endgültig: »Ich gehe mit dir. Wo du auch hingehst.«
Das dämpfte seinen Zorn. Er spürte ihre Panik. Sie tat ihm leid, und deshalb hatte er sie ins Büro mitgenommen. Wo sie sich weiterhin seinen Bitten verschlossen hatte. Vergeblich seine ganzen Erklärungen: Wenn die Wasserrohre am Meeresgrund oder die elektrischen Leitungen von Island her unterbrochen würden, würde das die Fabrik lahmlegen und zu gewaltigen finanziellen Verlusten führen, für die ihn ihr Vater dann verantwortlich machen würde. Noch während er sprach, wußte er ihre Antwort:
»Und was willst du dagegen unternehmen, kannst du mir das sagen?«
Diese Logik, gepaart mit soviel Unvernunft, weckte wieder seinen Zorn. Oder war er selbst unvernünftig?
»Du bist ein Feigling«, sagte sie ganz ruhig. »Du meinst, du mußt den Helden spielen und hierbleiben. Aber im Grunde

hast du nur Angst vorm Gerede der Leute, wenn du die Insel verläßt. Was willst du dir beweisen? Daß du ein Mann bist?« Ehe er etwas erwidern konnte, trat sie dicht vor ihn hin und schleuderte ihm giftig und mit verzerrter Miene ins Gesicht: »Du bist kein Mann!« Dieser Gefühlsausbruch übertönte den Hafenlärm und selbst das ferne Getöse. »Du bist nie ein richtiger Mann gewesen. Du bist ein Angeber!«
Schockiert und fassungslos hatte er ihr nicht entgegengehalten, was ihm in den Sinn kam: Daß kein Mann, nicht einmal mehrere Männer in der Lage waren, ihre unersättlichen sexuellen Forderungen zu erfüllen, daß sie aus unerfindlichen und von ihm schon lange nicht mehr hinterfragten Gründen unfähig war, die Befriedigung zu erlangen, die andere Frauen leicht fanden. Besinnungslos vor Wut baute er sich vor ihr auf und brüllte: »Sofort gehst du hinunter auf eines der Schiffe, oder ich trage dich eigenhändig hin!« Das brachte sie um den letzten Rest ihrer Beherrschung, und wie eine Furie mit entblößten kleinen Zähnen fauchte sie, entweder würde er tun, was sie verlangte, oder sie würde hierbleiben, hier in seinem Büro, bis die Lava es in den Hafen schwemmte. Sie schrie: »Du liebst mich nicht! Du hast mich nie geliebt!« Vor Wut und Fassungslosigkeit fand er keine Worte.
»Du hast mich nur wegen der Fabrik meines Vaters geheiratet.«
Das hatte sie noch nie gesagt. Wie lange schon mochte sie es mit sich herumgetragen haben? Und lag darin vielleicht ein Körnchen Wahrheit?
Gleichzeitig war auf ihrem Gesicht ein Ausdruck, den er nicht an ihr kannte: ein triumphierendes Grinsen, fast ein Hohnlächeln.
Er haßte sie.
Sie griff nach dem Telefonhörer, und er wußte, wen sie anrufen wollte.
»Vater?«

Die Antwort hörte er nicht, es war aber auch nicht nötig.
Sie hielt ihm über den Schreibtisch den Hörer hin, und er nahm ihn mit dem gleichen Gefühl der Ohnmacht entgegen wie immer, wenn er mit diesem Mann zu tun hatte. Die Stimme ihres Vaters klang sehr ruhig und distanziert. Er solle Elin unverzüglich nach Reykjavik bringen, wenn möglich per Flugzeug. Die jahrelang unterdrückte Wut lag in Thurbjorns Stimme, als er laut antwortete, er würde hierbleiben, um sich um die Fabrik zu kümmern, wie es seine Aufgabe sei. Elin könne unverzüglich fahren, er hätte sie angefleht, die Insel zu verlassen!
»Das ist keine Bitte, sondern ein Befehl. Bring meine Tochter ohne Verzögerung her.«
Unter Elins starrem Blick knallte er den Hörer auf die Gabel.
Ihr Ausdruck wandelte sich wieder, wurde lauernd. »Ich weiß schon, warum du mich allein wegschicken wolltest.« Das zarte Gesicht wirkte spitz und gespannt. »Ich weiß Bescheid über die französische Nutte. Jeder weiß Bescheid. Meinst du, du könntest mir etwas vormachen? Wie Dr. Pall, der glaubt, er könne der ganzen Stadt Sand in die Augen streuen. Wenn Vater erst davon erfährt . . .«
Da fing Thurbjorn lauthals an zu fluchen, ließ eine Schimpfkanonade auf ihren Vater los, in der kein Kraftausdruck, keine Obszönität fehlte und in der sich all die Verbitterung der vergangenen Jahre entlud.
Als er mit hochroter Miene und zitternden Nerven innehielt, sagte Elin ganz ruhig: »Wie schön. Du versuchst doch nur zu beweisen, daß du als Mann halb soviel wert bist wie er.«
Er hätte sie umbringen können, und zum ersten Mal sah er sein Leben und sie klar und deutlich: Sie kannte nur sich selbst, immer sich, sogar bei ihrer Forderung, er solle an ihrer Seite bleiben, sich um sie kümmern. Plötzlich fühlte er sich völlig ausgelaugt. Elin spürte es, lauerte, die Augen wie ein

Raubtier zu Schlitzen verengt, nicht aus Angst, aus Haß oder Panik, sondern aus Verachtung, Ekel.
Da kam ihm die rettende Idee: Er würde sie zu ihrem Vater bringen und dann auf die Insel zurückkehren. Er hatte während seiner Ehe nie eine andere Frau angerührt, kaum jemals ein Wort mit dieser Odette gewechselt, aber das ließe sich ändern. Er stand auf, verzog die Lippen zu einem Lächeln und nickte: »Ich werde dir meine Fürsorge beweisen. Darauf kannst du dich verlassen.«

Kristrun Egilsdottir hockte zwischen den anderen an Deck, die Arme um den Körper geschlungen wegen der schneidenden Kälte, und schaute als einzige bewußt nicht in Richtung der Flammen. Das Bild von Lots Frau schoß ihr durch den Kopf – und die Salzsäule. Die See war rauh, und einige waren bereits seekrank. Andere Schiffe stampften vor ihnen her, und viele folgten, eine Lichterprozession auf dem bewegten, eisigen Wasser. Die Lippen bereits aufgesprungen, die Haut salzverkrustet, kauerte Kristrun auf einer schmalen Bank und preßte das schlafende Kind an ihren Körper.
Es passiert, Mutter. Der Satz Gudrids war unauslöschlich in ihr Gedächtnis geprägt, und wenn sie so alt werden würde wie ihre Mutter, die an der Reling stand und nach hinten schaute, auf eine verlorene Heimat, die sie zum ersten Mal in neunzig Jahren verließ. Ihr Gesicht wie aus runzligem Pergament ließ nicht erkennen, mit welchen Gedanken und Gefühlen sie Abschied nahm. *Es passiert, Mutter.*
War es vorstellbar, daß Gudrid als einziger Mensch auf der Insel beim Erwachen nicht von den Ereignissen überrascht worden war? *Es wird dort einen Vulkan geben,* hatte das Kind gesagt, damals am Fuß des Helgafell. Und heute hatte sich Gudrid nicht einmal erkundigt, wo der Ausbruch war. Als hätte sie es gewußt.

Ein anderer Gedanke drängte sich in Kristruns müden Kopf, ein Gedanke, dem sie am liebsten ausgewichen wäre: der an Rudolf.
Rudolf hatte sich zum Bleiben entschlossen. Kristrun hatte genug gelesen, um zu wissen, daß gewöhnlich Ladeninhaber wie ihr Mann so handelten, um ihr Eigentum zu schützen. Weniger gegen die Auswirkungen der Naturkatastrophe, denn das war unmöglich, aber vor plündernden Nachbarn. So genau hatte Rudolf sich das nicht überlegt, das war Kristrun klar. *Einige von uns werden gebraucht*, war sein einziger Kommentar gewesen. Das genügte. Sie hatte seine Entscheidung nicht in Frage gestellt, und sie fühlte sich nicht zurückgestoßen, war aber tief besorgt um sein Wohlbefinden.
Manchmal wünschte sie, weniger gebildet zu sein; dann hätte sie auch nichts von Krakatau gewußt, der indonesischen Insel, die nicht durch glühende Lava und Aschenregen zerstört wurde, sondern Ende des vorigen Jahrhunderts nach einer gigantischen Explosion vom Erdboden verschwand.
Rudolf.
Scham stieg heiß in ihr auf trotz der Kälte, wenn sie an seine Zärtlichkeit, sein Glück in ihren Armen dachte, während sie ihre Wintermelancholie gepflegt hatte, ihr Selbstmitleid.
»Sind wir da?« Gudrids schlaftrunkene Stimme riß sie in die Gegenwart zurück.
»Noch nicht, Liebes.«
Da? Wo? Verzweiflung machte sich breit. War alles vergangen und verloren, was sie in ihrer Verblendung nicht zu würdigen gewußt hatte?

Die Schmerzen in Olafs Arm hatten sich verstärkt, während er half, das kleine Segelboot zu Wasser zu bringen. Der Junge hatte gelogen, er besaß keinen Brennivan, es war ein Trick, damit er mit anpackte. Wo wollten sie hin? Zuerst hatte der

Junge gerudert, als wollten sie den Hafen verlassen. Warum?
Jetzt ruderte der Junge nicht mehr, sondern schaute zu dem Feuer, was war da passiert? Wie war er, Olaf Jonsson, überhaupt hergekommen? Wenn das Vestmannaeyjar war, wenn es brannte, dann mußte er Juliana warnen, sie retten ... Es stank nach Schwefel, es wird doch nicht ein Vulkan sein ...
Wenn er es sich nicht einbildete, dann war seine Tochter in Gefahr. Das Mädchen auf der Straße, die roten Haare im Wind. Das Mädchen war seine Tochter. Nicht Halldors. Er mußte hin, sofort ...
»Was machen Sie denn?« fuhr ihn der Junge an. »Hinsetzen. Wollen Sie ins Wasser fallen? Setzen!«
Er mußte es erklären, sah der Junge nicht, was dort drüben geschah? »Wenn Sie sich nicht setzen«, brüllte der Junge, »bekommen Sie eins über den Schädel, ich schwör's!«
Olaf war zu schwach. Er setzte sich. Die letzten Kräfte waren draufgegangen, als sie das Boot ins Wasser geschleift hatten. Wenn der Junge ihn schlug, kam er im eisigen Wasser um, dann konnte er sie nicht mehr retten, seine Tochter und Juliana. Er sank zurück, blinzelte, der Arm ein einziges quälendes Pochen, und nichts zum Betäuben.
Er mußte auf seine Chance warten. Das Boot trieb auf die Klippen des Vorgebirges zu, von den Bugwellen der ausfahrenden Schiffe hingeschwappt.
Plötzlich wandte der Junge den Blick von der Feuersbrunst und richtete ihn nach oben. Bei dem Donnergrollen und dem Motorengeknatter im Hafen hatte er es nicht gehört, aber jetzt sah er das kleine tieffliegende Flugzeug mit den blitzenden Lichtern an den Tragflächen.

Von oben konnte der Pilot gut die erleuchteten Schiffe verfolgen, die die Hafeneinfahrt passierten, dann die hohen, abge-

flachten Klippen des Vorgebirges umrundeten, die den Hafen schützten, und einen Kurs nach Nordwesten einschlugen.
Auf dem Herflug in der Direktionsmaschine der Icelandair hatte er stur an seinem Entschluß festgehalten, das Flugzeug trotz aller Warnungen und Risiken zu landen. In widersprüchlichen Meldungen hieß es, der Vulkanspalt habe die Ostwest-Rollbahn aufgerissen, während die Nordsüd-Rollbahn für seine Maschine zu kurz sei; doch der Tower von Vestmannaeyjar hatte ihm versichert, daß ein Starrflügelmodell wie seines trotz des Funkenregens und einiger Schlackebrocken von Osten her sicher herunterzubringen war, wenn er den Flugplatz vorsichtig anflog. Als erfahrener Pilot war ihm ohnehin klar, daß ein Anflug vom Meer her durch einen schmalen Felseinschnitt auch ohne Eruption kein Kinderspiel war.
Über die Kontrollen gebeugt, hellwach, überflog er die Vulkanspalten, und sein Flugzeug wurde von Luftwirbeln und Feuerwolken gebeutelt. Durch die schwarzen Schwaden hindurch sah er die rotglühende Lava und spürte die atemraubende Hitze, die aus der kilometerlangen offenen Wunde hochbrodelte. Wild entschlossen riß er die Maschine hoch, und dann wallten um ihn dunkle Wolken, und er kreiste und fand die Einflugschneise. Er schien geradewegs ins Chaos hineinzusteuern, aber er drosselte die Geschwindigkeit, drückte die Nase nach unten, zielte zwischen die Felswände und schien sie mit den Flügelspitzen fast zu berühren, erkannte die sich nur schwach abhebende Rollbahn und hatte hoppelnd festen Boden unter den Rädern. Er rollte durch einen Aschenhagel, hörte das Trommeln von Brocken auf dem Metall und bremste heftiger als beabsichtigt.
Dann blieb er einen Moment sitzen. Er hatte das erste Flugzeug hergebracht. Darauf konnte ein Mann sich schon etwas einbilden.

Das Telefon klingelte. Er stand vom Bett auf mit weichen Knien und benebeltem Kopf und nahm den Hörer ab.
»Arni?«
Es war seine Mutter. In Reykjavik. Aber mitten in der Nacht?
»Wie spät ist es?« hörte er sich fragen.
»Arni, hör mir gut zu.« Und während ihm ihr Gesicht vor Augen trat – die Hakennase, die hellen Augen, denen nichts entging, das spitze, vorgereckte Kinn –, sagte sie ihm, daß auf Heimaey ein Vulkan ausgebrochen sei. Hörte er überhaupt zu? Verstand er nicht? War er wieder betrunken, schon wieder? Er sollte endlich begreifen! Sie war von einer Freundin angerufen worden, deren Sohn im Polizeipräsidium von Reykjavik Dienst hatte, und der hatte erfahren, daß Heimaey in Kürze in die Luft gehen würde. Was wollte er unternehmen? Wollte er zu ihr kommen? Würde er kommen?
Das war zuviel für ihn. Er kam nicht mehr mit. Wahrscheinlich träumte er. Aber draußen krachte es, und vom Fenster drang Licht in das Zimmer, ein seltsames Licht, blaß, rosa, ganz unwirklich.
»Arni, hast du gehört? Arni!«
Die verhaßte Stimme. Immer fordernd, immer befehlend. Jetzt sagte sie ihm schon wieder, was er tun sollte. Als wäre er noch immer ein Kind. Er stand auf, wurde sich seiner Größe und seines Gewichts bewußt. Er mochte ja noch betrunken sein, ganz sicher sogar, aber er war ein wahrer Sohn des Nordens, das sollte niemand übersehen, jähzornig, kühn, aber scharfsinnig, energisch, praktisch. Er mußte etwas tun. Wenn nur die steife Stimme aufhörte, damit er endlich denken konnte.
»Ja, Mutter«, sagte er sanft, so unterwürfig wie ein Kind, und haßte sich dafür. »Ich werde Margret wecken, und dann kommen wir.« Aber als er ins Schlafzimmer ging, um Margret zu wecken, war ihr Bett leer.

Wo war Margret?
Er schleppte sich ans Fenster, völlig wirr im Kopf. Da sah er die Eruption. Die Flammen züngelten über die Dächer empor, und mit einem Mal kehrte seine Wahrnehmungsfähigkeit zurück.
Es war also doch passiert.
Er hatte einen Ausbruch nie in Erwägung gezogen. In drei Jahren nicht einmal daran gedacht. Aber . . .
Wohin war Margret gegangen?
Jetzt mußte er handeln wie ein Mann. Jetzt endlich hatte er die Gelegenheit, nach dieser Zeitverschwendung als Lehrer zu zeigen, daß er ein Mann war mit Kampfgeist wie seine Ahnen. Sie hatten die Ozeane auf Eroberungs- und Beutezügen durchpflügt. Sollte er etwa weniger Mumm haben?
Aber was er wirklich empfand war Verärgerung. Ein innerer Zorn auf Margret.
Er merkte, daß er sich nicht ausgezogen hatte, gab seiner Wut nach und ging in die Küche. Kein Brennivan da. Sie hatte seinen Brennivan versteckt, vielleicht sogar ausgegossen. Verdammtes Weib! Verdammtes Miststück!
Nein. Sie war kein Miststück. Sie war Margret, das Mädchen mit dem feingeschnittenen Gesicht und den glänzenden schwarzen Haaren, das er beim Sommerfest kennengelernt und geheiratet hatte, das er liebte.
Er brauchte sie so. Gerade jetzt. Wo war sie?
Er brüllte ihren Namen.
Sie brauchte ihn auch. Wer sonst behütete sie?
Er lief zur Tür, riß sie auf. Auf der Straße Schatten, Scheinwerfer, ein rotierendes Blaulicht, das im roten Feuerschein violett wirkte.
Da erst packte ihn das Entsetzen, preßte sein Herz zusammen. Ein Schauder überlief ihn.
Aber Nordmänner kennen keine Furcht.
Er war einer von ihnen.

Und doch gehorchten ihm die Glieder nicht. Hilflos, erschüttert und kraftlos stand er da, als ihm dämmerte, wohin Margret gegangen war.
Zu ihm.
Wer er auch war.
Ausgerechnet jetzt. Ihn jetzt zu verlassen, sich einem anderen hinzugeben . . .
Ihre weiche Haut fiel ihm ein. Die lachenden blauen Augen. Der zierliche Körper, die weißen Schultern, die ihn liebevoll umfangenden Arme . . .
Er wollte Rache, Rache, wie seine Vorfahren sie geübt hatten, dieses Geschlecht, das in Nußschalen den wilden Stürmen getrotzt hatte. Freundlich gegenüber dem Freund, furchtbar gegenüber dem Feind, wie die Edda berichtet, und treu dem gegebenen Wort.
Ein Nordmann hat das heilige Recht, nein die Pflicht, Blutrache zu üben. Das schwor er dem Mann und Margret.
Vulkanausbruch oder nicht, mochten die anderen fliehen, mochten sie alle wie Angsthasen flüchten, er, Arni Loftsson, mußte zuerst noch etwas erledigen.
Er spürte, wie das Blut in seinen Adern pochte. Nicht mehr kalt war ihm, sondern warm und dann erstickend heiß. Und ihm fiel ein, daß er eine halbe Flasche Brennivan für Notfälle versteckt hatte.
Sie lag, wo er sie verborgen hatte.

Wie viele andere in der Stadt stand Agnar Ivarsson vor dem Problem, seine Verantwortlichkeiten abzuwägen, die widersprüchlichen Elemente unter einen Hut zu bringen und entsprechend zu handeln. Seine Frau und seine Tochter befanden sich an Bord der *Njord*, zusammen mit anderen Menschen, darunter Alex Sitfusson, den er hingetragen hatte, und den Familien seiner Crew, die ohne Aufforderung auf das Schiff gegangen waren. Und Agnars Entschluß stand fest.

Obwohl er keine offiziellen Berichte gehört hatte, war ihm klar, daß inzwischen Lava aus dem Riß quoll und hügelabwärts in Richtung auf die Stadt floß.

Während er nach Süden fuhr, hätte er am liebsten dieser roten Glut zu seiner Linken mit der Faust gedroht; er dachte nicht mehr an die Voraussage, daß diesen Winter die beste Fischfangsaison seit Jahren bevorstand.

Agnar spürte, wie der Motor vibrierte. An den letzten Häusern vorbei und durch die kargen, dunklen Felder, auf die nur ein fahler Schein des brodelnden Infernos in der Ferne abfärbte.

Das alte Bauernhaus, vor Jahrhunderten von einem trotzigen Narren gebaut, duckte sich wehrhaft auf dem Massiv vor dem dunklen Hintergrund der weiten See. Nur eines der schmalen Fenster war erleuchtet. Als seine Scheinwerfer beim Vorfahren einen Halbkreis beschrieben, sah er Rolfs Motorrad nicht.

Wenn der Junge nicht hier war, wo dann? Daß Ruth sein Suchen verstand, war keine Frage: Es war undenkbar, die Insel ohne den Sohn zu verlassen. Aber sie hatte natürlich keine Ahnung von dieser Frau. Was in dem Haus vorging, hatte er vor Ruth und seiner Tochter geheimgehalten. Er schritt auf die Tür zu, hörte unten die Brandung an die Felsen klatschen und merkte, daß der Wind von Südsüdwest kam – und er hoffte zu Gott, daß er nicht umschlug, ehe sie alle fort waren. Als er klopfte, fragte er sich, was diese Frau den jungen Männern wohl zu bieten hatte. Mehr als Wein, mehr als Rauschgift, das sie ihnen angeblich gab oder verkaufte? Ihren Körper? Oder mehr? Ihre Figur im Türrahmen hob sich schlank und hochgewachsen vor dem bläulichen Schein einer Öllampe ab; ihre Stimme, die er noch nie gehört hatte, war kehlig, sie sprach mit einem Akzent.

»Sie wollen mich abholen?« Sie trat beiseite. »Bitte, kommen Sie herein.«
Agnar kam sich fehl am Platze vor, als er sich in dem Raum mit der niedrigen Decke umsah. Er wirkte exotisch und einladend, aber fremd und irgendwie beunruhigend.
»Sie wollen mich in Ihrem Wagen abholen, ja?« fragte sie mit einem amüsierten Unterton. »Wenn ich aber bleiben möchte?«
»Mein Name ist«, hörte er sich schwerfällig sagen, »Agnar Ivarsson. Sie kennen, glaube ich, meinen Sohn?«
Da lächelte sie, und ihre pechschwarzen Augen funkelten freundlich. »Rolf kenne ich, ja. Also wollen Sie mich nicht in Sicherheit bringen? Hören Sie, die alten Balken. Sie ächzen wie die Bohlen auf einem Schiff. Rolf ist nicht mehr da.« Dann trat sie ihm einen Schritt entgegen. »Es tut mir leid.« Die Aufrichtigkeit und der Ernst in ihrer Stimme überraschten ihn. »Er war hier, ja, aber er ist nicht mehr da.«
Agnar sah sie an und sagte: »Ich bin nicht gekommen, um Sie zu holen, aber ich finde, Sie sollten gehen.«
Sie blieb stehen, neigte etwas den Kopf, so daß ihr straff zurückgekämmtes, schwarzes Haar schimmerte. »Wäre es denn . . . klug von Ihnen, mich mitzunehmen?«
»Es wäre schlecht, wenn ich Sie hier zurücklassen würde.« Er wandte sich zur Tür. »Wenn Sie noch etwas mitnehmen möchten . . .«
Sie ließ ihren Blick einmal durch das Zimmer schweifen, nahm dann einen gestrickten Poncho mit einer Kapuze, zog ihn über Kopf und Schultern und ging zur Tür.
Neben ihm auf dem Beifahrersitz hüllte sie sich in Schweigen.
Als er in den Hosteleinsvegur einbog, war ihm endlich klar, was zu tun war. Keine Wahl mehr, die Zeit verrann immer schneller, er mußte einen zum Wohl von vielen preisgeben. Er hatte nicht das Recht, fünfzig oder sechzig Menschen auf

seinem Boot der Gefahr auszusetzen, während er einen suchte. Selbst wenn es sich um seinen Sohn handelte.
Als hätte sein Gedanke in der Luft zwischen ihnen Gestalt angenommen, sagte die Frau: »Rolf weiß sich schon zu helfen. Vielleicht . . . ist er erwachsener, als Sie meinen.«
Ärger packte ihn. Welche Unverfrorenheit, sich ein Urteil über ihn, über seine Beziehung zu seinem Sohn anzumaßen! Der Zorn galt auch Rolf, und obgleich er fast daran erstickte, erkannte er doch auch, was dahintersteckte: Liebe und Hilflosigkeit und das Gefühl, versagt zu haben. Wohin war der Junge gegangen? War er in Sicherheit?
Am Kai, wo verlassene Autos in wüstem Durcheinander stehen gelassen worden waren, konnte er an der Anlegestelle der *Njord* hinter der Tiefkühlfabrik parken. Ein Schwefelgeruch lag in der Luft und erinnerte ihn an die todbringenden Gase, die oft im Gefolge eines Ausbruchs ausgestoßen wurden, aber der inzwischen um einen oder zwei Knoten auffrischende Wind blies von Südwesten, so daß die Dämpfe zur See hinübergetragen wurden. Das Grollen hallte von den Felswänden wider, die den Hafen abgrenzten. An den Landungsbrücken warteten seine Mitbürger geduldig und ohne zu drängeln, und Agnar war stolz auf sie. Das gespenstische Licht schimmerte metallisch auf dem Wasser, und über den Dächern loderte die Feuersbrunst weißglühend bis schwefelgelb, scharlachrot hochleckend, darüber schwarzwallende Wolken, die wie mit Pfoten nach dem Himmel griffen.
Schiffe schoben sich langsam zur schmalen Hafenausfahrt und verschwanden in der Ferne. Während seiner Abwesenheit hatte sich das Feuer bis zum Wasser ausgebreitet. Wenn die Lava denselben Kurs nahm und den schmalen Durchlaß des Hafens versperrte, dann waren sie gefangen. Der Flugplatz am Fuß des Helgafell, wo sich das Inferno zu konzentrieren schien, war klein. Selbst wenn er nicht geschlossen werden mußte, bezweifelte Agnar, daß auf den kurzen Roll-

bahnen Maschinen landen konnten, die groß genug waren, auch nur die Menschen aufzunehmen, die jetzt auf der *Njord* zusammengepfercht waren.
Er ging neben Odette an dem Werftschuppen vorbei. Rolfs Motorrad stand an die Wand gelehnt. Agnar merkte, daß die Frau den Kopf wendete. Er ging zur breiten Toreinfahrt, die offenstand. In dem flackernden Dämmerschein sah er, daß Rolfs Boot nicht dalag.
Wie angewurzelt blieb er stehen. Er wehrte sich gegen die Vorstellung, sein Sohn habe kopflos zu entkommen versucht. Nein, der Junge kannte das Meer zu gut – er war kein Narr.
Zornig ging Agnar zur *Njord*, die bereits überfüllt war; er trat beiseite, damit die Frau die kurze Laufplanke benutzen konnte. Er schaute sich um, in viele bekannte Gesichter; einige nickten. Ruth stand auf der Kommandobrücke. Ihre Blicke trafen sich. Ihr Gesicht war ernst – und schön, wunderschön! Und selbst auf die Entfernung von einigen Metern spürte er ihre Liebe, ihre Sorge.
»Geht's los?« fragte sein Maat.
»Noch nicht.« Er nahm sein Fernglas und wandte sich um, als Ruth ihm die Hand auf die Schulter legte.
Mit eiskalten Händen schwenkte er das Glas, verharrte und stellte hastig die Schärfe ein. Ein Boot! Rolfs Boot? Sein Herz blieb fast stehen, und er atmete kaum.
Zwei Männer waren schemenhaft zu erkennen, aber er konnte die Gesichter nicht sehen. Beide wirkten nicht besonders groß. Der Form nach konnte es Rolfs Boot sein. Es driftete, tänzelte. Der eine saß an den Riemen, der andere stand. Seine Haltung erschien Agnar feindselig. Warum stand ein Mann in so einem Boot auf? Wenn er ins Wasser fiel, war er in Sekunden steif gefroren, in Minuten ertrunken. Und warum ruderte der Sitzende nicht die Nußschale in Richtung auf die Docks, ehe sie an die Felsen getrieben wurde und zerschellte? Der stehende Mann ging einen Schritt vor und balancierte mit

ausgebreiteten Armen. Dann holte ein Arm aus, stieß vor und schien den Sitzenden an der Schläfe zu treffen. Das kleine Schiffchen schwankte gefährlich, mußte kentern, wenn nicht ...

Nun stand der Sitzende auf, Agnar erkannte ein Ruder in seiner Hand. Er hob die hölzerne Waffe und schlug sie dem anderen von oben auf den Schädel, nicht seitlich, damit er nicht über Bord ging. Der Angegriffene torkelte und sackte dann im Boot zusammen. Wie gebannt beobachtete Agnar weiter. Er sah, wie der Mann mit dem Ruder sich wieder setzte, das Ruder in die Dolle schob und mit kräftigen Zügen zu rudern anfing. Das Boot beschrieb einen Bogen und steuerte dann den Docks zu.

Agnar ließ das Fernglas erleichtert sinken. Wenn es Rolf war, war er auf dem Weg.

»Geht's los?« fragte sein Maat wiederum.

Und wiederum antwortete er: »Noch nicht.«

Weniger als hundert Meter vom Fuß des Helgafell entfernt lag Baldvin Einarssons Haus der Bodenspalte näher als fast alle anderen Gebäude – von Anfang an dem Untergang geweiht, wie seine Frau Inga sehr wohl wußte. Seit dem Augenblick vor einigen unwirklich langen Stunden, als das Haus wie ein Pendel zu schwingen begonnen hatte, als die Erde geborsten war und Feuer und glühende Asche ausgespien hatte, war Inga klar, daß sie das Haus verlassen und fliehen mußten. Aber sie konnte ihren Mann nicht überzeugen. Er hatte sich wie ein Wahnsinniger gebärdet mit seltsam glitzernden Augen – das beunruhigte sie mehr als das Beben und Krachen unter den Dielen und dem Fundament.

Jetzt war Baldvin wieder aus dem Haus gelaufen. Sie konnte sich genau vorstellen, wie er mit schweren Schritten und vorgebeugten Schultern zum heißen Rand des Infernos vordrang, den kahlen Kopf nur durch eine Strickmütze gegen fallende Asche und geschmolzenes Vulkangestein und den Funkenregen geschützt, in einem so starken inneren Aufruhr, daß kein Gefühl für Angst oder Gefahr Platz hatte. Recht behalten hatte er! Allein in dem bebenden und knarrenden Haus, dachte sie an seinen jubelnden Aufschrei: *Sie wollten nicht hören! Keiner wollte es glauben!* Sie wußte genau, was er meinte: Hatte nicht er, zusammen mit anderen, vorausgesagt, daß Helgafell sich für seine Entweihung rächen würde? Früher war Inga der Meinungsstreit amüsant vorgekommen: Hatten nicht alle Männer ihre Eigenheiten, ihre Spinnereien? Aber jetzt ...

Sie wußte nicht, ob sie einige Habseligkeiten zusammenraffen oder den Wagen nehmen und allein fliehen oder warten sollte. Wenn das Haus schon verloren war, mußte sie mit ihm untergehen? Aber sie konnte Baldvin nicht zurücklassen. Immer wieder forderte eine ruhige Stimme aus dem voll aufgedrehten Radioapparat auf, zum Hafen zu gehen, wo Schiffe warteten, um die Inselbewohner zu retten.

Inga sehnte Petur herbei, obwohl sie wußte, daß er weit weg im Norden Islands weilte, wo der Vater seiner Frau im Sterben lag. Hätte der Geistliche es vielleicht geschafft, sie zu trösten, ihr die Stärke zu geben, die sie jetzt brauchte?

Der Tumult steigerte sich zu wütendem Gebrüll, dem Knurren eines gigantischen, urzeitlichen Seeungetüms gleich, und dann gab es eine Explosion, deren Druck sie durchschüttelte und das Porzellan und Glas auf den Boden schleuderte. Im gleichen Moment ging das Haus in Flammen auf, wie vom Blitz getroffen, und sie rannte gebückt los, nach Baldvin schreiend.

Sie stolperte ins Atelier. Durch die Fensterfront im steilen Dach fiel ein gespenstisch flackerndes weißrotes Licht. Eine Scheibe zersplitterte. Sie wollte fliehen, als ihr Blick auf das Ölgemälde fiel. Vage dämmerte ihr, daß er es ihr erst zeigen wollte, wenn er die Arbeit beendet hatte. Aber sie konnte die Augen nicht losreißen. Es zeigte zwei Vulkankegel, beide im Ruhezustand, und der rechte glich genau Helgafell. Aber den linken Kegel hatte sie noch nie gesehen. Er existierte nicht in Wirklichkeit. Von dem Bild ging eine düstere Wirkung aus, und es wirkte mit den braunen unerschütterlichen Dreiecken gefährlicher als das Toben der Elemente um sie herum. Sie stand wie angewurzelt. Und obwohl die Hitze unerträglich war, in alle Poren eindrang, die Haut versengte und ihr den Atem raubte, zitterte sie vor Kälte, fröstelte am ganzen Leib. Sie hörte ihn nicht, weil alles im Toben unterging, aber sie spürte plötzlich seine Gegenwart. Dann stand er dicht vor ihr, die vertrauten Züge wie im Fieber und ratlos. »Was habe ich dir angetan?« fragte er bestürzt.

Sie wollte ihm sagen, daß es nicht darauf ankomme; es sei gleichgültig, denn er sei zurückgekommen, wieder er selber, so wie sie ihn kannte, aber ihre Kehle und ihre Zunge gehorchten nicht gleich. Als sie schließlich Worte fand, sagte sie nur: »Nimm das Bild mit, Baldvin.«

Zusammengekauert saß Odette an Deck des Fischtrawlers und dachte weniger an die möglichen Auswirkungen der Katastrophe als an die Menschen um sie herum: die nüchternen, strengen Gesichter, die unglaubliche Geduld und Ruhe. Kein Klagen und Geschrei, kein Drängen, keine Forderungen, endlich abzulegen. Nur ein dumpfes Schweigen, das Odette fast unnatürlich vorkam. Ihrem gallischen Temperament widerstrebte soviel Schicksalsergebenheit angesichts der Gefahr. Tränen, Schluchzen oder Proteste hätten ihr die Lage erleichtert. Und dennoch wuchs während der Warterei ihre Hochachtung vor diesen Menschen, zu denen sie noch nie so richtig gehört hatte – war die Chance verpaßt, in ihre Mitte aufgenommen zu werden?

Sie hatte ein einziges Gespräch gehört, mühsam dem Isländischen folgend. Eine ältere, grobknochige Frau mit bestürztem Blick hatte ein sehr hochgewachsenes, blondes Mädchen gefragt, warum das Schiff nicht abfahre wie die anderen, und das Mädchen hatte geantwortet, daß ihr Vater noch das Eintreffen ihres Bruders abwarte. Daraufhin hatte die Alte genickt, als sei diese Erklärung einleuchtend und ausreichend: Was war natürlicher, als daß alle geduldig auf den Sohn des Kapitäns warteten? Die seltsame Logik paßte durchaus zu dem gespenstischen Licht, das über der Szene lag.
Plötzlich sah sie Rolf. Er kam mit seinem Vater und einem anderen Mann, bärtig und in Seemannskleidung, am Kai entlang; der Mann schwankte, so daß Rolf ihn immer wieder stützen mußte. An der Gangway angelangt, blieb der Fremde stehen, starrte das Schiff an und trat dann einen Schritt zurück. Sie sah sein wettergegerbtes Gesicht mit einem Ausdruck so tiefen Leids, daß ihr Herz vor Anteilnahme schmerzte. Rolf griff nach ihm, aber er wich aus und schüttelte den Kopf. Verwundert schaute sie dem Seemann nach, der entschlossen wegmarschierte und etwas brüllte. Nur ein paar Worte verstand sie: ». . . Juliana . . . Tochter . . . retten . . . meine Tochter.« Damit torkelte er den Kai entlang auf die leeren Straßen und verlassenen Häuser zu. Der Kapitän und Rolf schauten ihm nach. Rolf machte einen Schritt, als wolle er hinterher, aber sein Vater sagte etwas, und Rolf wandte sich zu ihm um. Der Anblick verblüffte sie noch mehr: sein jungenhaftes Gesicht, das sie in verschiedenen Stimmungen kannte, verzerrt und der ganze Körper verkrampft. Er sagte nichts, starrte seinen Vater nur an, und aus der ganzen Haltung sprach Aufbegehren und Ressentiment. Drückte sich da echter Haß aus gegenüber einem so guten und starken Mann wie dem Kapitän, der sie hergebracht hatte? Gespannt wartete sie.
Rolf nickte mit dem schmalen Kopf. Dann drehte er sich um,

ohne noch einen Blick in die Richtung zu werfen, die der unbekannte Seemann eingeschlagen hatte, und kam über die Laufplanke auf das Schiff.
Eine Glocke läutete. Die Mannschaft wurde aktiv. Die Laufplanke wurde eingezogen, der Motor tuckerte.
Der Kapitän hat entschieden, dachte Odette.

Hulda Palmadottir strickte, weil man ja nicht müßig zu sein brauchte. Sie war schrecklich müde und verwirrt, seitdem man sie geweckt und ihr befohlen hatte, sich anzuziehen. Nie wurde einem hier irgend etwas erklärt; die Alten sollten tun, was man ihnen sagte, und keine Fragen stellen. Sie fror und war müde, todmüde vom Nichtstun. Aber Angst hatte sie von Anfang an nicht gehabt, und auch jetzt war die Neugier stärker als das Zaudern: Wie mochte es woanders sein? Ob man sie nach Reykjavik brachte? Sie war noch nie in Reykjavik gewesen. Sie stellte sich bestimmt nicht so an wie ein paar andere im Gemeinschaftsraum, wo sie sich versammeln sollten. Niemand hatte ihnen gesagt, was los war, aber die meisten wußten Bescheid.
Eine Frau – ihr Name fiel Hulda nicht mehr ein; sie kannte die meisten seit achtzig Jahren, aber mit den Namen hatte sie Schwierigkeiten – war hysterisch geworden, hatte abwechselnd geweint und geschrien und gestöhnt. Für diese Angst hatte sie Verständnis, aber keine Billigung: So ließ man sich nicht gehen, nicht zu so einer Zeit. Andere fanden den Gedanken an den Tod nicht erschreckend: Eine zerbrechliche Greisin, so verhutzelt wie brüchiges Pergament, saß gelassen mit einem Ausdruck des Friedens in den wäßrigen Augen da, als freue sie sich auf die Erlösung und auf die Menschen, die sie gekannt und geliebt hatte, deren Geister sie willkommen heißen würden. Da war ein Mann – seinen Namen wußte sie genau, weil sie fast jeden Tag mit ihm Schach spielte, aber bei

dem ganzen Durcheinander heute war er ihr entfallen –, sonst immer sehr höflich und freundlich und gütig, der rief in einem fort, das sei Gottes Zorn, die versprochene Rache, die verdiente Strafe; aber niemand hörte auf ihn, nicht einmal Hulda, die keineswegs dachte, daß ihr Städtchen, ihre Insel die Rache Gottes verdiente.
Sie mußte eingedöst sein; der warme Speichel am Kinn weckte sie. Sie schwebte in einem lärmerfüllten Nichts, umgeben vom dumpfen Krachen draußen und nahebei Stimmengemurmel und Weinen, schemenhafte Gestalten, dazwischen die Aufforderung eines Mannes, aufzustehen und mitzukommen. Nein, er meinte nicht sie, sondern eine Frau neben ihr. Und die Frau, runzlig, mit stechenden, rötlichen Augen und einem vorgereckten Kinn weigerte sich. Mit erstaunlich entschiedener und klarer Stimme erklärte sie, wenn die Insel untergehe, wolle sie mit ihr untergehen. Daraufhin hob der Mann, jung und stark, wie er war, und dabei sanft, ihren ausgemergelten Körper hoch und trug sie wie eine Puppe hinaus. Da wußte Hulda, daß es Zeit war. Sie würde gehen, wohin man sie brachte. Die Türken waren wiedergekommen. Und gleichgültig, wo man sich versteckte, in den Klippen, in Felsspalten, hinter Steinen am Strand, die Türken stöberten einen auf. Verbergen hatte keinen Sinn.
Sie ging nach draußen, wo ihr die Hitze ins Gesicht schlug, aber wo es trotz ihrer vielen Röcke und Pullover und dem lästigen langen Mantel und dem Wollschal um den Kopf kalt war wie im Januar eben, es war doch Januar, das Jahr war ihr entfallen, aber jedenfalls war sie über achtzig. Sie wurde in einen großen Autobus gesetzt, der Platz neben ihr blieb frei, und da erst bemerkte sie den rötlichen Schein, in den alles getaucht war. Die Straßenlaternen sahen wie große Rosen im Wind aus, Rosen, sie hatte Blumen immer gemocht. Das Fahrzeug schüttelte sie durch, und sie erkannte eine Straße: Kirkjuvegur, wo sie tausendmal gegangen war. Hinter ihr

schluchzte jemand, und eine Stimme tröstete. Und vorne war der Mann, der so ein Theater gemacht hatte, im Sitz zusammengesunken, schweigend, und durch sein dünnes weißes Haar schimmerte die Kopfhaut – wie konnte man nur bei so einem Wetter ohne Kopfbedeckung ausgehen? Sie wollte ihm ihren Wollschal anbieten, aber sie wußte, daß sie in dem ratternden Bus nicht aufstehen konnte. Direkt vor ihr saß Freydis – ja, sie kannte Freydis, sie waren Nachbarn gewesen – steif und aufrecht. Arme Freydis: Nachts besuchten sie immer Eindringlinge und bedrohten sie und stahlen ihr die Nähnadeln und den Faden und den kleinen Rasierapparat, den sie für die Borsten am Kinn brauchte. Sie lebte in ständiger Furcht, und sie beschuldigte alle in ihrer Umgebung – sie zu bestehlen, ihr Böses zu wünschen, ihr an den Kragen zu wollen. Arme Freydis.
Mit einem Mal bemerkte Hulda ein intensives Glühen, und sie hörte auch wieder das Brandungsgeräusch, aber es waren keine Wellen.
Hier war also das Zentrum der Ereignisse. Kein Vulkan – wieso war die Rede von einem Ausbruch gewesen? Das da drüben sah eher wie eine Feuerwand aus. Kein Grund zur Panik: Warum sollte sie sich vor dem Sterben fürchten? Sterben war nur ein Dahinscheiden, etwas Natürliches, kein Anlaß zu Angst oder Traurigkeit oder gar Hysterie.
Sie fuhren an der Bank vorbei, die Uhrzeiger konnte sie nicht erkennen, dann kam das schwerfällige Gefährt vor dem neuen Hospital am Kirkjevegur ruckend zum Stehen. Da brachten sie sie also hin. Aber als sie ihre Kräfte zusammennahm, um aufzustehen, sah sie ein paar Menschen aus dem Portal treten, gestützt von Frauen mit weißen Hauben. Die leeren Plätze im Bus füllten sich. Neben sie setzte sich ein sehr alter Mann, kraftlos und von einer erschreckenden Blässe. Er schien nichts wahrzunehmen. Der Motor brummte auf, und der Bus setzte sich wieder in Bewegung. Sie wandte sich ihm zu, sagte

dann aber doch nichts. So wie er dahockte, ohne auf das Inferno vor dem Fenster zu achten, erkannte sie, daß der Mann nach einem Schlaganfall nicht mehr sprechen und wahrscheinlich auch nicht hören konnte. Der arme Mann. Sie hätte ihm gern gezeigt und erklärt, was geschah.

Der vertraute Kegel des Helgafell ragte links auf, angestrahlt von flackernden Flammen und fliegenden Funken, und nun merkte Hulda, wohin sie gebracht wurden. Zum Flughafen. Sie verdrehte den Kopf, um mehr zu sehen außer den brodelnden schwarzen Schwaden. Auf dem Hügel konnte sie vor dem zuckenden Feuerschein bläulich und verwaschen das Leuchtfeuer ausmachen, und dann sah sie eine Flugmaschine, wie sie ihr noch nie vor die Augen gekommen war: Sie stieg kerzengerade nach oben, mit rotierenden Flügeln, flog dann seitlich weiter und verschwand in der Ferne.

Hulda war in all den Jahren nie von Heimaey fortgekommen. Sie hatte auch nie das Bedürfnis verspürt, etwas anderes zu sehen. Und jetzt sollte sie die Reise zu einem unbekannten Ort in einem Flugzeug antreten, das sie wie durch Zauberhand entführte.

Sie war noch lebendig. Ja, nach all den Depressionen und den Vorsätzen, in die See zu gehen, weil niemand mehr sie brauchte – und nun erlebte sie so etwas.

Und war dankbar dafür. Sie sollten alle dankbar sein, daß sie noch lebten.

Wieder war es ein Jahr der dreizehn Monde, und die verfluchten Türken waren in anderem Gewand wiedergekehrt, aber Hulda Palmadottir schlug ihnen ein Schnippchen.

Nichts konnte Margret jemals wieder erwärmen. Wie die anderen in einen Schafledermantel und Wolle gehüllt, so daß nur ihr bleiches, keltisches Gesicht herausschaute, hockte sie mit dem Rücken an der Reling, und ihr war eiskalt. Sie hatte

die Augen geschlossen und lauschte auf die wütende See. Der Trawler schien den dunklen und wogenden und klatschenden Wellen hilflos ausgeliefert. Jemand hatte erwähnt, daß die Fahrt vier Stunden dauere, aber sie hatte jedes Zeitgefühl verloren, seitdem das schreckliche Schauspiel des todbringenden Feuerwerks am Horizont verblaßt war. Heimaey – die Insel der Heimat. Jetzt bedeutete das bittere Ironie. Sie alle, ihre Freunde und Nachbarn, waren Flüchtlinge.
Aus dem Bedürfnis nach menschlicher Nähe wandte sie sich ihrer Nichte zu. Das Kind mit dem Kätzchen unter dem Mantel blickte noch immer zurück. Sie und ihr Bruder schienen nach dem anfänglichen Schock wie hypnotisiert. Ob es den Kindern ebenso schwerfiel, alles hinter sich zu lassen? Sie fröstelte.
Und wurde von Erinnerungen überfallen. Sie war durch den Aufschrei eines Kindes aus dem unruhigen Schlummer gerissen worden. Allein in einem fremden Bett mußte sie sich erst zurechtfinden: Sie befand sich im Haus ihrer Schwester Hana. Aber warum hatte ein Kind geschrien? Hana rief sie, sie hörte das Wort *Ausbruch*; Betriebsamkeit in den anderen Zimmern, Schubladen quietschten, Schranktüren wurden geöffnet und geschlossen, Einar beantwortete mit seiner sonoren Stimme die Fragen seiner Frau. Dann Hanas Aufbegehren: *Warum? Warum muß das gerade mir passieren?* Und später, als Margret sich anzog: *Das ist nicht gerecht! Womit habe ich das verdient?* Margret wunderte sich, wie ruhig sie blieb. Sie sollte nicht hier sein und bedauerte ihren impulsiven Entschluß vom Vorabend, aus einer viel intensiveren und tiefergreifenden Angst heraus, als ihr die neue Situation einjagen konnte. Sie telefonierte. Niemand nahm ab. Wenn Arni inzwischen heimgekommen und im Vollrausch eingeschlafen war, bewußtlos? Hana weigerte sich, ihr Haus zu verlassen. Plump und reglos hockte sie in ihrer Fülle da und hob das Doppelkinn: *Es ist ja nur Helgafell.* Ihr Mann, klein und

hager mit weißblondem Haar, hatte sich zuerst auf Bitten verlegt, dann aber verärgert und verzweifelt damit gedroht, allein mit den Kindern aufzubrechen. *Hana, du mußt jetzt an die Kinder denken!* Doch Hana schüttelte den Kopf. Bis Margrets Stimme zu ihr drang: *Ich weiß, was ich tun muß. Hana, ich bekomme nämlich ein Baby.* Die darauffolgende Stille dämpfte das Geräusch der vorbeifahrenden Autos und das Heulen der Sirenen. Als wäre ein innerer Widerstand gebrochen, erhob sich Hana – das aufgedunsene Gesicht erst schlaff, dann mit einer neuen Festigkeit – und nahm die Dinge in die Hand. Sie mußten sich beeilen, warum standen alle tatenlos herum, warm anziehen und Mützen aufsetzen, auf dem Wasser ist es kalt, wo waren ihre Handschuhe, wer hatte sie schon wieder weggenommen, immer wurden ihre Sachen verlegt, ihr würden die Hände auf dem Wasser abfrieren. Da war Margret heimgelaufen, hatte das Haus leer vorgefunden, Arni einen Zettel hinterlassen und sich dann am Dock wieder den anderen angeschlossen.

Margret schaute an dem schlafenden Mädchen vorbei zu ihrem schweigend dasitzenden Neffen. Als ihre Blicke sich trafen, lächelte er ihr zu – als wolle er sie aufmuntern.

Sie dachte an das keimende Leben in ihr. Und an Arni. Vielleicht würde er es nie erfahren. Ob er ihren Zettel fand? Und was dann? Oft war er nicht Herr seiner Sinne. Wenn er sie angebrüllt und geschlagen hatte, wußte er oft am nächsten Tag nichts davon. Zuerst hatte sie angenommen, er spiele ihr aus Scham und Reue einen Gedächtnisschwund vor. Aber nein: Es lag am Brennivan.

Wo mochte er sein?

Sie gestand sich zögernd ein, daß sie nicht mehr die nagende Sorge empfand, die sie eigentlich fühlen müßte, Gott vergebe ihr. Wenn Arni so wenig an ihr lag, daß er jetzt nicht an ihrer Seite war, dann brauchte sie sein Schicksal auch nicht mehr zu kümmern!

Doch dann rief sie sich beschämt zur Ordnung: Sie war nicht wie ihre Schwester. Jetzt war weder Zeitpunkt noch Ort, selbstsüchtigen Rachegelüsten nachzugeben – sie wußte ja, daß sie noch immer an ihm hing. Ihn liebte. Und ein Schrekkensbild schoß ihr durch den Kopf: Arnis sehniger Körper schlaff im Rinnstein ausgestreckt, die Augen in seinem Wikingergesicht geschlossen, sein Geist vom Alkohol betäubt – und die Lava quoll durch die Straßen der Stadt . . .

Weg mit diesen düsteren Gedanken! Sie hatte so gehandelt, wie sie mußte. Sie brachte das in ihr keimende Leben in Sicherheit. Arni mußte das verstehen.

Sie merkte mit einem Mal, daß das Meer ruhiger geworden war und daß das Tuckern des Motors anders klang. In der Ferne sah sie Lichter: Land!

Aber niemand stieß einen Jubelschrei aus. Nur ein einziges Wort drang durch die Nacht: »Schau.« Margret sah zu dem Jungen, der das Wort gerufen hatte, und erkannte ihn. Josef hieß er und lebte außerhalb der Stadt auf einem Bauernhof. Er war ein vertrauter Anblick mit dem Hund an seiner Seite, der auch jetzt nicht von ihm wich, und einem gewaltigen Mann mit einem breiten, flachen Gesicht, genauso gutmütig wie das des Jungen. Den Mann sah sie nicht an Deck, aber er mochte mit den anderen Männern im Laderaum sein oder war zurückgeblieben, um von seiner Farm zu retten, was zu retten war. Der Junge blickte fröhlich drein, begeistert fast, und Margret fragte sich, wie es ihm wohl ergehen würde ohne die Sicherheit der Farm und ohne die freundlichen Menschen in der Stadt. Um ihn herum standen drei Mädchen – seine Schwestern? –, etwas mürrisch und dumpf. Etwas abseits eine Frau, altersmäßig schwer einzuschätzen, mit scharfen Zügen und glitzernden Augen, von wildem Haß auf die ganze Welt erfüllt; sie erinnerte Margret an eine Hexe aus den Sagas. Und an Arnis Mutter.

Mußte sie dorthin? Zu ihr? Zu der hageren Frau mit den

neugierig bohrenden Augen und der scharfen Zunge, die allein in dem weiträumigen Haus am Ufer des Sees im Zentrum von Reykjavik wohnte? Nein. Zwischen ihnen gab es keinen Frieden.
Aber wohin sollte sie gehen?
Sie wußte es nicht.
Der Hafen vor ihr war ein Lichtermeer, nicht nur an den Kais, wo die Schiffe festmachten und die Menschen an Land gingen, sondern entlang den Straßen bis weit ins Land hinein.
Als die Maschine langsamer lief, wurde ihr klar, daß sie keine Wahl hatte. Sie mußte zu Arnis Mutter. Ihre einzige Verwandte auf der Hauptinsel war eine Cousine, die sie sehr mochte, aber Malfrour hatte einen Amerikaner geheiratet und lebte auf dem Land; da wollte Margret sich nicht aufdrängen. Die andere Möglichkeit war, das Quartier zu nehmen, das ihr die Katastrophenschutzbehörde anbot, aber mit dem Kind in eine so beengte Unterkunft ziehen?
Das Schiff war in den Hafen eingelaufen, glitt an die Pier heran, wo Menschen und Fahrzeuge warteten. Wenn Arni kam, ging er natürlich zu seiner Mutter. Er würde erwarten, sie dort anzutreffen. Und Arni war der Vater des Kindes.
Von allen Seiten drangen Geräusche auf Margret ein. Zaudernd und starr blieb sie an der Reling stehen.
Sie war allein.
Nie war sie so verlassen gewesen.

Tief unter dem Flugzeug tanzten auf dem Meer Lichtpunkte wie vor einem schwarzen Abgrund. Fischerboote, so hatte Owen Llewellyn erfahren, die die Menschen evakuierten. Der amerikanische Pilot, ein Mann mit gerötetem Mondgesicht, kaute an einer Zigarre und gab mit Flüchen vermischte Lageberichte über den Bordfunk, während er gebückt nach vorn auf den Feuerschein starrte, der immer wieder hinter

dicken Wolken verschwand. Nach einer abfälligen Bemerkung über Owens roten Bart hatte er sich einverstanden erklärt, ihn mit seiner Kameraausrüstung an Bord zu nehmen, aber es war ihm verdammt egal, wie Owen zurückkam, weil die Kiste auf dem Rückflug bis oben voll sein würde. Und wenn jemand wissen wollte, wie Owen hingekommen sei, solle er sagen, er sei geschwommen. *Verstanden, Major?* Als die Maschine in der Luft war, hatte sich der Co-Pilot mit rotunterlaufenen Augen und bös verkatert in die Passagierkabine verzogen, wo er nun auf zwei Sitzen lag und schnarchte. Owen gesellte sich zum Piloten in dem engen Cockpit.
Hätte Todd Squiers Sohn auf seinen Vater gehört und nicht mehr an seinem Kurzwellenradio herumgespielt, nachdem die anderen sich zur Ruhe begeben hatten, dann hätte Owen erst am Morgen von dem Vulkanausbruch erfahren und hätte wahrscheinlich nicht in dieser Maschine gesessen, sondern in einem Linienflugzeug nach New York. Zuerst war ihm die Meldung gerade recht gekommen – als Entschuldigung, nun nicht nach Hause zu müssen –, aber angesichts der bestürzten Mienen von Todd und Malfrour schämte er sich. Er war wirklich ein Bastard, daß ihn nur professionelle Neugier kitzelte, während Tausende von Menschen knapp hundertsechzig Kilometer entfernt um ihr Leben kämpften. Wieder kam er sich sehr einsam und isoliert vor, und er überlegte, ob seine Haltung des unbeteiligten Beobachters ein Fluch oder ein Segen war. Vielleicht verdankte er ihr seine Erfolge als Fotograf, sie schirmte ihn aber gleichzeitig gegen Engagement und innere Anteilnahme ab. Malfrour hatte vorgeschlagen, daß Todd, nachdem Owen am Flughafen von Keflavik abgesetzt war, nach Thorlakshofn fahren sollte, um ihre Cousine und deren Familie nach der Landung abzuholen und ihre Gastfreundschaft anzubieten.
»Da«, sagte der Pilot mit knurriger Befriedigung und Wachsamkeit, als sei ein Feind in Sicht gekommen.

Vor ihnen stiegen Lichtsäulen in die Dunkelheit, lachsrot und von Wolken verschleiert. Owen zählte die Säulen, es waren mehr als vierzig. Und dann sah er den dunklen Kegel des Helgafell wie eine Silhouette vor der Feuerwand, rötlich angehaucht, als das Flugzeug tiefer ging über die vor dem Inferno kauernde Stadt. Erleuchtete Fenster, brennende Straßenlaternen, verlassene Straßen, steile Giebel, alles in Rot getaucht. Unfaßlich, ein Alptraum. Owen wußte, daß er diesen Anblick nie mehr vergessen würde, niemals.
Die Maschine überflog gezackte Klippen am Hafen und schwenkte nach Süden, so daß er in den Feuerschlitz schauen konnte, der seine Munition nicht nur nach oben schoß, sondern aus zitronengelbem Rachen in alle Richtungen, eine rotglühende Lavazunge bis zum Wasser, die selbst die Eiseskälte nicht gleich zu löschen vermochte. Schwarze Wolkengebirge brodelten um das Flugzeug.
Angesichts dieses Chaos, auf das ihn weder Fotos noch Berichte vorbereitet hatten, verspürte Owen mit einem Mal Gefühlsregungen, die er nicht mehr empfinden zu können geglaubt hatte: Mitleid und Trauer.
Die Nase des Flugzeugs senkte sich in einen Felseinschnitt, wobei die Flügelspitzen fast an die Steine kratzten, vor ihnen rechts der alte Vulkan und die Landebahn und daneben auf dem taghell angestrahlten Feld ein ameisenhaftes Durcheinander: Menschentrauben im Schatten anderer Flugzeuge, Lastwagen, Krankenwagen mit rotierendem Blaulicht und darüber ein Funken- und Aschenregen, der am Leitwerk und an den Flügeln abprallte. Mit einem befriedigten Grunzen setzte der Pilot zur Landung an.
Während Owen seinen Rucksack und die Kameratasche schulterte, war er sich bewußt, daß seine Erregung nichts mit der zu erwartenden Fotoausbeute zu tun hatte. Teufel, er hatte nicht mal daran gedacht, von oben Aufnahmen zu machen. Die gespannte Hochstimmung wirkte wie ein Rausch,

und zum ersten Mal wollte es ihm nicht gelingen, eine Sache mit teilnahmsloser Objektivität anzugehen. Diese verheißungsvolle Stimmung kostete er aus, spürte in allen Poren, daß ihm eine Wandlung bevorstand, ihm persönlich.
Dann stieg er aus, noch steif vom Sitzen, und wurde gleich von Hitzeschwaden umhüllt, während er versuchte, seine widerstreitenden Gefühle in den Griff zu bekommen. Unter seinen Stiefeln knirschten Lavagestein und Asche, bebte der Boden, bereits von kleinen Rissen gezeichnet, als wolle er bersten; die Luft flimmerte. Owen stand allein inmitten des Chaos, funkenumstoben, und war entsetzt und gleichzeitig ergriffen. Dieses Schauspiel war mit keiner Kamera einzufangen.

Die Presseagenturen – und damit die bedeutendsten Zeitungen in aller Welt – berichteten, daß der Vulkan Helgafell ausgebrochen sei. Aber auf Heimaey hieß der neue Vulkan Kirkjufell, der Kirchvulkan, weil die erste Erdspalte sich östlich von Kirkjubaer, der der Kirche gehörenden Farm, aufgetan hatte.
Kirkjufell. Der Pastor der einzigen Kirche auf Heimaey, Petur Trygvasson, weilte nicht in seiner Gemeinde, sondern in Isafjord, einer kleinen Stadt am Rande der isländischen Nordwesthalbinsel, einem unwegsamen Landstrich am Polarkreis, wo die Sonne nur zwei Monate im Jahr scheint. Als das Telefon schellte, hoffte er, seine Frau im Nebenzimmer bei ihrem sterbenden Vater würde nicht geweckt, und so nahm er schnell den Hörer ab. Es war sein Vater, der Bischof von Akureyri. Während Petur schockiert zuhörte, mußte er an seinen Freund Baldvin Einarsson denken und an dessen wiederholte Prophezeiungen, daß Helgafell Rache üben würde. Alles Unsinn, heidnischer Aberglaube, der nur Unruhe stiftete. Er dankte seinem Vater flüsternd und legte auf.

Was hatte er hier verloren, wenn er zu Hause gebraucht wurde? Er erhob sich. Seine Pflicht war, seine Gemeinde zu erreichen – wie konnte sie überleben, wenn sie nicht den Willen Gottes akzeptierte? Aber er blieb im kalten Zimmer stehen. Er ging zum Fenster und schaute durch die Eisblumen hinaus. Die Nacht war schwarz. Hatte er denn Angst? Um sich selbst?

Vor ihm erstand das Bild, das er am meisten fürchtete: Wie er hager und bleich durch die engen Straßen der ihm anvertrauten Stadt schritt, schüchtern inmitten der robusten Gemeindemitglieder, die er häufig mit falschen Namen ansprach, fehl am Platz mit seiner Gelehrtenmiene, fremd. Das vertraute Gefühl der Unentschlossenheit lähmte ihn.

Aber er wurde gebraucht. Er konnte nicht hierbleiben. Wie konnte er so kleinmütig denken, seinen erbärmlichen Ängsten nachgeben wollen, wenn sie . . .

Er wandte sich ab und sank auf die Knie. Er betete. Er betete nicht um Mut und auch nicht um Rat oder für sich selbst. Vestmannaeyjar war kein Sodom und Gomorrha, das wußte der Herr. Er stellte Gottes Willen nicht in Frage, aber er war sicher, daß seine Gemeinde keine Züchtigung, keine Strafe verdiente. Er war sich auch bewußt, daß das, was dort geschah, kein Unfall, keine Zufälligkeit war – wie sein Freund Pall kommentieren würde. Auch die Ideen seines Freundes Baldvin konnte er nicht akzeptieren, heidnisch und ketzerisch wie sie waren. Nein, er akzeptierte es, weil Gott damit einen Plan nach seinem ewigen Rat verfolgte, den die armen sterblichen Menschen nicht begriffen. Aber, bitte, Herr, bitte – hab' Gnade . . . Dann stand er auf, mit neuem Mut, entschlossen. Und dankbar.

In einigen der Fenster der Fischverarbeitungsfabriken und Kühlhäuser brannten Lampen. Olaf starrte über das rötliche

Hafenbecken. Die meisten größeren Schiffe waren ausgelaufen. Ein Küstenwachkutter schob sich durch die Hafeneinfahrt, und sein Scheinwerfer schwenkte über das Wasser.
Er war glücklich. Sogar die Schmerzen im Kopf waren wie weggeblasen. Warum hatte der Junge ihm den Riemen über den Kopf geschlagen? Der Arme mußte wahnsinnig vor Angst gewesen sein. Nun, das war jetzt egal.
Dr. Pall hatte ihm die Tabletten gegeben. Er hatte fast alle eingenommen und wußte, daß er das in ein paar Stunden bedauern würde. Aber jetzt fühlte er sich wohl und nahm alles wie aus weiter Ferne wahr. Er hatte auch getrunken. Er war einfach in ein leerstehendes, erleuchtetes Haus eingedrungen und hatte eine Flasche auf der Kommode gefunden. Er war davor gewarnt worden, Tabletten und Alkohol zu mischen. Aber die Ärzte hatten ja keine Ahnung.
Olaf schaute aufs Meer und dachte an Juliana. Und an das Kind. Sein Kind.

Das Haus war entsetzlich leer. Was ihn ja nicht zu wundern brauchte, hatte er doch selbst seine vier Söhne und seine Frau zum Hafen gebracht. Trotzdem schaute Jonas Vigfusson sich verloren um. Dieses Alleingelassensein schien ihm schlimmer als die bedrohlichen Feuersbrünste und das grollende Donnern. Er beschloß, die wenigen freien Stunden, die er sich leisten konnte, künftig nicht in diesem verlassenen Gebäude zu verbringen, in dem ihn alles an die vergangenen glücklichen Jahre erinnerte.
Er ging zur Funkzentrale zurück. Ein Haus war durch herabstürzende glühende Lavabrocken in Flammen aufgegangen. Inzwischen hatte der Wind wieder gedreht. Dieses Haus war das erste – wie viele würden folgen? Er begegnete niemandem und dachte an die Menschenmengen vor wenigen Stunden. So kurze Zeit, und doch eine Ewigkeit.

Im Postamt durchschritt er die hohen, leeren Räume. Das Klappern der Fernschreiber und das Krächzen des Rundfunks drangen an sein Ohr.
In der Funkzentrale erhielt Jonas die Nachricht des Stadtrats, dem er angehörte, daß eine Krisensitzung einberufen war.

Der junge Polizist, der die Meldung von der Eruption empfangen hatte, kam in das Polizeirevier und sah den Chef bei geöffneter Tür an seinem Schreibtisch sitzen. Er wirkte älter, aber in seinen müden geröteten Augen blitzte noch immer leiser Spott.
»Gibt's Plünderungen?« fragte er ironisch.
»Plünderungen?«
Der junge Beamte schaute bestürzt drein.
»Der Bürgermeister hat eben per Telefon eine Stadtratssitzung einberufen. Er meint, daß vielleicht gestohlen wird, was nicht niet- und nagelfest ist. Ein Mann, der sein ganzes Leben hier verbracht hat! Also sagen Sie den anderen, sie sollen nach Dieben Ausschau halten, klar?« Dann legte er den Kopf in den Nacken und brüllte vor Lachen.
Gelächter in so einer Stunde!
»Möchten Sie etwas Kaffee, Chef?«
»Schlafen möchte ich. Aber ein Kaffee ist auch nicht zu verachten.«
Während der junge Mann ihn aufbrühte, erzählte er von dem Pony, das zu dem schwarzroten Lavastrom galoppiert war, als wollte es ins Feuer. Dann war es im Kreis herumgesprungen, verwirrt und in Panik, mit zuckendem Fell, angesengt und halb blind. Der junge Polizist, der zum ersten Mal heute im Dienst eine Waffe trug, hatte dem Tier den Fangschuß gegeben. Doch er litt darunter, konnte das verdammte Bild nicht aus dem Kopf kriegen.
Der Chef fragte: »Wissen Sie, wem das Pony gehörte?«

»Ich glaube, ein Bauer, Gunnar Axelson, kam damit in die Stadt geritten. Auf der Suche nach seinem Sohn.«
»Den Mann kenne ich. Und den Jungen. Nun ja, das war das erste Opfer. Hoffentlich das letzte.«

In der Annahme, er könnte in der Nacht noch gebraucht werden, war Dr. Pall im Krankenhaus geblieben, obwohl es nah am Gefahrenherd lag. Aber als er sich ins Bett gerollt hatte, fragte er sich unwillkürlich, ob er oder einer der anderen auf der Insel zurückgebliebenen Männer es fertigbringen würden, in diesem Tumult zu schlafen.
Mit Befriedigung dachte er daran, daß alle Kranken evakuiert waren dank Icelandic Airlines und den Flugzeugen des amerikanischen Luftwaffenstützpunkts Keflavik. Alles war geordnet abgewickelt worden. Aber diese junge Frau, die darauf bestanden hatte, mit dem Schiff zu fahren, weil sie Angst vor dem Fliegen hatte? Es würde ihn nicht überraschen, wenn die eigensinnige Närrin an Bord einer dieser stinkigen, schwankenden Nußschalen ihr Baby bekommen hätte.
Jedenfalls hatte es nur geringfügige Verletzungen gegeben, meistens Verbrennungen. Genau das war ein Wunder, wert, seinem Freund Petur berichtet zu werden, der im Norden Islands den kranken Schwiegervater pflegte. Was würde es Petur beweisen? Daß er einen gnadenvollen Gott hatte?
Wenn Odette hier wäre, dann könnte er schlafen. Nein – er hatte nie mit Odette wirklich zusammen geschlafen. Und er würde es auch nicht tun.
Was ihn an seine Frau erinnerte und an jenen Traum. Konnte es die heutige Nacht sein, vor der sie ihn zu warnen versucht hatte? Gab es denn wirklich mehr Dinge unter dem Himmel, als unsere Schulweisheit sich träumen läßt?
Er war dem Schlaf nicht näher gekommen, als das Telefon schrillte. Er griff nach dem Hörer. »Ich komme«, sagte er.

Um ihn herum rieselte es schwärzlichen Staub wie trockene Regentropfen, als er auf die Straße ging. Aus Gewohnheit schaute er zur Uhr am Bankhaus: Um 1 Uhr 55 war sie stehengeblieben.
Im engen Treppenhaus spürte er das Zittern im Gemäuer, und im Sitzungsraum klapperten die Fenster in den Rahmen. Um das Gedröhne zu übertönen, mußte man die Stimme erheben, und die Sitzung klang schon fast wie ein Wettschreien. Der Bürgermeister, ein Mann mit beginnender Glatze und sonst freundlichen Augen, blickte weniger verbindlich drein, als er leicht erregt erklärte, daß der Polizeichef nicht nur keine Vollmacht habe, den Evakuierungsbefehl für alle zu erteilen, sondern daß ein solcher Befehl bedingungslose Kapitulation signalisiere. Worauf der Polizeichef, grimmiger wirkend, als er war, einen verhaltenen Fluch ausstieß und den Bürgermeister zum soundsovielten Mal daran erinnerte, daß er keineswegs die Anweisung zur Evakuierung gegeben, sondern nur das Offensichtliche vorgeschlagen habe; die meisten Bürger hätten solcher Nachhilfe nicht bedurft, aber es gab ja immer Widerspenstige und leichtsinnige Narren.
Pall begrüßte die Runde und fand, daß es ein trauriger Haufen war – bis auf die zwei Herren vom Verteidigungsministerium, die in einer stilleren Minute berichteten, daß von allen möglichen Ländern Hilfsangebote einträfen und daß die Regierung die nötigen Gelder zur Verfügung stelle. Und der schwarzbärtige junge Vulkanologe von der Universität Reykjavik informierte sie, daß der Vulkan noch ziemlich aktiv sei, auch wenn die Ausbrüche etwas an Heftigkeit abgenommen hätten ebenso wie auch die Zahl der Feuersäulen. Der Bürgermeister bemerkte, daß man das mit bloßem Auge erkennen könne – aber warum habe es keine Alarmzeichen gegeben? Die habe es wohl gegeben, zweihundert leichte Erdstöße am Sonntag, aber alle sehr geringfügig und über eine große Fläche verteilt, also nichts Nennenswertes in dieser Gegend. Dann zupfte er

an seinem Bart und seufzte mit heller Jungenstimme: »Trotz all unserer Präzisionsinstrumente ist es keine sehr exakte Wissenschaft, meine Herren.« Er zuckte mit den Schultern. »Es geht einem mit Vulkanen nicht anders als mit Menschen . . .«

Pall verstand. Temperamentsausbrüche mochten im Vergleich zu den wilden Naturgewalten und der drohenden Vernichtung banal erscheinen, aber die Eitelkeiten, Aversionen aus vergangenen und gegenwärtigen Tagen, all die kleinen Charakterschwächen gehörten nun einmal zum Menschen.

Jonas Vigfusson trat ein. Der junge Mann konnte sich gerade noch aufrecht halten, und Pall überlegte, wann er wohl das letzte Mal geschlafen haben mochte. Zwölf Stunden Schicht und . . .

Jonas setzte sich nicht. Er habe eine Nachricht zu überbringen, sagte er mit einem schwachen Lächeln. Er habe soeben per Funkspruch vom Kutter *Veida* erfahren, daß während der Überfahrt ein Mädchen geboren worden sei. Und die Mutter habe einen passenden Namen ausgesucht: Ozeana. Leichtes Grinsen, erfreut aber verlegen, Beifallklopfen auf dem Tisch. Pall war weniger erleichtert als ärgerlich: Dieses idiotische Gör hätte alle Annehmlichkeiten eines Entbindungszimmers im Krankenhaus und einen kompetenten Arzt haben können, wenn sie nur geflogen wäre.

Jonas nahm Platz und beantwortete Fragen: Ja, das Telefon funktioniere noch, aber keiner wisse, wie lange. Der Fernsehsender sei umgestürzt, aber der Funkturm sei noch einsatzbereit. Pall gefiel gar nicht, was er in Jonas' blutunterlaufenen Augen erkannte und in den düsteren, grimmigen Mienen am Tisch.

Er erklärte lautstark: »Die Stelle für Erste Hilfe wird im Krankenhaus eingerichtet. Ich habe bereits vier Fälle von Verbrennungen zweiten Grades behandelt – an den Fußsohlen von irgendwelchen verdammten Narren. Und es wird noch einige Fälle mehr geben, wenn erwachsene Männer nicht lernen, daß sie nicht auf Feuer wandeln können.« Ein Lächeln hier, ein Kichern dort. »Meine zwei Kollegen sind ausgerissen, und ich fürchte, sie sind klüger als wir. Wenn also von Ihnen jemand Bauchweh bekommt oder bei der Stille hier nicht schlafen kann, dann muß er zu mir kommen, ob es ihm paßt oder nicht.«

»Gott sei uns gnädig«, sagte der Polizeichef und mußte nun auch grinsen.

Pall stellte sich ans Fenster und schaute durch die schwarzen Schleier auf die rötlich überzogene Stadt hinunter auf die schummrig leuchtenden Straßenlaternen. Kein Mensch auf den Straßen. Es wirkte bedrohlich und erschreckend und doch auf gespenstische Weise reizvoll. Das glitzernde Antlitz des Bösen.

Er ließ ihre Worte an sich vorüberrauschen. Sollten sie Freiwillige kommen lassen? Wo brachte man sie unter, wer verpflegte sie? Hatten sie das moralische Recht, weitere Leben aufs Spiel zu setzen? Irgendwie kam Pall sich vor wie auf einem steuerlos dahintreibenden Schiff. Diese Männer – voll guter Absicht, todmüde, aus Schlafmangel nicht mehr fähig, klar zu denken, alle bereit, dem Tod und dem Teufel zu trotzen – diese Männer verfolgten stur das Ziel, mit dem beschädigten Dampfer trotz des Sturms nicht auf Grund zu laufen – eine Aufgabe, der sie nicht gewachsen waren.

Er vernahm Frosti Runaldssons Stimme: »Wenn der verdammte Schlitz weiter nach Süden aufreißt, ist der Flughafen verloren. Und wenn er nach Norden klafft, wird die Lava den Hafeneingang verstopfen.« Er sprach weniger dröhnend als die anderen, aber alle verstanden ihn. Frosti war ein hagerer, großgewachsener alter Mann mit grauem Haar und braunen Augen, der Besitzer einer der größten Fischverarbeitungsfabriken; er trug wie üblich einen grauen Straßenanzug, und auch sein grobes, faltenreiches Gesicht wirkte gräulich ...

»Das ist dann das Ende – wenn kein Schiff mehr auslaufen und kein Flugzeug mehr starten kann, sind alle Zurückgebliebenen in der Falle. Sie haben die Wahl zwischen verbrennen oder erfrieren.«

Pall wünschte, der Männ hätte den Mund gehalten. Warum hatte er das gesagt? Um die anderen rechtzeitig zu warnen – oder weil sein Leben nur an einem seidenen Faden hing? Der störrische alte Mann weigerte sich, die krebsbefallene Niere herausoperieren zu lassen; den Tod vor Augen, empfand er möglicherweise den perversen Wunsch, daß ihn nichts und niemand überleben sollte.

Der Polizeichef ergriff brummend das Wort: »Frosti hat recht. Und wenn Kirkjufell da draußen heftiger explodiert, sitzen wir hier fest ohne ein Schiff im Hafen, das uns wegbringt.«

Der Bürgermeister schaute beleidigt in die Runde. »Wenn damit mein Befehl gemeint ist, nach der Räumung der Stadt alle Aktivitäten im Hafen einzustellen . . .«

»Das ist er.«

»Ich habe es auf mich genommen, weil es jemand tun mußte.«

»Tun mußte? Wieso?«

»Die Lava fließt zur Hafenausfahrt . . .«

Der Polizeichef schlug mit der Faust auf den Tisch. Es gehe nicht, daß Anweisungen eigenmächtig und in Panik gegeben werden!«

»Panik?«

»Was Sie getan haben, ist völlig unsinnig!«

»Aber . . . da draußen warten Schiffe . . .«

»Mit Ihrem Befehl, draußen zu bleiben. Was soll mit dem Gefrierfisch in den Fabriken geschehen? Millionen Kronen wert – wieviel, Frosti?«

»Mindestens fünfzehn Millionen.«

»Und die Maschinen – sie müssen abtransportiert werden.«

Lahm machte der Bürgermeister ein Zugeständnis: »Es ist nur eine vorübergehende Maßnahme.«
»Und der Hausrat – Möbel, Geräte? Wie sollen wir das alles wegschaffen?«
»Wenn der Stadtrat gegen meine Anordnung stimmt . . .«
Der Polizeichef stand mittlerweile und schrie: »Was wird mit dem Bargeld in der Bank unten geschehen? Den Büchern aus der Bibliothek, den Dokumenten der Stadt . . .«
Der Bürgermeister erhob sich ebenfalls und bellte zurück: »Lassen Sie abstimmen.«
»Wir können uns hier nicht sorgen, daß die Lava den Hafen abriegelt, und ihn dann selbst schließen!«
»Ich tat, was ich für richtig . . .«
»Wir haben fünfzehnhundert Kraftfahrzeuge in Vestmannaeyjar!«
»Wir können nicht alles auf einmal tun!« schrie der Bürgermeister. »Ich habe auch angeordnet, dafür zu sorgen, daß die Schafe ausgeflogen und die Rinder geschlachtet werden. Wir brauchen schließlich etwas zu essen, oder nicht? Und jemanden, der das Essen kocht. Und der eine Kantine einrichtet.«
»Ich beantrage, daß wir dafür stimmen, den Hafen wieder zu öffnen, bis die Lava ihn abriegelt.«
Beide Männer atmeten heftig und starrten sich an, der Polizeichef mit hochrotem Gesicht, der Bürgermeister mit blassen, zitternden Zügen.
In der Pause – niemand wollte gegen den einen oder anderen stimmen – übertönte ein ohrenbetäubender Donnerschlag das beständige Grollen und zersplitterte eine Fensterscheibe. Alle Köpfe wirbelten herum.
Da sank der Bürgermeister bleischwer auf seinen Stuhl. Er sagte leise: »Ich habe angeordnet, was mir richtig erschien. Vielleicht habe ich mich geirrt.« Dann klopfte er mit den Knöcheln auf den Tisch. »Sind alle der Meinung, daß der Hafen wieder für die Schiffe geöffnet werden soll?«

Schweigen ringsum. Bis auf die grummelnde Untermalung von draußen.
Der Bürgermeister klopfte nochmals. »Dann ist das also beschlossen.«
Der Polizeichef setzte sich wieder hin. Er sagte nichts. Jonas stand auf, ein wenig schwankend, wie Pall schien. »Der Leiter der Feuerwehr vom Keflaviker Flugplatz ist ein Freund von mir. Sie sind dort weit besser ausgerüstet als wir, beispielsweise mit einer Wasserkanone, die wir gut brauchen könnten. Ich möchte ihn bitten, sie herzuschaffen . . .«
Es klang nicht eigentlich wie eine Frage. Der Bürgermeister nickte zustimmend.
Dann sagte Jonas mit belegter Stimme: »Da ich gerade Redezeit habe, möchte ich dem Stadtrat noch ein schwerwiegendes Problem vortragen. Können wir nicht dafür sorgen, daß das Wasser in der Kloschüssel nicht so herumschwappt?« Er schaute ernst in die Runde. »Meine Eier hängen tief und werden jedesmal naß.« Gelächter, Erleichterung. Und scharrende Stuhlbeine.
Frosti hielt eine Hand hoch, und alles verharrte. Der alte Mann sah nun noch hinfälliger aus, grau und eingefallen – und litt zweifellos unter Schmerzen trotz der Betäubungsmittel. »Noch etwas, meine Herren. Wenn die Stromleitungen und die Wasserrohre von der Hauptinsel herüber nicht durchtrennt werden, wird meine Fabrik in zwei Tagen wieder in Betrieb sein. Falls«, fügte er hinzu, »falls wir so lange leben.«
Pall war überrascht und beschämt. Er ging zu dem Alten und sagte: »Bei der nächsten Sitzung bringe ich Schmerzmittel mit. Erinnern Sie mich daran.«
Er ging durch die Tür und die Stufen hinunter und auf die staubgeschwängerte Straße hinaus, die schwarz und fremd dalag. Auf schmerzenden Beinen strebte er dem leeren Krankenhaus zu. Er wehrte sich gegen das vage Gefühl, vom

Chaos umschlungen zu werden. Doch während ihm die eigene Hilflosigkeit so richtig bewußt wurde, merkte er auch, daß seine Müdigkeit vergangen war. Er würde nicht schlafen können, er würde die Erste-Hilfe-Station einrichten, damit sie morgen aufnahmebereit war, wenn die ersten erwachsenen Männer sich wieder einmal wie die Kinder benahmen und ärztliche Hilfe benötigten.

Karl Sveinsson hörte den ganzen Tag das Dröhnen der Flugzeugmotoren, obwohl er in dem am weitesten vom Flugplatz entfernten Vorort Keflaviks wohnte. Wenn er abends heimkam, sagte er oft, er wolle nur noch Ruhe. Und die gute Hausmannskost seiner Frau. Und ihre Zärtlichkeit. Aber war das genug? Reichte das für einen Mann wie Karl Sveinsson aus?

Lilja machte sich manchmal Gedanken darüber. Und besonders jetzt, als die Nacht noch weit vom Morgen entfernt war und sie sich schlaflos hin- und herwälzte, kam sie nicht davon los. Und sie fühlte sich einsam. Ihre Töchter schliefen in ihren Zimmern, aber Karl war nicht da.

Als vor Stunden das Telefon geschrillt hatte, wußte sie sofort, daß er weg mußte. Karl war nicht aufgewacht. Nachdem sie ins Telefon geflüstert hatte, zögerte sie das Unvermeidliche noch ein wenig hinaus und betrachtete ihn nachdenklich im Dämmerlicht. Wie er da lang neben ihr ausgestreckt lag, erinnerte er sie an ein gut gebautes Schiff, vor Anker derzeit, aber seetüchtig und jedem Sturm gewachsen. Die Stimme am Telefon noch in den Ohren spürte sie einen Anflug von Angst und Spannung. Sie legte ihm behutsam die Hand auf die Stirn, streichelte sanft über die ausgeprägte Hakennase, und er wurde langsam wach.

Zögernd sagte sie: »Sie brauchen dich am Flughafen. Auf einer Insel ist ein Vulkan ausgebrochen.«

Er richtete sich auf und brummte beschwichtigend, ohne seine Erregung verbergen zu können, was ihre Sorge verstärkte: »Was erwarten sie denn von mir? Man kann einen Vulkan nicht mit einem Wasserschlauch löschen.«
Und dann war er fortgegangen, ohne den angebotenen Kaffee zu trinken. »Küß mich, Mädchen, und küß mich richtig.«
Danach konnte sie nur etwas traurig daliegen und darüber nachdenken, ob das, was sie ihm bot – Leidenschaft und eine freundliche Atmosphäre – einem Mann wie ihrem Ehemann genügte, so sehr er sie und alles auch schätzte.
Sie warf die Decke zurück, stand auf und schlüpfte in den bunten Morgenrock, den Karl ihr geschenkt hatte. Sie ging in die Küche und wärmte den Kaffee auf; ihre gedrückte Stimmung war ihr fast unheimlich.
Es erstaunte sie nicht, als das Telefon wieder schellte; die nagende Vorahnung ließ sie nicht los, bis sie wieder im Schlafzimmer war. Er mußte selbst nach dem Rechten sehen und hinfliegen. Sie hatte es geahnt.
Den Hörer umklammert, vernahm sie seine Erklärungen: ». . . Freund von mir aus der Navigationsschule . . . verschiedene Feuer da drüben . . . brauchen Geräte, die ich habe . . . bring' sie eben selbst hin . . .«
Sie konnte ihn sich vorstellen in seinem geräumigen, aber sparsam möblierten Büro, die Lippen schmal, die Pfeife zwischen den kräftigen Zähnen, während er redete, und die blauen Augen vor Abenteuerlust blitzend.
»Wann . . . wann kommst du zurück?« hörte sie sich fragen.
»Spätestens heute abend«, beruhigte er sie, aber sie wußte es besser. »Die Telefonverbindung wurde unterbrochen, während ich mit ihnen sprach. Wahrscheinlich hat ein Untersee-Ausbruch die Leitung beschädigt. Ich rufe also nicht an. Lilja, reg dich nicht auf, es gibt keinen Grund zur Sorge.«
Keinen Grund.

»Ich rege mich nicht auf, wenn du auf dich aufpaßt. Hörst du?«
»Ja, ich höre auf dich.«
Und dann war er weg.
Ein Vulkanausbruch, aber kein Grund zur Sorge.
Sie ging in die Küche, schenkte sich Kaffee ein. Und saß über der Tasse, das Gesicht im Dampf. Er wärmte sie nicht.

Langsam kehrte das Bewußtsein wieder. Er lag im Rinnstein einer unbekannten, verlassenen Straße. Und er war fast ganz unter schwarzer, körniger Asche begraben. Zuerst regte er sich nicht. Das Kopfsteinpflaster unter seiner Wange war rundlich und sehr hart – und warm. Und was war das für ein Lärm? Er wollte den Kopf heben, schaffte es aber nicht. Was tat er hier? Wie war Arni Loftsson hierher geraten?
Sein Mund war ausgetrocknet. Sein Magen krampfte sich schmerzhaft zusammen. Und in seinem Kopf war ein dröhnendes Durcheinander, schlimmer als die ohrenbetäubenden Kanonenschläge. Er erinnerte sich: Helgafell war ausgebrochen.
Jenseits einer schwarzen Aschenfläche sah er eine Flasche. Er konnte sogar die Flüssigkeit erkennen, bernsteinfarben oder bräunlich. Da fiel ihm ein, wie er in einige Häuser mit offenstehenden Türen gegangen war und wie er schließlich eine Flasche gefunden hatte, ungeöffnet, Whiskey, amerikanischer Bourbon, stark und brennend. Er war mit langen, mutigen Schritten auf das Inferno in der Ferne zugegangen. Ihm jagte es keine Angst ein. Hatte nicht Tyr, der Kriegsgott, eine Hand verloren, die er zur Beschwörung in den Rachen des Wolfes Fenrir gelegt hatte? Ein Mann muß immer wieder gegen Feinde, Riesen und Ungeheuer kämpfen – bis zum Ende der Schlacht und dem Feuertod! Er hatte beschlossen, bis zum feurigen Schlund vorzudringen. Mochte die Luft vor

Hitze flimmern, mochte das Pflaster beben, ein echter Nordmann begegnet dem Tod nur mit Verachtung. Aber da war nicht nur ein Feuerschlund gewesen, sondern viele, und es war zu heiß, und der Whiskey rumorte in ihm, und er war gestolpert, war hingefallen, wollte wieder hoch, war seitlich hingetorkelt. Und während er auf das Steinpflaster zurückfiel, war ihm bewußt, was mit ihm geschah, die äußere Entwürdigung, vor der er sich immer gefürchtet hatte, vor der er gewarnt worden war.

Margret. Sie hatte ihn gewarnt mit zornblitzenden Augen. Und sie hatte den Zettel nicht mit *In Liebe* unterschrieben. Welchen Zettel? Wann?

Eine Lavabombe riß ihn aus den Träumen. Der Feuerschlund zeigte seinen weißglühenden Kern, vibrierend, am Rande schwarz erstarrt.

Hier konnte er nicht bleiben.

Er hob die Flasche auf, setzte sie an den Mund. Dann rappelte er sich hoch, drehte dem Vulkanspalt den Rücken zu und marschierte los. Suchend. Ja – er war auf der Suche gewesen, sie konnte überall sein mit irgendeinem Mann, bitter stieg es in ihm hoch, und die Luft war drückend heiß und dazwischen Donnerschläge und Getöse und der Feuerschein überall.

Er wußte, wohin sie gehen würde. Zu ihrer Schwester.

Nein. Nicht jetzt. Das war vor Stunden.

Ob sie auf einem der Schiffe war, deren Auslaufen er beobachtet hatte? War sie in Sicherheit? Wo, wo?

Er war also zu Hanas Haus geschwankt. Alle ausgeflogen. Er merkte es, als er über die Schwelle trat. Und die Kätzchen miauten, und die alte Katze strich ihm um die Beine, und nirgends Brennivan. Er hatte das Haus durchstöbert, gewütet wie seine normannischen Ahnen, Geschirr aus den Schränken gefegt, Glas zerschmettert, Möbel umgeworfen, Schranktüren herausgerissen. Was war das für ein Haus ohne Brennivan?

War er dann heimgegangen? Er konnte sich nicht erinnern. Er war in ein fremdes Haus geschlichen. Ganz sicher: Margret war verschwunden, schon vor Stunden, befand sich auf einem Fischerboot. Schlief inzwischen im Haus seiner Mutter. In Reykjavik. Er fand ein Telefon. Hob den Hörer ans Ohr, wählte.

Nichts.

Wie war das möglich? Er preßte den Hörer fest an. Schweigen. Das konnte nicht sein.

Er mußte einen anderen Apparat finden. Sein Gehör hatte sich mittlerweile an das Feuergetöse und die gelegentlichen Explosionen gewöhnt.

Warum hatte er nicht früher zu Hause angerufen, anstatt hinzugehen? Er war durch endlose Reihen geisterhafter Fassaden gestolpert, streunende Hunde dazwischen und Katzen in Torbögen, sein Körper verkrampft und ausgehöhlt, weil er die ganze Zeit wußte, daß er niemanden antreffen würde, und dann war das Haus wirklich leer, nur ein Zettel an ein Glas gelehnt, den er mit zitternden Fingern las: *Ich bin auf dem Festland. Bitte sei vorsichtig. M.*

Er blieb stehen, lehnte sich an eine Mauer. Sie hatte nicht geschrieben: Lieber Arni. Und nicht: In Liebe. Und wieder packte ihn der Zorn. Und blitzartig erinnerte er sich wieder, spürte förmlich einen Ruck im Gehirn.

Sie konnte ihm das nicht antun.

War es nicht schlimm genug, daß sie ihm in all den Jahren kein Kind geschenkt hatte?

Lange verharrte er, bewegte sich dann schwankend auf die Feuerwand zu. Die gelben Flammen spiegelten sich in seinen Augen. Darüber schwarze Rauchwolken, brodelnd mit roten Zungen. Sein Kinn reckte sich. Er kannte keine Furcht. Er allein. Die Schultern gegen den Wind gestemmt, der sich schwer und warm auf die Lungen legte, machte er sich wieder auf den Weg, sie zu suchen, zu finden, sie und den anderen, und nachdem er seine Ehre gerächt hatte, konnte er in Ruhe sterben. Mochten die schwachen christlichen Narren die andere Wange hinhalten – er war nicht einer von ihnen, er wusch seine Ehre mit Blut rein, die einzig wahre Gerechtigkeit.

Beim Anblick von Feuer und Rauch hinter der Bank ging er in die Post, durch die große, leere Eingangshalle, den Korridor weiter. Jonas war nicht im Dienst. Er schlief in einem kleinen Nebenraum, in dem Kaffee brodelte. Jonas schlug blinzelnd die Augen auf, als er an der Schulter gerüttelt wurde.

»Haben die Schiffe den Hafen erreicht?« Es kam krächzend aus Arnis Kehle. »Sag's mir.«

»Alle sind in Sicherheit«, brummte Jonas. »Schon lange. Was zum Teufel willst du noch hier?«

»Ich wollte telefonieren.«

»Die Leitung ist unterbrochen.« Jonas stand auf. »Arni, ich geb' dir Kaffee. Du siehst aus . . .«

»Nein.« Und dann erklärte er Jonas mit plötzlich klarem Kopf, daß er Margret bei seiner Mutter in Reykjavik anrufen solle. Er gab ihm die Nummer. »Per Radio. Ich weiß, daß du es kannst.«

»Arni, hör mal, wenn alle . . .«

»Es ist ja sonst niemand da.«

Jonas runzelte die Stirn, zögerte. Dann schüttelte er den Kopf und seufzte. »Wenn du dir wirklich so große Sorgen machst, dann versuche ich es. Mann, du siehst wie ein Gespenst aus.«

Als Jonas gegangen war und ihn allein gelassen hatte, sank Arni auf einen Stuhl neben dem kleinen Tisch. Wenn Margret nicht dort war, dann wäre erwiesen, was ihm selbst noch nicht Gewißheit war.

Wenn sie nun fort war, lag es an ihm. Ja, es war seine Schuld. Der Kummer übermannte ihn so heftig, daß ihm fast ein Schrei entfahren wäre. Er hätte weinen mögen.

»Margret ist nicht dort.« Jonas war zurückgekommen. »Ich habe mit deiner Mutter gesprochen.«
Lügen. Sie war dort. Sie mußte dort sein.
»Deine Mutter will unbedingt, daß du kommst und . . .«
»Sie lügt. Oder du lügst.« Er sagte es tonlos, und alle Kraft hatte ihn verlassen. »Margret ist dort.«
»Arni, hör mir zu. Sie ist woanders hingegangen, zu einer Freundin. Außerdem beschaffen die Behörden Quartiere . . .« Er trat nah an ihn heran. »Du mußt dich erst mal waschen und ausruhen, kein Brennivan mehr . . .«
Alle sagten ihm immer, was er zu tun habe. *Deine Mutter will unbedingt.* Immer herumkommandiert, von allen . . .
»Zum Teufel, Mann, wenn Margret dich jetzt in diesem Zustand sähe, würde sie dich verabscheuen.«
Verabscheuen! Er sprang auf.
Jonas' Hals war zwischen seinen Händen.
Margret würde ihn niemals verabscheuen, niemals!
Jonas schrie auf. Sein Rücken war gegen den Tisch gepreßt, seine Augen quollen hervor, das Gesicht war rot.
Margret konnte ihn einfach nicht hassen, niemals . . .
Jonas keuchte.
Dann war der Spuk vorbei. Zuerst das Gefühl der Leere, und als er vornüber sank, mit kraftlosen Händen, den Griff gelöst, krank und schwach bis ins Mark, und zurücktaumelte, spürte er den Schmerz im Unterleib und merkte, daß Jonas ihm das Knie in den Magen gerammt hatte. Er sank an der Wand zusammen, und Jonas blickte auf ihn herunter, wütend und gleichzeitig seltsam traurig.
»Du bist besessen«, knurrte Jonas. »Mann, du bist nicht betrunken, sondern besessen.« Dann beugte Jonas sich herab, das Gesicht ganz nah. »Arni, wenn du sie so liebst, was willst du dann noch hier?«
Daraufhin richtete Jonas sich auf und ging hinaus.
Arni hörte krächzende Stimmen aus dem Radio, das Klap-

pern der Fernschreiber und draußen das Wüten des Vulkans.

Aber Margret war in Sicherheit.

Und sie war allein: unschuldig und allein.

Der Schmerz schwoll an. Er rappelte sich hoch. Er wollte zu Margret, ihr erklären . . .

Er hatte sie in der Not allein gelassen. Er war nicht dagewesen, als sie ihn gebraucht hatte.

Vornüber gebeugt schlurfte er den Gang entlang, durch die Schalterhalle, hörte das Echo seiner Schritte und die klappernden Fensterrahmen.

Da faßte er einen Entschluß. Er wußte, was er tun mußte. So konnte er ihr nicht vor die Augen treten. Also wollte er hierbleiben. Arbeiten. Er wurde hier gebraucht. Und er würde nicht trinken. Nie mehr. Er konnte es schaffen, denn er war stark. Das würde er beweisen. Und wenn er es sich und anderen bewiesen hatte, würde Margret ihn wieder lieben.

Auf der Straße blieb er wie erstarrt stehen. Es war, als hätte ein Bombenangriff eingesetzt. Überall zersplitterte Glas, Fenster waren dunkle, leere Höhlen. In alle Richtungen stieben Brocken hoch und krachten auf Dächer, auf den Boden. Der Lärm war ohrenbetäubend. Vor seinen Augen ging ein Haus in Flammen auf. Die ganze Stadt schien ein loderndes Feuermeer.

War das der Tod? Sollte es so enden?

Aber Margret war in Sicherheit. Irgendwo.

Der Riß lag wie eine klaffende Wunde da, mit roten Lippen, aus denen es blutig hervorquoll, und als der Hubschrauber einen Halbkreis darüber flog, konnte Karl Sveinsson bis in die unergründliche Tiefe blicken. Es waren nur drei Feuersäulen übrig von den vierzig oder fünfzig der ersten Beschreibungen, drei emporschießende Flammenschlote, die nach dem Heli-

kopter zu greifen schienen wie ein Urweltungetüm mit Fangarmen. Trotz der blendenden Helle mußte er durch schwarze, brodelnde Rauchwolken hinunterspähen, so schwarz wie die Verdammnis. Im Stadtgebiet sah er andere Brandherde hier und da, kleine Feuerchen von oben betrachtet, aber Heimstätten von Menschen, die nun ausgelöscht wurden.
Das Ausmaß der Katastrophe entsetzte ihn. Und als der Hubschrauber wie ein breitbeiniger Frosch den Anflug einleitete, merkte er, wie das Entsetzen in kalte Wut überging. Er stieg aus dem Cockpit aus und blieb gebannt stehen, starrte die Rauch- und Feuerschwaden an, die sprühenden Funken, vernahm das Donnergetöse und spürte das Beben der Erde. Wie konnte man auf eine bösartige Laune der Natur wütend sein? Er versuchte, das Gefühl abzuschütteln, als er über das schlackenbedeckte Vorfeld ging und ihm eine behelmte Gestalt entgegenkam, unverwechselbar Jonas Vigfusson. Als er in seiner bärenhaften Umarmung versank und seinen knurrigen Dank hörte, wurde ihm bewußt, daß er die Feuersäulen, die Lava und die Asche bereits als Lebewesen betrachtete. Wie unvernünftig, wie närrisch, sich so in Aufruhr versetzen zu lassen.
Jonas fuhr mit einem amerikanischen Jeep hügelabwärts auf die Stadt zu. Sie rollten an der Kirche vorbei. Die Grabsteine am unteren Ende des Friedhofs verschwanden bereits völlig unter der schwarzen Geröllschicht. Jonas gab Erklärungen ab, mit einer so ungewohnt leblosen Stimme, daß er Karl fast wie ein Fremder vorkam. Lastwagen fuhren vorüber, Männer mit Helmen bewegten sich auf der Straße. Jonas verfiel in Schweigen, als wolle er Karl Zeit lassen, die grauenvolle Realität voll zu begreifen. Glühende Brocken schlugen auf die Dächer und gegen die Windschutzscheibe, von allen Seiten wirbelte der Aschenregen, als ginge die Reise bei Nacht durch einen schwarzen Schneesturm. Dabei war es Mittag. Als sie das kleine Feuerwehrhaus erreichten und Karl auf

das zuckende Pflaster stieg, kam er sich mit seiner lächerlichen Wasserkanone wie ein Narr vor, was seinen Zorn verstärkte.
In dem leeren, garagenartigen Raum hockte der Leiter der örtlichen Feuerwehr, dessen Namen Karl nicht verstand, schwerfällig an einem kahlen Tisch, einen Kaffeebecher in der Hand. Er betrachtete Karl aus müden, rotumränderten Augen mißtrauisch und abwartend. Er begutachtete die Düse, die Karl vor ihm auf den Tisch gelegt hatte, und schüttelte langsam den Kopf. »Die paßt nicht auf unser Gerät. Sie haben den Flug umsonst gemacht.«
»Kann man nicht andere Geräte anfordern?« fragte Karl irritiert.
»Von wo?«
»Woher soll ich das wissen.«
»Selbst wenn wir mehr Ausrüstung hätten, fehlten uns die Leute.«
Jonas mischte sich ein: »Das stimmt, Karl. An vielen Stellen in der Stadt ist Feuer ausgebrochen, mindestens zwanzig. Und dann der Luftdruck – die Fenster zerspringen einfach.«
Der Chef der Feuerwehr nickte. »Und wenn eine von diesen Bomben durch ein Fenster fällt, gibt es keine Möglichkeit, den Brand zu löschen.«
»Dann müssen die Fenster eben verschalt werden.«
»Womit?«
»Mit Wellblech.«
»Davon gibt es nicht genug in den wenigen Läden hier.«
»Dann muß es eben von der Hauptinsel herbeigeschafft werden.«
»Karl«, beschwichtigte ihn Jonas. »Wir haben nicht genug Leute, um eine solche Arbeit in Angriff zu nehmen.«
»Dann müssen eben mehr Leute her!«
Jonas warf dem Feuerwehrmann einen Seitenblick zu. Der

zuckte mit den Schultern. »Mein Job ist es, Feuer zu löschen.«

»Wessen Job ist es dann, Feuer zu verhindern?« begehrte Karl auf.

Der Chef der Feuerwehr erhob sich. Er war, wie Karl bemerkte, sehr jung und fühlte seine Autorität bedroht. »Ich muß eine Stunde schlafen«, sagte er, und es sollte keine Entschuldigung sein. »Schönen Dank für Ihr Angebot.«

Als er im Schlafraum verschwunden war, goß Jonas Kaffee ein, schob einen Stuhl an den Tisch und bot Karl Platz an.

»Ich hätte den Durchmesser unserer Geräte kontrollieren sollen, ehe ich dich anrief, Karl. Aber man kann nicht an alles denken.«

»Ist schon gut«, entgegnete Karl. Das war es nicht, was ihn empörte, sondern die allgemein herrschende Atmosphäre des Durcheinanders, der Hilflosigkeit, der Inkompetenz. Hatten sie schon aufgegeben? Er stellte die Frage.

Jonas hieb mit der Faust auf den Tisch und brüllte los: »Aufgegeben? Schau dich doch mal um. Die Wissenschaftler geben uns eine geringere Chance als fünfzig Prozent, überhaupt zu überleben. Die ganze Insel kann jede Minute explodieren und wie ein leckes Schiff untergehen. Es ist Krieg hier, Krieg!«

»Unsinn! Es ist ein Rückzug auf der ganzen Linie.«

Jonas sackte etwas zusammen, fast als wolle er den massigen Kopf auf die Tischplatte legen. Karl goß sich Kaffee ein und wartete ab.

Schließlich sagte Jonas: »Wo fangen wir an?«

»Am besten mit Pumpen und Brandbekämpfungsgeräten. Je größer desto besser. Sie müssen in Frachtflugzeugen hergeschafft werden, sobald Flugzeuge mit starren Flügeln wieder landen können. Oder auf Schiffen. Eure bisherigen Verluste gehen auf das Konto eurer Verzögerungen.«

Ein Funken amüsierter Bewunderung trat in Jonas Augen, gemischt mit Verblüffung. »Und mit dem Wellblech geht es ebenso, nehme ich an?«

Karl schüttelte den Kopf. »Da brauchen wir keine Zeit zu verlieren. Fangt mit den Vorräten in den Läden und Baugeschäften hier an.« Eine merkwürdige Erregung hatte ihn gepackt. »Und warum sollten die Hubschrauber leer herfliegen?« Als Jonas nur erstaunt den Kopf schüttelte, forschte er weiter: »Was fliegen die eigentlich auf die Hauptinsel hinüber?«

»Alles, was auf dem Rollfeld steht.«

»Wer entscheidet darüber?«

Jonas' Gesicht verzog sich zu einem schwachen Grinsen. »Das wird gegenwärtig durch die entschieden, die etwas auf das Rollfeld karren.«

»Lieber Gott«, stöhnte Karl.

Dann erklärte Jonas mit einem etwas hinterhältigen Unterton: »Ein Großteil der Zerstörungen wird durch Aschenregen verursacht. Mindestens zwei Dächer sind unter der Last zusammengebrochen.«

»Dann müssen sie freigeschaufelt werden.«

Jonas antwortete: »Das geschieht bereits. Hier und da.«

»Hier und da!« knurrte Karl und erhob sich.

»Wie sonst?«

»Organisiert! Mannschaften werden mit bestimmten Aufgaben betraut. Wenn hier Krieg ist, handelt entsprechend.«

»Man könnte sagen, daß hier Krieg geführt wird ohne einen General.«

Grimmig nickte Karl. »Nach allem, was ich gesehen habe, könnte man es so ausdrücken.«

»Nur – wo kriegen wir die Männer her?«

»Wo stecken die Männer, deren Häuser verbrennen oder zusammenbrechen? Und in Keflavik landen bereits Freiwillige – nicht alle haben Fotografieren im Sinn. Dann sind da noch dreitausend Amerikaner auf dem NATO-Stützpunkt stationiert, die auf ihrem dicken Hintern sitzen und sich zu

Tode langweilen.«
»Amerikanische Soldaten? Du weißt doch, wie die Isländer zu ihnen stehen ...«
»Ich weiß sogar, wie die Soldaten zu den Isländern stehen.«
»Wird der Kommandant das gestatten?«
»Wie zum Teufel soll ich das wissen. Es kommt auf einen Versuch an.« Aber er wollte nicht riskieren, daß das eintrat, was er befürchtete. Er zitierte den Feuerwehrchef: »Mein Job ist es, Feuer zu löschen.«
»Das größte Feuer, das ich jemals erlebt habe.« Jonas stand auf mit klaren Augen. »Könntest du die Erlaubnis bekommen hierzubleiben?«
Nun war es eingetreten. Bedächtig erhob sich Karl, schüttelte den Kopf und dachte an seine Frau. Aber es reizte ihn sehr, er spürte es in allen Fasern seines Körpers. »Ich weiß nicht. Ich müßte sie beantragen.«
»Wirst du es tun?«
»Ich weiß nicht.«
Jonas sagte: »Ich werde eine Stadtratssitzung einberufen lassen. Ich werde vorschlagen, daß du die Leitung übernimmst.« Und er fügte hinzu: »Mit unbegrenzter Vollmacht.«
Wenn er sich jetzt aus der Affäre zog, nicht die Ärmel hochkrempelte auf Gedeih und Verderb, dann würde er sich nicht mehr im Spiegel ins Gesicht sehen können, dann war er nicht der Mann, für den er sich hielt.
»Unter dieser Bedingung«, sagte er und fragte sich, wie er das jemals Lilja erklären sollte.
Jonas konnte auf einmal wieder grinsen. »Was hältst du von einem Drink oder dreien, um den Entschluß zu besiegeln?«
Karl Sveinsson schüttelte den Kopf. »Nein, zuviel zu tun.«
Jonas ergriff seine Hand: »Aye, aye, Käpt'n.«

Gunnar Axelson war in Gedanken weniger bei den Stallarbeiten, die er erledigte, als bei seiner Familie. Svava kam schon zurecht und setzte ihren Kopf durch. Aber Josef? Sie würde doch jetzt nicht ihre scharfe Zunge auch gegen Josef wenden?

Er hatte allein auf dem Hof gearbeitet. Zwei Tage, vielleicht drei. Er schaute nicht mehr nach oben, wenn ein Flugzeug über ihn hinwegdröhnte. Er hatte genug hin- und herfliegen sehen, zuerst nur kleinere, dann gewaltige Maschinen, die in dem Funken- und Aschenregen verschwanden. Brachten sie immer noch Menschen zur Hauptinsel? Er konnte nicht in die Stadt, um sich zu erkundigen, denn das Pony war nicht zurückgekommen. Er hätte zu Fuß hingehen können, aber so sehr interessierte es ihn auch nicht, und außerdem hatte er zuviel zu tun.

Dann rumpelte ein Lastwagen auf den Hof, von einem Mann gefahren, den er nicht kannte, der aber dem Aussehen nach ein Bauer war. Er solle Rinder aufladen, sagte der Mann. Gunnars Stimmung stieg – das war es also, sie transportierten das Vieh von der Insel, weg aus der Gefahrenzone. Aber nein. Es war ein Befehl ergangen, alle Rinder zu schlachten und so viele Schafe wie möglich zu retten. Es waren die Schafe, die derzeit in den Flugzeugen evakuiert wurden. Er aber sollte die Rinder holen. Ihr Fleisch wurde in Vestmannaeyjar gebraucht, um die freiwilligen Hilfskräfte zu verpflegen.

Gunnar war es schwer ums Herz, als er die Rinder auf den Lastwagen trieb.

»Dämliche Amerikaner«, sagte der Mann. »Bei einem Flug haben die siebenunddreißig Schafe und einen Bock zusammen in ein Flugzeug geladen. Dem Bock muß der Flug gefallen haben, was? Aber der Pilot hat gedacht, er fliegt durch einen Orkan.« Unter wieherndem Gelächter schüttelte er Gunnar die Hand und fuhr los.

Gunnar mußte mit ansehen, wie alles dahinging. Die Familie.

Jetzt sein Bauernhof. Zum ersten Mal wurde ihm die Grausamkeit des Vulkans da drüben voll bewußt.
Nur ein paar Stunden später knatterte es über ihm, und Gunnar sah einen Hubschrauber auf seiner Wiese landen. Ein Mann in Uniform kletterte heraus. Es war ein Yankee, Gunnar hatte schon ein paar gesehen, lächelnde Kinder, kaum älter als Josef. Er sprach Gunnar an und gab ihm die Hand, aber Gunnar verstand nur ein paar Brocken. Er wußte allerdings, warum er hier war, und so half er beim Einladen der Schafe. Dann unterschrieb er einige Papiere, weil der Pilot es so wollte, und sie schüttelten sich wieder die Hände, und Gunnar verstand sogar ein paar Worte – *jolly* und *green* und *giant* –, und anschließend stieg der Amerikaner in seinen olivgrünen, plumpen Vogel mit allen Schafen, die Gunnar besaß.
Er konnte sich nicht vorstellen, daß das Flugzeug mit dieser Last hochkam, aber es schaffte es dröhnend, legte sich in eine schräge Kurve und verschwand über der See. Gunnar fragte sich, wie es seinen Schafen da oben wohl ergehen mochte, hoch in der Luft, wo sie doch immer festen Boden und den Pferch gewöhnt waren. Aber alles war anders, auf jede Kreatur kam Neues zu. Und mit einem leeren Gefühl im Bauch und einem Druck auf der Brust dachte er wieder an Josef: ob er dort drüben gut behandelt wurde, ob sie verstehen würden, daß er anders war?

Eine Fernsehkamera stand auf Heimaklettur, hoch über dem Hafen und der Stadt, so daß die Zuschauer des Reykjaviker Senders die Ereignisse verfolgen konnten. Einige saßen Tag und Nacht vor dem Bildschirm, wie Kristrun Egilsdottir wußte, zwischen aufkeimender Hoffnung und düsterer Verzweiflung hin- und hergerissen. Aber keines dieser Bilder hatte sie auf die grauenvolle Wirklichkeit vorbereitet, wie sie sie jetzt vor Augen hatte. Und sie bereute, daß sie zurückgekehrt war. Sie hatte Rudolf erklärt, daß sie selbst nach dem Rechten sehen wollte. Nun, jetzt konnte sie es. Ihre Buchhandlung am Heidarvegur und Rudolfs Baubedarfsgeschäft waren zwar unzerstört, aber die ganze Stadt versank unter Asche und Geröll.

Sie hatten gesehen, wie die Kraftwagen mit Kränen auf die Küstenkutter verladen wurden und wie die Mannschaften die Dächer freischippten und den Hausrat zum Hafen transportierten. Rudolf hatte ihr mit einer Mischung aus Anerkennung und Spott von Karl Sveinsson berichtet, dem Leiter der Feuerwehr von Keflavik, der die Dinge hier in die Hand genommen hatte und aus Soldaten und Freiwilligen und sogar Pfadfindern Diebe machte, die alle Lagerhäuser und Geschäfte nach Wellblech durchsuchten, das jetzt vor die nach Osten weisenden Fenster genagelt wurde. Rudolf war alles recht, was die Stadt vor Schaden bewahrte. Das Dach einer der Lagerhäuser war bereits unter der Last des Vulkangerölls eingebrochen, hatte die abbröckelnden Mauern unter sich begraben.

Während sie durch die Straßen stolperten – Rudolf hatte ihre Hand genommen, als wäre sie ein Kind, das er beschützen wollte –, war Kristrun immer fassungsloser geworden: Die Vorstellung, die Insel retten zu können, kam ihr lächerlich vor, bewundernswert und rührend – und ungeheuer kindisch. Vor wie vielen Sonntagen hatte Gudrid vorausgesagt, was hier passieren würde? Hätte sie dem Kind glauben sollen, wie der Vater? Alles in ihr sträubte sich dagegen, Vorahnungen eines zehnjährigen Mädchens für bare Münze zu nehmen. Selbst Gudrid, mit der sie in Reykjavik bei Rudolfs Bruder ein kleines Zimmer geteilt hatte, war nicht mehr darauf zurückgekommen; verwirrte sie die Vorahnung ebenso wie ihre Mutter?

Kristrun erblickte ihr Haus. War es ihr Haus? Nicht mehr leuchtend gelb, sondern pechschwarz. Die Fenster dreckver-

schmiert. Ungläubig starrte sie es an. Sie spürte Rudolfs Händedruck, als wolle er sie über diesen schlimmen Moment hinwegtrösten. Sie wußte, daß er alle Möbel und Gegenstände, an denen sie hing, weggeschafft hatte. Sie wußte, daß er jeden Morgen das Dach freigeräumt hatte, auf dem nur eine dünne Schicht Asche lag, im Gegensatz zu vielen anderen Häusern, ehe er sich in der Einsatzzentrale zur Arbeitseinteilung gemeldet hatte.
Sie wandte sich ab. Obwohl die Luft heiß war, fröstelte sie. Beide kehrten sie dem Haus den Rücken und gingen fort. Wie so oft in den dunklen Winternächten sehnte sie sich nach warmen Gegenden, nach heißen Stränden und türkisblauem Wasser und sanften Brisen und pastellfarbenen Häuschen, die nicht durch graue Schmiere entstellt waren. Hier in Vestmannaeyjar blieb es jetzt immer Winter.
Kristrun zitterte, so daß Rudolf seinen Griff verstärkte, starrte auf die Feuerröte und die Schwärze und wußte, daß sie nie mehr hierher zurückkehren wollte.
Nie mehr.

Es regnete an dem Morgen, als Pastor Petur Trygvasson endlich auf Heimaey eintraf. Auf dem Frachter *Esia*, vollgestopft mit freiwilligen Rettungsarbeitern aus aller Herren Länder, hatte er erfahren, daß es bereits seit zwei Tagen und Nächten ununterbrochen regnete. Während er die Szene entsetzt betrachtete, schossen ihm zwei Worte durch den Kopf: Apokalypse und Sintflut. Wenn Gott eine Sintflut vom Himmel herabschickte, um das lodernde Inferno zu löschen?
In der Nacht, als Petur von der Katastrophe erfuhr, hatte er nicht sofort den Piloten angerufen, um gleich den Start von dem kleinen Flugplatz zu wagen. Aber nicht aus Feigheit, sondern wegen Veiga, seiner Frau. Als er sie informiert hatte, hatte sie ihn gebeten, sie zu lieben. Jetzt, in dieser Nacht. Und

im Hause ihres Vaters, der langsam dem Tod entgegendämmerte, hatten sie sich geliebt. Wie nie zuvor. Nach der ersten Überraschung hatte er sich ebenso lustvoll hingegeben wie sie – die Verzweiflung hatte alle Hemmungen beseitigt. Ab und zu meinte er, sie verlassen zu müssen, weil er auf Heimaey gebraucht wurde. Dann aber wieder wunderte er sich über diese Wildheit, die seine sonst eher farblose Frau mit glühendem Leben erfüllte, hier im Hause des Todes, angesichts der dahinschwindenden Kräfte des Mannes im Nebenzimmer, vielleicht aus der plötzlichen Erkenntnis heraus, wie kurz und bedroht das Leben war und wie lange das Nichts. Welchen Impulsen und verborgenen Gründen Veiga auch folgen mochte, für ihn war sie eine neue Frau geworden, leidenschaftlich und zärtlich. Und dann, nicht von ihren Umarmungen erschöpft, sondern strahlend und selig, hatte sie ihm ruhig erklärt, daß er seinem inneren Zwang folgen müsse.
So hatte sie ihm also die Entscheidung abgenommen mit einem feinen Gespür für sein Schuldgefühl und seine Grenzen, und dann hatte er zögernd mit dem Piloten telefoniert. Der Wind kam von Westen, und er hatte die Nordwesthalbinsel verlassen und war in einem Zustand pulsierender Lebendigkeit, ganz furchtlos über die Hauptinsel Island geflogen. Veiga würde nachkommen, wann und wenn er sie brauchte. Der Gedanke an sie ließ einen fast andächtigen Frieden in seine Seele ziehen.
Petur durchquerte die Stadt, von Maschinenlärm und dem ständigen Grollen des Kirkjufell begleitet, und vergegenwärtigte sich, wie er früher gewesen war: hager und nichtssagend, in Gedanken versunken, ein Nicken für seine Gemeindemitglieder. Dagegen schritt er jetzt voller Vitalität über die durchnäßte, schwarze Geröllschicht, nickte allen zu, den Städtern wie den Fremden gleichermaßen, seiner Aufgabe und seiner selbst sicher. War nicht sogar der Vulkan nach der Kirche benannt!

Doch als er vor ihr stand, hielt er inne. Sie war nicht mehr weiß. Die Mauern und die Bogenfenster hatten verschiedene Grau- und Schwarztöne angenommen, und das einstmalig kastanienbraune Dach war ascheverkrustet. Der spitze Turm hob sich vor dem zitronengelben, goldorangenen und rubinroten Hintergrund ab. Im Friedhof waren die tiefergelegenen Grabsteine fast unter der Aschenschicht verschwunden; auch das Podest der Madonna ragte wie aus schwarzen Dünen hervor, darauf die Statue aufrecht, angegraut, immer noch majestätisch. Eine Hand fehlte.
Von hier aus sah er, daß der ganze östliche Teil der Stadt, besonders die Randbezirke, nicht mehr existierte. Er war von einem Meer schwarzen Gerölls überzogen, aus dem nicht einmal mehr die Giebel herausragten. Welch unfaßliche Verwüstung. Und wie hatten Baldvin und Inga ihr gemütliches Haus geliebt! Wo mochten sie stecken? Hatte er noch einige seiner Bilder retten können? Er mußte Pall fragen. Pall würde es wissen. Und er war sicher hier.
Er spähte nach Osten aus. Er hatte eine Reihe lodernder Feuersäulen erwartet, wie ihm berichtet worden war, aber da hatte sich ein einziger Krater gebildet, ein Kegel neben Helgafell mit einem Verderben spuckenden Schlund.
Er betrat die Kirche, stellte sich vor, wie die Bänke am Sonntag sich füllten. Ja, das brauchten sie jetzt. Gottesdienst, Gebete, Dankgebete, daß der Kelch an ihnen vorübergegangen war, daß sie lebten, und mehr noch Gebete um Erleuchtung, Bitten um Hilfe, um Gnade, um Gerechtigkeit. Er nahm das Glockenseil in die Hand und zog. Wieder und wieder, und das Klingen wurde immer zuversichtlicher und fester. Nun wußten alle, wohin sie sich wenden konnten, um Frieden, um Trost zu finden. Er zog stärker am Seil, als sei bereits das Glockenläuten ein Triumph, ein Signal des Widerstands.
Doch dabei überfielen ihn wieder Zweifel, ob er den Fragen-

den die richtige Antwort würde geben können. Warum war es gerade ihnen widerfahren? Was hatten sie denn Böses getan? Und seine Antwort? Daß Gott in seiner unendlichen Weisheit und Gnade ...
Daß Gott Gerechtigkeit ist ...
Womit haben wir das verdient?
Erschöpft ließ er die Glocke ausklingen, ein letztes Echo über den schwärzlichen Feldern und Häusern. Er würde eine Erklärung finden. Gleichgültig was er persönlich empfand, ihnen mußte er das geben, was sie brauchten und weshalb er hergekommen war: Glauben, Ermunterung, Hoffnung. Er wünschte, Veiga wäre hier. Würde er ebenso empfinden, wenn er gleich nach dem Anruf aufgebrochen wäre? Hätte er dann diese Gefühle, diese Sehnsucht nach ihr?
Verdankte er Kirkjufell, daß er ein anderer Mann geworden war und sie eine ganz neue Frau?

Als ihr Vater Thurbjorn Herjolfsson aufgefordert hatte, nach Reykjavik zu kommen, um Geschäftliches zu besprechen, war Elin klar, daß ihr Mann das als Befehl auffassen würde. Sie hatte ihrem Vater keine Details von dieser schrecklichen Szene in der Nacht des Vulkanausbruchs erzählt, nur, daß Thurbjorn sich erst geweigert hatte, sie persönlich auf die Hauptinsel zu bringen. Kein Wort von Thurbjorns Verwünschungen, seinen bitteren Anklagen und seinem Toben. Allerdings hatte sie auch nicht erwähnt, wie sehr sie selbst sich verändert hatte, bis zur Unkenntlichkeit für sich und Thurbjorn. Was sie alles gesagt hatte, war ihr entfallen. Hatte sie Thurbjorn tatsächlich ins Gesicht gebrüllt, daß er nie auch nur halbwegs Manns genug war wie ihr Vater? Hatte sie das getan?
Daran wollte sie jetzt nicht denken, nicht an das verschüttete Haus, nicht an den verdammten Vulkan. Hier im Haus ihres

Vaters, geräumig, einladend, gemütlich, sorgten zwei Dienstboten für alles, und sie konnte einkaufen oder ins Kino oder Theater gehen, Freunde besuchen oder einfach ausruhen und sich ihrem Wohlbehagen widmen – hier war es angenehm, und man konnte sich geborgen fühlen. Fast so wie als Kind.
Als Thurbjorn eintraf, setzten sie sich an den Abendbrottisch, mit Delfter Porzellan auf irischem Leinen gedeckt, und der Kontrast zwischen den beiden Männern war augenfällig, fast beunruhigend: ihr Vater mit hageren Wangen und einer gesunden Gesichtsfarbe, daneben Thurbjorn blaß und müde, mit einem runden Kopf und spärlichem Haar, das fast etwas schmuddelig wirkte. Ihr Vater saß gelockert beim Essen und sprach mit seiner üblichen gelassenen Gewandtheit. Thurbjorn aß schweigend, gedankenversunken und antwortete nur auf direkte Fragen. Er berichtete, wie das Haus zerstört worden war durch die heißen Dämpfe abkühlender Lava, die durch die Kanalisation und Lüftung eingedrungen waren und durch den Kamin hinausgezogen wurden, so daß die intensive Hitze die Mauern zerbröckeln ließ und das Gebäude zum Einsturz brachte.
Weil sie das nicht verstand und es sie auch nicht interessierte, erzählte Elin von den vielen Kunstausstellungen, die sie besucht hatte, und von dem wunderbaren Gemälde von Baldvin Einarsson mit dem Titel *Helgafells Rache*. Es hatte viel Aufsehen erregt, besonders nachdem der neue Vulkan einen Kegel neben Helgafell gebildet hatte. Das Außerordentliche war, daß Baldvins Bild vor dem Ausbruch entstanden war. Seine Fingerabdrücke waren noch in der Ölfarbe oben am Rahmen zu sehen, weil er es in der Nacht des Ausbruchs eigenhändig gerettet hatte.
»Ist das nicht seltsam?«
»Unglaublich«, stimmte ihr Vater zu und nippte am Wein.
»Baldvins Haus wurde als eines der ersten vernichtet«, sagte Thurbjorn. »Es ist unter Lava begraben.«

»Ich weiß«, bemerkte Elin und wunderte sich über seinen säuerlichen Tonfall. »Ich habe mit Inga im Museum Kaffee getrunken. Sie wissen noch nicht, ob sie wieder zurückkehren oder nicht. Inga meinte, es sei noch zu früh für eine Entscheidung.«

»Genau«, stimmte der Vater zu. »Vielleicht ist eine Entscheidung auch hinfällig. Wahrscheinlich wird es Vestmannaeyjar nicht mehr geben.«

Thurbjorn warf seinem Schwiegervater einen düsteren kurzen Blick zu, schwieg aber.

Dann hob ihr Vater die Tafel auf mit der vertrauenerweckenden Höflichkeit und Heiterkeit, die sie immer so beruhigend fand. Thurbjorn dagegen sah fetter als sonst aus. Als sie in das Wohnzimmer schlenderten, wirkte sein Gang schleppend, verkrampft.

Bei Brandy und Kaffee – eine der mitteleuropäischen Sitten, die ihr Vater übernommen hatte und die sie immer als besonders zivilisiert geschätzt hatte – fragte Thurbjorn unverblümt, was ihr Vater denn Geschäftliches mit ihm bereden wolle. Ihm sei klar, daß niemand hier sich ein genaues Bild machen könne, wie es auf Heimaey zugehe, aber jeder dort drüben schufte sechzehn und mehr Stunden am Tag. Elins Vater lächelte nachsichtig. Ihm sei durchaus klar, wie tüchtig er sei, die Gefrierfabrik in Betrieb zu halten, wo nur sie und noch eine andere arbeite, und alle Berichte würden das lobend erwähnen.

»Aber . . .«, bohrte Thurbjorn und ließ den Brandy im Schwenker kreisen. Nervös wartete er.

»Aber. Ja, das ist es. Ich habe ein paar Nachforschungen angestellt. Und danach kann die Erde noch weiter aufklaffen und die ganze Insel in der See versinken. Oder neue Beben können Kirkjufell zu einem noch gewaltigeren Ausbruch bringen. Die Wahrscheinlichkeit ist sehr groß, daß die ganze Stadt verschlungen wird.«

Thurbjorn nickte schwerfällig mit wachsamem Blick. »Darüber ist sich wohl jeder im klaren.« Eine gewisse Schärfe lag in seinem sonst ruhigen Ton.

»Dann scheint uns nur eine Möglichkeit offen, wie du als Geschäftsmann sicher erkennst.«

»Ja?«

»Kannst du es nicht erraten?«

»Doch. Aber ich möchte es hören.«

»Wir müssen die Maschinen demontieren und verschiffen.«

Nach einer Pause trank Thurbjorn einen Schluck Brandy. »Und das, obwohl wir mit Profit arbeiten.«

»Ich sagte, daß du tüchtig warst.«

»Danke.«

Elin richtete sich auf. Was war mit Thurbjorn? Diese Ironie kannte sie nicht an ihm. »Es gibt keine Profite mehr, wenn wir die Maschinen verlieren«, erklärte ihr Vater sanft und fast unbeteiligt. »Andere haben ihr Inventar bereits gerettet. Und jeden Tag trifft mehr hier ein.«

Lang dehnte sich das Schweigen in dem weiten Raum. Der Wind heulte. Elin saß abwartend und irritiert da. Schließlich erhob sich Thurbjorn und setzte das Glas ab. »Es ist deine Fabrik. Du kannst damit machen, was du willst. Ich hatte nie das Gefühl, sie gehöre mir. Oder das Haus. Also . . .« Sein stämmiger Körper zitterte. »Wenn du es so haben willst, dann kommst du am besten nach Vestmannaeyjar und kümmerst dich darum. Ich werde es nämlich nicht tun. Gute Nacht.«

Als Elin ihm nachlaufen wollte, sagte ihr Vater: »Immer langsam, Mädchen. Er ist ein müder Mann.«

Im Schlafzimmer, das sie sonst allein bewohnte, schloß sie die Tür leise hinter sich. Behutsam und mit bewußt sanfter Stimme fragte sie: »Macht es denn etwas aus, Thurbjorn? Wir können doch nicht zurückkehren, oder?«

Er hockte auf der Bettkante mit gesenktem Kopf. »Das kann man doch nicht wissen.«

Sie sank neben seinen Füßen auf den Boden. »Wir sind wieder zusammen«, sagte sie und bemühte sich, Begierde zu empfinden. »Laß uns jetzt alles vergessen, Heimaey, Vater, die Arbeit – du siehst so müde aus.«
Er starrte sie mit seinen braunen Augen an. Und schüttelte langsam den Kopf. Unvermittelt überfiel sie ein quälender Schmerz. Und gleichzeitig Zorn: Er begehrte sie nicht. Zum ersten Mal in ihrem gemeinsamen Leben hatte sie die Initiative ergriffen, aber er wollte nicht. Verblüfft und gekränkt studierte sie sein Gesicht.
»Du wirst mir nie vergeben, nicht wahr?« fragte sie. »Was ich damals sagte. Über dich und diese ... Französin. Oh, ich weiß, daß sie wieder auf der Insel ist. Jeder weiß es. Aber versteh doch, ich war vor Angst halb verrückt. Ich weiß nicht, wieso ich mich so aufgeführt habe. Ich weiß, daß du noch nie bei der Frau gewesen bist. Ich wußte es, und ich weiß es jetzt.«
Er stand schnell auf und ging hastig ein paar Schritte.
»Es ist nicht fair, mir in die Schuhe zu schieben, was mein Vater tut.«
Er stand am Fenster, den breiten Rücken ihr zugewandt. »Ja«, sagte er. »Das wäre unfair.«
Sie blieb stehen. »Was ist es dann?«
»Es ist unfair, dir die Schuld zu geben, weil kein Mann dich jemals befriedigen wird, kein Mann außer deinem ...« Er brach ab, und sie spürte einen Anflug echter Angst, als sie neben ihn trat.
»Thurbjorn, ich bin deine Frau. Ich liebe dich.«
Er wirbelte herum. »Du liebst mich?« Er sagte es in einem rauhen, verächtlichen Flüstern mit verzerrtem Gesicht und glitzernden Augen, und sie waren wieder im Büro in jener schrecklichen Nacht.
»Du liebst nicht einmal den Mann da unten, sondern nur das, was er für dich tut.«

Das war ein Schlag ins Gesicht, aber sie wich nicht zurück. Tränen brannten in ihren Augen.
Er trat auf sie zu. »Du hattest wegen Odette unrecht. Damals hattest du unrecht. Aber jetzt nicht mehr. Und das hast du dir selbst zuzuschreiben, dir und ihm.«
Sie zitterte am ganzen Leib.
Sie sah, wie er die geballten Fäuste lockerte und die gebeugten Schultern hochreckte. Und sie hörte seine Stimme: »Ich gehe dahin zurück, wohin ich gehöre. Wo ich gebraucht werde. Er soll machen, was er für richtig hält, und ich tue, was ich tun muß.« An der Tür drehte er sich noch einmal um. »Und du kannst auch tun, was dich glücklich macht, Elin.«
Sie starrte auf die geschlossene Tür. Der Wind jaulte um das Haus. Es dauerte einen langen Moment, bis sie Erleichterung empfand. Nun ... nun konnte sie für immer hierbleiben. Und hatte jemanden, der sie behüten würde.

Es hatte zu regnen aufgehört. Der Wind war wieder umgeschwenkt, und deshalb wurde keine Asche über die Stadt getrieben. Aber für ihr Haus war es wie für viele andere zu spät. Agnar Ivarsson wünschte, er hätte seine Frau von der Rückkehr abhalten können. Zuerst hatte er darum herumgeredet, dann aber die Wahrheit gesagt.
»Ich wollte es saubermachen«, sagte Ruth mit leiser und bestürzter Stimme, für Agnar kaum verständlich.
Sein Herz wurde schwer. »Gehen wir heim, Ruth.«
»Heim?« Sie schaute zu ihm auf, ihre Augen leer, in sich gekehrt.
Er wußte nicht, ob er sie am Arm nehmen sollte. So gingen sie nebeneinander her, von einem Ort weg, der einundzwanzig Jahre lang ihr Zuhause gewesen war, durch eine Stadt, die nur noch ein wüstes Trümmerfeld von Dreck und Asche war, mit einigen verkohlten Hausresten zwischen schwarzen Dünen

eingekeilt, aus denen noch ab und zu Zaunspitzen hervorlugten.
Die Strom- und Telefonleitungen hingen durch und verschwanden in Gerölldünen. Der Himmel war blaß und stumpf, und der Kirkjufell spuckte und röhrte.
»So grün war es«, sagte sie, und er hielt den Atem an, um es überhaupt zu verstehen, und dann merkte er den neuen Ton. »So hübsch war es.«
Mehr nicht.
Sie blieb während der Rückfahrt auf dem Deck, anstatt ihm im Steuerhaus der *Njord* Gesellschaft zu leisten. Und sie schaute nicht ein einziges Mal zurück. Aber sie weinte nicht. Später allerdings wünschte sie, sie hätte Tränen gehabt, sie hätte sich an ihn geklammert und geweint, anstatt sich innerlich von ihm abzukehren. So wie sie es zum ersten Mal auf der *Njord* an jenem Tag getan hatte.

Der folgende Tag wurde später Schwarzer Montag genannt. Karl Sveinsson hatte drei Wochen zuvor mit Zustimmung des Stadtrats und des isländischen Katastrophen-Fonds die Zügel in die Hand genommen. Von Anfang an allerdings plagten ihn die Zweifel, ob sein Entschluß klug war: War er den Dingen gewachsen, konnte er die Probleme meistern? Sein erster Befehl war, die Telefonkabel zur Hauptinsel zu reparieren; die Möglichkeiten der Funkzentrale reichten für die bevorstehenden Aufgaben nicht aus. Er richtete sein Hauptquartier im ehemaligen Speisesaal des Hotels ein, wo er ein Funkgerät und Telefone installieren ließ, um jederzeit den Kontakt mit der Polizei, der Feuerwehr, dem Tower am Flugplatz, dem Krisenstab in Reykjavik und dem Verteidigungskommando in Keflavik aufrechterhalten zu können. Den Sitzungssaal des Stadtrats verlegte er ebenfalls in einen Gemeinschaftsraum des Hotels und ließ auf Anraten des Bürgermeisters alle Do-

kumente und Unterlagen der Stadt wie der Bank und die Bargeldreserven nach Reykjavik schaffen. Eine Gemeinschaftsküche wurde in einer der Fischverarbeitungsfabriken am Westende des Hafens eingerichtet. Karl sorgte dafür, daß der Stadtrat offiziell Hilfsmannschaften vom NATO-Stützpunkt in Keflavik anforderte, wo er bis zu seiner Beurlaubung gearbeitet hatte. Freiwillige Helfer waren eingetroffen, darunter auch junge Frauen und Mädchen. Da fast alle Häuser leerstanden, machte die Unterbringung keine Schwierigkeiten, aber er bestand auf strengen Anmelderegeln, um zu vermeiden, daß Häuser in gefährdeten Gebieten besetzt wurden, und um den Überblick zu behalten. Prioritäten wurden gesetzt, und der Abtransport von Kraftwagen und Hausrat und anderen Besitztümern per Schiff und Flugzeug wurde in geordnete Bahnen gelenkt.
Jeder nach Osten umschlagende Wind brachte neue Gefahren, Brände durch Funken und glühende Asche, Gerölldünen auf den Straßen. Schätzungsweise dreizehntausend Fenster gingen nach Osten hinaus; sie mit Wellblech zu verschalen wurde systematisch in Angriff genommen. Einsatzgruppen schippten die Aschenschichten von den Dächern, andere hielten die Straßen frei. Wohin mit den Schlacken? Ins Meer. Lastwagen holperten durch die Schlaglöcher der engen Straßen. Er ordnete an, daß das Gebiet jeden Morgen von einem Erkundungsflugzeug überflogen wurde, damit man auf den Fotos das Fortschreiten der Lava und alle anderen Veränderungen erkennen konnte. Auf Vorschlag der Wissenschaftler ließ er auch Infrarotaufnahmen von amerikanischen Satelliten machen, um etwaige neue Vulkanherde aufzuspüren.
Weil er alles zentralisieren wollte, ordnete er an, daß die Erste-Hilfe-Station und die Notaufnahme-Station vom Krankenhaus ins Hotel verlegt wurden. Dr. Pall, der die anderen Veränderungen mit widerwilliger Bewunderung be-

obachtet hatte, hielt nichts von dieser Idee. Nicht weil der Umzug kompliziert war, sondern weil im Krankenhaus Röntgen- und andere diagnostische Apparate und Behandlungsgeräte zur Verfügung standen.

»Wenn es soweit ist«, war Karl Sveinssons Entgegnung gewesen, »und wenn das Krankenhaus dann noch steht, bringen wir die Patienten schon irgendwie vom Hotel aus hin.«

Aus Dr. Palls Ausdruck ging hervor, daß ihm der Gedanke neu war, sein Krankenhaus könne in Gefahr sein. Schließlich grinste er und sagte knurrig: »Wie Sie befehlen, General Patton.«

Bis dahin hatte Karl von seinem Spitznamen, den er zweifellos einem der kürzlich eingetroffenen amerikanischen Soldaten verdankte, keine Ahnung gehabt. Und er wußte nicht, ob er ihn mochte oder nicht. Jedenfalls akzeptierte er ihn mit der Zeit als wohlmeinendes Kompliment.

Möglicherweise half dieser Name, in welcher Absicht auch erfunden, sein Selbstvertrauen zu stärken. Es gab Tage und Nächte trügerischer Ruhe, in denen neue Hoffnung erwachte, dann wieder Perioden heftiger Ausbrüche, als sei das Weltende nah. Trotz der Unberechenbarkeit entwickelte sich für Karl Sveinsson ein gewisser Tagesrhythmus. Vor Tagesanbruch teilte er die Arbeiten ein. Ungefähr eine Stunde nach der Morgendämmerung studierte er die Luftaufnahmen und stellte Vergleiche mit denen des vorangegangenen Tages an. Dabei stieß er die unflätigsten Verwünschungen aus und fragte sich dann, wie ein denkender Mann zu einem so irrationalen Haß kam. Er zog mit einem roten Fettstift die welligen Linien der letzten Auswürfe auf einer Karte der Insel an der Wand nach. Dann schleuderte er den Fettstift auf den Schreibtisch, fluchte und entließ die Fotografen mit einem brummigen Dank.

Anschließend nahm er an den täglichen Stadtratssitzungen im ersten Stock teil, ungeduldig an der Pfeife kauend. Es wurde so viel geredet, wo nur Taten helfen konnten! Wenn der Bür-

germeister ihm das Wort gab, ratterte er eine Liste von Forderungen und Vorschlägen herunter: zusätzliche schwere Geräte, besonders Bulldozer und Feuerpumpen und Lastwagen. Was zum Teufel hielt die Dinge auf? Der Vertreter des isländischen Katastrophen-Fonds wußte es nicht. Warum kümmerte er sich nicht darum? Der Fond stelle das Geld zur Verfügung, aber solche Dinge brauchten ihre Zeit. Die anderen nickten zustimmend, amüsiert oder verärgert. Da erinnerte er sie, daß die Lava sich mit Bürokratie weniger auskenne und kaum darauf Rücksicht nehme, sondern die Stadt Stück für Stück verschlinge. Aber vielleicht könne er ihr gut zureden, und sie würde Einsehen haben.
Irgendwann bei diesen Sitzungen spürte er immer die verwelkte graue Hand des alten Frosti Runaldsson auf der Schulter. Karl wußte, daß der hinfällige, krank aussehende Mann die letzte Fischverarbeitungsfabrik besaß, die noch in Betrieb war und deren dünne Rauchfahne, kaum sichtbar bei dem schwarzen Qualm ringsum, Tag und Nacht wie ein schwaches Hoffnungssignal wehte. Zuvor hatte noch eine zweite Fischfabrik gearbeitet, aber ihr Besitzer, der auf der Hauptinsel wohnte, hatte sie geschlossen und demontierte gerade die Maschinen.
Nach der Sitzung machte Karl seinen Inspektionsgang. Wehte der Wind, dann trieb er Aschenpartikel ins unbedeckte Gesicht, und die Arbeitsmannschaften mußten manchmal minutenlang innehalten und kamen auf der Straße keinen Meter weiter. Der beißende schwarze Staub drang unter den Kragen und in die Handschuhe und kratzte auf der Haut. Karl fuhr einen roten Halbtonner mit Vierradantrieb. Hier und da wurde er im Vorbeifahren von den Männern mit einer Handbewegung gegrüßt, nicht gerade freundlich, aber respektvoll. Anschließend in seinem Büro erwarteten ihn weitere Probleme. Er diktierte Anforderungen oder telefonierte mit Parlamentsmitgliedern, mit dem Amt des Verteidigungs-

ministers, mit dem Kommandanten in Keflavik – bittend und drohend, knurrend und schmeichelnd, wie es gerade nötig war. Er benutzte Freunde, Bekannte oder Fremde, jeden, der ihm behilflich sein konnte, die bürokratischen Behinderungen beiseite zu räumen.

Und nachts nach achtzehn oder vielleicht zwanzig Stunden Hektik schleppte er sich mit fast zufallenden Augen und ausgetrocknetem Mund von den vielen Pfeifen mit weichen Knien nach oben in sein spartanisches Zimmer im vierten Stock, um dann festzustellen, daß er nicht schlafen konnte. Er hatte neben dem Bett ein Telefon und rief manchmal nachts zu Hause an. Während Liljas Worte immer anteilnehmend klangen, hörte er auch einen beunruhigenden Unterton heraus, den er nicht näher bestimmen konnte. Als würde die Entfernung zwischen ihnen größer. Manchmal tat es ihm leid, angerufen zu haben. Aber wenn er es nicht tat, sehnte er sich nach ihrer Stimme.

Die Erschöpfung in allen Gliedern wuchs und manchmal auch die Zweifel wie ein schlechtes Gift: War er, Karl Sveinsson, der richtige Mann für das, was er sich da verrückterweise vorgenommen hatte?

Eines Nachts wälzte er sich schlapp und schlaflos im Bett, kam sich plötzlich uralt und verbraucht vor, dachte an die unweigerlich vordringende Lava und vergegenwärtigte sich die Fotos, die er am Morgen studiert hatte. Und eine Frage bohrte in seinem Hirn: Hatte er etwas übersehen, weil es ihm schon alltäglich erschien? Er zog sich im Kalten schnell an, von plötzlicher Erregung angetrieben. Wieder fiel ihm auf, daß er ein neues Lebensgefühl kennenlernte. Nicht mehr hinter einen Schreibtisch verbannt, nicht mehr der wohlbehütete und verwöhnte Gatte und Vater. Was er hier tat, hatte Schärfe und Härte und einen Sinn. Es ging um Siegen oder Verlieren. Er polterte die engen Treppen in das Vestibül im dritten Stock hinunter und wollte weitergehen, als er vor

einem jüngeren Mann mit dunkelrotem Bart und einem breitrandigen Hut aus irischem Tweed stand.
»Mr. Sveinsson ...« Das war die amerikanische Art der Anrede, aber Karl war daran gewöhnt. »Mr. Sveinsson, ich wollte gerade zu Ihnen, aber Sie nicht wecken.«
»Verdammt gute Idee«, sagte Karl. Wieder ein Journalist oder Fotograf oder sonstwas – sie tauchten überall auf.
»Sie wünschen?«
»Ich heiße Owen Llewellyn. Ich möchte mich freiwillig melden.«
»Wofür?«
»Zum Arbeiten.«
Karl betrachtete ihn abschätzend: klein, nicht gerade stämmig, mit sanfter Stimme und sanftem Auftreten. »Die Schufterei geht an die Eier.«
»Davon hab' ich zwei.«
Karl grinste. »Ich schreib mir Ihren Namen auf. Einteilung um neun Uhr. Keine Kameras bei der Arbeit.«
Owen Llewellyns Lächeln war mehr ein Lippenzucken, das kaum den Bart kräuselte. »Ich mache die Aufnahmen in meiner Freizeit.«
»Damit sieht's schlecht aus.«
»Dann mache ich gar keine. Wes Brot ich eß, des Lied ich sing.«
Karl zauderte einen Moment, nickte dann. Er stieg die Treppe weiter hinab. Des Lied ich sing ... Na, er nahm jede Hilfe an, die er kriegen konnte, und der Bursche hatte ein akzeptables Motiv. Einige der neugierigen Zuschauer könnten sich davon eine Scheibe abschneiden.
Das Hauptquartier lag im Halbdunkel, und nur ein junger Mann bediente das Telefon und sortierte Papiere. Bei Karls Eintreten schreckte er zusammen. Karl schaltete ein paar Lampen an und breitete die Luftaufnahmen der letzten Tage auf der langen Tafel aus, die ihm als Schreibtisch diente.

Ja, da war es auf jedem der Bilder. Er war wirklich blind gewesen. Am Rande eines der Lavaströme hatte sich eine Art natürlicher Damm aus erloschener Schlacke gebildet, täglich zunehmend, der den Weg abblockte. Da sich dieser nur schwach erkennbare Vorgang nicht in Richtung auf Hafen und Stadt zugetragen hatte, war niemand darauf aufmerksam geworden. Aber da war es – ein Damm, bei Gott, eine Barrikade, die die Lava zurückhielt.
Er drehte sich zur Landkarte an der Wand um. Wie nun ... wie nun, wenn entlang der unregelmäßigen roten Linie am östlichen und nordöstlichen Rand des Lavafelds, wo die Straßen und Gebäude der Stadt direkt bedroht waren – wie, wenn an den am meisten gefährdeten Stellen andere Barrikaden, von Menschenhand gemachte Dämme gebaut wurden? Aus Schlacke und Geröll und Schutt, ehe der rotschwarze Schleim diese Punkte erreichte. Böschungen von zehn oder zwanzig Metern Höhe, mit einem flachen Abhang, so daß die Lava, wenn sie ihn erreichte, langsam höher steigen mußte und ihn nicht unterhöhlen konnte ...
Dazu waren noch schwerere Bulldozer nötig, und er mußte sie bekommen, und er würde sie bekommen! Dem Schlund sein eigenes Ausgekotztes wieder in den Rachen schieben, bis er daran erstickte!
Er spürte keine Müdigkeit mehr, nur Ungeduld weiterzumachen, nun, da er entschlossen war; jetzt konnte er nicht schlafen, und so legte er die Fotos untereinander, um die schwächsten Stellen auszumachen.
Lange vor neun Uhr hatte er die Arbeiten eingeteilt.
Die Maschinen arbeiteten Tag und Nacht. Und als die Lava später an den drei Barrikaden leckte, hielten sie stand.
Sie hielten bis zum Schwarzen Montag.
Während der Nacht war es kälter geworden, und es hatte auf der ganzen Insel in dichten Flocken geschneit. Windstöße fegten durch die Straßen und über die Felsenklüfte und rissen

Schnee und fallende Asche mit sich, so daß die Stadt bei Tagesanbruch ganz merkwürdig aussah: wie mit Salz und Pfeffer besprenkelt. Da explodierte die Erde wie mit neuer Kraft. Zusätzlich zum Ausbruch am Krater brachen Lavafontänen wieder entlang der Spalte hervor und schossen über vierhundert Meter in den Himmel. Es war fast unmöglich, im Freien zu arbeiten. Karl befahl, den Flugplatz zu schließen, aber erfuhr, daß ein Erkundungsflugzeug bereits in der Luft und der Funkkontakt abgerissen war. Von der Funkzentrale meldete Jonas, daß wegen der Asche in den Dämpfen nicht einmal das Radargerät funktioniere. Und von den Schiffen vor der Küste kamen Anfragen: Hatte es einen neuen Ausbruch gegeben?

Dann gab die erste Barrikade nach, und die Mischung aus Geröll und Lava strömte zähflüssig und glühend heran; sieben Häuser gingen in Flammen auf und wurden verschlungen.

Karl Sveinsson, mit einem Zorn noch lodernder als Lava, ging trotz Schnee und Sturm hin, um den Schaden zu inspizieren. Durch Rauch und Schneeasche spähte er durch die Schutzbrille und hatte wieder nagende Zweifel: Konnten die schwachen Bemühungen von Menschen überhaupt Wirkung zeigen? Was maßte er sich an, die Naturgewalten überlisten zu wollen? Dann verwandelte sich sein ohnmächtiger Zorn in ein Gefühl, das ihn erschreckte. Er fühlte sich schlapp und ausgehöhlt und kam sich, als er zu seinem Kommandostand zurückgekehrt war, uralt vor.

In der einstigen Empfangshalle des Hotels erwarteten ihn Dr. Pall und der rotbärtige, rothaarige Yankee mit dem walisisch klingenden Namen, der Karl nicht gleich einfiel. Die Augen des Amerikaners waren halb geschlossen und trieften von einer Flüssigkeit, die Karl für ein Medikament hielt.

Ohne Vorrede brummte der Arzt: »Dieser Idiot mit seinem jugendlichen Leichtsinn muß von einem Augenarzt untersucht werden. Braucht wahrscheinlich eine Behandlung, für die ich hier nicht ausgerüstet bin. Ich möchte ihn zu einem Facharzt im Reykjaviker Krankenhaus überweisen. Er weigert sich.«

Karl schaute von einem zum anderen. »Warum haben Sie keine Schutzbrille getragen, Llewellyn?« Der Name flog ihm plötzlich zu. »Sie kennen doch die Regeln.«

»Ja«, antwortete Llewellyn. »Aber ich war nicht im Dienst, und mit einer schmutzigen Brille kann man keine anständigen Aufnahmen machen.«

»Sie werden überhaupt keine Aufnahmen mehr machen, wenn Sie blind sind«, sagte Dr. Pall. Und dann zu Karl: »Sie entscheiden.«

Karl bellte: »Habe ich nicht schon genug Entscheidungen zu treffen?« Er wandte sich an Llewellyn: »Warum zum Teufel wollen Sie hierbleiben? Und kommen Sie mir nicht mit dem Lied, das Sie singen.«

Llewellyn überlegte einen Moment, ehe er sagte: »Aus beruflichen Gründen.«

Worauf Karl knurrte: »Sie lügen. Aber in Ihrem jetzigen Zustand kann ich Sie nicht brauchen. Nehmen Sie also das nächste Flugzeug oder Schiff, je schneller desto besser. Der Flugplatz ist zur Zeit geschlossen, und ich muß vielleicht auch den Hafen dichtmachen.«

Nach einer Pause meinte Llewellyn: »Aye, aye, General.«

Dieser kleine rothaarige Hundesohn machte sich über ihn lustig! »Hören Sie mal. Bis jetzt hatten wir noch keine Todesfälle und kaum schwere Verletzungen. Meinen Sie, ich will, daß ein Fotograf geblendet wird?«

Er ließ die beiden stehen und betrat die Kommandozentrale; Llewellyn imponierte ihm trotz allem, und er vernahm Dr. Palls Stimme hinter seinem Rücken: »Was Sie in den Augen haben, sind winzige Partikel vulkanischen Glases. Daraus besteht nämlich die sogenannte Asche in Wirklichkeit.«

Im Raum wimmelte es von Männern, Kaffeeduft lag wie üblich in der Luft, und Schweigen breitete sich aus, als Karl eintrat. Er schaute die Männer an. »Raus mit der Sprache.«
Jonas übernahm es: »Die Barrikade am Austervegur ist gebrochen.«
»Und?«
»Mindestens zwölf Häuser und eine Reihe von Läden an der Landagata zerstört.«
Karl nickte. »Und das Flugzeug?«
»Es hat zweimal zu landen versucht. Der Tower wollte es nach Reykjavik umleiten, aber . . .« Jonas zuckte schwerfällig mit den Schultern. »Der Pilot ist ein Narr. Genau wie wir alle. Kaffee, Karl?«
»Was der Mann braucht, ist ein Schnaps«, mischte sich eine andere Stimme ein.
Karl sah, wie sich Jonas einem blonden, grinsenden Hünen zuwandte. »Das war mein Rat für den General, Jonas. Ich habe keinen Tropfen mehr getrunken, seit der alte Kirkjufell zu rülpsen begonnen hat. Kennst mich noch?«
»Nur zu gut, Arni«, erwiderte Jonas grimmig. »Nur zu gut.«
Karl wußte nicht, warum da plötzlich Spannung in der Luft lag, und es war ihm auch egal. Er setzte sich hinter den Schreibtisch und versuchte, mit dem Tower Kontakt aufzunehmen, bis ihm einfiel, daß er geräumt worden war. Er starrte vor sich hin; die Männer um ihn herum wirkten ebenso benommen und ausgehöhlt. Wie viele mochten die Faust in der Tasche geballt haben? Wie viele kämpften insgeheim gegen die Verzweiflung an, gegen Tränen? War dies das Ende? Sollte all ihr Schuften vergeblich gewesen sein?
Er dachte an seine Frau, seine Töchter. Er dachte an alle die Inselbewohner, die auf das Festland verbannt waren. Wenigstens waren bisher noch keine Menschenleben zu beklagen.

Und doch spürte er zum ersten Mal eine lähmende Niedergeschlagenheit.
»Wie viele sind noch auf der Insel?« hörte er sich stockend fragen.
»Karl, es war nicht deine Schuld«, sagte Jonas, »daß die Dämme nicht gehalten haben.«
»Wie viele?« Seine Worte dröhnten in der Stille. »Einschließlich der Freiwilligen von außerhalb.«
Das Schweigen dehnte sich. Die Männer wechselten Blicke. Er wartete. Schließlich sagte einer: »Knapp dreihundert bei der letzten Zählung.«
Behutsam sagte Jonas: »Es ist nicht dein Kampf, Karl. Niemand macht dich verantwortlich . . .«
»Die Hälfte der Leute sind hier, weil sie den Kampf zu ihrem eigenen gemacht haben!« Karl brüllte plötzlich los, und seine Stimme hallte im Raum wider, lauter als das Grollen draußen. »Aber ab und zu kommt der Mensch an einen Punkt, wo er etwas aufgeben muß.«
Das Telefon schrillte. Karl riß den Hörer ans Ohr, sprach, lauschte. Dann legte er ihn auf die Gabel und sagte mit fast andächtigem Ton: »Das Flugzeug ist am Boden.«
In einigen Minuten kamen also die neuesten Fotos. Was sollten sie noch nützen?
Nach einer langen Pause, während sich alle weit weg wünschten, schenkte Jonas noch einmal Kaffee nach. »Hör mal, Karl. Niemand würde es dir übelnehmen, wenn du aufgibst.«
»Aufgeben?« Karl klang gefährlich ruhig. »Jeder, der jetzt die Insel verläßt, bedeutet möglicherweise ein gerettetes Menschenleben.«
»Wenn du gehst«, sagte Jonas, »werden dir viele andere folgen.«
»Ich habe weniger an Aufgeben gedacht«, meinte Karl und schaute seinem Freund ruhig in die Augen. »Ich dachte an Evakuieren.«

Jonas' Blick blieb direkt. »Einige von uns würden trotz allem bleiben.«
Das war Karl natürlich auch klar. Ihm war auch bewußt, daß er seine Autorität verspielte, wenn er die totale Evakuierung befahl – immer würde ihn die bange Frage verfolgen, ob nicht doch eine Rettung möglich gewesen wäre. Wenn er allerdings nicht für die Räumung sorgte und dabei dreihundert Menschen umkamen, dann konnte er nur hoffen, unter den Todesopfern zu sein.
Wieder schellte das Telefon. Karl regte sich nicht. Jonas hob ab. Dann erst sagte er beim Auflegen: »Eine der beiden Wasserleitungen zur Hauptinsel ist gebrochen.«
Weiter nichts?
Da ergriff einer der jüngeren Geologen das Wort auf englisch: »Darf ich etwas sagen?«
Karl nickte. »Immer raus mit der Sprache«, erwiderte er ebenfalls auf englisch.
»Auch unter der Wasseroberfläche haben Lavaausbrüche stattgefunden. Wo genau, konnten wir nicht feststellen, aber das ist auch egal.« Er räusperte sich. »Durch diese Ausbrüche hat sich der Boden des Hafenbeckens gehoben. Bis er wieder seine normale Höhe erreicht hat, können keine größeren Schiffe mehr anlegen. Mit anderen Worten, es ist unmöglich, die dreihundert Menschen in den wenigen kleinen Schiffen, die jetzt im Hafen liegen, abzutransportieren.«
»Warum habe ich davon nichts erfahren?« erkundigte sich Karl.
»Das weiß ich nicht, Sir.«
»Himmeldonnerwetter«, fluchte Karl. »Auf der Insel wimmelt es von Wissenschaftlern, aber keiner wagt auch nur eine Vermutung, wie lange der Schlund sich noch seine dreckige Seele aus dem Leib kotzen wird!« Er konnte sich nicht bremsen. »Da bitte ich jeden verdammten Tag um Informationen, und wenn mal welche da sind, werden sie geheimgehalten.«

Er sah, wie der junge Mann blaß wurde und zurückwich – sicher ein Engländer, fast noch ein Knabe.
»Unsere Aufgabe hier«, erwiderte er steif, »ist es zu beobachten, Sir. Für künftige Fälle.«
»Künftige Fälle? Wenn die Insel explodiert, wenn wir alle ersticken . . .«
Abrupt hielt er inne.
Dann fragte er in völlig verändertem Ton: »Wie heißen Sie?«
»Hawkins, Sir. Arthur.«
»Mr. Hawkins, ich entschuldige mich.«
»Das ist nicht nötig, Sir. Heute ist ein schwarzer Tag für uns alle.« Er räusperte sich wieder. »Ich nehm's Ihnen nicht übel«, und nach einem herausfordernden Blick durch das Zimmer, »niemand hier.« Direkt an Karl gewandt, sagte er: »Von jetzt ab erstatte ich Ihnen persönlich Bericht, Sir.«
»Wenn Sie nicht aufhören, mich Sir zu nennen«, sagte Karl, »dann könnte ich in Versuchung kommen, Ihnen zu sagen, wohin Sie Ihr Meßinstrument stecken können, falls es spitz genug ist.«
Arthur Hawkins grinste, hier und da wurde gelacht, erst verhalten, dann lauthals. Jonas schlug Karl auf die Schulter.
In diesem Augenblick betraten zwei Männer in Fliegerkluft den Raum, ein Mittvierziger mit bärenartigem Trott und ein schlaksiger Junge. Beide waren schwarzweiß gesprenkelt und traten mit kaum verhohlenem Stolz an den Schreibtisch.
»Die Bilder werden oben entwickelt«, sagte der ältere Mann zu Karl. »Mieser Tag, was?«
»Ein paar miese Tage haben wir immer in der Fastenzeit.« Karl nahm wieder Platz und blätterte in den Papieren.
»Verzeihung, Mr. Sveinsson.«
Karl schaute auf – in das Gesicht eines Mannes, der ihm schon über den Weg gelaufen war. Er sprach englisch, aber mit einem Akzent.

»Darf ich mich vorstellen?« Er hatte schütteres graues Haar und einen gestutzten Schnurrbart. »Ich bin Alexej Varanin, einer der von Ihnen so wenig geschätzten Wissenschaftler.«
Zu seinem eigenen Erstaunen erhob sich Karl und schüttelte dem Mann die Hand, der seinen Druck kräftig erwiderte. Vor ihm aufgerichtet, war der Mann keineswegs so klein, wie seine vorher gebückte Haltung hatte vermuten lassen. Karl zündete die Pfeife an. »Ich bin Karl Sveinsson, aber hier bin ich auch unter einem anderen Namen bekannt.«
»Entschuldigen Sie bitte, daß ich Ihre Sprache nicht spreche, Mr. Sveinsson. Auch auf englisch kann ich mich nicht so gut ausdrücken.« Er lächelte mit der Nachsicht eines erfahrenen Schulmeisters. »Sie, Sir, erwarten das Unmögliche.«
Karl nickte. »Nur so bekommt man es auch.«
»Was ein Vulkan tut, ist wissenschaftlich nicht vorhersagbar. Ebensowenig wie die Handlung eines Verrückten. Wissen Sie, meine Arbeit ist ... ich betrachte mich gewissermaßen als Vulkan-Doktor.«
Aber Karl war mit seinen Gedanken bei den Fotos, die oben entwickelt wurden: Was konnten sie schon enthüllen, was ihm nicht bereits bekannt war? »Na schön, Doktor«, sagte er. »Wenn Sie eine Ahnung haben, wie man diesen Wahnsinn da draußen kurieren kann, dann machen Sie Ihren Medizinschrank mal auf.«
Alexej Varanin steckte sich eine Zigarette an. »Kurieren? Nein. Man kann nur versuchen, eine Diagnose zu stellen. In diesem Stadium ist selbst das ein gefährliches Unterfangen.« Er zuckte mit den Schultern. »Aber mir scheint, als würde sich Kirkjufell noch geraume Zeit austoben.«
Plötzlich hörte Karl aufmerksam zu. »Was heißt geraume Zeit?«
»Ich werde eine Voraussage riskieren: mindestens Monate, vielleicht ein Jahr, unter Umständen länger.«
Karl hätte eigentlich dankbar sein sollen; so präzise hatten die

anderen sich nicht geäußert. Aber warum zum Teufel sollte er dem Mann glauben? Verdrießlich setzte er sich hin und klopfte die Pfeife heftig aus.

»Also, wenn Sie mich bei den ersten Symptomen gerufen hätten, dann hätte ich Ihnen sagen können, ob er ausbricht oder nicht. Das ist eigentlich meine Spezialität.«

»Es gab keine Symptome«, knurrte Karl.

»Ein höchst unbefriedigendes Versuchskaninchen, dieser Kirkjufell.« Alexej Varanin schlenderte langsam zum Ausgang hin, etwas zur Seite gebeugt wie ein Schiff gegen den Wind, aber völlig unbefangen und würdevoll.

»Lieber Gott«, murmelte Karl.

Jonas setzte sich neben ihn. »Auf die Meinung dieses Gentleman solltest du hören«, sagte er.

»Wenn der Gentleman recht hat«, meinte Karl, »dann können wir unsere Zelte abschlagen.«

»Dr. Varanin ist einer der führenden Vulkanologen der Erde, und davon gibt es nicht viele. Er bereist die ganze Welt, wo immer ein Vulkan aufmuckt. Und er ist der einzige, der in den Krater hinabsteigt, um vorauszusagen, wann mit einem Ausbruch zu rechnen ist.«

Dem hochgewachsenen, hinfällig wirkenden Mann mit den Blicken folgend, sagte Karl noch einmal: »Lieber Gott!« Aber diesmal war es weniger fassungslos und verblüfft als mit einem Anflug von Respekt.

»In den brodelnden Krater«, fuhr Jonas fort. »Bei Temperaturen von ungefähr einhundertzwanzig Grad Celsius. Der einzige Mensch, der das wagt. Gut, so jemanden hier zu haben.«

Die Fotos wurden gebracht. Routinemäßig verglich Karl die neuen Bilder mit denen der vergangenen drei Tage. Wegen des schlechten Wetters heute waren die Lavalinien nicht so deutlich zu erkennen wie auf den anderen Fotos. Er stand auf, trat an die Wandkarte und wollte die neuen Konturen einzeichnen. Aber er hielt inne.

Er nahm die Pfeife aus dem Mund, drehte die Lampe zurecht, breitete die neuen Fotos noch einmal auf dem Tisch aus und beugte sich darüber.

»Was ist?« fragte Jonas.

Ohne ein Wort drehte Karl sich wieder zur Karte um. Er begann, rote Linien zu ziehen. Die zeigten das langsame, aber unausweichliche Vordringen der Lava; sie zeigten die zwei tief in das Stadtgebiet reichenden Zungen, wo die Dämme gebrochen waren. Ohne abzusetzen, zog er die Lavalinien bis zum nordöstlichen Quadranten der Karte, trat dann zurück und betrachtete sein Werk.

Die roten Linien enthüllten, daß einer der Lavaströme, bisher harmlos in nordöstlicher Richtung ins Meer weisend, seinen Fluß geändert hatte. Er kam auf den Hafen zu.

Karl wandte sich ab.

Jonas trat näher, studierte die roten Markierungen und erkannte ihre Bedeutung.

Schweigend standen sie da.

Oben plärrte plötzlich Musik. Jemand hatte einen Plattenspieler in die Freizeiträume gestellt. Der Rhythmus drang durch die Wände und übertönte sogar das ständige Donnern des Vulkans, an das sich ihre Ohren so gewöhnt hatten, daß sie es nur noch selten wahrnahmen.

Beide Männer hatten den gleichen Gedanken: Selbst wenn jedes Haus zerstört wurde, es konnte wieder aufgebaut werden. Wenn aber die Lava die schmale Hafeneinfahrt verschüttete, war die Stadt für immer verloren. Ohne Hafen konnte sie nicht existieren.

»Wir werden alle Baumaschinen zusammenziehen und hier einen neuen Damm bauen.« Karls Pfeifenstiel wies auf einen Punkt auf der Karte zwischen der vordersten Lavaspitze und dem Hafen.

Jonas verbiß sich ein Lächeln und fragte: »Wie sollen wir das

schaffen und gleichzeitig eine Stadt evakuieren?«
»Warum zum Teufel soll ich die Evakuierung befehlen, wenn doch niemand gehorcht?« brummte Karl. »Los, zieht euch warm an.«
Nun mußte Jonas doch lächeln. «Du willst die Männer bei dem Wetter hinausjagen?«
Aber Karl hatte bereits mit langen Schritten die Tür erreicht. »Los, anziehen. Da draußen weht ein kleines Windchen.«
Die Musik vibrierte in den Wänden und begleitete sie hinaus auf die dämmrige Straße und in den eisigen Sturm.

Nach drei Wochen auf Heimaey mußte Owen Llewellyn sich erst an die Stille des gemütlichen, sauberen Hauses dreißig Kilometer von Reykjavik entfernt gewöhnen, in das er nach zwei Tagen im Krankenhaus zurückgekehrt war. Draußen dehnten sich die Felder, weiß und nicht von schwarzer Asche entstellt, und der Schnee fiel sanft und leise. Island war auch eine Insel, aber hier verlief das Leben ohne Furcht. Wieder in dem Haus wie am Morgen nach dem Ausbruch, wußte Owen seine Qualitäten noch mehr zu schätzen: eine Oase der Wärme und Geborgenheit und der gelassenen Freude. Warum aber fühlte er sich wiederum so isoliert? Wenn er schon in Vestmannaeyjar ein Außenseiter gewesen war, so traf es hier in verstärktem Maße zu.
Während Todd Squier den Katastrophen-Fonds beschrieb, zu dem alle Isländer mit ihren Steuern beitragen, saß seine hellblonde Frau entspannt auf dem Sofa und registrierte mit einem leisen Lächeln, wie stolz ihr Mann auf sein adoptiertes Heimatland war. In Notzeiten wie dieser, erklärte Todd, stand das Geld allen zur Verfügung, die nicht arbeiten konnten oder die ihr Haus oder ihr Geschäft eingebüßt hatten. Owen hörte nur mit halbem Ohr zu und nippte an dem herbsüßen Rotwein.

Seit seiner Ankunft vor zwei Stunden mußte er immer wieder den anderen Gast anschauen, eine Frau, die seit jener Nacht hier wohnte, als er nach Heimaey geflogen war. Jedesmal, wenn er sie ansah, spürte er einen Kloß im Hals. Vorsicht, Junge, sagte er sich, paß auf, es liegt nur am Wein und der Beleuchtung und der Fröhlichkeit und der unglaublichen Stille hier. Aber er konnte den Blick nicht von ihr reißen.
Todd ließ inzwischen eine Lobeshymne auf Island als ältestem Gemeinwesen der Welt los; sein Parlament, Althing genannt, bestand seit über elfhundert Jahren. »Und jedes Jahr seit der Gründung tagt es am Mittsommertag in Thingvellir. Das ist so wie unser vierter Juli, Owen, aber hier heißt es Mittsommerfest. Thingvellir ist eine vulkanische Senke, heute ein Naturschutzpark. Das Fest ist großartig, mit allen möglichen Zerstreuungen, sogar Dichterlesungen, mit Musik und Tanz. Man sagt, daß die meisten Liebesgeschichten hier anfangen. Stimmt's, Margret?«
Zu Owens Verwunderung trat ein schmerzhafter Ausdruck in ihre blau-grünen, tief in den Höhlen liegenden Augen.
Mal berichtete von den Geldern, die aus aller Welt eintrafen, selbst aus den entferntesten Ländern. »Die Menschen sind sehr hilfsbereit.«
Der Zauber kehrte wieder: die Stille, die Muße, der fallende Schnee, diese reizvolle Kindfrau mit ihrer aufrechten Haltung, gelassen und undurchschaubar. Das alles erregte Owen auf seltsame Weise. Sie sprachen von der Ruhe der Menschen in jener ersten Nacht, als sie sich auf die Schiffe gerettet hatten. Mal meinte, daß die Wikinger-Tradition zu dieser Haltung beigetragen hätte, und aus einem Owen nicht einsichtigen Grund verdüsterte sich Margrets Miene wieder. Doch dann schüttelte sie die quälenden Gedanken offensichtlich ab und erwiderte:
»Es schien unter den Flüchtlingen eine Art Einverständnis zu bestehen, daß trotz des Vulkanausbruchs kein Grund zur

Panik sei: Alle Familien waren beieinander, es fehlte keiner, um den man sich Sorgen machen mußte.«
Dabei schloß die schöne rätselhafte Frau allerdings die Augen, und Owen wunderte sich erneut.
Todd zitierte einen isländischen Schriftsteller, der von einem Pressereporter interviewt worden war: Seiner Ansicht nach sei es günstig gewesen, daß die Wikinger gefangene irische Leibeigene und Prinzessinnen mitgebracht hatten; dem irischen Erbe verdankten die heutigen Isländer ihre poetisch-künstlerischen Qualitäten ebenso wie ihre unwandelbare Liebe für ihre Insel und ihren Glauben. Und daher rühre auch die Entschlossenheit der nun im Exil lebenden Inselbewohner, in ihre Heimat zurückzukehren.
»Schau dir Margret an – eine irische Prinzessin, wie sie im Buche steht!« sagte Todd. »Kann man sich vorstellen, daß sie nicht zurückkehrt?«
Margret schlug die Augen auf. Und dann sagte sie: »Ich kann es mir vorstellen, ja.«
Alle schwiegen. Der Schnee fiel still und weiß und weich. Ohne entschuldigenden Unterton fuhr Margret fort: »Einige wissen jetzt schon, daß sie nicht zurückwollen. Vielleicht nicht viele, aber einige, die ich kenne.«
»Weil sie Angst haben, es könnte wieder geschehen?« erkundigte sich Todd.
Margret nickte. »Bei einigen ist das sicher der Grund, auch wenn sie es nicht zugeben. Manche haben andere Motive. Sie meinen, es wird nie wieder so sein wie früher. Meine Schwester zum Beispiel ist nicht davon abzubringen, daß Gott die ganze Katastrophe nur inszeniert hat, um ihr zu schaden.« Sie sagte das eher amüsiert als anklagend, und die anderen lächelten. »Ihr Mann hat hier Arbeit gefunden, aber er will zurück. So geht's eben.« Sie zuckte mit den Achseln, und ein Lächeln huschte über ihre blassen Züge. »Einige können sich nicht entscheiden, weil sie darauf warten, daß ihnen die Entschei-

dung abgenommen wird«. Ihr Gesicht wurde wieder ernst.
»Wie steht's mit Ihnen?« fragte Owen sehr sanft und behutsam. »Haben Sie beschlossen, nicht zurückzukehren?«
Sie antwortete nicht sofort. Ihr Blick verdüsterte sich, wich aber seinem nicht aus. Dann entgegnete sie unbestimmt: »Es wird, glaube ich, viele geben, die erkennen, was sie verloren haben, aber es wird zu spät sein. Ist das nicht immer so?«
Das Telefon im Nebenzimmer klingelte. Todd entschuldigte sich und verschwand. Mal schenkte Owen Wein nach.
»Nun«, wiederholte Margret, »ist das nicht immer so?«
Owen antwortete, und sein roter Bart verzog sich bei seinem schiefen Grinsen: »Ich habe eine Aversion gegen alle Sätze mit dem Wort *immer*. Sie erweisen sich als ungenau – immer.«
Er erntete Gelächter, tief und voll und fröhlich und seltsam ansteckend, und ihre Augen verengten sich zu blitzenden Schlitzen. Owen Llewellyn beschloß, keinen Wein mehr zu trinken; das Mädchen hatte ihn betrunken gemacht, berauscht.
Der Anruf war für sie, und Owen sah, wie Margrets Gesicht sich verschloß, ihre Augen ausdruckslos wurden, als Todd sagte: »Arnis Mutter in Reykjavik.« Dann war Margret verschwunden, und der Raum verlor seinen Glanz.
Todd und Mal wechselten einige Sätze in schnellem Isländisch. Owen schaute den Schneeflocken nach, die in der windstillen Nacht nun spärlicher fielen. Dann entschuldigte sich Todd auf englisch: Er erklärte, daß sie sich um Margret Sorgen machten. »Als ich sie am Hafen abholte«, sagte er, »dachte ich zuerst, sie würde sich nur über das Wiedersehen mit mir freuen, aber auf der Fahrt hierher merkte ich, daß sie erleichtert war, nicht zu ihrer Schwiegermutter zu müssen.«
Er machte eine Pause und fuhr dann fort: »Die alte . . . die Frau hat mir gerade erzählt, daß Arni bei ihr ist und nicht mehr trinkt. Da Margret nie ein Wort darüber verloren hat,

wußte ich nichts davon. Aber es kann nur eine Ausrede sein, damit Margret zu ihr kommt.«

»Wie es auch weitergeht«, meinte Mal, »wir können nur hoffen.«

»Arni?« fragte Owen. »Ist das der Lehrer?«

»Kennst du ihn?«

»Wir waren von Zeit zu Zeit bei der gleichen Einsatzgruppe.« Einer dieser großen, blonden Wikinger, gutaussehend, mit einem breiten charmanten Lächeln. »Er hat nicht getrunken, wenn wir zusammen waren. Aber das mag daran gelegen haben, daß wir auf den Dächern arbeiteten.«

Plötzlich stand Margret wieder im Zimmer. Nüchtern, abweisend, ängstlich wich sie Owens Blick aus. Oder bildete er sich das ein?

»Darf ich deinen Landrover nehmen, Todd?« fragte sie. Dann schüttelte sie den Kopf. »Nein. Wahrscheinlich komme ich nicht zurück.«

»Ich habe einen gemietet. Ich fahre Sie hin.« Als sie die Stirn runzelte und ihn ohne Gefühlsregung anschaute, fuhr Owen hastig fort und kam sich wie ein Pennäler vor: »Ich fliege heute sowieso nach Vestmannaeyjar zurück.«

»Aber . . . aber Ihre Augen?« sagte sie.

Sie suchte nach einer Ausrede, um nicht mit ihm fahren zu müssen. Er hatte ihnen von den Abschlußuntersuchungen erzählt und daß die Vulkanglassplitterchen keinen bleibenden Schaden angerichtet hatten. Und sie wußte, daß er den Wagen hierher gesteuert hatte. Zum Teufel damit. Wenn sie nicht mit ihm fahren wollte, dann nicht. Was konnte eine weitere Stunde noch bringen?

Todd warf Owen einen entschuldigenden Blick zu und bot ihr an, sie in die Stadt zu fahren.

Plötzlich lachte Margret, irritiert und amüsiert über ihr Zögern. »Verzeihen Sie mir, Mr. Llewellyn. Ich fahre gern mit Ihnen.«

Es war immer Betrieb im Haus, zu jeder Stunde ein ständiges Kommen und Gehen, so daß Hulda Palmadottir manchmal nicht wußte, ob nun Tag war oder Nacht. Und alles um sie herum war mit Geräuschen erfüllt, mit Gelächter und Musik. Hulda Palmadottir war klar, daß sie mit ihren über achtzig Jahren nicht immer alles auseinanderhalten konnte, schon gar nicht die Namen der vielen Leute, die sie nicht kannte, aber ihr war bei all dem Durcheinander so, als wäre sie durch irgendein Wunder aus dem Schatten getreten in eine Welt voller Leben, in der auch sie lebendig wurde. Sie hatte das Gefühl, als läge die Zeit im Altenheim und selbst der Vulkanausbruch Jahre zurück – und dabei hatten sie ihr doch gesagt, daß das erst ein paar Wochen her war. Hulda wußte von den zerstörten Häusern und den verwehten Straßen durch das Fernsehen, aber sie schaute nicht mehr hin. Heimaey, ihre Insel, kam ihr weit entfernt vor, fast fremd.

Als sie in jener Nacht gelandet waren, hatte sie ihren Namen in einem Lautsprecher gehört. Dann wurde sie von einer Frau mittleren Alters in Empfang genommen, die ihr bekannt vorkam. Die Frau umarmte sie und nannte sie Mutter – da fiel es ihr wieder ein. Diese lächelnde Frau war die Witwe ihres Sohnes, der nun schon so lange tot war. Was für eine Überraschung!

Und nun saß sie hier, brachte natürlich die Namen und die Gesichter durcheinander und konnte dem dauernden Hin und Her nicht ganz folgen, aber sie wußte, daß die Frau einen Isländer von der Hauptinsel geheiratet hatte und daß einige der jungen Leute und Kinder tatsächlich ihre eigenen Enkel waren – und sie fragte sich, ob sie wirklich die Frau war, die vor gar nicht langer Zeit erwogen hatte, würdevoll ins Meer zu gehen.

Vor wie vielen Jahren, nein Jahrhunderten, hatte sie zum letzten Mal einen Kuß von einem Kind bekommen? Jetzt passierte das häufig.

Sie war dem Leben wiedergeschenkt. Sie dachte kaum noch an den Tod und schon gar nicht an ihren eigenen. Wahrscheinlich würde sie sowieso ewig leben.

Arni Loftsson war wieder im Haus seiner Mutter, dem weitläufigen aprikosenfarbenen Haus am See im Zentrum von Reykjavik. Er war hergekommen, um Margret unter die Augen zu treten. In der Nacht des Vulkanausbruchs, in der Gosse, krank und dann nüchtern, hatte er einen Entschluß gefaßt. Und er hatte es den anderen und sich gezeigt, daß er das Schicksal in die Hände nehmen konnte, trotz der Versuchung der Götter, daß er ihnen gewachsen war! Jetzt, wieder selbstsicher, wollte er sich Margret offenbaren, Margret, die er liebte. Immer geliebt hatte. Zu der er grausam gewesen war – eine Erinnerung, die ihn schwer bedrückte.
Bei der Ankunft hatte ihm seine Mutter einen Drink angeboten. Er hatte abgelehnt. Und war todmüde in einem Sessel zusammengesackt. Nun da die dauernde Anspannung nachgelassen hatte, betrachtete er ihr Gesicht: die Hakennase, das vorgereckte Kinn, das silbergraue Haar, die dunklen Augen mit dem wieselhaften, bohrenden Blick. Er hatte sich ihre Klagelitanei angehört: Es sei einfach nicht zu fassen, daß eine intelligente Frau, der ein Haus wie ihres angeboten wurde, sich lieber in ein primitives Bauernhaus auf dem Land zurückziehe. Und noch dazu mit Fremden! Arni machte sich nicht die Mühe, darauf hinzuweisen, daß Mal eine Cousine Margrets war und ihre Busenfreundin seit der Kindheit. Als er die Vorwürfe an sich vorüberrauschen ließ, hörte er einen Unterton heraus, der ihn wütend machte. Warum hatte sie Margret immer gehaßt? Weil er sich nach der ersten Begegnung entschlossen hatte, nach Vestmannaeyjar zu ziehen? Zum Teufel damit. Zum Teufel mit allem. Seine Mutter informierte ihn, daß sie Margret angerufen hatte, sobald sie wußte,

daß er auf dem Weg vom Flughafen hierher war. Was hatte sie gesagt? Das war nicht herauszubekommen. Auf eine direkte Frage würde sie ebenso gewandt lügen wie die Wahrheit sagen.

Margret.

Bald würde sie hier sein. Nur darauf kam es an.

»Ich nehme also an«, sagte seine Mutter, »da du hergekommen bist, daß sie beschlossen hat, es zu sagen. Endlich.«

»Mir was zu sagen, Mutter?«

»Wenn nicht sie, dann muß es Dr. Pall gewesen sein.«

»Mutter, ich habe keine Ahnung, wovon du redest.«

»Das kann ich nicht glauben.«

»Dann laß es bleiben«, entgegnete er kurz angebunden, stand auf und ging auf und ab. In diesem Haus dauerte es nie lang, und er tigerte durch das Zimmer. »Ich glaube es auch nicht, was immer es sein mag.«

»Dreh mir nicht den Rücken zu. Mein Leben lang haben mir die Leute den Rücken gekehrt.«

»Ich habe nicht vor, mit dir über meinen Vater zu sprechen. Und auch nicht über dich, Mutter.«

Trotzdem stieg das Bild ihres tränenlosen Kummers vor ihm auf, als sie ihm – da war er elf und alt genug für die Wahrheit, wie sie meinte – erzählt hatte, wie sein Vater gestorben war. Aber er hatte den Schuß aus seinem Arbeitszimmer gehört. Er wußte schon Bescheid.

Die Last einer toten und verhaßten Vergangenheit, die er nie ganz abzuschütteln vermochte. Zum Teufel damit. Er war hergekommen, um Margret zu sehen. Nur deshalb.

»Wollen wir also darüber reden, Arni? Vielleicht brauchst du einen Drink. Soll ich dir etwas einschenken?«

»Ich will nichts trinken. Das sagte ich doch . . .«

»Verzeih mir, ich vergaß. Aber ich bin stolz auf dich, Arni. Wirklich. Es wäre für einen jungen Vater nicht angebracht, so zu trinken wie . . .«

»Vater?« Er hielt inne. Er stand still und ließ die Freude durch den ganzen Körper fluten. »Hat Margret dir das gesagt?«
»Die Frage ist: Warum hat sie es nicht dir gesagt?«
»Hat sie es eben erst erfahren?«
»Sie wußte es bereits, als sie aus Vestmannaeyjar herüberkam und meine Gastfreundschaft ablehnte.«
Seine Mutter log. Wie immer. Diesmal mußte es eine Lüge sein. Aber warum hatte Margret es ihm nicht gesagt?
Und Dr. Pall – er war ihm oft über den Weg gelaufen, und sie hatten miteinander gesprochen.
Warum hielt Margret es vor ihm geheim, wenn seine Mutter . . .
»Wieso bist du so sicher?« Er trat einen langen Schritt auf sie zu. »Wieso?«
»Eine Frau weiß so etwas.« Ihre Augen flackerten dunkel.
Seine Kindheit wurde wach. Die Lügen. Die Ausreden. Ihre berühmten letzten Worte, der Weisheit letzter Schluß. Die unfehlbare weibliche Intuition!
»Ich habe es natürlich erraten«, sagte sie daraufhin. »Und weil ich wußte, daß mich deine Frau anlügen würde, habe ich eben Dr. Pall angerufen.«
Rätselnd stand er da und fragte laut: »Warum sagt er es dir und nicht mir?«
»Vielleicht weil er meinte, du wüßtest es.« Ihr flächiges Gesicht war hochgereckt, kalt und spekulierend. »Oder Margret hat ihm verboten, dich zu informieren.«
Aber warum? Warum?
»Der Arzt hat es mir auch nur gesagt, weil ich ihm mitteilte, ich würde mich um das Mädchen kümmern und müßte wissen, ob es mich anlügt oder nicht.«
In seinem Kopf drehte sich alles. Lügen, Lügen. Margret log. Seine Mutter log Dr. Pall an.
»Warum sollte Margret lügen?«
»Als ich sie fragte, meinte sie, weil sie Angst vor deiner

Reaktion hätte.«
Was hatte Margret von ihm erwartet oder befürchtet, und warum? Die Freude in ihm erstarb.
»Was hätte ich denn tun können?«
Die Verblüffung lag in seiner Stimme, die ihm selbst fremd vorkam.
»Darauf kann ich nicht antworten. Du siehst aus, als könntest du jetzt einen Drink vertragen. Ich habe keine Ahnung, was du getan hättest und warum. Ich habe mit dir in den vergangenen Jahren keinen sehr engen Kontakt gehabt.«
Er wollte nichts zu trinken. Nein. Vielleicht einen. Damit sein Kopf wieder klar wurde.
»Es gibt eigentlich nur einen Grund«, fuhr seine Mutter fort, fast flüsternd, »warum eine Frau dem eigenen Mann so etwas verheimlicht . . .«
»Halt den Mund!« sagte er.
»Einen Grund, warum sie befürchten könnte . . .«
Der Raum war in blendende Helle getaucht. »Halt den Mund!« brüllte er, und es wurde plötzlich dunkel um ihn. Haß erstickte ihn fast.
»Eine Frau hat ein Gespür für die Motive einer anderen Frau.«
»Vergleiche dich nicht mit Margret!« schrie er.
Seine Mutter starrte ihn an. Die Zeit verstrich. Schließlich nickte sie. »Also . . . du weißt also Bescheid.«
»Ich habe es wohl die ganze Zeit gewußt«, sagte er mit zusammengepreßten Zähnen.
Und es war wahr. Und doch nicht wahr. Sicher war er nie gewesen. Er hatte immer Angst gehabt, es laut auszusprechen. Bis jetzt. Ein Verdacht nur, ein Schatten über seiner Kindheit, seiner Jugend, seinem Leben. Gewißheit hatte er nie gehabt. Bis jetzt.
»Es war mir nie klar«, sagte er mit verhaltener Stimme. »Ist das nicht das seltsamste, das komischste an der ganzen Sache?«

»Es beweist nur, daß ich mich in Margret hineinversetzen kann. Ich verstehe, warum sie Angst hatte, es dir zu sagen. Du bist nicht wie dein Vater. Er war kein gewalttätiger Mann. Ich hoffe allerdings, daß du jetzt begreifst, warum ich ihren Zustand erkannte, ohne informiert zu sein.«
In einem schmerzlichen Anflug von Klarheit sagte er: »Du hast es nie ertragen können, uns zusammen glücklich zu sehen.«
Die Mutter erhob sich: »Ich lasse mir nicht die Schuld in die Schuhe schieben.«
»Glücklich oder auch nur zusammen.«
»Seitdem du dein Zuhause verlassen hast, um auf dieser Insel zu leben, war mir klar, daß du dein Leben ruinierst.«
Er machte blindlings kehrt und ging zum Schrank, goß sich ein Glas Brandy ein und nahm einen langen Schluck. Es schmeckte nicht.
»Du bist dorthin gegangen«, sagte die Mutter hinter seinem Rücken, »um mit ihr zusammen zu sein.«
»Nein. Ich bin dorthin gegangen, um von dir wegzukommen.« Er leerte das Glas. Und wartete auf die wohltuende Wärme, die ausblieb.
Dann wandte er sich zu ihr um. Und genoß, was er sah. Die Wärme breitete sich langsam wie in kleinen gekräuselten Wellen aus. Also goß er sich noch einen Drink ein, bis zum Rand.
Als er sie wieder anschaute, sah er Tränen in ihren Augen. Tränen hatte er bei ihr noch nie erlebt.
Es war ein erhebender Anblick.
Er trank.
In ihm war kein Platz für Mitleid. Ein Wikinger-Krieger mußte hart sein, rücksichtslos, und jetzt wußte er, was zu tun war.
Er mußte seine Ehre rächen. Er mußte den anderen Mann finden.

Aber noch flackerte ein leiser Zweifel in seinem Kopf, der immer klarer und scharfsichtiger wurde. »Warum sollte Margret zu mir kommen, wenn du die Wahrheit sprichst?«
Die Tränen seiner Mutter waren getrocknet. Sie saß wieder in ihrem Sessel mit der hohen Rückenlehne. Mit stolz erhobenem Haupt. Ihr Haar sah wie ein silberner Helm aus. »Ich habe ihr gesagt, daß du zu ihr fahren würdest, wenn sie nicht heute herkäme.«
Er versteifte das Kreuz und richtete die Schultern auf. Seine Augen brannten. Aber noch war sein Körper wie mit Eis gefüllt.
»Das würdest du doch tun, oder?« fragte seine Mutter. »Habe ich nicht die Wahrheit gesagt?«
»Ja«, antwortete er. »Zum ersten Mal in deinem ganzen haßerfüllten Leben.«
Dann schleuderte er das leere Glas an die Wand über ihrem Kopf. Sie zuckte nicht zurück. Er stand hochaufgerichtet da, nicht mehr müde, und jeder Muskel seines Körpers war gespannt.

Er befand sich in einem sauberen weißen Zimmer mit Fenstern. Da waren noch andere Leute, manchmal im Zimmer, immer in den Gängen. Die meisten lächelten ihn an, und einige schienen von innen her zu lächeln, ohne eigentlich ihn zu meinen, und andere lächelten den ganzen Tag und schauten am nächsten zornig und böse oder lachten laut oder wedelten mit den Armen oder weinten, und manche brabbelten und riefen ihn mit fremden Namen. Dann waren da noch Leute in weißen Kitteln, die ihn sanft behandelten und ihm zu essen gaben, aber das schmeckte so, daß er es oft nicht herunterbrachte, und das gehörte alles zu diesem ungewohnten Ort, diesem hellgelben Gebäude mit den vielen Fenstern in Reih und Glied. Aber niemand erklärte ihm, warum er hier war und nicht auf dem Bauernhof mit dem blitzenden Finger des Leuchtturms und den Kühen und Schafen, in seiner sicheren Höhle in den Klippen hoch über dem Meer. Er wußte nicht, wie lange es her war, seitdem er auf das Feuer auf seiner Insel zugelaufen war . . .

Sein Vater hatte ihn besucht, und sie hatten zusammen gegessen. Im Gesicht seines Vaters war Kummer gewesen, und er wußte nicht, warum sein Vater so traurig war. Als er nach den Papageientauchern fragte, schaute sein Vater noch betrübter drein, und so saß er nur stumm da, bis sein Vater sagte, es sei Zeit zu gehen. Da war ihm ganz schwindelig vor Freude geworden. Weggehen, diesem Haus mit den kahlen Wänden und den hallenden Echos den Rücken kehren, zurückkehren zu den Vögeln, zum Nordlicht, zu Odin! Aber nein, und sein Vater hatte noch kummervoller dreingeblickt, nein, die Behörden sagten, er müsse hierbleiben, wo er ordentlich versorgt werden könne. Josef wußte nicht, was das bedeuten sollte – er hatte nicht das Gefühl gehabt, daß jemand für ihn sorgen müßte, nicht einmal in der Nacht des Vulkanausbruchs, als sein Vater ihm zum Haus mit den toten Vögeln und Fischen gefolgt war und ihn dann auf ein Schiff gebracht hatte. Niemand brauchte für ihn zu sorgen, jedenfalls nicht so, wie er für die Schafe und Lämmer und für Odin gesorgt hatte.

Jetzt lag draußen oft Schnee, und er konnte die Straße sehen, wo Autos fuhren, immer mit brennenden Scheinwerfern. Und er konnte den Wind heulen hören, aber nicht so wild wie oben in seiner Höhle, und er redete sich ein, daß sie ihn herausholen würden und die Tage länger wurden und die Sonne schien.

Seine Mutter kam oft, aber niemals seine drei Schwestern, die jetzt in der Stadt arbeiteten, wie seine Mutter sagte. Das wunderte ihn, aber er vermißte seine Schwestern nicht sehr. Was ihn wunderte, waren die häufigen Besuche seiner Mutter. Manchmal dachte er, daß sie jetzt mehr Zeit für ihn hatte als in dem Haus am Meer. Ihre Augen brannten noch immer zornig. Als er einmal gewagt hatte, nur ein einziges Mal, sie zu fragen, warum er hier war und nicht mit ihnen allen zusammen auf Heimaey, da hatte sich ihr Gesicht verzerrt, und sie hatte einen gequälten Laut ausgestoßen, daß ihm angst und bange wurde. Galt ihr Zorn dem Feuer und was es mit ihrem Haus und den Feldern angerichtet hatte? Oder war er, wie er vermutete, gegen eine größere und unbezwinglichere Macht gerichtet, vielleicht die Behörden, wie der Vater gesagt hatte, die ihn hier eingesperrt hielten und ihn nicht wegließen? Ja, er verstand schon ihren Zorn, und er versuchte, sie zu trösten, streichelte ihre rauhen abgearbeiteten Hände. Als er das tat, lächelte sie. Es war ein trauriges Lächeln und schien von weither zu kommen, aber er hatte seine Mutter noch nie lächeln sehen, und er hatte auch früher nie ihre Hand gehalten.

Einmal hatte sie ihm gesagt, daß sein Vater nach Heimaey zurückgegangen sei. Er mache die Farm fertig für die Rückkehr der Schafe. Und da dachte Josef, daß es nun nicht mehr lange dauern könne, bis auch er wieder heim durfte, auch wenn die Mutter den Kopf schüttelte.

Ja, bald, bald. Bestimmt war er in seiner Höhle, wenn die Papageientaucher wieder zurückkehrten und die Tage länger wurden.

Der Schnee wirbelte gegen die Windschutzscheibe. Owen Llewellyn fuhr mit wachsamer Leichtigkeit, die Margret für einen Teil seiner Natur hielt. Klein – Margret war an größere, grobknochigere Männer gewöhnt –, ohne überflüssiges Fett, wirkte er drahtig, und sein roter Bart rahmte ein wohlproportioniertes Gesicht ein, dessen Harmonie die leicht gekrümmte Nase etwas störte. Plötzlich wollte sie unbedingt erfahren, ob sie einmal gebrochen war, und dieser Wunsch war so intensiv,

daß sie sich über sich selbst wunderte. Dieser Owen Llewellyn, von dem sie kaum etwas wußte, strahlte eine beunruhigende Faszination aus. Rätselhaft. Und erregend. Während sie auf dem Beifahrersitz neben ihm saß auf dem Weg zu ihrem Mann. Zu Arni, der sie liebte. Den sie liebte.
Den sie noch immer liebte.
Konnte sie ernsthaft glauben, daß Arni mit dem Trinken aufgehört hatte? Ihr Schwager war nach Vestmannaeyjar zurückgekehrt, und während er wie durch ein Wunder sein Haus unversehrt vorfand, entdeckte er, daß es innen teilweise verwüstet war, als hätte dort ein Wahnsinniger gehaust. Und Margret war klar: Arni hatte zuerst sie gesucht, dann gemerkt, daß sie weggegangen war, und dann die Bude wegen Brennivan auf den Kopf gestellt. Andererseits hatte ihr Schwager Arni auf der Insel getroffen; ganz der alte sei er wieder. Unfähig, das zu glauben, darauf zu hoffen, hatte Margret Jonas in der Telefonzentrale angerufen: Ja, es stimmte. Arni schuftete für zwei und lehnte sogar ein Glas in Gesellschaft ab. Sollte er Arni etwas ausrichten? Nein. Noch nicht. Dr. Pall hatte mit ihr telefoniert und sich nach ihrem Befinden und dem Baby erkundigt. Er hatte geknurrt: *Ihr Mann benimmt sich gut. Soll ich ihm nicht doch von Ihrem Zustand berichten?* Noch immer hatte sie gezögert. Und sie hatte Dr. Pall an sein Versprechen erinnert.
Doch Arnis Mutter hatte gesagt, vor nur knapp einer Stunde, daß Dr. Pall ihr von dem Baby erzählt habe. Konnte sie das glauben? Sagte diese Frau jemals die Wahrheit? Die immer rachsüchtig war, die Margret haßte . . .
Der Landrover näherte sich der Stadt. Als Owen sie kurz anschaute, überfiel sie wieder diese seltsame Erregung.
»Wie haben Sie sich die Augen verletzt?« fragte sie.
Er lachte. »Ich war ein verdammter Narr.«
»Gibt es viele Verletzungen?«
»Nur bei ebenso leichtsinnigen Narren, wie ich einer bin.«

»Haben Sie Schmerzen?«
»Wenn ich die Wahrheit sage, denken Sie, ich suche Mitleid.«
»Nein, es wäre nur die Wahrheit.«
»Ist das denn so wichtig?«
»Ja.«
Nach einer Pause sagte er: »Ich habe Schmerzen, aber ich kann gut sehen, und es wird besser werden.«
»Für Ihren Beruf ist Sehen alles, nicht wahr?«
»Ja, aber auch das zu komponieren, was ich sehe.«
Dann erzählte er mit einem Unterton freudiger Erregung, den sie den ganzen Abend schon herausgehört hatte, daß er schon einige der Aufnahmen verkauft habe und hoffe, daß später aus ihnen ein packendes und lebensnahes Buch würde.
»Das ist eine verteufelte Sache . . . im Entsetzen noch Schönheit zu sehen. Aber sie ist vorhanden. Auf erschreckende Weise. Geht mir unter die Haut und manchmal gegen den Strich, zugegeben.«
»Haben Sie sich deshalb zeitweise den Arbeitskommandos angeschlossen?«
»Woher wissen Sie das?«
»Todd hat es mir gesagt. Aber ich glaube . . .« Sie brach ab.
»Ja – Sie glauben . . .?«
»Daß ich es heute nacht erraten hätte.«
Ein kurzes Schweigen.
Dann ein Achselzucken: »Na ja, man kann nicht an Bord bleiben und sich verpflegen lassen, ohne auch mit Hand anzulegen, oder?«
»Nein«, stimmte sie zu, »einige Leute können das nicht.«
Am Rand der Stadt angekommen, deren Lichter durch das Schneetreiben schimmerten, hörte man nur das Brummen des Motors, das Klacken der Scheibenwischer und das Summen der Heizung – und wieder hing Stille zwischen ihnen.
Bis Owen Llewellyn unvermittelt fragte: »Warum haben

Sie gezögert?«
Sie wußte sofort, was er meinte, und schämte sich wegen ihrer Ausflüchte: »Wobei gezögert?«
»Sie wissen, wovon ich rede.«
Und ob. Zögern? Sie hatte sich fast geweigert, sich von ihm begleiten zu lassen. »Und Sie«, antwortete sie flüsternd, »Sie wissen warum.«
Ihr wurde bewußt, daß sie miteinander sprachen wie alte Freunde. Oder Liebende. Und sie beide erkannten, daß sie die wenigen kostbaren Augenblicke stiller Intimität insgeheim fürchteten und genossen. Die Erkenntnis war niederschmetternd.
»Ich bin schwanger«, sagte sie abrupt. »Wußten Sie das?«
»Nein.«
Und dann wieder nur der Motor und die Scheibenwischer und die Heizung, das Knirschen der Reifen auf dem Schnee. Die Straßenlaternen in der Kurve bildeten eine blaue, verschleierte Kette. Sie rollten unter Bäumen dahin, die mit bunten Lichtern geschmückt waren.
»Das ist wie bei uns zu Weihnachten«, hörte sie ihn sagen.
»Das ist hier den ganzen Winter so.«
»Sehr hübsch.«
»Ja. Das ist wahrscheinlich unsere Art, die Dunkelheit zurückzudrängen.«
»Reykjavik ist eine sehr schöne Stadt. Aber nachts wirkt sie unwirklich. Ein Märchenland der Lichter und Farben.«
»Ja.«
»Aber Sie möchten hier nicht wohnen.«
Woher wußte er das? Aber sie fragte nicht.
Er wußte es einfach.
Sie malte sich Vestmannaeyjar vor Kirkjufell aus: die rosa und grünen und gelben und blauen Farbtöne an Wänden und Dächern, die gewundenen, sauberen und engen Straßen, das stille Wasser im Hafen, in dem sich die Stadt glitzernd wider-

spiegelte, bis hin zum dunklen und weiten Meer. Und sie dachte auch an die Bilder im Fernsehen: zusammengestürzte und verkohlte Häuser, Aschen- und Schlackenverwehungen auf den Straßen, die Flammensäule mit den schwarzen Rauchschwaden.
»Gehen Sie eine Weile noch nicht zurück«, sagte er. »Bitte.«
Und wieder hatte sie das merkwürdige Gefühl, daß der Mann ihre Gedanken lesen konnte – als seien die gleichen Bilder durch seinen Kopf geschossen.
»Versprechen Sie mir das, Margret?«
Ihre Kehle war wie zugeschnürt. Sie konnte nicht sprechen. Sie zog einen Handschuh aus, streckte die Hand aus und legte sie auf seine behandschuhte Hand auf dem Schaltknüppel.
Er drehte sich zu ihr um. Aber er zog die Hand weg, einen Augenblick lang nur. Nur lang genug, um aus seinem Handschuh zu schlüpfen. Er legte die Hand zurück, auf ihre, die sie nicht weggenommen hatte, weil sie wußte, was er vorhatte.
Schließlich sagte sie: »Sie sind gütig.«
»Nicht gütig«, sagte er behutsam.
»Doch. Und Sie verzeihen mir.«
»Was, Margret?«
Sie zögerte nicht. »Ich habe so etwas noch nie getan, Owen.« Sie merkte, daß sie zum ersten Mal seinen Namen ausgesprochen hatte. »Ich verstehe es selbst nicht recht.«
Seine Hand drehte ihre mit der Handfläche nach oben, schloß sich um sie. Der Schnee fiel sanft um die kleine Oase der Wärme.
»Ich habe mir seit Stunden gewünscht, Sie berühren zu dürfen«, sagte er.
Und sie vernahm ihr Flüstern: »Ich weiß.«
Sie gab ab und zu kurze Anweisungen, rechts, links, geradeaus, und bald fuhren sie am Rand des Sees entlang, der im Zentrum von Reykjavik liegt, ein kleiner See, zugefroren und

mit Schnee bedeckt, und sie konnte am anderen Ufer die schwach erleuchteten Häuser sehen und die Silhouetten der beiden Kirchen ... Ja, eine schöne Stadt, wie Owen gesagt hatte. Aber nicht die Heimat.

Heimat. Hatte sie noch eine Heimat? Würde sie sich jemals wieder irgendwo zu Hause fühlen?

»Hier ist es«, sagte sie. Als der Landrover gebremst hatte, blieb sie reglos sitzen, unfähig, sich zu bewegen, die Hand aus seiner zu lösen, aus der Wärme in die Kälte zu gehen, die kurze Illusion aufzugeben.

Auch Owen Llewellyn rührte sich nicht.

Sie spürte seine Hand, fest und warm und pulsierend, die Finger mit ihren verschränkt, und sie empfand einen bohrenden Schmerz und ein Sehnen, und ihre Hände waren wie elektrisiert. Die Welt explodierte.

Sie hatte keine Bewegung gesehen. Keinen Schatten.

Sie hatte nichts gehört.

Zu spät erkannte sie: Sie hätte nicht mit ihm kommen dürfen. Weder mit ihm noch mit einem anderen Mann.

Sie starrte entsetzt in Arnis Gesicht in der Tür, die er aufgerissen hatte. Fiebrige Augen, wild, die Pupillen schwarze Löcher voll Haß und Zorn und der endlichen Gewißheit – ein sprungbereites, triumphierendes Tier, kein Mensch mehr. Sie hörte sich einen krächzenden Laut ausstoßen. Ihre Hand ließ Owens frei.

Sie wollte aussteigen. Er schlug die Wagentür zu. Der Wagen wackelte, und über ihrem Kopf krachte es donnernd. Ihr entfuhr ein Schrei, der im Wageninnern verhallte.

Und dann wurde die andere Tür aufgerissen.

Sie sah Arnis gewaltige Faust vorschnellen und hörte einen klatschenden Schlag. Blut spritzte.

Arnis Hand umkrallte Owens Lederjacke, zerrte den schmächtigen, kleineren Mann hinaus in den Schnee, wo er abrollte und auf die Beine sprang. Owen landete einen schnellen und harten Schwinger in Arnis Wange, und Margret glitt aus dem Wagen, vorn an den Scheinwerfern vorbei. Sie standen sich sprungbereit gegenüber, atmeten keuchend. Arni war zusammengekauert, die Zähne entblößt, das Kinn vorgereckt wie ein Gorilla im Dschungel. Owen sah bestürzt aus, aber wachsam, beobachtend, und sein Bart war feucht von Blut.

Sie rief Arnis Namen in die lauernde Stille. Arnis Schultern fielen nach vorn, er berührte mit einer Hand leicht die schneeverkrusteten Pflastersteine, um seinen schweren Oberkörper abzustützen. Owens Hände hingen zu lockeren Fäusten geballt neben seinen schmalen Hüften. Schnee hing ihm an den Kleidern.

Sie wollte noch einmal rufen, als Arni aus seiner gebückten Position mit einem tiefen Knurren und der ganzen Wucht seines Körpers so schnell vorschoß, daß Owen ihm noch etwas ausweichen, aber den Stoß nicht ganz vermeiden konnte. Arnis Schulter erwischte ihn und warf ihn zu Boden. Er wollte sich wieder abrollen, aber diesmal trat Arni zu, erst in die Rippen, und als Owen sich drehte, seitlich an den Kopf, an das Ohr. Owens Gesicht verzerrte sich und wurde weiß.

Margret stand wie gelähmt.

Arni ging noch einen Schritt näher und hob den schweren Stiefel, aber Owen, nun auf dem Rücken, konnte mit einer Hand den Knöchel und mit der anderen das wollene Hosenbein packen. Mit einem heftigen Ruck beförderte er Arni in den Schnee.

Da war es wieder, dieses bestialische Knurren. Arni rappelte sich schwankend auf, und Owen sprang auf die Beine, hob die Faust und schmetterte sie mit aller Kraft in Arnis Genick. Sie hörte den Schlag und Arnis Aufschrei, und dann sah sie Owen zurücktreten und sich abwenden.

Er warf ihr einen schnellen Seitenblick zu. War er anklagend? Überrascht? Oder . . . entschuldigend?

»Owen!« schrie sie.
Er wirbelte herum. Arni war wieder auf den Füßen und griff an. Aber diesmal spannte Owen, noch schwer atmend, die Schultern und brachte die Fäuste wie ein Boxer hoch.
Arni kann nicht boxen, wollte sie Owen zurufen, er kennt nur brutale Gewalt und ...
Owens linker Arm schnellte so blitzschnell vor, daß sie die Bewegung nicht ausmachen konnte; aber sie sah, daß Blut aus Arnis Nase spritzte.
Dann noch einmal der blitzschnelle Vorstoß und noch einmal, eine Serie von Fausthieben in Arnis verblüfftes Gesicht, das anzuschwellen begann. Er wollte angreifen, kam aber gegen den Faustwirbel nicht an. Owen landete einen Treffer nach dem anderen in so schneller Folge, daß es wie ein einziges Klatschen klang.
Dann reichte es Arni. Mit einem wütenden Belfern preschte er vor, ohne die Faustschläge zu beachten, und schwang die Rechte wie eine Keule auf Owens Kopf. Aber der kleine Mann tänzelte beiseite, ohne die Schläge zu unterbrechen, und Arnis mächtige Faust fegte über Owens Kopf und nahm nur dessen irischen Tweedhut mit.
Arni hob die Arme, um den Kopf zu schützen; es gelang ihm aber nicht. Die Fäuste fanden einen Weg durch die Abwehr.
Arni ging rückwärts, stand schon nicht mehr auf dem Pflaster. Nur einige Schritte weiter rückwärts nach einer Schneeverwehung lag das Ufer des zugefrorenen Sees.
Seine Arme waren über dem Kopf verschränkt, und sie vernahm einen schwachen Laut wie ein Jammern.
Owen zögerte nicht und schlug Arni mit Wucht in den ungeschützten Bauch. Arni sackte mit aufgerissenem Mund und weiten Augen zusammen, stolperte dann rückwärts auf die Eisfläche und konnte sich kaum auf den Beinen halten.
War es vorbei? Ihr war übel. War es vorbei?

Owen wartete ab. Sein drahtiger Körper stand ruhig und wachsam da, und sie konnte das Ohr sehen, das getroffen worden war. Schon jetzt war es gewaltig angeschwollen und so rot, daß es bei der Beleuchtung schwarz wirkte.
Arni sank auf die Knie und rang keuchend nach Atem. Er war fertig.
Margret riß den Blick von ihm los. Sie sah eine Bewegung durch Owens Körper gehen. Wenn er nun nachhalf mit einem Fußtritt . . .
Sie schrie auf.
Und dann rannte sie los, rutschte. An Owen vorbei. Sie kniete auf dem schneebedeckten Eis, nahe bei Arni, ohne ihn zu berühren, sah das angeschwollene Gesicht und die feuchte Blutspur. Er hob den Kopf. Sie erschrak. Sie sah in die Augen einer reißenden Bestie.
Haß.
Haß auf sie.
Sie fand keine Worte.
Haß auf sie!
Sie wollte aufstehen. Ihr war kalt. Sie mußte Owen warnen: Geh fort, schnell.
Sie kauerte auf einem Knie, mit offenem Mund, als der Schlag sie überraschte und ihr die Sinne verdunkelte.
Zuerst spürte sie keinen Schmerz, sondern versuchte verzweifelt, Luft zu bekommen. Dann setzte der Schmerz ein. Er zog durch alle Glieder, aber am schlimmsten quälte er sie an einer Stelle unterhalb der Brüste. Sie kauerte auf den Knien und Ellbogen, den Kopf gesenkt, so daß er auf der schneebedeckten Eisdecke ruhte. Und sie keuchte. Sie schmeckte bitteren Wein auf der Zunge, der ihr hochgestiegen war, sie würgte, aber konnte die dünne Luft nicht atmen, war von schwarzen, wirbelnden Kreisen umgeben, Blitzen hinter geschlossenen Lidern, sehnte sich nach Bewußtlosigkeit, die sie aber nicht umfing. Sie hörte knirschende Schritte, bekam

Angst wie nie zuvor in ihrem Leben, aber die Stimme an ihrem Ohr war nicht seine, nicht Arnis, sondern eine andere, die Worte konnte sie nicht unterscheiden, hörte nur ihren Namen, sie hob den Kopf, fand Luft, zwang die Augen auf.
Durch einen flackernden Schleier sah sie Owens Gesicht. Er flüsterte, seine Hände stützten sie, ein Arm griff unter ihren Körper. Sie kämpfte gegen die Schwärze an und spürte, wie sie auf die Seite glitt, schlapp der Körper, die Wange im Schnee, und als sie zu Owen aufblickte, sah sie hinter ihm ein anderes Gesicht.
Dann hörte sie einen schrecklichen, dumpfen Schlag, sah Owens aufgerissenen Mund, die vortretenden Augen und den fallenden Körper. Als Arni dem neben ihr knienden Owen den Stiefel in den Rücken rammte, stürzte er nicht auf sie, sondern drehte sich auf die Seite. Sie wollte wieder schreien, fühlte sich aber zu schwach, zu atemlos, zu schmerzüberflutet. Sie blieb liegen und rang nach Luft.
Aber sie konnte die Schläge und Flüche und Grunzlaute hören, das Knirschen und Rutschen und Knacken auf dem Eis, hob mühsam den Kopf, sah zwei ineinander verschlungene, um sich tretende Gestalten, verzerrte Gesichter, hochgepeitschten Schnee. Und sie sah die schwere Gestalt Oberhand gewinnen, bis sich der Vorhang vor die Augen schob, alle Laute dämpfte und sie schließlich in eine große Leere versank.

Dr. Pall hatte sich daran gewöhnt, seinen Körper als Uhr zu benützen. Wenn die Müdigkeit übermächtig wurde und nicht nur seine Glieder, sondern auch den Geist lähmte, dann versuchte er zu schlafen. Aber als er heute ins Krankenhaus, wo er sein Zimmer hatte, zurückkehrte, wartete wieder der kleine Seemann Olaf auf ihn. Pall war zu müde, um Mitleid zu zeigen, aber zweifellos litt Olaf sehr unter starken Schmerzen, die er jedesmal beschrieb, wenn er um Betäubungsmittel bat. Pall gab ihm die Medikamente wieder mit dem unguten Gefühl, vielleicht nicht richtig zu handeln: Er hatte den Verdacht, Olaf sei süchtig. Nein, er war sogar ziemlich sicher. Welche Maßstäbe waren da anzulegen? Arzt sein, das war Pall schon vor Jahren klargeworden, heißt, Tag und Nacht Entscheidungen zu treffen. Aber Gott zu spielen, überließ er gern Männern wie Karl Sveinsson, von dem er sich gerade verabschiedet hatte. Olaf zeigte sich so überschwenglich dankbar, daß Pall ihn fast zur Tür hinausdrängte mit der Bemerkung, er sei müde.

Während die Schritte des Seemanns im leeren schummrigen Gang verhallten, schellte das Telefon. Es war der Leiter des Krankenhauses in Reykjavik, ein Mann mit sorgenvoller Stimme. Eine Patientin von Dr. Pall, Margret Magnusdottir, hatte ihn als behandelnden Arzt genannt. Ein Unfall war passiert, ein recht seltsamer Unfall. Ein junger Mann, ein Amerikaner, hatte sie eingeliefert. Die junge Frau hatte einen heftigen Schlag gegen den Unterleib bekommen, angeblich von ihrem Mann. Zu seinem Leidwesen müsse er berichten, daß die Frau eine Fehlgeburt erlitten habe. Ja, sie würde sich bestimmt davon erholen:

»Zum Glück wurde sie sofort hergebracht. Das hat sie gerettet. Den Amerikaner haben wir auch behandelt. Gebrochene Nase, Rippenfrakturen, Verletzungen am ganzen Körper. Und ein böse gestauchtes Rückgrat. Schrecklich. Bestialisch. Mußten seinen hübschen roten Bart abrasieren, damit wir die Wunden im Gesicht verarzten konnten. Kennen Sie ihn?«

Roter Bart? Der Fotograf, der sich unbedingt den Arbeitskommandos hatte anschließen wollen! Der fast blind geworden war. »Ich habe ihn zur Behandlung geschickt. Wegen seiner Augen.«

»Ja, wir haben seine Krankengeschichte hier. Er war zwei Tage unser Patient.«

»Wo ist er?«
»Er ist hier. Er will nicht gehen. Wir haben ihm die Besuchserlaubnis verweigert, aber er bleibt stur.«
»Und der Ehemann?«
»Das ist Sache der Polizei. Scheint das Übliche zu sein. Der Mann kommt dahinter und läuft Amok.« Der Mann seufzte. »Die Patientin hat nicht um Ihren Besuch gebeten. Sie weiß, daß Sie beschäftigt sind. Schlafen Sie gut.«
Schlafen?
Pall war perplex. Er überlegte, was zu tun sei. Er mochte die junge, dunkelhaarige Frau – zum Teufel, er hatte wohl immer ein Herz für schwangere junge Frauen gehabt, seitdem seine Frau im Wochenbett gestorben war. Als Margret von ihrer Schwangerschaft erfahren hatte, mußte er ihr versprechen, ihrem Mann nichts zu sagen. Viele Frauen wollten das Geheimnis lieber selbst mitteilen, aber sie hatte auch bei dem Anruf von der Hauptinsel auf Schweigen bestanden. Hatte es damit zu tun, daß Arni ein Säufer war? Aber seit dem Vulkanausbruch hatte Arni mit den anderen geschuftet und auf Pall immer nüchtern gewirkt. Dann, vor nur ein paar Stunden, hatte ihn Arnis Mutter aus Reykjavik angerufen und ihn gebeten, nein aufgefordert, Margrets Schwangerschaft zu bestätigen. Auf sein Zögern hin hatte ihn die Frau mit ihrer herrischen Stimme beruhigt: Margret habe es ihr offenbart, aber Margret sei ein emotional unberechenbarer Mensch, und deshalb wolle sie um ihres Sohnes willen Gewißheit. Die er ihr etwas einsilbig gegeben hatte. Dabei hatte er sich gewundert, warum Margret es ihrer Schwiegermutter erzählt hatte, wenn ihr Mann es nicht wissen sollte.
Er beschloß hinzufahren. Er brauchte ein paar Stunden Erholung. Niemand auf der Insel war ernsthaft krank. Er hatte alle Verbrennungen und die anderen Wunden verarztet. Er konnte ja im Flugzeug schlafen.
Es schneite leicht, schon seit geraumer Zeit, und die weißen

Flocken mischten sich mit der ständig herabrieselnden Asche.
Aber im Flugzeug konnte er auch nicht schlafen. Es war eine riesige Frachtmaschine, vollgestopft mit Kühlmaschinen und Möbeln und Büchern und den Habseligkeiten einiger Familien. Der Pilot im Sitz neben ihm war ein junger Amerikaner mit pockennarbigem Gesicht, der ihn ohne Scheu willkommen hieß: »Ich bin verdammt froh über Ihre Gesellschaft, Mann. Diese Aufträge sind Scheiße. Diesmal habe ich sie wieder hochgekriegt, aber eines Nachts, Sie werden's erleben, kratzt ein Flügel an die Felsen und: Wumm.«
Pall betrachtete sein Städtchen von oben. Kein Wunder, daß die Isländer sich von den Yankees fernhielten. Wie lange waren sie nun schon hier? Seit dem Krieg. Seit über dreißig Jahren. Aber was wäre mit Vestmannaeyjar geschehen ohne ihre Hilfe?
». . . . französisches Mädchen, hab' ich gehört. Offenes Haus. *That straight shit, man?*«
»Ich bin Arzt«, sagte Pall. »Ich muß nach Reykjavik zu einer schwierigen Operation«, log er. »Jetzt will ich schlafen.«
»Jesus, ist das wahr?«
»*That is straight shit*«, entgegnete Pall und schloß die Augen.
Odette. Nun war an Schlaf gar nicht mehr zu denken.
Odette war die erste Frau gewesen, die auf die Insel zurückgekommen war. Zuerst hatte sie Rätsel aufgegeben. Wollte eine Frau wie sie freiwillig mitarbeiten? Vielleicht in der Gemeinschaftsküche? Französische Spezialitäten, olala! Pall hatte sich im Chaos jener ersten Tage die Zeit genommen, in einem Ambulanzwagen aus der Stadt zu fahren über bereits schlakkenübersäte Straßen. Außen rußgeschwärzt, war das Haus innen so gewesen, wie er es kannte: schlicht, sauber, farbenfroh, einladend. Odette hatte ihn mit vor Vergnügen blitzenden Augen begrüßt, aber auch etwas zögernd – als fürchte sie

Fragen. Pall beschloß, sie nicht zu stellen. Durfte sie ihm etwas Wein anbieten? Sie tranken zusammen wie sonst auch. Das Inferno lag in der Ferne, ein dumpfes Grollen mit gelegentlichen Detonationen. Wie ein an fremden Küsten geführter Krieg. Sie erzählte, daß sie auf einem Schiff namens *Njord* mitgenommen worden war. Aber sie hätte sich entschlossen, hier weiterzuleben. Wo sollte sie denn sonst hin außer in Flüchtlingsquartiere? Sie hatte kein Geld, um nach Frankreich oder Holland zu fahren. Hier war ihr einziges Zuhause. Noch seien keine Geschäfte geöffnet, erklärte er ihr, nur eine Kantine an den Docks, aber so weit könne sie nicht dreimal täglich laufen. Sie lächelte verhalten. Nun ja, all diese Männer da und alle ohne Frauen. Da verstand Pall und schwieg. Sie hatte nur ihren Körper – nein, mehr, hoffentlich. Sie hatte ihm Zärtlichkeit zu bieten. Doch er stand auf. War er aus Einsamkeit gekommen? Er hatte nur ihre glatte Wange geküßt und das Haus verlassen. Am gleichen Nachmittag hatte er ihr Lebensmittel und eine Flasche ihres Lieblingsweins geschickt, aber besucht hatte er sie nicht mehr. Er kannte natürlich die Gerüchte. Er hörte sogar, daß Dr. Alexej Varanin, der hagere Mann, der angeblich in Vulkankrater stieg, zu den regelmäßigen Gästen gehörte.
Und Thurbjorn Herjolfsson, der bis zur kürzlich erfolgten Demontage die Gefrierfabrik seines Schwiegervaters geleitet hatte. Thurbjorn, einer der angesehensten Bürger der Stadt. Seltsamerweise wurde Odettes Name nie mit einem lüsternen Unterton erwähnt, nicht einmal von den Yankees. Und es schien allgemein bekannt, daß sie kein Geld annahm, nur Lebensmittel, vielleicht eine Flasche Rum, nur ungern Brennivan, aber immer gern Wein. Und sie erschien nie in der Stadt.
Odette war ihm entglitten. Es war seine eigene Entscheidung gewesen, aber sie war für ihn verloren, und er litt darunter.
Es war früh am Morgen in Reykjavik, der Himmel war noch

dunkel, aber die Straßen und Dächer waren von einer weißen Schneeschicht überzogen, als das Taxi durch die Stadt fuhr. Es gab also noch eine andere Welt, eine Welt voll stiller Schönheit. Und ruhig. Und friedlich. Er kam sich wie ein Pilot vor, der gegen Wind und Wetter angekämpft hat und wie durch ein Wunder dem Tod entronnen ist und der nun entdeckt, daß die Zivilisation sich unverändert erhalten hat.
Im kalkweißen Krankenzimmer stand er vor einem blassen, eingesunkenen Gesicht mit blutleeren Lippen und verwaschenen blaugrauen Augen, die nach innen blickten und kein Zeichen des Erkennens gaben.
»Ich habe ihnen doch gesagt«, sagte ein schwaches Stimmchen, »daß sie Sie nicht herholen sollen.«
Dr. Pall trat ans Bett. »Es war mein eigener Entschluß.« Er griff nach ihrer Hand.
Sie zog sie weg. »Sie haben versprochen, es Arni nicht zu sagen«, sagte die Stimme. Die Lippen bewegten sich kaum.
»Margret«, sagte er, »Margret, Sie müssen mir glauben, ich habe mein Wort gehalten.«
Da schloß sie die Augen und streckte ihm die Hand entgegen. Die Lippen öffneten sich. »Ich habe es gewußt.« Es klang nicht mehr bitter, sondern traurig. Ihre Hand umklammerte die seine. »Sie war's.«
Da begriff er plötzlich. Arnis Mutter. Die ihn, einer Intuition folgend, angerufen hatte. Der er den Befund bestätigt hatte. Und danach hatte sie Arni informiert.
»Wo ist Arni?« fragte er.
Sie zog die Hand zurück. Ihre Augen öffneten sich. Blaues Eis. »Hoffentlich«, murmelte sie, »schmort er in der Hölle.« Sie wandte das Gesicht ab und starrte die Wand an. Ihr schwarzes Haar schimmerte.
Dann fragte er wie bei einem routinemäßigen Krankenbesuch: »Kann ich etwas für Sie tun?« Wie oft schon hatte er den Satz gehört!

»Ja«, vernahm er ihre Stimme. »Ja, das können Sie. Finden Sie Arni ... Sagen Sie ihm ... wenn er nüchtern ist ... Sie können ihm sagen, daß ... es war seines.« Dann mit Nachdruck: »Seines!«

Nun war alles klar. Er sprach sie mit ihrem Namen an. Sie reagierte nicht. Er rief sie noch einmal.

Schweigen. Nur gedämpfte Schritte draußen auf dem Korridor. Vor dem Fenster kaltes Lichtergefunkel.

Der Chefarzt hatte gesagt, sie würde sich gut erholen. Dr. Pall war nicht so sicher.

Er wandte sich um und verließ das Krankenzimmer.

Am Gangende saß auf einer Bank der Mann, dessen Augen er vor wenigen Tagen behandelt hatte, und ließ den Korridor nicht aus dem Blick. Am Telefon war die Rede davon gewesen, daß der rote Bart abrasiert sei, aber nichts davon, daß das nackte Gesicht formlos angeschwollen war, mit violettroten Wunden und Blutergüssen übersät, ein Auge mit einer weißen Mull- und Wattebinde verbunden. Das linke Ohr hatte die Form einer mahagonifarbenen Birne angenommen.

Der magere Mann stand mit Mühe auf, und Dr. Pall erinnerte sich, daß gebrochene Rippen selbst bandagiert höllisch schmerzen, ganz abgesehen von der Rückenverletzung.

Pall blieb stehen und streckte ihm eine Hand hin. Owen ergriff sie mit der Linken. Großer Gott, dachte Pall.

»Sie erinnern sich vielleicht nicht an mich ...«, sagte der Amerikaner.

»Ich erinnere mich verdammt genau, aber zu erkennen sind Sie kaum noch.«

Ein Lächeln verzog das ohnehin schiefe Gesicht. »Wie geht es ihr?«

»Körperlich?« Am liebsten hätte er das Wort verschluckt.

»Überhaupt.«

»Möchten Sie irgendwohin?« wich Pall aus. »Einen Kaffee trinken?«

Owen schüttelte den Kopf. »Ich bleibe hier, bis sie mich reinlassen. Aber Sie haben meine Frage nicht beantwortet.«
Pall wußte, daß er hier nicht als beschwichtigender Hausarzt stand. »Sie hat – wie nennt ihr Yankees das so treffend – sie hat Mumm.« Aber so sicher war er nicht.
Auch Owen Llevellyn hatte Zweifel. Er nickte nicht. »Ich hatte die Gelegenheit, es dem Hundesohn heimzuzahlen.«
»Warum haben Sie sie nicht ergriffen?«
»Kann ich nicht sagen. Im College habe ich geboxt, aber damit aufgehört, weil ich nicht gern auf Menschen herumtrommle, selbst wenn ...« Er brach ab.
»Sie haben die Chance nicht genutzt«, hörte Pall sich erwidern, »weil Sie nicht so sind wie er.«
»Als er sie schlug, hat nicht viel gefehlt.« Ein gequältes Achselzucken. »Da war es sowieso zu spät. Ich mußte unbedingt zu ihr, und da hatte er mich am Boden. Ich wußte, daß ich geliefert war. Also trat ich ihm in die Eier, so fest, wie ich konnte, und brachte Margret hierher.«
»Bleiben Sie im Krankenhaus«, riet Dr. Pall, erschreckt und angewidert von den Ereignissen. »Sie sollen hier sein, wenn Sie zu ihr dürfen.«
»Ich hätte ihnen sagen sollen, daß ich ihr Bruder bin. Es war mein Fehler zu erklären, daß ich sie erst seit gestern abend kenne.«
Pall überlegte. Wenn der junge Mann sie kaum kannte, wieso war ... Keine Frage mehr. »Ich werde beim Chefarzt ein gutes Wort einlegen.«
»Danke.«
Pall ging die Treppe zum Büro des Krankenhausleiters hinunter. Der Mann war keineswegs so alt, wie er sich am Telefon angehört hatte, aber seine Stimme klang noch immer besorgt.
»Ich will nicht, daß sie gestört wird. Noch nicht. Ich mache mir Gedanken um ihre Einstellung.«

Sein Verdacht war bestätigt. »Sie ist eine Frau, die gerade ihr Baby verloren hat«, sagte Pall.
»Ja. Aber es steckt noch mehr dahinter. Sie haben sie gesehen. Meinen Sie nicht auch, Doktor?«
»Ja«, antwortete Pall und ging.
In eine weiße Welt hinaus und in eine kalte. Das Taxi wartete. Da tauchte eine Gestalt hinter einem verschneiten Busch auf.
»Dr. Pall . . .«
Er wußte Bescheid. Es war ein breitschultriger Hüne. Er stand aufrecht da, das Gesicht im Schatten, dunkel. Aber Pall erkannte Arni Loftsson sofort.
»Wie geht es ihr?«
»Das bin ich eben schon einmal gefragt worden.«
Der Mann machte einen großen Schritt vor in das schräg aus einem Fenster fallende Licht. Pall konnte nun das Gesicht sehen, eine Maske blau angelaufener Beulen und Wunden; verkrustetes Blut, Verzweiflung. »Antworten Sie mir, bitte.«
Den Anblick fand Pall höchst befriedigend. Und die Stimme auch. Aber er ermahnte sich zu etwas mehr Toleranz. Der Mann war ja selbst krank, und Pall war Arzt. »Ich will Ihnen sagen, wie es ihr geht. Sie können meine fachliche Meinung hören. Vielleicht erholt sie sich nicht. Sie wird am Leben bleiben, aber möglicherweise wird sie nie mehr ganz gesund und nimmt die Erinnerung an heute nacht mit ins Grab.« Sein Ton war von einer mühsam gezügelten Erregung. »Daß sie so daliegt, das verdankt sie Ihnen. Und ihr Kind – Ihr Kind – ist tot.« Er füllte die Lungen mit der eisigen Luft. »Ermordet. Durch Sie. Sie haben Ihr eigenes Kind umgebracht. Das hat sie mir vor ein paar Minuten erst gesagt. Und sie hat eine Nachricht für Sie.«
In der Ferne erklang eine Kirchenglocke, deutlich und verloren in der dünnen Luft.

Das zerschundene Gesicht vor ihm sah so elend aus, wie er noch nie ein menschliches Antlitz gesehen hatte. Eine gewisse Genugtuung konnte er trotzdem nicht unterdrücken.
»Aber er«, sagte Arni Loftsson bestürzt. »Er! Es ist nicht mein Kind. Es ist seines!«
Pall trat auf ihn zu. »Ihres!« knurrte er mit einer fremdartigen, bösartigen Stimme. »Sie war im vierten Monat. Den Mann hat sie erst gestern kennengelernt.«
Das war ein Schlag, ein fast tödlicher Schlag, und doch spürte Pall kein Bedauern.
Die ferne Glocke bimmelte weiter.
Arni Loftsson wandte sich ab und schlurfte davon wie ein Blinder. Pall sah der gebeugten Gestalt nach. Dann war sie plötzlich im Schneetreiben verschwunden.
Noch immer empfand Pall kein Mitleid.
Aber er spürte eine lähmende Müdigkeit in allen Gliedern.

Es hörte auf Heimaey nicht zu schneien auf. Zwei Tage und Nächte lang fiel der Schnee, leicht, dann wieder stärker, unregelmäßig und schließlich in dicken Flocken, die sogar die Asche bedeckten. Die schwarzverschmierte Stadt versank in Weiß. Und war wieder schön.
Kirkjufell beruhigte sich. Das gedämpfte Grummeln nach dem lauten Getöse ließ neue Hoffnung aufkommen – war der Spuk vorbei? Einige freuten sich, während es andere nur noch nervöser machte. Sammelte der Vulkan neue Kräfte, um mit noch größerer Wucht auszubrechen? Der Krater, neben dem der alte Kegel des Helgafell schon fast klein wirkte, nahm eine Hufeisenform an, aus dem geschmolzene Lava in glühenden Bächen an den Flanken herablief; es hagelte weniger Lavabomben, und nur eine dünne Feuer- und Rauchsäule erhob sich über der verschneiten Stadt.
Das Arbeitspensum nahm noch zu. Die für den Barrikaden-

bau eingesetzten Geräte und Maschinen mußten abgezogen werden, um die Straßen vom Schnee zu räumen. Der Wasserstand im Hafen, der wieder seine normale Höhe erreicht hatte, wurde sorgfältig beobachtet, und Karl Sveinsson hatte einen großen Küstenwacht-Kreuzer vor der Hafeneinfahrt Position beziehen lassen, damit notfalls eine schnelle Evakuierung möglich war. Die Wasserleitung von der Hauptinsel herüber war bereits zweimal repariert, aber immer wieder von unterseeischen Beben zerstört worden, so daß jetzt alte, verlassene Brunnen wieder in Betrieb genommen wurden; überall hingen Anschläge mit der Mahnung, sparsam mit Süßwasser umzugehen.

Unvermittelt hörte es auf zu schneien. Als Karl Sveinsson die neuen Luftaufnahmen studierte und die roten Linien der Lava eintrug, machte er eine Entdeckung. Er maß alles auf der Karte mit großer Sorgfalt nach, um sicherzugehen, daß er es sich nicht einbildete. Nein. Es stimmte. Der Vorstoß hatte sich verlangsamt.

Warum? Wie war es gekommen?

Auf der Fahrt über die schneeverwehte Straße zu dem Bauernhof am Meer, in dem Alexej Varanin angeblich einen Teil seiner Freizeit verbrachte, fragte er sich, ob ein Mann, der freiwillig in den Bauch eines Vulkans hinabstieg, einen Rat wußte oder seine Hoffnung bestätigen würde, die die Entdekkung in ihm ausgelöst hatte.

Mühsam unterdrückte er eine freudige Erregung, und wie üblich wanderten seine Gedanken zu seiner Frau. Die vibrierende Wärme in ihrer Stimme, sonst ein Zeichen ihrer guten Laune, war beim Telefonieren verschwunden. War er schuld an diesem Stimmungswandel? Wo lag seine Pflicht, seine Aufgabe?

Die Tür des Hauses wurde von einer schlanken anmutigen Frau unbestimmbaren Alters geöffnet, die ihn hereinbat. Die Atmosphäre drinnen war exotisch und ungewohnt, strahlte

aber eine angenehme Ruhe aus, genau wie die Frau, die ihm ein Glas Wein anbot und dann das Zimmer verließ. In so einem Wohnraum war er noch nie gewesen. Er hatte natürlich die Gerüchte über die Französin vernommen, aber er hatte zuviel um die Ohren, um sich näher damit zu beschäftigen. Es ging ihn nichts an und interessierte ihn nicht.
Der schlaksige Mann kam ihm mit einem fragenden Lächeln entgegen. Alexej Varanin, gebürtiger Russe, belgischer Staatsbürger, Gastprofessor an Universitäten der ganzen Welt, setzte sich auf einen Stuhl aus hellem Holz, offensichtlich nach eigenen Entwürfen gezimmert, und betrachtete ihn mit der schulmeisterhaften Nachsicht, die Karl von ihrer ersten Begegnung kannte.
»Ein freier Abend«, stellte Varanin trocken fest. »Man – wie sagt man – man ist es sich selbst schuldig. Aber wollten Sie mich besuchen oder Odette?«
Karl vergeudete keine Zeit. Er berichtete von seinen Beobachtungen, stellte die Kernfrage und wartete.
Alexej Varanin neigte den Kopf seitlich, fuhr sich mit einem Finger über den Schnurrbart und erwiderte: »Sie wollen wissen, wenn ich recht verstehe, ob die Kälte des Schnees oder die Feuchtigkeit oder beides die Fortbewegung des Lavaflusses verzögert haben können, wenn auch nur geringfügig.«
»Ich bitte um Ihre Diagnose . . . Doktor.«
»Ja. Aber hinter der Frage steckt noch eine weitere, oder? Sie haben sich überlegt, ob die Lavaströmung aufgehalten oder merklich verzögert werden kann, wenn man kaltes Wasser an die Ränder spritzt . . .«
Verblüfft antwortete Karl Sveinsson: »Wenn wir hier etwas im Überfluß haben, dann ist es kaltes Wasser.«
Alexej lächelte und fuhr fort: »Wenn man kaltes Wasser auf abkühlende Lava pumpt, bildet sich am Rand ein fester Wall kalter Lava, der die Richtung des Lavastroms reguliert. Und je höher und dichter dieser Wall wird, je tiefer das Wasser

eindringt, desto weniger wird die flüssige Lava diese Mauer untergraben, umgehen oder überspülen können. Dadurch würde das Magma theoretisch zurückgehalten, bis es selbst in festen Zustand abkühlt.«

»Warum«, fragte Karl, »reden Sie von theoretisch.«

Der Professor legte den Kopf in den Nacken. »Weil diese Theorie sich noch nicht in der Praxis bewährt hat.«

»Halten Sie es für möglich, daß sie sich bewährt?«

»Ja.«

Karl erhob sich. Mehr brauchte er nicht.

»Würden Sie mich bitte in die Stadt mitnehmen?« fragte der Professor.

Das überraschte Karl, der angenommen hatte, Varanin würde in dem Haus wohnen, und er antwortete: »Gern, Professor.«

Auf der Fahrt beantwortete der ältere Mann die unausgesprochene Frage: Nein, er lebte nicht mit Odette zusammen, niemand lebte mit ihr zusammen, aber war sie nicht zauberhaft, und war es nicht ein Glück, daß sie hier war?

Karl hörte nur mit halbem Ohr zu. Er hatte sich entschlossen. Er würde dicke Rohre und Leitungen und Pumpen anfordern, am besten eines der Pumpschiffe, die sie angeblich in Amerika hatten, oder ein paar, so viele er bekommen konnte. Und das Personal würde er auch beschaffen. Er wollte Tausende Liter Eiswasser auf die schwarze Kotze schütten, soviel Wasser, wie die See hergab. Es hatte noch nie geklappt? Wenn schon!

Wenn dieser schwächliche Mann sich in den feurigen Rachen der Vulkane wagte, so tief in den Höllenschlund, wie ein Mensch nur vordringen kann, dann würde auch er alles versuchen, selbst das Unmögliche!

»Das könnte ein interessantes Experiment werden«, sagte der Professor sanft. »Es wird mir ein Vergnügen sein, Ihnen nach besten Kräften zu helfen.«

»Ich kann jede Hilfe brauchen!« entgegnete Karl.
»Sie fahren sehr schnell, mein Freund. Ich habe Angst vor Autounfällen.«
Karl mußte lachen.
»Es gibt noch eine Gefahr, die Ihnen wahrscheinlich nicht bewußt ist, aber vor der Sie einer Ihrer Mitarbeiter hätte warnen sollen: Die großen Lavabäche an den Kraterhängen – Gestein und Asche und Schlacke. Wenn es regnet, in Strömen gießt, dann können sie zu einer gewaltigen Größe anschwellen. Ich habe es schon beobachtet. Wie eine Flutwelle, aber aus fester Materie. Ein Erdrutsch von solchem Ausmaß, daß er alles auf seinem Weg vernichten kann.«
Karl war das Lachen vergangen. Er kämpfte – nicht zum ersten Mal – gegen die Verzweiflung an. Auf jeden Silberstreifen der Hoffnung kam immer eine dicke, bedrohliche Wolke . . .
»Kann das irgendwie verhindert werden«, erkundigte er sich.
Alexej Varanin zuckte mit den Schultern. Dann sagte er rauh:
»Wenn Sie ein religiöser Mensch sind, können Sie beten, daß es nicht regnet, besonders nicht, während der Schnee schmilzt.«

Den ganzen Abend saß Hulda Palmadottir in dem Sessel, und sie waren alle um sie herum, Türschlagen unten und oben, Stimmen, so viele Stimmen und Lachen, ihr eigenes Lachen, das sie an ihre Mädchenzeit erinnerte. Es wurde gesungen, fröhlich und laut am frühen Abend, später dann leiser und melodiöser. Sie wußte, daß sie es nie schaffen würde, alle Namen auseinanderzuhalten, und darüber amüsierten sie sich königlich, und sie lachten ihr zu, aber liebevoll, sie lachten sie nicht aus; sie strichen ihr über die Hände, die Kleinen krabbelten ihr auf den Schoß, mit ihrem kindlich frischen Atem

und den vergnügten Stimmchen.
Hulda hatte nie über Wohl und Wehe in ihrem Leben Buch geführt, das Glück gegen das Unglück abgewogen, und das tat sie auch jetzt nicht. Sie war ganz zufrieden, ließ den Abend dahinfließen, nickte inmitten der Betriebsamkeit ein Weilchen ein und ging später in das Zimmer, das sie ihr so liebenswürdigerweise überlassen hatten, ganz für sich allein. Und als ihr allmählich die Augen zufielen, konnte sie noch immer ihre Stimmen und ihr Singen hören, gedämpft und aus der Ferne.
Am nächsten Morgen erwachte sie nicht mehr.

Thorroblot! Das Mittwinterfest. Eine Nacht der guten Laune, der Musik, der Ausgelassenheit, der Tanzerei – und eine Nacht der romantischen Gefühle und Liebe. Am fünfzehnten Februar ist der Winter halb vorüber, also wird gefeiert!
Obwohl er es sich nicht anmerken lassen wollte, suchte Rolf Agnarsson nach einem bestimmten Mädchen, einer Ausländerin mit langem Haar, die er in der Kantine und öfters noch beim Gottesdienst gesehen hatte, den Pastor Petur an drei Abenden in der Woche seit seiner Rückkehr hielt. Aber sie war nicht zu den Festlichkeiten in die Halle gekommen und würde es wohl auch nicht tun. Dabei hatte er sich dummerweise eingebildet, er würde sie beim Winterfest endlich kennenlernen.
Als er gerade voller Enttäuschung den Gedanken aufgeben wollte, schwoll um ihn herum anzüglicher Jubel an, und die Männer standen auf und klatschten in die schwieligen Hände, einige stampften mit schweren Stiefeln auf, und ein Yankee pfiff anerkennend. Rolf stellte sich auf einen leeren Stuhl – und sah sie. Das Gegröle galt nicht ihr allein. Acht Mädchen und Frauen waren zusammen eingetreten, einige lächelnd, die anderen mit ernsten Gesichtern: zwei einheimische Frauen in

mittleren Jahren, die die Kantine unter sich hatten, die einzige Krankenschwester, drei einheimische Mädchen und zwei ausländische freiwillige Helferinnen. Das Mädchen trug einen farbenfrohen Poncho und ging mit schwebenden Schritten zu einem der langen Tische, an dem die Männer der amerikanischen Streitkräfte saßen mit Rissen und Brandlöchern in den Uniformen, die bartstoppeligen Gesichter fröhlich und errötet von Brennivan und Rum und Whiskey, den sie von ihrem Quartier mitgebracht hatten. Was wollte ein Mädchen wie sie auf dieser Insel? Doch das war eine seltsame Frage. War er nicht selbst aus für ihn unerfindlichen Gründen auf dem Boot seines Vaters hierher zurückgekehrt?
Ein massiger Marinegefreiter stand auf und schob ihr den Stuhl mit einer übertriebenen Verbeugung zurecht; sie nahm, ohne die Miene zu verziehen, Platz. Als Rolf am Tisch angelangt war, sprachen alle durcheinander, aber niemand hatte sich auf den leeren Stuhl neben sie gesetzt. Als er es tat, brachen die Gespräche ab. Er achtete nicht darauf. Sie betrachtete ihn mit amüsierter Neugier: »Hallo«, sagte sie. »Sprichst du englisch?«
»Nur wenn ich gefragt werde«, antwortete Rolf auf englisch. Sie lächelte nicht, aber ihre Augen blitzten freundlich.
Der Marinegefreite ergriff das Wort: »Wir riskieren unseren verdammten Kopf und Kragen, einhundertzweiundzwanzig Fahrten bis heute, Teufel, wir haben fünfundachtzigtausend Pfund Ladung abtransportiert, und jetzt verschiffen wir die Maschinen aus den Fischfabriken, ja, und die verdammten Apparate aus dem Krankenhaus . . .«
»Komm, trink mit«, rief eine andere Stimme. »Das ist eine Party.«
»Ich kenne die Zahlen, weil ich die Berichte tippe, deshalb. Und ich möchte wirklich wissen . . .« Er schaute an dem Mädchen vorbei in Rolfs Augen. ». . . wie zum Teufel uns das gedankt wird. Die behandeln uns noch immer wie Eindring-

linge. Als ob einer ihr verdammtes Land wollte . . .«
»Du bist besoffen«, brüllte eine andere Stimme. »Hör auf damit.«
Das Mädchen wandte sich diesem Landsmann zu und sagte: »Er ist nicht nur besoffen, er ist dumm. Niemand, der hergekommen ist, will Dankbarkeit.«
»Gib's ihm, Catfish!« schrie ein anderer Yankee.
»Ich bin hergekommen«, knurrte der Gefreite, »weil's mir befohlen wurde.« Er griff nach dem Whiskey.
»Heißt du so«, fragte Rolf, »Catfish?« Dann fügte er hinzu: »Den Namen habe ich noch nie gehört, aber ich finde ihn hübsch.«
Sie erwiderte sein Lächeln. »Und wie heißt du?«
»Rolf. Ich wohne hier.« Dann korrigierte er sich: »Ich bin von hier.« Er hatte dabei ein Gefühl, das ihm gar nicht paßte. »Woher kommst du?«
»Aus Boston. Das merken die meisten Leute, weil ich den gleichen Akzent habe wie John F. Kennedy. Ich war natürlich erst acht, als er . . . Na ja, jedenfalls sagt man mir das immer wieder.«
»An wen erinnert dich meine Aussprache?«
»An einen Schweden, der englisch so spricht, daß es irisch klingt.«
Nun mußte er lachen. »Bist du da schon überall gewesen?«
»Ich war überall. Und wo ich noch nicht war, da fahre ich noch hin.« Sie zog den Poncho über den Kopf und schüttelte die Haare aus. »Meine Bräune stammt aus Südfrankreich. Traubenlese. Du solltest den Rest von mir sehen.« Hänselte, verspottete sie ihn? Er konnte sich den Körper genau ausmalen.
»Ich sag euch, wie sie ihre verdammte Dankbarkeit zeigen . . .« Der Gefreite kam wieder in Fahrt.
»*Sein* Akzent ist unverfälschte Provinz«, erklärte das Mädchen und goß sich ein Glas Brennivan ein.

»Mit diesem Schweinefraß hier. Die haben nichts, was nicht sauer geworden ist.«
»Es ist sauer«, sagte Catfish, «weil es mariniert ist.«
»Jaa? Walschwanz, haben die gesagt. Und Seehund! Blutwurst! Blut! Jesus, was gäbe ich für einen Hamburger!«
»Versuch mal das«, sagte Rolf und reichte dem Mädchen eine Platte, die sie weitergab. »Hakari.«
»Klingt wie Selbstmord. Was zum Teufel ist es?«
»Hakari«, erläuterte Rolf und merkte, wie verärgert er war, »ist Haifischfleisch.« Gelächter. »Haifischfleisch, das mehrere Monate lang in der Erde vergraben war. Es lohnt sich erst zu essen, wenn es verfault ist.«
Der Seemann stand erbost auf. »Willst du mich zum Narren halten, Junge?« knurrte er über den Kopf des Mädchens hinweg. »Wenn du nicht so 'ne halbe Portion wärst, würd' ich dir's draußen schon zeigen.«
Plötzlich packte Rolf der Zorn. »Geh'n wir lieber in die Küche. Dort zeig' ich dir Avid. Das ist ein Schafskopf. Zuerst sengt man die Haare ab, und dann kocht man ihn stundenlang. Das Wichtigste dabei ist, die Augen nicht zu entfernen. Sie sind der größte Leckerbissen.«
Das Mädchen stimmte in das Gelächter ein. Und Rolfs Zorn verrauchte, als er in ihre fröhlichen und zufriedenen und fragenden Augen schaute.
»Alles Wilde in diesem Land«, murmelte es über ihrem Kopf, aber niemand achtete darauf.
Ein jungenhaft wirkender Offizier in amerikanischer Luftwaffenuniform sagte über den Tisch hinweg: »Ich bin mit einem Mädchen in Keflavik verlobt. Allmählich frage ich mich, was ich wohl zum Frühstück bekomme.«
»Sie sollt'n lieber seh'n«, sagte der Gefreite und ließ sich auf den Stuhl plumpsen, »was Sie vor dem Frühstück kriegen.«
»Sie«, meinte der Pilot, »sollten lieber die Klappe halten, oder Sie kriegen einen auf den Deckel.«

»Leck mich«, knurrte der Gefreite und senkte den Blick.
Rolf wunderte sich über sich selbst: Wie kam er dazu, hier eine Lebensart zu verteidigen, die ihm so verhaßt gewesen war. Nein – verhaßt war. Er schenkte sich einen Whiskey ein.
»Tanzen wir, Catfish?« Ein gutaussehender flotter Bursche in einer zweireihigen, blauen Uniform ohne Brandlöcher stand neben ihr.
»Warum nicht, Leutnant?«
Die Musik spielte laut. Der Kapellmeister war Jonas Vigfusson von der Funkstation; er zupfte auf einer Gitarre, wiegte sich grinsend und vielleicht ein bißchen betrunken im Takt. Nur zwei Paare tanzten, aber viele sahen zu. Catfish wirkte seltsam allein. Sie hatte die Lippen geöffnet, aber ihr Lächeln galt nicht ihrem Partner, galt niemandem. Was war das für ein Mädchen? Und warum war es hierhergekommen, wo es ständig in Todesgefahr schwebte?
Rolf schenkte sich aus der Karaffe ein. Er erinnerte sich an den Sonntagabend, als seine Mutter auf der *Njord* herübergefahren und dann in das gemietete Haus in Reykjavik zurückgekehrt war.
»Schwarz, schwarz«, hatte sie gesagt. »Man traut kaum den Augen, Rolf. Und überall riecht es verbrannt. Schwärze ringsum, kein bißchen Grün. Du weißt doch, wie schön es war. Und das Dach so blau. Weißt du noch . . .« Sie sprach, als sei es ewig lange her, nicht erst zwei Wochen.
Und seine Reaktion?
Er hatte aus dem großen Fenster über die Straße auf einförmige Fassaden geschaut, hinter denen fremde Menschen wohnten. »Ja, ich erinnere mich. Aber wir können ja wieder ein Haus besitzen. Ich werde dann das Dach blau anstreichen.«
Doch selbst als er es sagte, war ihm klar, daß er in dem Leben, das seine Eltern sich aufbauten, keinen Platz hatte. Das erfüllte ihn mit Trauer, aber auch mit einem Gefühl der Freiheit

und Ungebundenheit, und er fragte sich, ob die gleiche Verwandlung, die sich bei seiner Mutter abzuzeichnen begann, auch ihn auf geheimnisvolle Weise einbezog, ob seine Kindheit vorbei war. Seine Mutter hatte nur den Kopf geschüttelt.

Und danach war der benommene Ausdruck in ihren Augen noch flacher geworden. Er beobachtete sie voller Verwunderung. Wo war die gutgelaunte Mutter seiner Kindertage geblieben, temperamentvoll und in ihrer stillen Art stärker als der Vater? Allmählich erfaßte er ihre Pein. In den darauffolgenden Tagen hatte sie nichts zu sich genommen und geklagt, daß das Essen hier so anders sei; die einst ordentliche Frau war schlampig geworden, überall in den Zimmern ließ sie Sachen herumliegen und störte sich in ihrer Lethargie nicht daran. Zuerst hatte Ärger in den breiten starken Zügen des Vaters gestanden, dann Sorge und Angst um seine Frau, schließlich Mitleid und dann Verzweiflung.

»Wenn ich beim Trinken einen Katzenjammer bekäme, würde ich es sein lassen.«

Es war das Mädchen. Sie war zurückgekommen. Sie setzte sich hin und schüttelte die Haare. Dann füllte sie ihren Teller.

Die Schwermut verflog. Aber ihm war noch nicht nach vielen Worten. »Das ist Rutabaga.«

»Das ist mir sogar bekannt. Aber das hier – was ist das?«

Sie kaute mit halbgeschlossenen Augen. »Schmeckt herrlich. Was ist es?«

Er schaute auf ihren Teller und zögerte. Er sah aus den Augenwinkeln, wie sich der grobschlächtige Gefreite vorbeugte, und entschloß sich schnell: »Das stammt von einem Schafbock. Es wird sehr lange eingelegt.«

»Schafbock?« röhrte der Yankee. »Catfish, wenn du's genau wissen willst: Was du gerade kaust, sind Bockeier.«

Nur er fand das komisch, die anderen lachten nicht mit, und

einige wandten sich ab. Rolf saß gespannt da.
»Wirklich?« sagte das Mädchen. »Kann ich einen Nachschlag haben, Rolf? Sie schmecken viel besser als die Stierhoden, die die amerikanischen Cowboys am Lagerfeuer rösten. Köstlich.«
Rolf reichte ihr die Platte und sagte: »Wahrscheinlich hast du auch schon mit Cowboys am Lagerfeuer gegessen.«
»Schon oft. Aber nicht in Boston.« Sie nahm die Platte entgegen. »Sie nennen mich Catfish, weil ich die erste Nacht in einem Aquarium einquartiert war. Als ich aufwachte und den Behälter über meinem Kopf sah, schön erleuchtet, habe ich den Catfish da drinnen für einen Hai gehalten. Ich bekam einen hysterischen Anfall und schrie fürchterlich. Seitdem kann mich ein kleiner Vulkan nicht mehr erschrecken. Ich heiße Donna Blakely, und da du den ganzen Abend schon neugierig bist, was ich hier will – ich suche keine Sensationen. Ich will nur helfen, etwas Sinnvolles tun.« Sie fügte hinzu: »Zur Abwechslung. Willst du nichts essen?«
Er aß, trank weiter, und dann tanzten sie. Er nahm sie in die Arme, spürte ihren Arm um sich, den festen Griff ihrer Hand, sog den Duft ihres Haares ein, und ihm wurden die Knie weich. Später, als ihn ihr Atem an seiner Wange berauschte, die samtene Festigkeit ihrer Wange, ihr Körpergeruch und der Druck ihrer weichen Brüste, hörte er wie von ferne: »So tanzen meine Eltern.«
Der Gedanke schien sie zu amüsieren. »Sie sind wirklich goldig. Ich wünschte, ich könnte das Leben mit ihnen ertragen.« Nach einer Pause, verträumt: »Sie schicken mir regelmäßig Geld. Wenn es ausbleibt oder an eine falsche Adresse geht, weil ich weitergezogen bin, suche ich mir einen Job.«
»Wie beispielsweise Wein lesen?«
»Oder etwas anderes. Gefällt es dir in Vestmannaeyjar?«
Er dachte an die Nacht des Ausbruchs, wie er in dem schwankenden Boot gesessen hatte, von glühendem Haß verzehrt,

und wie er den Untergang der Stadt mit eigenen Augen hatte beobachten wollen. Und ausgerechnet ihn schockierte es, daß ein Mädchen sein Zuhause verließ und durch die Welt reiste. Warum störte ihn das, zumal er es aufregend fand?
Die Musiker machten Pause. Der Lärm hatte zugenommen, erfreute Mienen und Gelächter überall, Kirkjufells Grummeln wurde übertönt. Verschwommen erkannte Rolf irgendwann den Bürgermeister mit seinem fleischigen, rot angelaufenen Gesicht, den Arm kameradschaftlich um die Schultern des Polizeichefs gelegt – waren die beiden sich nicht jahrelang spinnefeind gewesen?
Während er weitertrank, ließ er die ersten Tage und Nächte in Reykjavik Revue passieren. Eine seiner Neuentdeckungen war der süßliche holländische Gin gewesen. Eines Nachts war er spät nach Hause gekommen. Festgenagelt durch plötzliche Helle in der Diele, stand er schwankend und blinzelnd vor seinem Vater, der ihn wie ein Kind in sein Zimmer schleppte. Dann die Auseinandersetzung in dem engen, ihm noch immer fremden Raum. Die Stimme seines Vaters in einem beherrschten Flüstern:
»Deine Mutter schläft, und sie hat es nötig. Deine Schwester ist noch später dran als du. Laß dir beim Ausziehen helfen.«
Er hatte die rauhen Hände seines Vaters gespürt, als er ihm aus den Kleidern half, das Zimmer drehte sich und sein Magen auch. Plötzlich hatte er den Vater weggestoßen: »Ich schaffe es schon.« Dann hatte er sich die restlichen Kleider vom Leib gerissen und sich hingestellt: »Schau nur. Ich bin ein Mann. Nicht der kleine Junge, für den du mich hältst.«
Zu seiner Verblüffung war die Reaktion seines Vaters ein Achselzucken. »Jemand hat mir das schon einmal gesagt.«
Er griff nach seinem Pyjama: »Wer – wer hat dir das gesagt?«
Ein angedeutetes Lächeln auf den ledergegerbten Zügen:

»Eine Freundin von dir. Die Französin. Ich habe mittlerweile oft daran gedacht.«
Scham überfiel ihn ätzend. Er hatte Odette versprochen, sie zu holen, wenn Gefahr drohte. Statt dessen hatte er sich seinem Haß und seiner Angst hingegeben und das kleine Boot in den Hafen gerudert, um seine eigene Haut zu retten. Und sein Vater hatte Odette an den Kai gebracht. Er hatte sie gerettet. Als würde er den Konflikt ahnen, hatte der Vater sich an der Tür noch einmal umgedreht: »Rolf, mein Sohn, kann ich etwas dafür, daß ich größer bin als du? Schwerer? Stärker? Wessen Fehler ist das – meiner oder Gottes?«
Er hatte es also durchschaut. Sogar das hatte sein Vater die ganze Zeit richtig eingeschätzt.
Etwas veränderte sich in der Halle. Er schaute in die Runde. Es wurde still. Wo war das Mädchen? Wo war Donna? General Patton war höchstpersönlich auf dem Fest erschienen. Da sah er ihn: An Karl Sveinssons Seite erkannte er den hageren Russen mit den verkanteten Schultern. Und bei ihnen befand sich der jungenhaft aussehende Geologe, dieser Engländer, hieß er nicht Hawkins?
General Patton stand wie ein Fels vor ihnen und sagte in die Stille: »Draußen auf der Straße hört man euch lauter als Kirkjufell. Jeder, der morgen nicht pünktlich zur Arbeit erscheint, hat sich vor mir zu verantworten. Jetzt sauft und schlagt euch die Bäuche voll, aber kotzt mir nicht auf die Straße. Da haben wir schon genug wegzuräumen.«
Neben sich hörte Rolf: »Herrlich.« Sie war wieder da.
Applaus setzte ein, vereinzelt zuerst – nicht Zurufe und Pfeifen, sondern ein würdevolles Händeklatschen, das immer lauter wurde, bis es fast die Decke sprengte. Karl Sveinsson quittierte es mit einem Grinsen, ehe er sich zum Bürgermeister und dem Polizeichef gesellte, die beide etwas mitgenommen und zerzaust ausschauten.
Als der Beifallssturm abebbte, fragte Donna: »Der Professor

– Typ mit Goldrandbrille, das ist doch der, der in die Krater hinuntersteigt, oder?« Und als Rolf nickte, selbst in seinem angesäuselten Zustand allein schon vom Gedanken daran entsetzt: »Rolf, ich möchte auch hineinschauen.«
»Geht nicht. So nah' lassen sie niemanden ran. Ist verboten.«
»Was ist denn nicht verboten?« Sein Blick wurde klarer: Dem Mädchen war es ernst! »Sie lassen einen nie etwas tun, was sich lohnt.« Ihr Gesicht hellte sich auf, atemlos fuhr sie fort: »Nichts, was einem wirklich Freude bereitet.« Während das fröhliche Treiben in der Halle wieder aufbrandete, setzte sie sich mit gesenktem Kopf nieder, blickte dann auf und sah Rolf ins Gesicht: »Weißt du, daß die Berge von Killarney vulkanischen Ursprungs sind? Und daß der Yellowstone Park in Wirklichkeit ein Krater ist? Und die Ebene von Decca in Indien ein riesiges Lavafeld?«
Nein. Ihr Gesicht faszinierte ihn. Und ihr Ernst. »Wieso weißt du so viel über Vulkane?«
»Du glaubst doch nicht«, entgegnete sie herausfordernd, »daß ich mich auf die weite Reise mache, ohne zu wissen, gegen was ich antrete?«
Nein. Er glaubte gar nichts. Er wußte nicht, was er von diesem zauberhaften, fremdartigen Geschöpf halten sollte, dessen Kehle beim Sprechen vibrierte. Und das genau wie Rosa der Ansicht war, daß man nie das tun durfte, was einem Spaß machte...
Rosa.
»Tanzen wir, Catfish?«
Rolf schaute den Yankee nicht an. Einer von vielen. Überall auf der Welt verstreut.
War er eifersüchtig? Wie konnte er wegen eines Mädchens eifersüchtig sein, das er erst zwei oder drei Stunden kannte?
Rosa. Donna war seiner Schwester ähnlich. Der neuen Rosa, die sich so verändert hatte. Was war aus dem gefaßten, großen

Mädchen mit dem nichtssagenden Gesicht, dem leuchtend goldenen Haar und den früher unterwürfigen braunen Augen geworden? Sogar ihr Aussehen war in Reykjavik anders. Auf die Fragen ihres Vaters gab sie schnippische, ausweichende Antworten, während ihre Mutter mit glasigem Blick und eingefallenen Zügen anscheinend nichts mitbekam. Und als ihr Vater sie anbrüllte, hatte sie lächelnd ihren Charme in die Waagschale geworfen, fast verführerisch.

Rolf hatte ihr einmal ins Gewissen geredet, das gequälte Gesicht seines Vaters vor Augen. Sie war von ihrer lärmenden Clique an der eleganten Theke der Bar im Hotel Borg an seinen Tisch gekommen, von dem aus man einen Ausblick auf die vielfarbigen Dächer der Stadt hatte. Er hatte ihr gesagt, er wolle nach Vestmannaeyjar zurückgehen und mithelfen – ob sie nicht mitkäme? Sie hatte sich von ihm gespreizt Feuer geben lassen und ihn verhöhnt. Er sei doch immer derjenige gewesen, der mit dem Kaff nichts am Hut gehabt habe, und solle doch jetzt die Gelegenheit beim Schopf packen und ihm den Rücken kehren. Sie blies ihm Rauch ins Gesicht und erklärte, sie habe einen Job bei der Icelandair und würde vielleicht die Ausbildung als Stewardess machen; ihr sei egal, was auf der Insel geschehe. Hier hätte sie endlich die Möglichkeit, das zu tun, was sie wolle, anstatt immer auf andere Leute zu hören.

Sie lassen einen nie etwas tun, was sich lohnt. Waren das nun Donnas Worte oder die seiner Schwester Rosa?

Er hatte allmählich jedes Zeitgefühl verloren. Beim Tanzen flüsterte Donna: »Du drückst mich sehr.«

Absichtlich. Er preßte sie noch stärker an sich. Sie war ihm ganz nah. *Meine Bräune stammt aus Südfrankreich. Du solltest den Rest von mir sehen.*

Später wurde ein Hollywood-Film gezeigt. Die Pferde galoppierten bei einer Verfolgungsjagd, die Yankees um sie herum grölten, und als die Cowboys um ein Lagerfeuer kauerten,

brüllte der Gefreite: »Herrlich, Catfish!« Donna lächelte nur.
Als die Lichter wieder angingen, war Thorroblot zu Ende, und die Leute fingen an zu singen. Die Isländer sangen mit den Yankees im Chor, und Yankees und Isländer verließen Arm in Arm den Saal. Der große Gefreite rief über die Schulter: »Hab' mich noch nie so gut amüsiert. Nacht, Catfish. Bleib sauber.«
Der Wind war abgeflaut. Fröhlich stiefelten sie durch den nassen Schnee. Herzliche Abschiedsworte auf isländisch und englisch hallten in der Häuserschlucht wider, rot vom Vulkan und bleich von den Straßenlampen angestrahlt, hier und da Singen und Grölen. Ein leichter Aschenregen fiel nieder. Und in wenigen Stunden begann ein neuer Tag.
»Ich mag dich, Rolf. Glaube ich.«
»Das mußt du nicht heute nacht entscheiden«, sagte er.
Eine männliche Gestalt mit breiten Schultern überholte sie.
»Bless«, sagte der Mann, ohne sich umzudrehen.
»Ich liebe das Wort. Gute Nacht, auf Wiedersehen – *bless*«, sagte Donna. »Herrlich.«
Ein anderer Mann, kleiner, hastig, mit vorgerecktem Kopf, die Hände in die Taschen seiner Seemannsjacke geschoben, trat vom Bürgersteig herab und ging ohne ein Wort vorbei.
«Bless«, rief sie dem Mann nach, als Rolf ihn erkannte: es war der Seemann mit den fieberglänzenden Augen, den er mit dem Riemen hatte niederschlagen müssen in jener Nacht, an die er lieber nicht mehr dachte.
»Oh, *bless, bless*!« Sie breitete beide Arme aus und drehte Pirouetten. Sie torkelte gegen ihn, umfing ihn, das Gesicht ganz nah und glücklich. »Ich kann dich nicht bitten, mit mir zu kommen«, flüsterte sie. »Zu viele andere im Haus. Immer die mit ihren Vorschriften. Alles verboten.« Sie lachte leise und lehnte sich zurück. »Dein Gesicht. Du solltest dein Gesicht sehen. Wenn du schon eine Orgie feierst, warum schaust du dann nicht nach Orgie aus?«

Ihm fehlten die Worte.
»Und ich möchte dir danken, Rolf.«
»Wofür?«
»Daß du mich in den Krater mitnimmst. Damit wir es wirklich sehen können.«
Sie strich mit den Lippen über seine. »*Bless.*« Und dann war sie verschwunden, allein, eine schlanke Gestalt, die mit kleinen Unsicherheiten in der Bewegung durch die Straßen lief, Tausende von Kilometern von zu Hause entfernt.

Halldor Danielsson hatte sich beim Fest nicht besonders amüsiert. Ihm fehlte Juliana, und er würde sie noch mehr vermissen, wenn er in seinem Quartier war, das ihm und fünf anderen Freiwilligen zugewiesen war. Er war an dem jungen Pärchen vorbeigeeilt, dem Isländer und der Amerikanerin, und er ging schnell durch die mit Schneematsch und Asche bedeckten Straßen. Er hatte vorgehabt, nicht bis zum Ende des Festes zu bleiben, und der Film hatte ihm nicht gefallen, vielleicht, weil Juliana nicht an seiner Seite war. Ein seltsames Fest in diesem Jahr. Seltsam wie alles. Aber er war seiner inneren Stimme gefolgt, tat, was er mußte, auch wenn Juliana es nicht verstand: Er war von Anfang an auf der Insel geblieben. Juliana schrieb immer wieder, daß sie und die kleine Jakobina ein neues Zuhause in New York gefunden hätten und nur noch auf seine Ankunft warteten. Wann das sein würde, wußte Halldor nicht. Aus ihren Briefen sprach aber so viel Sehnsucht und Lebensfreude, daß er des öfteren versucht war, auf die Hauptinsel zu fliegen und in Keflavik das nächste Flugzeug nach New York zu nehmen. In einer solchen Stimmung war er überzeugt, daß alle Mühe hier ohnehin umsonst war. Aber irgend etwas hielt ihn fest.
Wegen Kirkjufells ständigem Grollen und dem Matsch auf

dem Pflaster hörte er keine Schritte, bis sich eine Hand auf seine Schulter legte und ihn herumriß. Er blickte in die Augen eines Mannes, den Juliana sehr viel besser als er gekannt hatte. Aber das war Vergangenheit und ging ihn nichts an. Er hatte den Mann einige Male in den vergangenen Wochen gesehen und ihm zuerst höflich zugenickt, wenn er ihm begegnete, aber da Olaf Jonsson ihn nur ignorierte oder unfreundlich anfunkelte, hatte er das Grüßen bald bleiben gelassen. Und hatte versucht, ihm aus dem Weg zu gehen. Jetzt allerdings konnte er es nicht.
»Ja?« fragte er. »Was ist, Olaf?«
»Wo hast du sie hingebracht?« Olafs Augen wirkten krank, fieberglänzend und drohend. Die Worte kamen schwerfällig: »Wo hast du meine Tochter hingebracht?«
Halldor Danielsson war zuerst nicht sicher, ob er richtig verstanden hatte. »Wen?« erkundigte er sich. »Ich habe niemanden weggebracht.«
»Wo ist Juliana, und wo ist meine Tochter?«
»Juliana ist in New York, Olaf. Mit . . .«
»Du weißt also, wer ich bin!«
»Ja. Kann ich dir helfen, Olaf? Ich glaube, du bist krank oder vielleicht nur . . .«
Olaf brüllte: »Wo ist meine Tochter?« Dann fügte er gequält hinzu: »Wie heißt sie?«
Der kleine Seemann war entweder betrunken oder verrückt oder beides. Trotz seiner Müdigkeit entgegnete Halldor: »Ich bringe dich gern zu Dr. Pall, wenn du einverstanden bist.«
Olaf trat zurück und zuckte mit den Augen. »Wenn du mir nicht sagst, wo ich meine Tochter finde . . .«
»Ich weiß nichts von deiner Tochter.« Seine Verwunderung mischte sich mit Ärger. »Meine Tochter – sie heißt Jakobina – ist bei meiner Frau. Wenn du . . .« Er konnte nicht zu Ende sprechen.
»Lügen! Du hast mir beide weggenommen!«

Der Schlag kam ungezielt von unten, so daß er leicht ausweichen konnte, aber der gleichzeitige Tritt erwischte ihn am Oberschenkel und löste einen heftigen Schmerz aus. Der Seemann war zu einem reißenden Tier geworden mit wolfähnlichem Fletschen und flackerndem Blick. Er landete noch einen Tritt mit dem Stiefel, Halldor sprang beiseite, wußte, daß er etwas unternehmen mußte, zögerte noch, und dann traf ihn ein Schwinger gegen die Schläfe, den er nicht einmal hatte kommen sehen. Hingekauert, immer noch zaudernd, wurde ihm klar, daß der kleine Mann Mordabsichten hatte, der Narr, der verdammte Narr. Halldor holte aus, aber sein Faustschlag traf ungenau. Olaf schwankte zurück, fiel aber nicht hin, und als Halldor ihm nachsetzte, sah er den Tritt kommen, konnte ihm nicht entgehen, und als er in den kalten Matsch auf die Knie fiel, sah er schattenhafte Gestalten auftauchen und hörte Rufe.

Bückte sich da Olaf, hob er etwas auf? Eine Lavabombe, kalt und bleischwer, und hilflos sah er sie über sich, versuchte wegzurollen, die Stimmen waren nah, Uniformen tauchten auf, zwei oder drei Yankees, und dann hörte er eine Lavabombe neben seinem Kopf aufknallen; ein Handgemenge, Keuchen und Flüche, und sein Kopf wurde wieder klarer, so daß er die zwei Uniformierten erkennen konnte, die Mühe hatten, die wilde Bestie festzuhalten, es nicht schafften; dann ein ekelhafter dumpfer Aufprall, und die kleine Gestalt sackte bewußtlos im Matsch zusammen.

Eine Yankeestimme sagte: »Ich mußte es tun. Der kleine Bastard hätte ihn umgebracht!«

»Was machen wir jetzt?«

»Wir bringen beide zur Ersten Hilfe.«

»Mitten in der Nacht?«

Ein unrasiertes Gesicht beugte sich zu Halldor hinunter und fragte: »Alles in Ordnung, Mann?«

Halldor rappelte sich zum Sitzen auf. »Was ist mit ihm?«

»Der Kleine? Was kümmert's Sie?«
Der andere fragte: »Was zum Teufel hat er gegen Sie gehabt?«
Halldor stand auf und zuckte die Achseln.
Aber er wußte es wohl, und beim Anblick des zusammengekauerten Mannes am Boden überfiel ihn Traurigkeit. Er dachte an Juliana und wußte, was Olaf verloren hatte. In diesem Augenblick beschloß Halldor Danielsson, Vestmanneyjar den Rücken zu kehren, vielleicht für immer. Juliana brauchte ihn, und er brauchte Juliana.
Es begann zu regnen, nicht langsam und tröpfchenweise, sondern in Strömen, plötzlich und sintflutartig.

Jonas Vigfusson, normalerweise ein Optimist, war deprimiert und müde, aber nicht verzagt. Es hatte nun seit über sechsunddreißig Stunden geregnet. Dazu taute es, und auf einer Insel ohne Bäche und Flüsse waren die Straßen zu seichten Bächen mit schwarzem Wasser geworden. Jonas fragte sich oft, ob seine Frau sich ebenso einsam fühlte wie er, und er dachte an den Alptraum vor dem Vulkanausbruch. Seitdem schien viel Zeit vergangen. Und er war nicht sicher, ob seine vier Söhne wirklich die Schule in Reykjavik mochten, obwohl sie sie ihm gegenüber lobten, und ob sie ihn ebenso vermißten wie er sie.
Manchmal schüttete es stundenlang, und dann gab er sich der kindischen Illusion hin, der Regen könne das Feuer im Krater löschen. Statt dessen hatten die Fluten die Barrikaden unterspült, die so mühevoll zwischen dem Lavastrom und dem Hafen errichtet und noch nicht fertiggestellt waren, und so hinderte die Lava nichts mehr auf dem Weg zum Hafeneingang. Der schwarze Strom hatte sich an die Hochleitungsmasten herangeschoben. Wenn diese beiden Türme der Lava zum Opfer fielen und umstürzten, gab es keine Möglichkeit,

sie zu reparieren, und selbst wenn die Stromzufuhr von der Hauptinsel funktionierte, konnte die Elektrizität nicht verteilt werden. Und Jonas wußte, daß nicht genügend Generatoren zur Verfügung standen, um alle Arbeitsplätze und Maschinen mit Strom zu versorgen. Also beantragte er zusätzliche Generatoren vom Festland, eine weitsichtige, wenn auch etwas sinnlose Vorsichtsmaßnahme. Ob sie überhaupt hergeschickt wurden? Und ob sie rechtzeitig eintrafen? Jonas teilte die Frustration seines Freundes Karl Sveinsson, aber nicht seinen Zorn und seine Ungeduld. Karls leidenschaftlicher, fast besessener Haß auf Kirkjufell irritierte Jonas und bestürzte ihn manchmal.

Bei der täglichen Stadtratssitzung, in einem Zustand erschöpfter Gleichgültigkeit, hockte Jonas zusammengesunken und mit halbgeschlossenen Augen da und ließ die üblichen Meinungsverschiedenheiten an sich vorüberrauschen. Der Polizeichef hatte Karl Sveinssons Vorschlag zugestimmt, einen großen Teil der Stadt hermetisch abzuriegeln und niemanden hineinzulassen, meinte aber, daß dem Stadtrat eine Erklärung zustünde. Müde hatte Karl erläutert: »Es besteht die Gefahr einer Magma-Lawine, ausgelöst durch die Schneeschmelze und den Regen, und zwar in Richtung auf die betreffenden Stadtgebiete. Allerdings hoffe ich, daß diese Vorsichtsmaßnahme sich als unnötig erweisen wird.«

Der Polizeichef nickte, und die beiden Geologen pflichteten bei. Jonas fand es paradox, daß bei der Bekämpfung des Vulkanfeuers ausgerechnet Wasser eine Bedrohung darstellen sollte – genau wie der Regen früher die Asche durchnäßt und viele Hausdächer zum Einsturz gebracht hatte.

Ironischerweise löste Wasser die heftigsten Auseinandersetzungen des Morgens aus. Karl hatte die größeren Feuerlöschkanonen und Pumpen herbeordert, und der junge Feuerwehrhauptmann – der Karl nie seine Einmischung vergessen würde – wollte den Grund wissen.

Karl, sicher der müdeste Mann am Tisch, erklärte, daß mit den Wasserwerfern der Rand der heranrückenden Lava Tag und Nacht übergossen werden sollte. Außerdem würde ein Arbeitskommando die ebenfalls angeforderten Rohre von größtmöglichen Durchmessern vom Meer zu den Gerätschaften verlegen.
Der Chef der Feuerwehr widersprach. »Ich brauche alle Männer und Geräte selbst. Jeden Tag brennt es.«
»Häuser«, rief Karl. »Aber wenn wir nicht verhindern, daß die Lava den Hafen erreicht, dann wird man hier keine Häuser mehr brauchen!«
Während alle abwarteten, nickte Frosti Runaldsson mit dem grauen Kopf, der Feuerwehrhauptmann schloß sich widerwillig an und knurrte: »Dann probieren Sie es. Versuchen Sie alles.«
Karl grinste ihm über den Tisch zu, wendete sich dann an die anderen. »Auf jeden Fall müssen dafür noch Pumpen her. Ich weiß beispielsweise, daß es in Amerika riesige Pumpschiffe gibt, die man vom Meer oder vom Hafen aus einsetzen könnte, und auf einen offiziellen Antrag hin können wir sicher eines oder auch mehrere ausgeliehen bekommen. In der Zwischenzeit muß der Stadtrat alle auf der Hauptinsel entbehrlichen Geräte anfordern.«
Der junge Geologe von der Universität Reykjavik räusperte sich und schüttelte den Kopf. »Dieses Manöver ist bereits beim Ausbruch des Surtsey versucht worden, ohne jeden Erfolg.«
Karl wurde zornig, sein Blick hart. »Ein einmaliger Fehlschlag ist noch kein Grund dafür, keinen zweiten Versuch zu wagen.«
Der Geologe ließ sich nicht einschüchtern. »Es wird nichts nützen.«
Karl stand auf, mit verbissener Miene und eisig blitzenden Augen. »Ich beantrage hiermit, daß wir genug Gerätschaften

heranschaffen, um einen Versuch zu unternehmen. Ich stimme dafür. Und jetzt habe ich etwas anderes zu tun.«
Er wandte sich ab und stampfte hinaus.
Eine lange Pause folgte. Dann nahm Dr. Pall das Wort: »Ich schließe mich Karl an.«
Aber der Bürgermeister klopfte mit den Knöcheln auf die Tischplatte, eine Gewohnheit, die er seit der Krise angenommen hatte. »Ich meine«, sagte er. »daß wir den Antrag zurückstellen sollten, bis wir das Problem eingehender untersucht haben.«
Das riß Jonas zu seinem Erstaunen vom Stuhl. »Ist das der Dank für alles, was dieser Mann für uns getan hat?«
»Jonas«, erwiderte der Bürgermeister leise, »wir sind alle zu Tode erschöpft . . .«
»Ich stimme für Karl. Mit Pall sind das drei Stimmen dafür.«
»Wir stimmen nicht ab, Jonas. Wenigstens nicht heute.« Es lag keine Sanftheit mehr in seinem Ton. »Wir sind das Stadtparlament, und so hilfreich unser Freund auch war, er ist kein Diktator, selbst wenn er sich manchmal so benimmt, als hätten wir ihm diese Vollmachten eingeräumt.«
»Wir waren einverstanden, ihm die Weisungsbefugnis zu überlassen.«
»Tut mir leid, Jonas. Aber so läuft das bei uns nicht.«
Jonas stieß einen obszönen Fluch aus und drehte der Versammlung den Rücken. Im Hinausgehen hörte er die Worte des Geologen: »Ich werde alle notwendigen Untersuchungen vornehmen. Das Kaltwassermanöver ist zwar theoretisch in Ordnung, hat aber in der Praxis noch nie Erfolg gehabt.«
Jonas kehrte in die Funkstation zurück, und weniger als eine Stunde später passierte es. Es begann als Tosen, das zu einem wilden Donnern anschwoll, anders als das Grummeln und Geknalle von Kirkjufell. Jonas wußte sofort, was es war.
Die breiten Schlacke- und Aschefelder an den Flanken des

Kegels waren angeschwollen und ins Rutschen gekommen; die von Karl befürchtete Lawine rauschte den Abhang hinab, nahm an Wucht zu und riß noch mehr Geröll und Gestein mit sich. Ihr Donnergetöse übertönte den Vulkanausbruch, und als sie die ersten Gebäude erreichte, war sie wie eine Flutwelle aus fester Materie. Mächtige Brocken nach allen Seiten schleudernd, raste sie drei Straßen entlang, erdrückte Häuser und Schuppen, schob sie wie Kieselsteine vor sich her und walzte wie ein Rammbock von über zehn Metern Höhe alles platt. Sie riß eine breite Schneise der Vernichtung quer durch die Stadt, und in weniger als sieben Minuten nach dem ersten vorwarnenden Geräusch brandete sie gegen das hohe Vorgebirge im Westen der Insel, das sich zwischen der Stadt und dem Meer erhob. Der Aufprall glich einer Explosion, die die Brocken himmelwärts schleuderte, und ihre Wucht war entsetzlicher und bedrohlicher als die Eruption im Osten. Als das Getöse abebbte, klang das vertraute Grummeln des Kirkjufell wie leises Raunen.

Bei der Stadtratssitzung am folgenden Morgen waren die Gesichter der Männer grau und grimmig, vom Schrecken gezeichnet. Sie saßen, als wären sie alle betäubt. Der alte Frosti Runaldsson war nicht zugegen, aber niemand fragte nach dem Grund. Alexej Varanin, der in Begleitung von Karl gekommen war, und ein kräftiger, kleiner Mann in der Uniform eines Korvettenkapitäns der amerikanischen Marine, der nicht isländisch sprach und deshalb nicht alles mitbekam, ergänzten die Runde. Ein Überblick über den Schaden wurde gegeben: siebenundreißig Häuser waren zerstört, darunter das des Bürgermeisters, sieben Geschäfte, die Schule und das Altersheim. Jonas spürte die Verzweiflung der Anwesenden und berichtete, daß die Hochspannungsmasten noch standhielten und die Wasserleitung vom Festland nicht unterbrochen worden war. Dr. Pall betonte in seiner säuerlichen Art, daß zum Glück keine Menschenleben zu beklagen seien, worauf der Polizeichef die Stadträte erinnerte, daß das Karls Voraussicht zu verdanken sei. Aber Karl, der so entmutigt und niedergeschlagen wie nie zuvor wirkte, wehrte kopfschüttelnd ab. Er wies auf Alexej Varanin. »Er ist derjenige, der die Gefahr voraussah, nicht ich.«

Niemand sprach es aus, aber alle fragten sich, ob nicht der Zeitpunkt gekommen war, die Insel ganz zu räumen. Viele Freiwillige fuhren ab, und der Bürgermeister betonte, daß es niemandem übelgenommen würde, wenn er der Stadt den Rücken kehrte. In seinem Ton und seinem Blick lagen so viel Resignation und Fügung in die Niederlage, wie sie Jonas noch nie bei ihm gesehen hatte.

Karls Reaktion war typisch: »Weglaufen, zum Teufel! Was ich will, ist eine Abstimmung über meinen Antrag, Pumpen und Löschkanonen herzuschaffen.« Was mit nervösem, aber befriedigtem Grinsen und Lachen quittiert wurde.

Selbst der Bürgermeister rang sich ein nachsichtiges Lächeln ab und erklärte, daß eine Abstimmung vermutlich nicht mehr notwendig sei. Dann stellte er auf englisch den Korvettenkapitän vor, der mit einem bescheidenen Lächeln sagte, er habe einen Vorschlag zu machen, lediglich einen Vorschlag, der noch nicht die Zustimmung Washingtons gefunden habe: ein vorsichtiges und selektives Bombardement, um den Lavastrom von der Stadt und dem Hafen abzulenken. Wenn die anderen dem Experiment zustimmten, würde er schnell die nötigen Untersuchungen einleiten, und Amerika würde die Bomber bereitstellen, die auf Keflavik stationiert waren. Er schwieg und schaute in die Runde.

Nach einem verblüfften Schweigen sagte der junge Geologe von der Universität: »Eine solche Taktik wurde in Hawaii eingesetzt. Die Bombardierung hat tatsächlich den Lavastrom umgelenkt und ins Meer geleitet. Die Ansiedlung wurde gerettet.«

Der Kapitän nickte zustimmend, aber die anderen blieben

still, bis Dr. Varanin das Wort ergriff: »Der Ausbruch auf Hawaii war von ganz anderer Art als der hier. Sehr verschieden. Dort war sogar die Lava anders zusammengesetzt.«
»Klar, daß Sie sich dagegenstellen«, sagte Karl, nicht fragend, sondern herausfordernd.
Der Gelehrte senkte den Kopf und zog die Brauen in die Höhe: »Ich bin schließlich kein Mitglied dieses ... Komitees.«
Karl ignorierte den Einwand. »Warum sind Sie dagegen?«
Der Vulkanologe zuckte mit den Achseln. »Wir wissen so wenig von den Gewalten in der Tiefe. Aber meiner Meinung nach kann eine einzige Bombe einen weiteren Ausbruch auslösen, eine neue Erdspalte aufreißen, möglicherweise die ganze Insel in die Luft sprengen.« Nach einer Pause fügte er hinzu: »Da ist noch etwas ... Bis jetzt mußten Sie sich noch nicht mit Gasen befassen. Aber sie sind vorhanden, und sie sind tödlich. Falls sie freiwerden sollten ...«
Er beendete den Satz nicht; es war auch nicht nötig!
Karl sagte: »Ich wäre dafür, diese Ausgeburt der Hölle zu bombardieren, wenn ihr das an den Kragen ginge, aber man kann nicht riskieren, eine Insel in die Luft zu sprengen, um sie zu retten.«
Der junge Feuerwehrhauptmann reagierte prompt: »Ich stimme mit Karl überein.«
Der Bürgermeister klopfte auf den Tisch. »Ich glaube, daß wir nicht abstimmen müssen.« Dann erhob er sich und gab dem Kapitän die Hand. »Aber wir sind Ihnen sehr dankbar, Sir.«
»Wie man bei uns so sagt – *no hard feelings.*«
Als der Korvettenkapitän gegangen war, sagte Karl: »Wie steht's jetzt mit meinem Antrag? Ich habe Dr. Varanin heute hergebeten, damit er die Theorie erläutert, auf der meine Idee beruht.«
Der junge Geologe fragte: »Ist das nicht schon probiert wor-

den, Dr. Varanin? Ich weiß von Fehlschlägen . . .«
»Wenn Sie die Theorie für richtig halten, junger Mann, dann haben selbst mehrere Fehlschläge keine Bedeutung.«
Durch Varanins Ruf und Gegenwart etwas eingeschüchtert, erwiderte der junge Wissenschaftler: »Ich stimme für den Vorschlag, halte es aber noch immer für eine Zeitverschwendung.«
Der Bürgermeister klopfte wieder. »Ich glaube nicht, daß wir darüber abstimmen müssen. Ich werde die Geräte anfordern, sobald ich Ihre Liste habe, Karl.«
Karl langte in die Tasche. »Hier ist sie.« Er legte das Blatt Papier auf den Tisch. »Detailliert.«
Lächeln ringsum, Gelächter.
»Aber damit fängt es erst an. Wir müssen uns beeilen.«
Als Karl hinausmarschierte, fragte Jonas sich, was ihnen allen geblüht hätte, wenn er nicht auf die Idee gekommen wäre, Karl zu bitten, die Düse selbst auf die Insel zu bringen, jene Düse, die dann nicht zu den Geräten gepaßt hatte.

Trotz aller Erfahrungen mit Vulkanausbrüchen auf dem ganzen Globus hatte Alexej Varanin noch nie eine Lava-Party erlebt. Er sah Jonas Vigfusson, dem Funker, zu, wie er mit der behandschuhten Hand eine Lavabombe aufhob, sich daran die Zigarre ansteckte und das Geschoß mit trotziger Geste in Richtung des flammenden Kraters schleuderte. Ein anderer dieser hochgewachsenen Wikinger schob Asche beiseite und legte dicke Steaks auf die rotglühende Lavafläche darunter. Jemand spielte Gitarre. Brennivan floß durch die trockenen Kehlen einschließlich seiner, es wurde gescherzt und gelacht und gesungen – die etwas prahlerischen isländischen Balladen, die Alexej Varanin gefielen, auch wenn er kaum ein Wort verstand. Die Stimmung war ausgelassen, was Alexej unwirklich, unglaublich und doch seltsam anregend erschien. Als die

Steaks gebraten waren, merkte Alexej, sonst kein Freund von Alkohol, daß er ziemlich betrunken sein mußte, zum dritten Mal in seinen fünfundsechzig Jahren. Ihm war nicht klar, ob es an diesem merkwürdig schmeckenden Kartoffelschnaps lag oder an dem fröhlichen Zusammengehörigkeitsgefühl. Der Mut und die Widerstandsfähigkeit dieser Männer, die nun zur Niederlage verurteilt zu sein schienen, faszinierten Varanin. Er wußte, daß die Pumpen noch nicht eingetroffen waren. Die Lawinenschneise, die Spur des Verderbens, zog sich durch die Stadt, ein Stadtteil war noch von schwarzer Brühe überschwemmt, die Zahl der freiwilligen Hilfskräfte war zusammengeschrumpft. Zu seiner Überraschung hatten ihn die Vitalität und Sorglosigkeit der anderen angesteckt.
Sein Blick fiel auf Karl, der mit tiefernstem, undurchdringlichem Gesichtsausdruck abseits der Gruppe stand, die Pfeife im Mund, den Blick auf den Gipfel des Kegels gerichtet.
Er wäre zu gern zu seinem neuen Freund hinübergegangen und hätte ihm gesagt: All deine Leidenschaft ist vergeblich. Oder wie er so oft seinen Studenten erklärte: Wir wissen mehr über die Sterne als über die Erde unter unseren Füßen. Aber dazu war er noch nicht betrunken genug. Er hätte ihn gern getröstet: Verausgabe dich nicht völlig, mein Freund. Aber es war nicht seine Art, so mit einem anderen Mann zu reden. Und außerdem war ihm klar, daß Karl Sveinsson in seiner Besessenheit nicht auf ihn hören würde.

Dr. Pall fand es erstaunlich, daß Verletzungen oder Krankheiten sich in Grenzen hielten. Wie durch ein Wunder war niemand von einer Lavabombe getroffen worden; er hatte kleinere Verbrennungen, verstauchte Glieder, zwei gebrochene Beine und ein gebrochenes Schlüsselbein zu behandeln. Erschöpfung war weit verbreitet, oft unter anderen Symptomen versteckt. Pall dachte manchmal an den Fotografen Llewellyn mit der Augenverletzung, der später zusammengeschlagen worden war; auf die Insel war er nicht zurückgekehrt. Der schwerste Unfall, der beinahe tödlich geendet hätte, war ein Fall von Hypothermie, von Unterkühlung, als einer der ausländischen Helfer vom Dock ins Wasser gefallen war. Sie hatten ihn aus dem Wasser gezogen mit einer Körpertemperatur von zweiunddreißig Grad. Zwei Grad weniger, und er wäre bewußtlos gewesen, und bei achtundzwanzig Grad hätte er es wahrscheinlich nicht überlebt.

Frosti Runaldsson herrschte noch immer – grau und eingefallen, aber würdevoll – über seine Fischverarbeitungsfabrik, und in seinen Augen stand nicht nur der immer unerträglichere Schmerz, sondern auch der ungebrochene Stolz eines alten Mannes, der mit Befriedigung und Trotz sein letztes Werk verrichtet. In dem Bewußtsein, daß Ermahnungen in den Wind gesprochen waren, hörte Dr. Pall auf, zur Operation zu raten; er erhöhte lediglich die Dosierung der schmerzstillenden Mittel. Aber die dünne Rauchspirale stieg weiterhin vom Schornstein der Fabrik in den Himmel.

Ein anderes medizinisches Problem war komplexer. Als Dr. Pall Olaf Jonsson nach der Schlägerei in der Thorroblot-Nacht untersucht hatte, hatte es keinen Zweifel mehr gegeben: Olafs Schmerzen waren echt, aber er war inzwischen süchtig. Also hatte er ihm weitere Schmerzmittel verweigert und eine Entziehungskur auf der Hauptinsel vorgeschlagen. Olaf war verschwunden, aber nur ein paar Tage. Danach war er sporadisch aufgetaucht und wieder verschwunden. Warum kehrte er immer auf die Insel zurück? Was Pall rührte, war der Ausdruck von Qual und Verlust in den Augen des kleinen Seemanns. Aber Pall hatte das seiner Ansicht nach Richtige getan – und wieder einmal die Rolle des allwissenden Gottes übernommen, zu seinem Leidwesen.

Eine Mauer des Krankenhauses war durch die Lavalawine in Mitleidenschaft gezogen worden, aber mittlerweile repariert.

Pall schlief weiterhin dort und benutzte sein ehemaliges Sprechzimmer ab und zu als Zuflucht vor den hektischen Aktivitäten im Hauptquartier. Jeder wußte sowieso, wo er im Notfall zu erreichen war. Als Baldvin Einarsson zum ersten Mal nach Heimaey zurückkehrte, trafen sich die alten Freunde in Palls Zimmer: Pall und Baldvin und Pastor Petur Tryggvasson.

Es war eine jener seltenen Nächte, in denen der Krater zu schlafen schien, nicht ganz ruhig, aber nur mit einem tiefen Schnarchen, unterbrochen von ein paar Rülpsern – eine jener Nächte, in denen manche neue Hoffnung faßten.

Als Pall dem Pastor nach seiner Rückkehr aus dem Norden begegnet war, hatte ihn ein Ausdruck in Peturs Augen überrascht. Sonst immer in sich gekehrt, wirkte er nun verwirrt. Pall hatte einen Schock diagnostiziert – schließlich war das Pfarrhaus dem Ausbruch als erstes zum Opfer gefallen. Aber im Laufe der Tage waren ihm Zweifel gekommen: Litt Petur unter einem inneren Konflikt, über den er nicht sprechen mochte?

Als Pall Baldvin zum ersten Mal seit dem Ausbruch wiedersah, war er abermals verblüfft: Der massige Mann mit der Glatze, dessen Haus am Fuß des Helgafell auch von brodelnder Lava bedeckt war, schien fröhlich und fast übermütig. Er und seine Frau Inga wollten nach Europa, sagte er. Aber Pall spürte, daß mehr hinter Baldvins Freude steckte.

Petur trank nicht, aus religiösen Gründen. Baldvin durfte nicht wegen seines hohen Blutdrucks. Und Pall trank nur selten. Also kochte er Kaffee.

Sie unterhielten sich. Aber aus ihm noch rätselhaften Gründen war die Atmosphäre nicht mehr so wie früher, und Pall wehrte sich gegen einen Anflug von Enttäuschung.

Schließlich sagte Baldvin: »Ich bin hergekommen, weil ich es mit eigenen Augen sehen mußte!« Ein Zug listiger Befriedigung lag in seinem Gesicht. »Ich mußte die beiden Kegel nebeneinander sehen. So, wie ich sie gemalt habe!« Seine Erregung wuchs, und er ging auf und ab. »Ich wußte es! Helgafells Rache – ich habe sie kommen sehen und euch gewarnt.«

Pall, hinter seinem Schreibtisch mit hochgelegten Füßen, warf Petur, der auf der Couch saß, einen Blick zu. Dessen hageres Gesicht verzog sich zu einer ablehnenden Grimasse. Beiläufig sagte Pall: »Vergiß deinen Blutdruck nicht, Baldvin.«

Baldvin machte auf dem Absatz kehrt mit siegestrunkener Miene: »Könnt ihr noch immer glauben, daß es nicht die Götter, unsere Götter waren, die ein Machtwort gesprochen haben?«

»Wußtest du«, fuhr Pall fort, »daß das Wort Vulkan von der kleinen Insel Vulcano im Mittelmeer stammt, wo die Menschen vor Jahrhunderten glaubten, ein Vulkan sei der Schornstein Vulcanos, des Schmieds der römischen Götter? Was aus dem Schornstein kam, waren ihrer Ansicht nach die Blitze Jupiters und Mars'.«

Baldvin antwortete darauf nicht mit seinem gewohnten Grinsen. »Ihr haltet es noch immer für Mythologie und Aberglauben.«

Da entsann sich Pall der Geschichte eines Mädchens namens Gudrid, die ihren Eltern den Vulkanausbruch bereits im Juli vorausgesagt hatte. Und er dachte an Jonas Vigfusson, der Zechkumpanen vom Alptraum seiner Frau erzählt hatte. Und schließlich fiel ihm sein eigener Traum ein: seine tote Frau, die angstvoll versuchte, ihn vor einer bevorstehenden Katastrophe zu warnen. Und Baldvins Gemälde, das in ausländischen Galerien ausgestellt werden sollte.

»Ketzerei«, sagte Petur, »ein Land der Heiden. Sogar die Kanonenboote werden nach alten Göttern benannt. Hoffnungslos, hoffnungslos.«

»Nun«, sagte Pall daraufhin, irritiert, daß die freundliche

Diskussion über ein beliebtes Thema so verbiestert geführt wurde, »nun, das Land ist christianisiert seit dem Jahr 1000. Damals ungefähr haben die Wikinger aufgehört, mit Schwertern aufeinander loszuhacken, und statt dessen Kreuze genommen.«

Petur sprang auf und hieb eine Faust in die Luft. »Es gibt nur eine Frage. Warum?« Seine Stimme überschlug sich. »Warum mußte es gerade diese Stadt treffen? Wenn Gott gnädig ist? Wenn er wirklich gerecht ist?«

Und ohne sich zu verabschieden, stakste er aus dem Zimmer. Baldvin und Pall blieben benommen zurück und lauschten seinen Schritten. Sollten Petur Zweifel an seinem Glauben gekommen sein, in dem er bisher gelebt hatte?

Baldvin wandte sich etwas steif Pall zu und streckte ihm eine Hand entgegen. Sein massiges Gesicht wirkte feierlich, noch immer erfüllt von dem listigen Triumph und seiner Gewißheit. Und damit war der Abend gelaufen.

Pall spürte, daß ihre Freundschaft nie mehr die alte sein würde. Es war, als hätten die Ereignisse ihre früheren Meinungsverschiedenheiten, die oft auf freundliche und spöttische Weise ausgetragen worden waren, in ein anderes Licht gerückt.

Allein in dem dunklen und menschenleeren Gebäude wünschte er, ihm stünde noch der Weg zu Odette offen.

Aber nein.

Das gehörte der Vergangenheit an.

Und einen Augenblick verspürte er zu seiner eigenen Überraschung ein Gefühl des Verlusts und des Verlassenseins.

Für Rolf war es eine lange Nacht der Angst. In seinen Schlafsack gekuschelt, aber weit von Schlaf entfernt, wußte er, daß Donna in dem Haus am anderen Ende der Stadt ebenfalls die Feuerpause bemerkt haben würde. Oftmals hatte sie ihn ermahnt: *Du hast es versprochen, Rolf. Du hast es versprochen in der Nacht von Thorroblot*. Und jedesmal hatte er erwidert: *Am ersten Tag, wenn die See und Kirkjufell gleichzeitig ruhig sind.* In der Hoffnung, daß dieser Tag niemals kommen würde. Aber der Hafen lag heute still da, ebenso die Stadt. Was bedeutete, daß morgen . . .

Es war eine Schnapsidee, und er hatte es nicht wirklich versprochen. Schlaflos und bibbernd spürte er noch den Schrekken in den Gliedern, der ihn in jener ersten Nacht in den Hafen hinausgetrieben hatte, die Scham, die dem gefolgt war und ihn jetzt noch quälte.

Er dachte auch an jenen Abend, als er spät in der Nacht in das fremde Haus in Reykjavik heimgekommen war und seinen Vater allein im Zwielicht angetroffen hatte. Sein Flüstern: »Rolf? Warum gehst du mir aus dem Weg? Glaubst du, ich wüßte nicht, warum du in der ersten Nacht mit dem Boot in den Hafen hinausgefahren bist?«

Rolfs Schweigen war Antwort genug.

»Ein Mann«, hatte sein Vater weitergesprochen, »der nicht gelegentlich Angst hat, ist ein Narr. Nur ein ausgemachter Narr kennt keine Furcht.«

Er mußte von seinem Vater etwas wissen: »Hattest du denn keine Angst?«

»Damals nicht. Nein. Aber ich hatte schon Angst. Und habe sie noch.«

Sofort wußte Rolf, was gemeint war: Seine Frau, geliebt und geschätzt, veränderte sich zusehends, war nicht mehr ansprechbar, und seine ebenso geliebte Tochter entfremdete sich ihm auch immer mehr, und sein Sohn feierte seine Freiheit mit Alkohol und gammelte vor sich hin, ohne den Mumm zu haben, sich einen Job zu suchen, beispielsweise auf einem Frachter anzuheuern, wie sein Lehrer Arni Loftsson es getan hatte. Beschämt wäre Rolf gern auf seinen Vater zugegangen, hätte gern über das ledergegerbte Gesicht

gestreichelt, das er jahrelang nicht berührt hatte, das Gesicht, das Stürmen und Eisbergen getrotzt hatte und jetzt so verletzlich und betroffen wirkte. Statt dessen hatte er gefragt:
»Führst du die *Njord* morgen nach Vestmannaeyjar?«
Sein Vater hatte geantwortet: »Ich laufe jeden Morgen mit ihr aus.«
Und am folgenden Tag war Rolf aus Gründen, die ihm noch immer nicht klar waren, an Bord gewesen. Während der Nacht konnte er hören, wie die anderen in der Küche unten sangen und tranken. Er überlegte, ob er aufstehen und sich zu ihnen gesellen sollte – sangen sie gegen ihre eigenen Ängste an? Und war Arni auch voller Angst gewesen, der große, starke Wikinger mit dem strahlenden Lächeln und dem markanten Kinn – war er deshalb verschwunden?
Diese verdammte Donna Blakely aus Boston. Immer hänselnd und mit diesem rätselhaften Lächeln. Er hatte sie vor den Gefahren gewarnt, aber sie fand es nur zum Lachen. Nun, wenn sie davon nicht abzubringen war, sollte sie bekommen, was sie brauchte. Beim ersten Dämmerlicht. Wenn sich das Wetter hielt und Kirkjufell nicht aufmuckte.
Am Morgen herrschte geschäftiges Treiben im Hafen. Schiffe liefen durch die enge Hafenmündung ein und aus, die stündlich mehr gefährdet war. Die Lagerhäuser standen gespenstisch da, verlassen bis auf eine Fabrik, die noch in Betrieb war. Im Heck seines Bootes, nun mit einem Außenbordmotor bestückt, war er krank vor Angst, noch schlimmer als in jener ersten Nacht.
Das Mädchen saß mit dem Rücken zu ihm und schaute nach vorn. Ihr Haar war unter einem roten Schutzhelm verschwunden, und ihr schlanker Körper war gespannt von einer fiebernden Vorfreude, die er weder verstehen noch teilen konnte.
Sie hatte nur gesagt: »Wir machen uns heute unentschuldigt

dünn.« Und ihr Gesicht strahlte vor kindlichem Vergnügen.

Außerhalb des Hafens und vom Kielwasser größerer Schiffe ungestört, lag das Meer fast glatt da, und er steuerte in weitem Bogen um das submarine Lavafeld herum, dessen Umrisse ihm der russische Wissenschaftler vor einigen Tagen auf der Karte eingezeichnet hatte. Er war nur mit schlechtem Gewissen an den Gelehrten mit den sanften Manieren herangetreten und ahnte nicht einmal jetzt, ob der Mann seine Absichten erraten hatte. *Man muß immer berücksichtigen, daß ein Vulkan wie ein Geisteskranker ist.* Lag in Dr. Varanins Worten eine Warnung versteckt? *Seine Tätigkeit ist immer – wie soll ich es sagen – unberechenbar.*

Sie umrundeten die Insel im Nordosten und wandten sich nach Süden, etwa hundert Meter vor der zerklüfteten Küste. Rolf konnte oberhalb der hohen Klippen den Vulkankegel nicht erkennen, sondern nur eine dunkle Wolkenspirale mit einem rötlichen Widerschein. Als er auf das Ufer zufuhr, sah er, wie Donna die Gasmaske aufsetzte und die zwei Zylinder am Rücken zurechtschob. Heute fiel keine Asche, aber sie lag dick auf den Felsen, und auf den rotbraunen Terrassen waren unförmige Tuffsteinbrocken verstreut. Dazwischen waren glänzende Schmelzgesteine in Schichten zu erkennen, die das Klettern noch erschweren würden. Aber jetzt darüber nachzudenken war zu spät.

Er spürte die vom Wasser aufsteigende Kälte und gleichzeitig die Wärme auf der Haut. Er stülpte sich die Gasmaske über. Er sah, wie sie den Bug des Bootes von der Felskante fernhielt und dann trotz des Glasfiberanzugs anmutig an Land sprang. Nachdem er den Motor abgestellt hatte, vernahm er ein tiefes Grummeln, das aus dem Innern der Klippen zu kommen schien, und er folgte ihr auf den Felsvorsprung.

Sie drehte sich zu ihm um – ein Wesen von einem anderen Stern. Dann machte sie kehrt und begann den Aufstieg, von

einem Sims zum nächsten. Er schaute die zerklüftete Steinfassade hinauf, voller Zacken und Höhlen, und dachte an andere Tage, im Sommer, an raschen Flügelschlag, an die aus ihren Nestern an den Felswänden hochgescheuchten Papageientaucher, die zu Tausenden über dem Meer kreisten. Jetzt gab es hier keine Vögel, nur scharfkantige Felsvorsprünge, die zum Lavafeld auf der Hochebene hinaufführten. Er schlang die Seilrolle über die Schulter – der Abstieg würde noch beschwerlicher werden, das wußte er – und begann ebenfalls mit dem Aufstieg. Trotz des behindernden Raumanzugs bewegte sich Donna mit einer erstaunlich sicheren, keineswegs waghalsigen Gelenkigkeit. Er konzentrierte sich auf jeden herausragenden, aschebedeckten Felsbrocken und glitt mit den Händen häufiger ab als mit den Füßen.
Das Geräusch des Vulkans, in der Stadt gedämpft, war hier unüberhörbar, nicht ohrenbetäubend, aber ein ständig dahinrollender Donner, begleitet vom Fauchen des Windes. Die Luft war frei von Partikeln, wurde aber immer heißer, je mehr sie sich dem Kamm näherten. Er folgte ihr, außer Atem trotz des Sauerstoffs, der dünn in die Lunge strömte und ihn leicht schwindelig machte. Und dann erreichten sie den Kamm und verharrten. Sie schauten über eine Ebene schlackenähnlicher Felsen, in der Geröll in der Größe von Murmeln bis zu hausgroßen Brocken verstreut lag und unter dessen erstarrter Oberfläche eine Schicht noch heißer Lava orangefarben glühte. Hitze flimmerte sichtbar in der Luft, und durch ihren rosigen Schleier konnten sie den Kegel erkennen. Er hatte die Form eines Hufeisens angenommen, und von dieser Seite aus würde es möglich sein, in die Öffnung hineinzuschauen, ohne mehr als ungefähr zwanzig Meter höherzuklettern. Über dem Krater stiegen schwere rosa Dämpfe und dicke graue Wolken brodelnd in den Himmel, aber Flammen waren nicht zu sehen, nur ein intensiver feuriger Widerschein von unten, als würden die Wolken angesengt.

Gemeinsam stolperten sie über das nachgebende Geröll. Panik steckte ihm in allen Gliedern wie ein Extragewicht, das er mitschleppen mußte, wobei ihm undeutlich klar war, daß sie über das jüngste Stück Land auf Erden schritten, kürzlich erst entstanden und noch nicht abgekühlt. Als sie sich der offenen Seite des Hufeisens näherten, grübelte er über das Mädchen nach: Besaß sie ungeheuren Mut, oder war sie von einer leichtsinnigen Ahnungslosigkeit?

Die Glut drang durch die Schuhsohlen, und ehe sie am Fuß des Kegels angelangt waren, fühlten sich seine Füße wie versengt an, die Hitze im enganschließenden Leder ließ sie schmerzhaft anschwellen, und während die Sohlen zu schmelzen schienen, hielten sie die Füße gefangen und verursachten Blasen. Doch er ging weiter. Er machte einen quälenden Schritt vor den anderen und spürte ein Zucken unter der Oberfläche.

Mühsam riß er sich zusammen, nicht die Flucht zu ergreifen. Die Hitze hatte sich durch den ganzen Körper verbreitet, entzündete allmählich das Blut, durchglühte ihn wie ein Fieberanfall, der ihm das Mark aus den Knochen sog, so daß er jeden Augenblick meinte, auf den feurigen Boden hinzusakken; und trotzdem schleppte er sich vorwärts. Das Lavafeld sah riesig aus. Ihm war, als seien sie unversehens auf einen neuen, unentdeckten Planeten gestoßen.

Er atmete tief ein, unterdrückte den Impuls, die Maske runterzureißen, denn seine Lungen bekamen einfach nicht genug Luft. Er sah, daß das Mädchen oben angelangt war. Sie stand aufrecht und schaute hinein. Mit letzter Kraft kletterte er nach und trat neben sie. Und war überwältigt. Geblendet.

Er starrte in den Rachen einer unvorstellbaren Hölle.

Er vergaß das Mädchen an seiner Seite. Er vergaß die Stadt in der Ferne und das Meer hinter sich. Er vergaß den brennenden Schmerz.

Unter der Oberfläche schäumte und saugte und spritzte es; Geysire schossen rot und golden und hellgelb hoch, und überall brodelte es. Während Schwarz und Rot sich an den Wänden mischten, gelierte die Masse in einem langsamen auf- und abschwellenden Rhythmus, und der ganze Kessel wogte auf und ab. Rauchende weißglühende Brocken wurden emporgeschleudert, klatschten in den Brei zurück, verschwanden. Es herrschte ein infernalisches Getöse.

Unfaßliche Gewalten. Blendende Helligkeit. Der Anblick überwältigte ihn. Freude stieg in ihm auf – ein plötzliches Hochgefühl, das seine Sinne betäubte.

Selbst als es unerträglich wurde, wandte er sich nicht ab. Plötzlich stieg im Mittelpunkt des brodelnden Breis eine fließende Pyramide hoch, die sich zu entzünden schien, grell, und eine Explosion zerriß ihm fast das Trommelfell. Die Flamme schoß höher, und er mußte sich abwenden. Er sah das Mädchen voller Panik den Abhang des Kegels hinabstolpern, dann über die Geröllfläche rennen. Nach einem letzten Blick, eher zögernd als erschrocken, rutschte und sprang er über die heiße Aschen- und Felsfläche hinab. Die seltsame Astronautenfigur vor ihm rannte mit ausgebreiteten Armen geradewegs auf den Abgrund zu.

Die Druckwelle hinter ihm verstärkte sich, und er erzitterte. Auch die Lavaschicht unter seinen Füßen geriet in Bewegung, als würde sie jeden Moment aufreißen. Er sah, wie das Mädchen dem Rand der Klippen immer näher kam, alles war voller Rauch, sie verschwand, ein Steinhagel fiel auf seinen Helm, seine Füße schienen ihm abzubrechen, Funken stoben nach allen Seiten, überall brachen Flammen hervor. Er erinnerte sich an die Warnung des Wissenschaftlers, rannte blindlings weiter, ein unerträgliches Dröhnen im Kopf, er stolperte, berührte mit den Handschuhen die Glut, die Innenflächen flammten auf, er sah das Mädchen nicht mehr, das Universum brannte. Und dann entdeckte er sie, am Abgrund, sie hatte sich umgedreht, die Arme schützend vor der Brille verschränkt. Er wollte schreien, spürte einen Messerstich in der Kehle, sah, wie sie sich vom Inferno abwandte, sein Herz blieb stehen, es brüllte von allen Seiten, er strauchelte durch eine Hölle von Feuer und Rauch und Funkenregen und Steinhagel, merkte plötzlich, was sie vorhatte, wollte wieder schreien, hastete weiter, kam zu spät, sie war gesprungen.

Er versuchte, schneller zu laufen, Wogen feurigen Gesteins brandeten vor ihm auf, die Erde würde sich öffnen und ihn verschlingen, aber er rannte weiter bis zum Rand der Klippe, riß Gasmaske und Brille vom Kopf und sah, wie sie im Wasser um sich schlug, im arktischen Meer, aber sie war nicht an den Felsvorsprüngen zerschellt. Ohne zu überlegen, wie viele in dem eisigen Wasser schon umgekommen waren, versuchte er, die Breite des größten Vorsprungs abzuschätzen, schnellte den Körper vor, und dann fiel er, fiel steif mit angelegten Armen und ausgestreckten Beinen kerzengerade und platschte mit Wucht ins Wasser.

Er erstarrte und verlor kurz das Bewußtsein.

Dann stieß er mit hochgestreckten Armen und strampelnden Beinen nach oben. Das Meer war in wilden Aufruhr geraten, glühende Brocken prasselten nieder, und dann hatte er sie, hatte sie gepackt, da war das Boot, er stemmte sie hinein, sie war bei Bewußtsein, die Kälte schüttelte ihren Körper. Er kletterte auf den Felsvorsprung, sah sie in dem flackernden Schein hingekauert, spürte die gegen seine Erstarrung anbrandende Hitze, riß die Leine los, sprang an Bord, ohne auf sie zu achten, startete den Motor, und als er auf die offene See hinaussteuerte, schaute er auf sie hinunter, auf ihren unkontrolliert zuckenden Körper, spürte das Eiswasser in seinen Lungen, was war mit ihr, er müßte sie eigentlich wärmen, es war lebensnotwendig, er wagte aber nicht, den Motor im Heck zu verlassen, nicht in diesem Hexenkessel, und dann merkte er erst wieder die rasenden Schmerzen in seinen Füßen, die kurz vor dem Aufplatzen schienen, ignorierte sie, er mußte alles außer acht lassen und sie in Sicherheit bringen, in die Wärme, er mußte es schaffen.

Der Vulkan brach am Abend desselben Tages auseinander. Und ein bisher unbekanntes Phänomen überraschte die Geologen: Ein Bimssteinberg mit einem Gewicht von Millionen Tonnen, der Wanderer, wie er genannt wurde, schwamm auf dem Lavafeld wie ein Eisberg im Meer, bewegte sich nicht ständig, aber unberechenbar und erstaunlicherweise nicht nordöstlich mit dem Hauptstrom der Lava, sondern auf einem Kurs quer zur Kraterlücke nach Nordwesten – auf den Hafen zu.

Würde Flakkari, der Wanderer, das schaffen, was Kirkjufell bisher nicht gelungen war?

Die Nachricht von der neuerlichen Bedrohung erreichte Karl Sveinsson, der zu Hause in Keflavik übernachtete, erst am folgenden Morgen, als die ungewöhnliche Natur Flakkaris untersucht worden war. Als das Telefon im Schlafzimmer schrillte, hatte Karl geschlafen, nicht aber seine Frau. Sie hatte darüber nachgesonnen, wie wunderbar, wie unaussprechlich wunderbar es war, im warmen Bett neben ihm zu liegen, endlich wieder beisammen, während der Schnee draußen in der Dunkelheit tanzend niederfiel und alles andere in Dunstschleier hüllte.

Sie dachte mit wonnigem Erschauern an ihre Liebesspiele, die fast unerträgliche Erregung und die erlösenden Höhepunkte, und wie er unerwartet aufgetaucht war, plötzlich im Türrahmen gestanden hatte, und wie er allein schon durch seine Gegenwart das Haus füllte. Seine Augen waren rotunterlaufen, und unter dem rötlichen Teint des breiten Gesichts lag Blässe. Ein kleines Lächeln verzog die Lippen, und er schaute sie an, daß ihr schwach wurde. Dann war sie in seine Arme gesunken, wortlos, in die Geborgenheit, und er hatte sie zärtlich an sich gedrückt und dann hochgehoben und ins Schlafzimmer getragen. Süßer Jubel hatte sie erfüllt, und sie hatte nicht danach gefragt, nicht zu fragen gewagt, wie lange er bleiben würde.

Und nun, während er »Ja, Jonas, ja« sagte und dann zuhörte, kämpfte sie gegen düstere Vorahnungen an, schlug die Decke zurück und stand auf. Karl stellte kurze Fragen, beachtete sie nicht. Sie warf den Morgenmantel über und ging in die Küche.

Dort blieb sie unentschlossen stehen. Sie wollte ihm seine Lieblingsspeise zubereiten und machte sich an die Arbeit. Woher sollte er wissen, wie es hier gewesen war? Nachts allein, von den Gedanken verfolgt an ihn da draußen, an die Gefahren, die ihn bedrohten. Und die langen, eintönigen Tage der Einsamkeit, ohne die Mädchen, die in der Schule waren, und immer in dem Bewußtsein, daß er nicht zur gewohnten Stunde heimkehren würde. Es gab Zeiten, da schrumpfte ihr Herz wie ein welkes Blatt zusammen. Und dann wieder die Scham: Wie konnte sie sich persönlich verlassen, unbeachtet, ausgeschlossen vorkommen, während sich dort eine Katastrophe von kosmischem Ausmaß abspielte? So eine egoistische und gefühllose Frau konnte sie doch nicht sein.

Vergangene Nacht, nachdem die Kinder im Bett waren und sie das erste Mal miteinander geschlafen hatten, war er in Gedanken wieder auf der Insel gewesen. Wieviel Einsatzfreude die Freiwilligen und die amerikanischen Truppen zeigten. Wie frustrierend seine Aufgabe zeitweilig war. Sie wußte, daß er zu einer fast mythischen Gestalt hochstilisiert worden war. Doch wenn Nachbarn oder Verwandte bewundernd von ihm sprachen, hatte sie das immer in die widerstreitendsten Gefühle gestürzt.

General Patton. Wo doch der Mann, den sie kannte, zärtlich war, und die schwieligen Hände sanft streicheln konnten. Sie waren über ihre Brüste gewandert, hatten sie im Innern aufgewühlt, hatten ihr Gesicht mit Zuneigung berührt, hatten sie in elektrische Schwingungen versetzt. Diese Hände, dieser Körper strömten Vitalität aus bis tief in ihren Körper hinein, radierten Jahre aus, brachten die Jugend zurück.

Und nun in der Küche stieg ihr der Duft von Pfeifentabak in die Nase, und sie wandte sich um. Er stand in der Tür, fertig angezogen. Etwas in ihr zerbrach.

Sie stellte die Frage, die sie gestern hinuntergeschluckt hatte: »Wann fährst du weg?« Doch sie wußte es schon.

»Drei der Fischfabriken brennen. Zum Glück nicht die eine, die noch arbeitet. Und da ist noch mehr, etwas sehr Merkwürdiges.« Er trat nahe zu ihr. Seine blauen Augen brannten, fast fanatisch. Er nahm die Pfeife aus dem Mund. »Sie brauchen mich«, erklärte er sehr behutsam.

»Sie brauchen dich?« Die Worte entfuhren ihr, sie hatte keine Kontrolle über sie, auch nicht über die Stimme: »Du brauchst sie. General Patton!«

»Glaubst du das wirklich, Lilja?«

Sie machte auf dem Absatz kehrt.

»Lilja, hör mir zu. Vielleicht hast du recht. Ich habe auch schon darüber nachgedacht. Aber heute habe ich Termine beim Verteidigungsminister und dem Energierat in Reykjavik. Ich brauche noch Maschinen zum Wasserpumpen. Wir haben die Ausrüstung offiziell angefordert, aber nichts ist passiert. Ich will versuchen, die Bürokraten etwas auf Trab zu bringen. Ich gehe bis zum Premierminister selbst, wenn nötig. Ich kann jetzt nicht aufgeben. Kannst du das verstehen?«

Sie senkte den Kopf. Sie begriff. Sie konnte ihn nicht ansehen. Sein Besuch für eine Nacht war die Unterbrechung einer Dienstreise. Er war nicht ihretwegen gekommen. »Ich glau-

be«, antwortete sie flüsternd, »ich glaube, ich habe verstanden.« Und dann fügte sie hinzu: »Vielleicht nur zu gut.«
Sie vernahm einen Fluch, auch wenn sie die Worte nicht verstand. Dann sagte er ruhig: »Es schneit da drüben auch. Aber die Rollbahn ist offen. In der Zeit, in der ich die Behörden aufsuche und dann wieder zum Flugplatz fahre ...«
»Fahre!« Sie schaute ihn nicht an. Sie spürte Tränen hochsteigen, unterdrückte sie, ließ ihrem Zorn freien Lauf. »Geh doch! Worauf wartest du noch? Was du brauchst, findest du nicht hier. Bitte, geh weg, geh!« Sie wandte sich ab.
Er zögerte einen langen Moment mit versteinerter Miene.
Dann hörte sie die Tür aufgehen und ins Schloß fallen. Und er war fort.
War es möglich, daß auf geheimnisvolle Weise ein Vulkan zu ihrem Rivalen geworden war?
Sie hätte lachen mögen. Aber sie weinte.
Und vernahm die Stimmen der Mädchen vom Gang her.
Er hatte sich nicht einmal die Zeit genommen, sich von seinen Töchtern zu verabschieden.
Er war ein Fremder geworden.
Wer war dieser Mann, und was trieb ihn, welche Besessenheit? Sie floh ins Schlafzimmer. Sie konnte den Mädchen nicht mit Tränen entgegentreten.

Nach dem Schneefall war die Temperatur gefallen. Trotzdem war Owen Llewellyn unter den Kleidern in Schweiß gebadet. Der Himmel hatte die Farbe nassen Zements, in dem die Sonne als bleicher Ball hing, silbern glänzend wie der Mond.
Er hatte sich eingeredet, daß er wieder auf die Insel gekommen war, um weitere Aufnahmen zu machen, und er hatte sie gemacht. Aber er gab sich nicht mehr der Illusion hin, daß sie die Zeit und die Wirklichkeit einfangen konnten.

In Wahrheit war er nach Heimaey zurückgekommen, weil ihm eine Rückkehr nach New York und Connecticut widerstrebte. Schon der Gedanke an sein Refugium in den Wäldern stieß ihn ab. Aber was er in Vestmannaeyjar vorfand, besserte seine Stimmung nicht. Zwar lagen überall Rohre und pulsierende Schläuche, und die Pumpen arbeiteten ohne Unterbrechung. Aber er wußte, daß das Unterfangen hoffnungslos war. Die Verwüstungen während seiner Abwesenheit waren so gigantisch, daß er erst zögerte, sie zu filmen.
Er entfernte sich zu Fuß von der Stadt in der Richtung, in der seinen Erkundigungen nach ein altes Bauernhaus lag. Und in dem eine Frau wohnte, die keine Fragen stellte. Keine Verwicklungen, keine unvermittelten Wutausbrüche und Rückzieher. Freiheit. Wie er sie seit Jahren kannte, wieder kennen würde. Wie zum Teufel hatte er in die alte Falle laufen können?
Vielleicht wäre es besser gewesen, wenn er in jener Nacht nicht im Krankenhaus gewartet, sondern statt dessen sich mitsamt seinen Schmerzen und Wunden in ein Flugzeug nach New York gesetzt hätte. Dann würde sich ihm jetzt nicht dauernd das Bild von Margret in Gedanken aufdrängen: sie flach unter den Decken ausgestreckt, der Raum im Zwielicht des heraufdämmernden Morgens, ihr eingefallenes und verzagtes Gesicht, die verletzten Augen, die unausgesprochenen Fragen bei seinem Anblick. Und die Verstörung in diesem Blick, der schwerer wog als körperliche Schmerzen.
Was hatte sie gesagt, als er zum ersten Mal an ihr Krankenbett getreten war?
»Ich hätte Sie auch ohne Bart erkannt, aber jetzt steckt alles hinter dem Verband.«
Und seine Antwort: »Wenn ich noch länger hätte warten müssen, wäre er wieder gewachsen.«
Das hatte ihr ein Lächeln entlockt, sehr zu seiner Freude, und dann war es erloschen.

In den folgenden Tagen ging er regelmäßig vom Hotel durch den dunklen, kalten Morgen zum Krankenhaus. Einmal hatte sie geflüstert: »Es tut mir leid, Owen.«
Und er hatte geantwortet: »Ach, macht nichts. Ich wollte schon immer ein Blumenkohlohr.«
Das quittierte sie mit einem schwachen Lächeln, hinter dem die Tränen standen. Manchmal vergingen Stunden ohne ein Wort.
Mit angehaltenem Atem wartete er immer auf jedes noch so schwache Anzeichen von Anteilnahme, von Freude, von Leben. Er brachte ihr Bücher und Zeitschriften mit, die sie las oder wenigstens so tat, während er da war, und ab und zu nickte sie ein. Wenn sie schlief, stand er leise auf und ging durch die Straßen der Stadt, vorbei an Geschäften und Restaurants und den Gebäuden der Ministerien, manchmal zu den Docks, häufig am Seeufer entlang und dann wieder, gegen den Wind gestemmt, in das enge weiße Zimmer, in dem Margret lag. Dabei versuchte er, sich Mut zuzusprechen: Sie hatte einen Schock erlitten, aber die Zeit würde die Wunden heilen.
»Sie haben mir gesagt, daß ich morgen entlassen werde.«
»Ich habe den Landrover noch.«
»Noch immer? Soll das heißen, daß Sie die ganze Zeit die Leihgebühr bezahlt haben?«
Eine Sekunde lang klang ihm das wie die leicht amüsierte Zurechtweisung einer langjährigen Ehefrau, und dann erzählte er ihr von dem Verlagsvertrag. Die Fotos wurden zu einem Band zusammengestellt, und der New Yorker Verleger wollte sie so schnell wie möglich bekommen, weil die Ereignisse auf Heimaey international zu den Top-Nachrichten gehörten.
»Das freut mich.«
Nicht mehr und ohne Ausdruck.
»Todd und Malfrour erwarten, daß Sie kommen.«

»Ja. Ich gehe hin.«
Im Beifahrersitz am nächsten Tag bat sie: »Können wir eine Weile langsam herumfahren – ohne Ziel?«
Also waren sie in gemächlichem Tempo planlos durch die Stadt gefahren. Die Häuser zogen vorbei, die Passanten dick eingemummt gegen die arktische Kälte, die Wangen gerötet, und über den steilen Giebeln hing ein eisengrauer Himmel. Sie saß schweigend neben ihm. Ab und zu warf er ihr einen Seitenblick zu: Sie erinnerte ihn wieder an das Mädchen, das nach seiner Hand gegriffen hatte. Aber diesmal hielt sie die Hände im Schoß gefaltet. Ihr Gesichtsausdruck blieb ernst, versunken.
Sie sagte: »Wenn ich hier wohnen würde, würde ich jeden Tag langsam herumfahren. Es hat etwas Unwirkliches. Wie ein Traum ...«
Auf der Landstraße riskierte er wieder einen Blick. Ihm war, als kenne er sie schon seit langem, und doch wußte er kaum etwas von ihr. Jetzt nämlich hatte sie Farbe im Gesicht, wirkte weder krank noch erschöpft, und selbst ihre Augen waren größer und strahlender, als er sie bis dahin gesehen hatte.
»Owen ... ich freue mich. Wegen des Buchs. Wirklich.«
»Ich habe nicht daran gezweifelt.« Sein Herz schlug wie verrückt. »Es bedeutet, daß ich länger hierbleiben muß.« Eine Lüge, denn er hatte die Fotos bereits nach New York geschickt.
Ein langer Moment verstrich. Dann schaute sie ihm voll ins Gesicht. Sie sah großartig aus. Jung und schön – und übermütig wie ein Mädchen. »Das freut mich auch.«
Viele Tage waren diesem Morgen gefolgt – er hatte das Zeitgefühl verloren. »Alle sind so nett zu mir«, hatte sie gesagt. Die Blässe blieb im Gesicht, die Zerbrechlichkeit. Sie schien sich automatisch zu bewegen, spielte mit den Kindern Schach oder mit Owen oder Todd, lauschte stundenlang Musik,

weigerte sich, die Fernsehnachrichten über die Insel zu sehen, schloß sich stundenlang in ihrem Zimmer ein, wo sie las oder vor sich hin brütete oder einfach in die Luft starrte. Sein Zimmer lag neben ihrem, und nachts konnte er hören, wie sie sich ruhelos im Bett wälzte, wie sie häufig das Licht anknipste. Bis ihr Owen schließlich vorschlug, mit ihm nach Reykjavik zu fahren. Auf dem See konnte man Schlittschuh laufen. Oder man konnte in Kunstausstellungen gehen, ins Theater, ins Kino. Sie lächelte. »Ach Sie«, sagte sie, »Sie sind so ... leicht zu durchschauen. Und lieb, ja, das auch.«
Wieder waren sie durch die Stadt gebummelt. Sie zeigte ihm lustlos das Parlamentsgebäude, das Denkmal Jon Sigurdssons, des Kämpfers um Islands Unabhängigkeit auf dem Austuvöllur-Platz, die kleine Domkirche von 1796, das Theater. Sie tranken etwas im obersten Stock eines Hotels und schauten auf die Lichterketten hinab.
Am Abend, wieder auf der Landstraße, sagte sie: »Sie müssen das nicht tun. Sie haben keine Verpflichtungen!«
Mit Staunen hörte er verhaltenen Ärger aus seiner Stimme: »Ich tue das, was ich gern tue. Ich mache immer nur das, was ich will, Margret.«
»Wer tut das schon wirklich?«
Wieder eine Wand zwischen ihnen. Die er einfach einreißen mußte. Er fuhr den Landrover an den Straßenrand, und sie schaute ihn überrascht an.
»Und jetzt werde ich Sie küssen«, erklärte er.
Aber er regte sich nicht. Sie runzelte im Dämmerschein die Stirn. Dann sagte sie sanft: »Bitte.«
Noch während er sie umarmte, bereute er es. Ihr Körper war steif, ihre Lippen blieben geschlossen, fest und kühl. Den Rest des Weges schwiegen sie.
Trotzdem war er geblieben. Während die Rastlosigkeit ihm zusetzte. Er wollte weg – aber wohin? Hier konnte er nicht bleiben. Aber er blieb. Warum? Er hatte den flüchtigen Ein-

druck einer anderen Margret erhascht am Abend ihres Kennenlernens; er hatte die Frau gesehen, wie sie gewesen war, wie sie sein konnte. Und ihr jetziger Zustand bewegte ihn zutiefst, erfüllte ihn mit einem fieberhaften Mitleid. Er hatte sich geschworen, wieder das Strahlen in diese jetzt eher grün als blau wirkenden Augen zu bringen.

Er hatte das Telefon gehört. Es war spät am Abend, und er befand sich in Todds Dunkelkammer. Stimmen ertönten. Dann vernahm er einen fast unmenschlichen Aufschrei, so voller Zorn und Qual, daß es ihm kalt über den Rücken lief.

Dann eine Stimme – das konnte nicht Margret sein! – brüllend, tobend, hysterisch, die scharf und schrill und wild durch das stille Haus hallte.

Und dann Stille, unvermittelt.

Und ein leises Stimmengewirr, Todd, Malfrour, in drängendem, beschwichtigendem Flüstern, Worte, die er nicht verstand. Und dann Schluchzen. Ein klagendes Jammern.

Und Schritte im Gang.

Die Tür ging auf.

Tränen strömten über ihr Gesicht, ihre Augen loderten. Das Haar fiel ihr zerzaust über die Schultern. Sie zitterte, mit verzerrter Miene.

Es gab ihm einen Stich ins Herz.

Nie hatte er sie schöner gesehen.

Sie starrte ihn an, flehend.

Er trat auf sie zu, konnte nicht anders, drückte sie an seine Brust. Und sie klammerte sich an ihn, weinte leise, das Haar strich über sein Gesicht, ihr Körper bebte.

»Arni?« flüsterte er.

Sie schüttelte den Kopf. »Seine Mutter.«

Er wollte sie in ihr Zimmer führen, aber dazu war sie zu schwach. Also hob er sie hoch und trug sie behutsam in sein Zimmer und legte sie auf das Bett. Sie starrte zu ihm hoch, genauso ängstlich wie auf dem Krankenbett.

Hilflos schaute er auf sie hinab.
»Er ist in Beirut. Sie wollte mir nur sagen, daß er in Beirut ist . . .« Ihre Stimme überschlug sich wieder. »Es ist mir egal, ich hasse ihn, kann sie nicht, warum will sie nicht verstehen, es geht mich nichts an, ich hasse ihn, ich hasse sie, sie hat eine Postkarte bekommen . . .« Margret lachte bitter. »Postkarte . . . sie hat eine Postkarte, daß er in Beirut ist. Warum ist er nicht tot?«
Sie rollte sich zur Wand und zog die Beine an. Ihr Körper bebte noch immer. Ihr Atem ging keuchend. Er wußte nicht, was er tun sollte oder sagen. Er setzte sich auf die Bettkante, streckte die Hand nach ihr aus.
Als er ihre Schulter berührte, zuckte sie zurück.
Dann suchte ihre Hand nach seiner und legte sie sich in den Nacken.
Viele Minuten verharrte er so.
Es wehte kein Wind. Bis auf ihre flachen, saugenden Atemzüge war das Haus ganz still.
Er streckte sich neben ihr auf dem Bett aus, legte die Arme um sie, und nach einer kleinen Ewigkeit hörte das gequälte Atmen auf.
Er hielt sie so umfangen, ganz ruhig.
Wieder verging eine Ewigkeit, bis er merkte, daß sie eingeschlafen war.
Nach Stunden übermannte auch ihn die Müdigkeit.
Später wachte er noch einmal auf und merkte, daß sie noch immer da war, nah und warm, unbeschwert und regelmäßig atmend. Er griff hinter sich, löschte das Licht, sah den Himmel vor dem Fenster klar und sternenübersät. Er küßte ihr Haar. Aber sie regte sich nicht. Dann schlief er wieder ein.
Als er das nächste Mal erwachte, dämmerte es, und sie lag ihm zugewandt da, die Augen ernst, aber mit kindlichem Vertrauen auf ihn gerichtet.

»Es ist spät.« Ihre Stimme war ruhig und weich. »Ich hätte in mein Zimmer gehen können.«
Er küßte sie. Diesmal öffnete sie ihre Lippen sanft unter seinen, und sie umarmte ihn. Es lag keine Verzweiflung in der Bewegung. Nur Weiche und Wärme und ein Wunsch, ihm näher zu sein, näher und ganz nah, bis die Freude in ihm explodierte.
Die nächste Erinnerung galt der Hütte am Rand des weißverkrusteten Fjords. Es war Todds Hütte und Todds Idee. Owen wußte, daß er und Margret willkommene Gäste waren, aber daß Todd ihnen das Häuschen am Fjord zur Verfügung stellte, hing vermutlich auch damit zusammen, daß die Kinder begonnen hatten, Fragen zu stellen wegen Margret und ihm. Ihre allnächtlichen Besuche bei ihm konnten nicht unbemerkt geblieben sein. Als er es abends im Bett Margret gegenüber erwähnte, kuschelte sie sich eng an ihn und brauchte eine Weile, bis sie antworten konnte. »Ja, ich glaube schon. Ja.«
Aber hinter der Vorfreude, die er hörte oder herauszuhören vermeinte, steckte unverkennbar auch ein Zögern, eine Unsicherheit.
Auf der Fahrt schaute Margret einige Male auf Todds sorgfältig skizzierte Landkarte, aber ihr Blick blieb teilnahmslos, distanziert.
Bis sie schließlich in das Schweigen hinein fragte:
»Warum tust du das?«
Da war die Frage wieder.
»Ich habe es dir doch schon gesagt. Ich tue es, weil es mir Spaß macht.«
Eine Pause, und dann: »Aber warum? Aus Mitleid?«
Noch verblüffter antwortete er: »Kann man nicht auch nett sein ohne Mitleid?« Er hatte das Wort Liebe auf den Lippen gehabt, aber nicht ausgesprochen. Sie lehnte sich an seine Schulter, und dann legte sie ihre nackte Hand auf seine an der

Schaltung wie in jener Nacht kurz vor Reykjavik. Er überlegte, was sie wohl denken mochte.
»Sei nett zu mir, Owen«, flüsterte sie. »Ich mag es gern, wenn du lieb zu mir bist. Es sind nur noch ein paar Kilometer – dann kannst du wieder lieb zu mir sein.« Ihre Hand drückte seine, und er spähte in das Zwielicht hinaus und trat auf das Gaspedal.
Es war fast dunkel, als sie ankamen, den Landrover stehen ließen und durch den Schnee zur Hütte stapften. Am Ende des Fjords leuchtete das offene Meer. Und auf der gegenüberliegenden Seite stürzte silbernes Wasser in die Bucht. Owen spürte ihre Blicke, wandte sich zu ihr um, legte den Arm um ihre Taille und ging mit ihr hinein.
Margret machte sich an die Arbeit, als hätte sie ihr Leben lang in Hütten gewohnt. Der Generator begann zu summen, warmes Licht erhellte den einen Raum und das kleine balkonartige Schlafzimmer in Deckenhöhe, und nach einigen Minuten brannte eine Butangasflamme am Kochherd und die Heizung unter dem Fußboden. Margret tauchte wieder auf mit glühenden Wangen und strahlenden Augen.
»Nur noch ein paar Minuten, dann kannst du lieb zu mir sein.«
Er war lieb zu ihr, und sie war noch lieber zu ihm, und dann schliefen sie ein.
Er erwachte am Morgen und stieg die schmale, leiterähnliche Treppe hinab und schaute aus dem Fenster, fasziniert von den schneebeschwerten Zweigen, die einen Schirm über der Hütte bildeten, sah über den Fjord, dessen grünes Wasser nur unterhalb des Wasserfalls zu erkennen war und sonst unter einer Schneefläche über dem Eis verschwand. Das alles kam ihm nicht fremd vor. Ihm war, als hätte er hier sein halbes Leben verbracht. Er beschloß, Frühstück zu machen.
Als Margret erschien, war sie in einen flauschigen blauen Morgenrock gehüllt, der zu ihren Augen paßte.

»Der Kaffee riecht wunderbar«, sagte sie. »Tut mir leid.«
Er deckte den Tisch und stellte ihn an das Fenster. »Was tut dir leid? Ich habe schon oft Frühstück gemacht.«
Er ging zu ihr hin. Aber ein leichtes Flattern trat in ihren Blick, und sie wandte den Kopf ab, als wolle sie seinem Kuß ausweichen.
»Owen«, sagte sie. »Ich habe Angst.«
Er runzelte die Stirn. »Angst?«
Sie nickte, senkte den Blick und machte ein paar ziellose Schritte. »Nicht vor dir. Vor uns. Eigentlich vor mir.«
Er sagte nichts, er verstand nichts, er wartete ab.
Ihr Flüstern drang an sein Ohr: »Ich schäme mich.« Und hastig weiter: »Nein, schämen ist nicht richtig. Wie sagt man auf englisch? Ich bin verlegen. Bestürzt über mich. Wie ich . . . so wie ich . . . ich kann es nicht sagen.« Sie drehte sich zu ihm um. »So kenne ich mich nicht . . . so wie wir . . . vergangene Nacht. Die ganze Zeit schon. Ich komme mir . . . schamlos vor.« Sie fuhr über ihr Haar. »So war es noch nie . . . vorher. Mit ihm. Oder sonst einem Menschen. Und das macht mir Angst.«
Als er auf sie zuging, eilte sie in seine Arme und bebte, und das erregte ihn wieder.
»Achte nicht darauf«, sagte sie und legte den Kopf an seine Schulter. »Hab' Nachsicht mit mir, Owen, und störe dich nicht an meiner Torheit, bitte.«
Sie machten lange Spaziergänge – der Fjord wurde zu ihrem privaten See –, und mindestens einmal am Tag gingen sie zum Strand hinunter. Es war eine wilde und einsame Küste, an die hohe Wellen anbrandeten, sich überschlugen und grau im Sand ausliefen. Vor dem Ufer erhoben sich drei bizarre Felsen dicht beieinander. Zu Stein gewordene Riesen, nannte Margret sie, meine Riesen, unsere Riesen.
Bei einem dieser Spaziergänge sahen sie schnell herbeiziehende dunkle Wolken, und sie sagte in kindlicher Hast: »Wir

sollten schnell heimgehen.« Sie hatte dabei nach seiner Hand gegriffen, doch dann ließ sie den Arm sinken, und der düstere Himmel spiegelte sich in ihren Zügen. Sie wandte sich ab und ging mit ausholenden Schritten am Strand weiter. Sollte er sie allein gehen lassen? Wohin? Heim? Das war das Wort, das sie verstört hatte.

Als er in der Hütte eintraf, stand sie am Herd, und während sie sich sonst mit natürlicher Anmut bewegte, tat sie es heute heftig und lautstark. Inzwischen kannte er die Sturmsignale.

»Nun«, sagte sie bitter, ohne sich umzudrehen, »nun, Owen, ist das mein Zuhause?«

Der Schmerz in ihrer Stimme rührte ihn wieder bis ins Mark.

»Ich bin keine verheiratete Frau, weißt du. Ich bin Witwe. Mein Mann ist tot.« Sie wirbelte herum. Ihre Augen waren stechende blaue Punkte. »Arni ist tot.«

Das erschreckte Owen. »Margret, hör zu. Dein Mann ist nicht wirklich tot. Vielleicht für dich.« Er ging einen Schritt auf sie zu. »Margret, es ist wichtig, daß du die Wirklichkeit von dem trennen kannst, was du gern glauben möchtest.« Begriff sie? War er zu ihr durchgedrungen? Er sah, wie die Starre sie verließ, die Schultern vorsanken. Aber der Dämon verfolgte noch immer ihren Geist, und in Momenten wie diesem spürte er seine Gegenwart fast körperlich. Ihr Haß konnte das Gespenst nicht vertreiben, weder ihr Haß noch seine Liebe. Liebe? Sie hob den Kopf und warf ihm einen vorsichtigen, gejagten Blick zu. »Komm her«, sagte sie mit ganz anderer Stimme. Er ging zu ihr hin, ohne sie zu berühren. Sie legte den Kopf in den Nacken, hob das Gesicht ihm entgegen, und ihr Zauber wirkte auf ihn wieder augenblicklich.

»Ich werde brav sein. Ich verspreche es.« Sie schüttelte das rabenschwarze Haar. »Bitte hasse mich nicht, Liebling.

Manchmal komme ich mir nicht besser vor als einige Menschen, die ich immer verabscheut habe. Bitte haß mich nicht.« Er haßte sie keineswegs. Er würde sie nie hassen. »Sei lieb zu mir. Jetzt. Es ist so warm. Sei lieb zu mir.«

In der Nacht brauste ein Sturm um die Hütte. Das Nordlicht war blaß und schien weit weg. Neben ihr im Halbschlaf hörte er sie weinen. Sollte er sie wecken? Er beschloß, sich nicht zu rühren, und nach einer Weile hörte das tierähnliche Wimmern auf.

Am Morgen erklärte sie mit einem betont strahlenden Lächeln, hinter dem sich ihre Verzweiflung verbarg, daß sie nicht spazierengehen wollte, und schlug ihm vor, allein zu wandern. Sein Marsch war nicht wie sonst, in Gedanken war er in der Hütte, und die drei freundlichen Riesen wirkten bedrohlich.

Nach seiner Rückkehr hatten sie am Tisch Schach gespielt, und ihre Stimmung war ernst, aber nicht schwermütig. Sie sah blaß aus, und ihre Augen wirkten verschleiert. Dann nahm sie die Sonne wahr. Sie stieg sehr langsam und flutete in die Fenster. Es war das erste Mal, daß sie schien. Der Raum wurde langsam hell, und die Landschaft erwachte zu neuem Leben. Sie starrten in stiller Bewunderung auf den Fjord, ihren See, durch das blendende Gitter der eisverkrusteten Zweige, die plötzlich mit Eisblumen besetzt schienen.

Jenseits des Fjords schimmerte der gewaltige Wasserfall golden, die Klippen darüber waren lohfarben angehaucht, was ihre Schroffheit milderte, und die höheren Gebirgszüge lagen in strahlend gelbem Licht. Schließlich holte Margret Atem. Er schaute sie an. Ihr Gesicht hatte ebenfalls eine Wandlung durchgemacht, und Owen schöpfte neue Hoffnung.

»Mir verschwimmt alles vor den Augen«, sagte sie. »Dir auch, Liebling? Bist du auch benommen?«

Das Strahlen füllte den Raum bis in den hintersten Winkel. Sie stand auf, und zuerst merkte er nicht, was sie vorhatte. Sie bewegte sich langsam, und plötzlich fiel der Morgenmantel zur Erde. Er spürte, wie ihn das Blut wild durchpulste, und er wußte, daß das das Leben war. Gleichgültig, welch grausame Streiche die Zukunft ihm spielen würde – diesen Augenblick des überirdischen Glanzes würde nichts auslöschen. In der vibrierenden Stille, in der unglaublichen Helle, die sie wie eine Statue modellierte, fand er wieder den Glauben an Wunder, an hoffnungsvolle Aspekte, an ein besseres Morgen. Er stand auf, von schmerzhafter Leere und glühender Begierde erfüllt, und das Zimmer drehte sich mit ihm.

Beim Frühstück am nächsten Morgen war es noch dunkel. Margret war ruhig, in sich gekehrt und wich seinem Blick aus.

Bis sie sagte: »Fahr mich zurück, Owen.«

Zuerst traute er seinen Ohren nicht und erwiderte nichts.

Sie sprang heftig vom Tisch auf, schaute ihn mit hysterischer Wut an, rief: »Es ist zuviel, es ist zuviel!«

Verblüfft auch über seinen hochsteigenden Ärger wollte er nicht fragen, was sie meinte. Es kam auch nicht darauf an.

»Wenn du das willst, Margret . . .«

»Ich weiß nicht, was ich will. Ich bin nicht mehr ich.« Ihre Stimme klang schrill, genauso wie am Telefon beim Anruf von Arnis Mutter. »Ich weiß gar nichts mehr.« Sein Ärger verflog, wurde zu einem ziehenden Schmerz im Brustkorb. Als hätte sie seine Empfindungen gespürt, kreischte sie: »Ich will dein Mitleid nicht, das habe ich dir gesagt. Ich will kein Mitleid.«

Er antwortete nicht. Er wußte nicht, was er darauf sagen sollte. »Möchtest du heute weg?«

»Ja, ja, ja, jetzt.«

Er stand auf. Wo war die leidenschaftliche Frau von vor wenigen Stunden geblieben? Konnte das derselbe Mensch

sein? »Wir sind noch vor der Dunkelheit in Reykjavik«, hörte er sich erwidern.
Dann sah er Tränen in ihren verwirrten, zornigen Augen. Er spürte einen Schmerz in der Brust, der ihm den Atem nahm. Und dann schoß sie auf ihn zu, drängte sich in seine Arme, zitternd und weich und verletzlich, und er spürte ihre kühle Wange. Sie bebte am ganzen Leib.
»Sei lieb zu mir, Owen. Noch einmal. Bitte, haß mich nicht, sei lieb zu mir. Einmal noch.«
Sie liebten sich, aber es war nur eine stumme kurze Umarmung. Sie schien weggetreten.
Später bei der Rückfahrt wünschte er, sie hätten mit der Erinnerung an gestern auseinandergehen können, nicht mit dem Nachgeschmack ausgebrannter Asche.
Die Landschaft wirkte rauh und öde und häßlich. Sie sprachen kein Wort, bis sie sagte:
»Bring mich bitte in ein Hotel.«
»Wenn du willst.«
»Ich glaube, ich möchte unter Fremden sein.«
Er versuchte, sie zu verstehen. Es fiel ihm schwer. Er fuhr die Strecke mit dem Gefühl, auf der ganzen Linie versagt zu haben. Aber er sagte nichts.
In Reykjavik hagelte es. Im fahlen Winterlicht brachte er sie zu dem kleinen Hotel, in dem er während ihres Krankenhausaufenthaltes gewohnt hatte. Im engen Foyer wartete er nicht, bis sie sich beim Empfang eingetragen hatte. Er küßte sie nicht.
Sie sagte: »Danke, Owen.«
Und er entgegnete: »Wofür?«
Trotzdem beugte sie sich vor und küßte ihn leicht auf den Mund. Ihre Lippen waren kalt. Es war wie der höfliche Abschied unter Fremden.
Er fuhr nach Keflavik und mußte drei Stunden auf den Flug nach Heimaey warten.

Nun auf einer der engen Landstraßen der Insel kam ihm das Ganze unwirklich wie ein fremder Traum vor. Vor sich konnte er das freistehende Bauernhaus als Silhouette vor dem eisengrauen Himmel über dem Atlantik erkennen. Er blieb stehen. Was zum Teufel hatte er eigentlich im Sinn? Bildete er sich ein, er könne die Erinnerung an Margret ausradieren, indem er eine Frau, irgendeine andere Frau nahm? Jesus, was war er für ein Idiot, was für ein kindischer Narr.

Früher oder später würde er nach Hause müssen – obwohl ihm seine Hütte in den Wäldern nicht mehr wie ein Zuhause vorkam.

Er würde noch ein paar Aufnahmen von den letzten Verwüstungen machen und dann in die Einsamkeit Connecticuts zurückkehren . . .

Ein Auto näherte sich, und er drehte sich um. Es war das Ambulanzfahrzeug. Er trat auf die gefrorene Schneeböschung, um den Wagen vorbeizulassen. Aber er bremste, und Owen erkannte den Fahrer.

Dr. Pall drehte das Fenster hinunter und fragte: »Kann ich – wie sagt man bei Ihnen? – kann ich Ihnen einen Lift anbieten?«

»Nein, danke«, sagte Owen.

»Wie geht es ihr?«

Das war die gleiche Frage, die er dem Arzt an jenem Morgen im Krankenhaus gestellt hatte. Was konnte er antworten? Die Wahrheit: »Sie hat sich nicht erholt.« Sein Blick traf den des anderen Mannes, der unter den buschigen, silbergrauen Brauen traurig und wissend dreinschaute. »Ich habe es versucht«, fuhr er fort als Antwort auf eine unausgesprochene Frage.

»Haben Sie das wirklich?«

Wie sollte er dem Mann erklären, daß ihr Leiden, das Krebsgeschwür ihrer Seele nicht durch seine ungeschickten und hilflosen Versuche geheilt werden konnte?

Nur ein Narr glaubt an die heilende Kraft der Liebe.
»Haben Sie alles versucht, Mr. Llewellyn?«
Wut packte ihn und Verbitterung. »Alles verdammt Mögliche! Zum Teufel, ein Mensch hat auch seine Grenzen. Er hat ihr das angetan, der Bastard, und wenn ich wüßte, wo er steckt, würde ich ihn dafür umbringen!«
Seinen eigenen heiseren Aufschrei in Ohren, merkte er plötzlich mit Schrecken, daß ihm die Tränen kamen.
Der Arzt lächelte. »Was machen Ihre Rippen? Und Ihr Rücken?«
»Keine Beschwerden.« Nur beim Lieben. »Mir geht es gut.«
Eine Lüge. Ihm würde es nie wieder gut gehen.
In der Ferne drohte das dumpfe Grollen des Vulkans. Vielleicht ging es der ganzen Welt nie wieder gut.
Dr. Pall sagte: »Den Ehemann umbringen – würde ihr das helfen?«
»Nein. Für sie ist er bereits gestorben.«
»Ein verdammt unpassender Zeitpunkt, sie zu verlassen, was?«
Bestürzt erwiderte Owen: »Ich habe sie nicht verlassen. Sie hat mich hinausgeschmissen.« Er wandte sich ab.
»Steigen Sie ein«, sagte Dr. Pall. »Ich nehme Sie mit.«
Aber Owen schüttelte den Kopf. »Ich habe es mir anders überlegt.«
»Steigen Sie trotzdem ein. Ich fahre in Kürze in die Stadt zurück.« Und als Owen nicht reagierte, sagte der Arzt in einem anderen, weicheren Ton: »Wir haben nie so viel Zeit, wie wir uns einbilden. Und wenn sie abgelaufen ist, fragen wir uns, warum wir sie nicht genützt haben.«
Owen erinnerte sich, daß Palls Frau vor Jahren im Wochenbett gestorben war. Merkwürdig, jetzt daran zu denken. Owen drehte sich zu Pall um. Sein Gesicht zeigte keinen Ausdruck. Es war, als warte er auf etwas.
»Danke«, sagte Owen. »Ich werde zu Fuß gehen. Trotzdem vielen Dank.«

Im Rückspiegel sah Dr. Pall die Gestalt Owens Llewellyns immer kleiner werden, erst in einem forschen Spazierschritt, dann im Dauerlauf in Richtung Stadt. Der Arzt hatte sehr wohl die Unsicherheit und die Selbstvorwürfe im Gesicht des Jüngeren erkannt. Der rote Bart sprießte wieder, und die äußeren Wunden verheilten gut, aber Dr. Pall hatte andere, unsichtbare Verletzungen bemerkt.
Odettes Bauernhaus lag nur noch hundert Meter entfernt. Ein junger Marinekorporal hatte Pall etwas verlegen eine französisch geschriebene Nachricht von ihr übermittelt:
»Bitte komm, *chéri*, ich brauche dich wahrscheinlich.«
Sie begrüßte ihn mit einem offenen Lächeln und bot Wein an. Wie immer. Aber als sie einschenkte, klirrte die Karaffe an das Glas.
Sie hatte geschrieben, daß sie ihn wahrscheinlich brauchen werde ... »Bist du krank?«
»Ich bin nicht sicher.«
Er untersuchte sie gründlich, ohne sich von ihrer Schönheit ablenken zu lassen. Was er entdeckte, war häßlich. Ja, sie brauchte ihn.
»Es ist also wahr, *n'est-ce pas*?« fragte sie.
»Ja, du mußt in Behandlung. Und ich brauche die Namen der Männer, die dich besucht haben.«
Sie lachte ihr tiefes ironisches Lachen, und ihre schwarzen Augen blitzten. »Ich kenne die Namen nicht. Ich will sie nicht wissen.«
»Sie müssen alle untersucht werden«, sagte Dr. Pall sanft, aber fest. »Wir haben hier schon genug Schwierigkeiten und brauchen keine weiteren. Ich werde dafür sorgen, daß du nach Reykjavik geflogen und im Krankenhaus aufgenommen wirst. Aber in der Zwischenzeit brauche ich Namen, so viele du kennst.«
»Wäre das nicht ein Vertrauensbruch?«
Der Ausdruck ärgerte ihn. »Das Gegenteil wäre kriminell.«

Das ernüchterte sie, und das Funkeln in den Augen erlosch. »Ich werde es versuchen.«

»Jetzt.«

»Jetzt?«

»Der Junge, Rolf Agnarsson, der früher oft herkam?«

Da lächelte sie das ihm so vertraute Lächeln. »Nein. Rolf hat ein Mädchen in der Stadt, wie mir erzählt wurde. Eine Amerikanerin. Nein. Rolf kann sich nicht verzeihen, daß er mich in der Nacht des ersten Ausbruchs im Stich gelassen hat.«

»Thurbjorn Herjolfsson?«

»Ach, gibt es Gerüchte im Ort?«

»Thurbjorn?«

»Wenn du es schon weißt, warum fragst du dann?« Sie zog ihn auf, wie früher. »Der arme Thurbjorn. Seine Frau hat ihm vorgeworfen, etwas mit mir zu haben, als er mich überhaupt noch nicht kannte. Das holt er jetzt nach.«

»Odette«, sagte Dr. Pall, »anscheinend ist dir nicht klar, wie folgenschwer das sein kann. Aber ich muß darauf bestehen, daß du mit niemandem in engen Kontakt kommst und daß du die Liste zusammenstellst, so vollständig wie möglich. Wenn du die Namen nicht kennst, gib Beschreibungen.«

»Es wird eine lange Liste werden, Pall.«

»Du hast bis morgen früh Zeit. Und nichts anderes zu tun.«

Sie richtete sich auf, und ihr Gesicht sah betrübt aus. »Ich habe dich verletzt. Ich habe ausgerechnet dich verletzt.«

»Ich hole dich am Morgen ab.«

Sie schüttelte den Kopf. »*Non.*«

»Odette – willst du sterben?«

»*Mon chéri*, ich will nicht sterben. Ich will nicht leben. Es ist mir egal.«

»Du hast keine Wahl«, sagte er etwas rauh.

»Ich werde mit niemandem in engen Kontakt kommen, wie du sagst, wie du befiehlst. Aber ich werde dieses Haus nicht

verlassen.« Ihr Ton wurde weicher. »Es tut mir leid, Liebling.«
»Mir tut es auch leid«, entgegnete Dr. Pall. »Ich werde dich am Morgen abholen.«
»Es wird mir ein Vergnügen sein, dich zu sehen«, sagte sie sanft. »Wie es immer eines war. Du hast mir gefehlt. Aber ich werde dieses Haus nicht verlassen.«
»Also bis morgen, Odette«, erwiderte Dr. Pall und ging ohne einen Blick zurück hinaus zum Auto, setzte sich hinein und fuhr in die Stadt, während er seinen Plan entwickelte.
Um keinen Preis durfte er zulassen, daß die Ansteckung weiterübertragen wurde. Es gab auf der Insel nicht genügend Antibiotika, um einer Seuche Herr zu werden. Hatte er nicht schon genug um die Ohren, verdammt? Allein schon die Erwähnung von Rolf Agnarsson hatte ihn in Rage gebracht. Der verfluchte Narr ... Er hatte noch Glück gehabt, daß er durch die grausamen Verbrennungen nicht für immer zum Krüppel geworden war. Trotz seiner Schmerzen schien der Junge stolz auf seine Heldentaten zu sein. Sogar als Pall ihm die Reste der versengten Stiefel von den Füßen geschnitten hatte, waren seine Augen in dem verzerrten Gesicht noch voller Genugtuung gewesen. Und sowohl er als auch das amerikanische Mädchen hätten leicht an Unterkühlung sterben können, und niemand hätte erfahren, was mit ihnen passiert war. Jugend – eine Zeit der Torheiten.

In Reykjavik durchstreifte sie die Straßen, bis sie die Müdigkeit in allen Knochen spürte. Dann ging sie in das kleine, kahle Zimmer im Hotel zurück und schlief. Oder döste. Sie aß wenig. Sie kannte bald jedes Schaufenster. Sie versuchte zu lesen: Die Buchstaben verschwammen. Sie ging ins Kino und konnte sich anschließend nicht an den Film erinnern. Sie fühlte sich wie eine wandelnde Leiche. Ihre Krankheit, das spürte sie, war schlimmer als der Tod; sie hatte nicht den Körper und nicht den Geist befallen, sondern die Seele. Sie bestand nur aus Leere.

Todd und Malfrour kamen. Sie schleppten sie zum Mittagessen. Sie aß wenig, sprach noch weniger. Arnis Mutter rief oft an, berichteten sie. Sie wollte unbedingt wissen, wo Margret stecke. Einen Augenblick erwachte Margret aus ihrer Lethargie: Sie empfand einen Anflug bitterer Schadenfreude über den Kummer der Frau. Todd erwähnte Owen. Er hoffe, daß Owen sie nicht gekränkt habe. Er hätte sie vor Owen warnen sollen. Sie schüttelte den Kopf. Seit seiner Scheidung sei Owen ein Einzelgänger geworden, ein Eigenbrötler. Sie schüttelte wieder den Kopf. Todd kannte den wahren Owen nicht, wahrscheinlich kannte ihn niemand. Sie wünschte, die beiden würden den Namen nicht mehr erwähnen. Er hatte von Owen keine Ahnung, und sie auch nicht.

Und das war ihre eigene Schuld. Allein in ihrem Zimmer, versuchte sie, die Erinnerungen abzuschütteln, aber ohne Erfolg. Die Hütte mit dem hübschen grünen Dach. Die Dämonen, die sie quälten. Die nagenden Schuldgefühle: Mißbrauchte sie ihn? Die Angst vor den eigenen Gefühlen: die wilde Hingabe voller Leidenschaften, die noch nie in ihr entfesselt worden waren. Am Ende, am Tag der sonnendurchfluteten Wonne, hatten die Dämonen gesiegt.

Zwei Tage später klopfte es an ihre Tür. Sie erhob sich vom Bett, warf die Zeitschrift beiseite, in der sie nur geblättert hatte, und stand vor ihm. Er hatte die Kameraausrüstung über eine Schulter gehängt. Sein Bart war zu einem kurzen, roten Gestrüpp gewachsen. Lang schaute er sie aus seinen braunen Augen an und sagte dann: »Dr. Pall wollte wissen, wie es dir geht.«

Sie fand keine Worte.

Owen sagte: »Wie du ausschaust, Mädchen. Ich habe Hemmungen, ihm das zu sagen.«
Als sie immer noch nicht sprechen konnte, schob er sich an ihr vorbei ins Zimmer. Er fummelte an den Gurten der Kamerataschen herum. »Ich bin da«, sagte er fast trotzig, »weil ich den Gedanken nicht ertragen kann, daß du hier allein bist.« Seine Stimme klang fest und freudig. Er wartete.
Sie stammelte: »Ich ... ich dachte, du bist in New York.«
Er schüttelte den Kopf. »Ich bin auf Heimaey gewesen.« Und dann in dem zärtlichen Ton, den sie kannte: »Ich konnte nicht fortgehen.«
Und als hätte er sich die Worte vorher zurechtgelegt, fügte er hinzu: »Ja, Margret ... Mitleid.« Sie versteifte sich. Er fuhr hastig fort: »Warum zum Teufel soll man nicht Mitleid haben. Es kann sogar ein Teil der Liebe sein. Warum nicht?«
Liebe?
Sie zog sich zurück, lehnte sich mit dem Rücken an die geschlossene Tür, hielt seinem Blick stand. »Ich kann ... ich kann niemanden lieben, Owen. Ich habe zuviel Haß in mir.«
»Warum nicht?« erwiderte er. »Du hast guten Grund für deinen Haß. Also hasse ruhig.« Er machte einen Schritt auf sie zu. »Nur wirf nicht alle Männer in einen Topf mit ihm. Schon gar nicht mich.«
Hatte sie das getan? Unfair, wie unfair, wenn es so wäre. Sie spürte ein Brennen hinter den Lidern. »Das werde ich nicht tun. Ich will's versuchen.«
»Wein dich ruhig aus«, sagte er mit etwas härterem Tonfall. »Eine Frau, der das Kind im Leib umgebracht worden ist ... durch den Mann, der es gezeugt hat ... hat ein Recht auf Tränen.«
Sie schluchzte hemmungslos.
Und irgendwo in ihrem Innern regte sich ein Funke Leben.

Mit gesenktem Kopf sagte sie: »Owen . . . ich will niemanden lieben. Ich kann es nicht mehr. Nie mehr.«
Sie hob den Kopf, und er war nur ein verschwommener Fleck vor ihren Augen. Dann vernahm sie seine Stimme ganz sanft: »Du mußt mich nicht lieben, Margret. Es reicht schon, wenn ich dich liebe.«
Die Tränen versiegten. Ihr Blick wurde klarer. Aber etwas steckte ihr in der Kehle, nahm ihr den Atem.
»Margret . . . ich habe geschworen, das nie mehr zu einem Menschen zu sagen.« Er kam näher. »Du bist einsam gewesen, wochenlang. Ich bin jahrelang einsam gewesen – ohne es richtig zu merken oder den Mumm zu haben, es mir einzugestehen. Also hat unsere gemeinsame Zeit . . . nicht nur dir gutgetan, verstehst du?«
Seine Arme umfingen sie, ihr Kopf lag an seiner Brust, und sie flüsterte: »Oh, mein Gott, oh, mein Gott, Owen, Owen.«
»Ich habe einen Wohnwagen gemietet mit einer Heizung. Ich fahre nach Norden, um die letzten Aufnahmen für das Buch zu machen. Hast du nicht dieses Zimmer satt?«
Sie nickte und empfand plötzlich die sie umgebende Häßlichkeit und Kargheit. Aber etwas hatte sie begriffen: Sie wollte ihn nicht mehr für ihre eigenen Bedürfnisse mißbrauchen. »Ja«, stimmte sie zu, »aber . . . es geht nicht, Owen. Du tust es mir zuliebe, das weiß ich, und ich bin dir dafür dankbar. Aber ich kann nicht . . .«
Er ließ sie los, trat zurück und wandte sich ab. »Ich habe zwei Schlafsäcke.«
Da brach das Leben, das sie zuvor nur zaghaft verspürt hatte, mit Macht in ihr durch. »Wir werden nur einen brauchen«, sagte sie sanft.

Dr. Palls Plan war hinterlistig, aber er hielt ihn für angebracht angesichts von Odettes Starrköpfigkeit. Er traf kurz nach

Tagesanbruch bei ihr ein. Er bat um die Liste, die sie ihm mit einem gezwungenen Lächeln überreichte. Sie enthielt einige Namen, die ihn überraschten, wie Dr. Alexej Varanin. Er steckte sie in die Tasche und sagte dann Odette, daß er es sich anders überlegt habe. Er verstehe ihr Zögern, von hier wegzugehen, und würde deshalb ihre Behandlung selbst in die Hand nehmen. Er würde jeden Morgen kommen und ihr Lebensmittel und Wein und Medikamente bringen und sofort mit der Behandlung beginnen. Er bereitete eine Injektion vor und bat sie insgeheim um Verzeihung, während er spritzte. Als sie in tiefe Bewußtlosigkeit gesunken war, wickelte er ihren schlanken Körper in eine Decke und trug ihn zum Wagen. Auf dem Flugplatz wartete eine Maschine. Sie wurde auf einer Tragbahre an Bord gebracht. Als das Flugzeug abgehoben hatte, rief er das Krankenhaus in Reykjavik an, und die schickten einen Krankenwagen zum Flughafen. Dann unternahm er einen einsamen Spaziergang und sann darüber nach, ob er Odette wohl jemals wiedersehen würde.

Das Transportschiff *Esja*, das mit freiwilligen Helfern zum Festland zurückfuhr, geriet in einen Schlackenhagel, der aber von den Helmen der an Deck stehenden Passagiere abprallte, als es durch die enge Hafenausfahrt stampfte. Thurbjorn Herjolfsson war daran gewöhnt. Und er war zu zornig, um darauf zu achten. Es war die kalte Wut, die ihn nicht etwa beim Anblick der schwarzen, rauchenden, ausgebrannten Ruinen der Gefrierfabrik überfallen hatte; nein, dieses Bild hatte ihn mit einer fast perversen Befriedigung erfüllt, wie auch der Anruf bei Elins Vater, dem er von der Zerstörung berichtete. Aber Elins Vater hatte gesagt: »Ich habe es schon gehört. Jetzt wird dir vielleicht endlich klar, wie groß der Verlust gewesen wäre, wenn ich dich hätte weiterarbeiten

lassen. Die Maschinen sind hier in Reykjavik wenigstens sicher eingelagert.«
Elins Vater hatte immer recht. Und er mußte recht behalten. Thurbjorn kochte vor Wut.
Im Nieselregen entschwand die Insel den Blicken. Thurbjorn wandte sich ab. Jetzt war auch er im Exil. Getreu der Anweisung Dr. Palls. Warum befolgte er eigentlich immer anderer Leute Anweisungen? Nach der Untersuchung in der Abgeschiedenheit des leeren Krankenhauses hatte der Arzt geseufzt: »Sie sind unglücklicherweise nicht der einzige.«
Der Regen war zu einem wütenden Hagelschauer angeschwollen, als Elin ihm die Tür ihres Vaterhauses öffnete. Sie trug einen hellen, seidenen Morgenrock und rauchte eine der langen, dunklen Havanna-Zigaretten, die ihr Vater bevorzugte. Ihr kleines Gesicht sah schlaftrunken und, ja, sogar glücklich aus. Ohne ihn. Ihre zur Schau getragene Zufriedenheit brachte ihn noch mehr auf die Palme, aber als er ihr bei Kaffee und Brandy gegenüber saß, rief er sich zur Ordnung; wenn sein Plan gelingen sollte, durfte er sich seine wahren Gefühle nicht anmerken lassen. Also sagte er ihr, daß sie ihm sehr gefehlt habe – eine Lüge – und wie leid es ihm tue, daß die Fabrik abgebrannt sei – wieder eine Lüge – und daß er hoffe, ihrem Vater gehe es auch gut – die ungeheuerlichste aller Lügen. Ihr Vater, sagte sie, würde es bedauern, heute nicht hiersein zu können – auch das gelogen.
»Ich habe dich auf vielfache Art vermißt«, erklärte er ihr wieder, bewußt zweideutig.
Sie wußte sofort, was er meinte. Mit gesenktem Blick sagte sie: »Und die Dienstboten?«
»Du hast doch selbst die Tür aufgemacht.« Er kannte ihre Koketterie und ihre Finten. Wenn sie sich erst nicht wehrte, verweigerte, seinen Annäherungsversuchen auswich, war es für sie nur das halbe Vergnügen.
»Es ist eigentlich ein Anlaß für Champagner, oder nicht?«

»Du hast aber eine gute Laune. Als du das letzte Mal hierwarst . . .«

»Heute ist heute. Was ich damals sagte, ist unverzeihlich. Aber du vergibst mir, nicht wahr, Elin?«

Er kam sich wie ein Schauspieler auf der Bühne vor. Er stand neben sich und beobachtete die eigene Darstellung, wägte jedes Wort ab – eine Farce nach genau den Spielregeln, die sie ihm immer aufgezwungen hatte.

Sie lehnte sich zurück, breitete die Arme auf der Rückenlehne der Couch aus. Der Morgenrock öffnete sich bis zur Taille.

»Ich verzeihe dir, ja. Aber deshalb bist du doch nicht gekommen, oder?«

»Du weißt doch, warum ich gekommen bin, Elin.«

»Nur zu Besuch?«

»Das hängt von dir ab«, erwiderte er und fand die Theaterspielerei plötzlich ekelhaft. Als sie nicht gleich antwortete, sondern ihn mit blassen Augen nachdenklich und spekulierend betrachtete, hatte er Mühe, seine Wut zu unterdrücken. Doch er sagte: »Dir wäre es lieber, wenn es nur ein Besuch wäre, oder? Nun gut. Ich bin einverstanden.«

»Wir haben«, sagte sie sanft, »kaum mehr als eine Stunde für uns. Sicher nicht länger.«

Da wußte er, daß er gesiegt hatte. Ihr Vater konnte ihr die eine Befriedigung nicht verschaffen, die sie brauchte und die er ihr anbot. Sein Triumph brannte ihm bitter auf der Zunge.

Er stellte das Glas ab, und als sie die Treppe hinaufstiegen, verspürte er keinerlei sinnliche Erregung – nur eine tiefe Schadenfreude. Seine Rache stand vor der Vollendung.

Flakkari, der Wanderer, schob sich noch eine Zeitlang launenhaft – mal hin, mal her – auf dem Lavafeld weiter; eines Nachts jedoch verschwand er, den Blicken hinter hohen Flammen entzogen, im Osten im Meer.

Nach Frosti Runaldssons Tod stieg die dünne Rauchfahne nicht mehr von der Fischverarbeitungsfabrik auf. Kein fischbeladener Kutter lief mehr in den Hafen ein.
Zu aller Verblüffung und ohne Voranmeldung traf aus Nordamerika ein überdimensionales Pumpensystem ein, in Einzelteilen und per Luftfracht. Es bestand aus vierzig Pumpen mit Bauanleitungen und Ersatzteilen. Wie viele Gebäude wären zu retten gewesen, hätte man diese Ausrüstung früher gehabt? Fotos bewiesen, daß der die Hafeneinfahrt bedrohende Lavastrom beträchtlich gebremst wurde, auch wenn er die Richtung beibehielt. Waren die Geräte noch rechtzeitg eingetroffen? Und würden sie ausreichen?
Sieben weitere Häuser wurden zerstört, zwei davon gingen in Flammen auf. Und die Hochspannungsleitung wurde unterbrochen, so daß ein Drittel der Stadt in Dunkelheit versank.
An einem trüben Märznachmittag liefen zwei riesige, plumpe Schiffe in den Hafen ein, die *Sandey* und die *Loosin*, amerikanische Baggerschiffe mit gigantischen Pumpgeräten. Die Nachricht verbreitete sich in Windeseile, und bald drängten sich die Männer an den Docks. Von den Kais und den Schiffen wurde gewinkt, aber keine Hochrufe ertönten. Die Gesichter der Männer blieben ernst und nachdenklich.
Gab es noch Hoffnung?

Nachdem sie die Mittagsmahlzeit zusammen eingenommen hatten, spazierten Kapitän Agnar und sein Sohn Rolf auf dem Strandvegur an den verkohlten Ruinen der drei Fischverarbeitungsfabriken entlang, und als sie zu dem Baubedarfsgeschäft kamen, in dem Rolf gearbeitet hatte, trat sein Eigentümer, Rudolf Haroldsson, vor die Tür und erkundigte sich nach Rolfs Verbrennungen. Das brachte Rolf, der sich auf Krücken stützte, in Verlegenheit, und so grinste Rudolf den Vater an und ging weiter, einen breiten Werkzeugkasten in der Hand. Agnar kannte den Grund für das Grinsen und sein Sohn auch. Nun, das war zu erwarten gewesen. Die ganze Stadt, oder was davon noch übriggeblieben war, hatte von der verrückten Eskapade mit der Amerikanerin gehört. Während einige nur den Kopf schüttelten, zeigten andere eine widerwillige Bewunderung für so viel Mut oder Leichtsinn. Hörte der Junge denn nie mit seinen kindischen Streichen auf? Bald war er achtzehn. Und was sollte man davon halten, daß der Junge mit diesem Mädchen in der Wohnung über der Buchhandlung zusammenlebte, in der er früher für Rudolfs Frau, Kristrun, gearbeitet hatte? Rolf zeigte trotz seiner Schmerzen keinerlei Reue, wenigstens nicht seinem Vater gegenüber. Möglicherweise war er auf diese Tollheit auch noch stolz. Doch Agnar, über sich selbst verwundert, hatte auf eine gewisse Weise Verständnis. Jedenfalls wirkte Rolf jetzt selbstsicherer – und weniger verkrampft in der Gegenwart seines Vaters.

»Tut das Gehen weh?« Agnar merkte, daß er diese Frage schon verschiedentlich gestellt hatte, seitdem er angekommen war.

Statt zu antworten, erkundigte sich Rolf: »Geht es Mutter besser?«

»Viel besser«, antwortete Agnar. Was nicht stimmte. Überhaupt nicht. »Ich habe ihr ein neues Klavier gekauft.«

»Das muß sie gefreut haben.«

»Ja.« Auch die Unwahrheit. Denn nach dem ersten Dankeschön, begleitet von einem kurz aufflackernden Lächeln, hatte sie nicht einmal die Tasten berührt. Sie schwebte wie ein Gespenst durch das fremde Haus, das mittlerweile in einem so chaotischen Zustand war, daß er manchmal lieber auf der *Njord* geblieben wäre.

»Und was macht Rosa?« fragte Rolf.

»Deine Schwester hat jetzt ein Zimmer im Stadtzentrum.« Mehr sagte er nicht.

Er hoffte, Rolf würde sich nicht nach Axel Sitfusson erkundigen. Wann immer er seinen Sohn an Krücken sah, mußte er an seinen alten Freund und Crewgenossen denken, der jahrelang mit einem Holzbein dahergestelzt war. Axel war tot. Agnar konnte es noch immer nicht glauben, daß ausgerechnet dieser alte Seebär an Land an einer Lungenentzündung gestorben war.

Als sie in die Barugata einbogen, hörte er Rolf plötzlich husten und nach Atem ringen und sah entsetzt, wie sein Kopf mit hervortretenden Augen nach vorn sank. Die Krücken schlugen auf das Pflaster, und Rolf sackte zusammen. Agnar warf die Pfeife beiseite, bückte sich zu dem hingetaumelten Jungen und merkte im gleichen Augenblick, wie sich seine Brust verkrampfte; ein Eisenband schien seinen Schädel zusammenzupressen, und er befürchtete einen kurzen Augenblick, auch zu fallen. Aber das durfte nicht geschehen; er packte den Körper seines Sohnes und richtete sich mit großer Anstrengung auf. Im Stehen bekam er plötzlich wieder Luft. Und mit dem Körper des Jungen in den Armen lief er den Barugata hinauf mit immer weiter ausgreifenden Schritten. Rolf keuchte und zuckte konvulsivisch, und seine Augen waren weit aufgerissen und glasig.

Als sie in der Erste-Hilfe-Station anlangten, atmete Rolf ruhiger, und das Zucken hatte aufgehört, aber er schien schwach und wie ausgehöhlt und ganz zufrieden, in den Armen seines Vaters zu ruhen.

Jonas Vigfusson saß mit Karl Sveinsson an Karls vollgepacktem Arbeitstisch im Hauptquartier, als Dr. Pall den Vorfall berichtete. Der Junge hatte sich mit Sauerstoff rasch erholt,

aber sie würden mehr brauchen, viel mehr, denn Rolf Agnarsson hatte Gas eingeatmet.
»Wo?« fragte Karl.
Nachdem Dr. Pall ihn informiert hatte, griff er zum Telefon und gab kurze Anweisungen. Er schickte den Toxikologen des amerikanischen Sanitätskorps, der sich aufgrund von Dr. Varanins Warnung seit zwei Wochen auf der Insel befand, in die Gegend von Strandvegur und Barugata. Karls Miene war angespannt, und seine Stimme klang angestrengt. Das Schlimmste, von einigen wenigen Informierten befürchtet, war eingetreten.
Dr. Pall erklärte, daß das Gas schwerer als Luft sei, am Erdboden entlangströme und tiefergelegene Stellen gewissermaßen bevorzuge. Deshalb sei der Junge bewußtlos geworden, nicht aber der größer gewachsene Vater. Sammele sich das Gas in Kellern, könne es die Luft sättigen und explosiv werden. Diese Gase seien lebensgefährlich. »Das Gas kann innerhalb von Sekunden zum Tod führen.«
Karl wurde aktiv. Er befahl, die Kantine sofort aus der Fischverarbeitungsfabrik am Dock in die höher gelegene Sekundarschule zu verlegen. Dr. Pall sagte, daß der Sauerstoff nicht ausreiche. Karl fluchte: Vor über zwei Wochen hatte er welchen bestellt. Pall schlug vor, Gasmasken anzufordern. Karl ließ sich telefonisch melden, wie viele Gasmasken zur Verfügung standen, und als er die Antwort hörte, verging ihm sogar das Fluchen. Er knurrte: »Schaffen Sie welche ran, per Flugzeug, so viele wie möglich, und wenn das nicht langt, finden wir noch andere Quellen.« Er schlug mit der Faust auf den Tisch.
Dr. Pall zog sich zurück. Karl erhob sich, ging an die Wand, riß die Übersichtskarte mit den roten Lavalinien ab und pinnte statt dessen einen Stadtplan an. Während er aus dem Gedächtnis die Umrisse des betroffenen Geländes einzeichnete, fauchte er: »Wo stecken jetzt die berühmten Herren der

Wissenschaft? Warum konnten wir nicht vorgewarnt werden?«

»Immer langsam, Karl«, sagte Jonas.

Karl studierte den Stadtplan eine Weile und markierte die Ecke von Strandvegur und Barugata. Dann drückte er auf einen Knopf auf seinem Arbeitstisch. »Wissenschaft«, murmelte er.

Unmittelbar darauf erschienen zwei Männer aus einem anderen Teil des Hauptquartiers. Einer war der bärtige Geologe von der Universität, der den Stadtrat beriet und, wie Jonas erfahren hatte, Geir Helgi hieß.

Karl wandte sich an den anderen, einen Mann in mittleren Jahren mit wässerigen Augen. »Ich brauche Schilder, für den Anfang mindestens fünfzehn, und zwar schnell. *Zutritt verboten – Gasgefahr.*«

Der Mann nickte und setzte sich ohne Anzeichen von Überraschung in Bewegung.

Karl blieb stehen. Er zeigte auf den Stadtplan und bellte: »Warum wurden wir nicht gewarnt?«

»Weil wir nicht nahe genug an den Vulkanschlot rankamen, um Messungen zu machen«, erwiderte Geir Helgi abweisend. »Besonders wegen der Lavabomben. Oder meinen Sie, wir hätten es nicht versucht?«

Äußerlich unversöhnt, aber innerlich beschämt, wie Jonas vermutete, sagte Karl: »Machen Sie Proben im ganzen Stadtgebiet. Und bringen Sie uns die Ergebnisse, damit wir die gefährdeten Zonen einzeichnen können. Und damit ich dafür sorgen kann, daß die Polizei sie abriegelt. Fangen Sie am Hafen an.«

Als Geir Helgi gegangen war, sagte Karl, ohne Jonas anzusehen: »Wir haben Pumpen bekommen und sogar Schiffe, Flakkari begeht über Nacht Selbstmord – aber immer passiert etwas Neues.«

Jonas wurde plötzlich angst und bang. Seitdem Karl von dem

eintägigen Besuch auf dem Festland zurückgekehrt war, hatte Jonas eine Veränderung bei ihm gespürt – wollte Karl aufgeben? Oder bedrückte ihn etwas so Persönliches, daß er es nicht in Worte fassen konnte?

Karl steckte die Pfeife wohl schon zum zehnten Mal an und starrte düster vor sich hin. Schließlich erkundigte er sich: »Weißt du, was die Yankees unter einem *Ego-Trip* verstehen?«

»Ich kann es mir ungefähr denken.«

»Vielleicht ist es das wirklich. Für mich.«

Jonas wußte nicht, was er darauf erwidern sollte. Aber er sagte: »Was es auch für dich sein mag, uns ist es eine große Hilfe.«

Und als Karl darauf nicht reagierte, fragte er: »Willst du Dr. Varanin nicht sehen, ehe er fortgeht?«

Karl stand auf, verwirrt, daß ihm das entfallen war. »Gehen wir.«

Draußen war es kalt und windstill. Sie hörten die Pumpgeräusche, die Jonas wie die Herzschläge der Stadt vorkamen, und Kirkjufells gedämpftes Grollen.

Sie gingen schweigend, bis Karl unvermittelt sagte: »Ein Mann mag hier einen Sieg erringen, obwohl ich daran zweifle, und anderswo etwas für ihn verteufelt Kostbares verlieren.«

Jonas konnte nur ahnen, was Karl meinte, und wenn seine Vermutung zutraf, dann war er für Karls Verlust verantwortlich.

Eines der amerikanischen Baggerschiffe war am Ostende des Hafens vor Anker und schoß gewaltige Wasserstrahlen auf den Rand des Lavastroms; der Krach machte sogar Kirkjufell Konkurrenz.

Dr. Varanin befand sich bereits an Bord des Fischerbootes, das ihn zur Hauptinsel bringen sollte. »Wieder zurück zu den langweiligen Vorlesungen«, sagte er nach der Begrüßung.

»Zurück in den Hörsaal und zum Frühling in Indiana und zur Stille und zur Jugend mit den blitzenden Augen und dem trägen Verstand.« Er lächelte, und in seinen Augen hinter der goldgefaßten Brille funkelte Ironie.
»Einige Vulkane tun Ihnen sicher bald den Gefallen auszubrechen«, sagte Karl, »und dann sind Sie gerettet, Alexej.«
»Ich habe Männer mit Gasmasken gesehen«, sagte Dr. Varanin mit einem Blick zum Strandvegur. »Im allgemeinen hat sich erwiesen«, fuhr er fort, »daß ausströmendes Gas in unmittelbarer Nähe eines tätigen Vulkans als Zeichen dafür gewertet werden kann, daß die Eruption abnimmt.«
Karl schaute dem Mann in die Augen. »Sie sind ein Lügner.«
Der dürre Mann lächelte und zuckte mit den Achseln. »Ich bin schon schlimmer beschimpft worden. Und von Männern, die mich besser kennen als Sie.« Er wandte sich ab und streckte Jonas die Rechte hin. Sie schüttelten sich die Hände, und Jonas registrierte mit Staunen seine drahtige Kraft.
Als Karl Dr. Varanins Hand schüttelte, geschah etwas Unerwartetes. Die beiden Männer nahmen sich impulsiv in die Arme, unbeholfen wie zwei Bären, und schlugen sich kräftig auf die Schultern. Dann machte Karl unvermittelt kehrt, flankte über die Reling, sprang auf den Kai und entfernte sich schnell ohne einen Blick zurück.
Jonas folgte ihm nicht. Er ging von Bord, als die Dampfpfeife zweimal heulte und der Motor angeworfen wurde. Er winkte Dr. Varanin nach, der über die Dächer der Häuser zu den Flammen und Rauchschwaden starrte. Während Jonas am Ufer entlangschritt, entdeckte er weiter oben auf dem Heidarvegur Karl, der wieder der alte schien und sich mit machtvollen Schritten dem Hauptquartier näherte, tatendurstig und zu neuen Schlachten bereit.
Jonas schaute dem hinter dem Vorgebirge verschwindenden Schiff nach und ging dann in die Funkzentrale. Dort erfuhr er,

daß ein Haus am äußersten westlichen Rand der Stadt, weit von der Lava und Kirkjufell entfernt, aus unerfindlichen Gründen explodiert war. Als sei drinnen eine Bombe hochgegangen.
Dr. Palls kürzliche Warnung im Ohr, konnte er keinen Trost mehr in Dr. Varanins Voraussage finden.

Oft in der Nacht hörte Josef das heisere Schnattern Hunderter Eissturmtaucher, ihren klatschenden Flügelschlag, mit dem sie sich frei und majestätisch in die Lüfte erhoben. Aber dann wachte er auf, und sie waren verschwunden, und nur die Leere in ihm blieb. Und der große weiße Raum und kein Himmel.
Dann beschloß er jedesmal, es wieder zu versuchen. Er mußte unbedingt nach draußen, eine Tür finden, die sich öffnen ließ, hinaus zum Schnee in die Kälte, die er liebte, und er würde es versuchen, immer wieder. Aber nach einigen Türen, die man aufbekam, stieß man immer wieder auf eine abgeschlossene. Gleichgültig, welche Richtung er einschlug, auf welchem Gang er sich befand, unweigerlich war da eine verschlossene Tür.
Seine Mutter warnte ihn bei ihren Besuchen, wenn auch nicht mit ihrem üblichen Zorn: Es gibt hier Regeln, mach nicht immer Schwierigkeiten, sie verlieren die Geduld, Josef. Aber seine Mutter, selbst eigensinnig und aufsässig, mußte ihn verstehen.
Die Fenster waren alle sehr klein, aber für seinen schmächtigen Körper, der im Laufe der Wochen immer dünner wurde, groß genug, um durchzukriechen, wenn er nur ein einziges finden könnte, das nicht verriegelt war wie die Türen. Dann ermahnte sie ihn: Wenn er sich weiterhin herumtrieb, besonders nachts, wären sie gezwungen, ihn allein in ein Zimmer zu sperren, und das wäre ihm doch nicht recht, oder?

Er beschloß, keine Nahrung zu sich zu nehmen. Seine Mutter schimpfte, er würde wie ein Apfel zusammenschrumpeln. Und sie flehte ihn an. Also bemühte er sich. Und vergaß es wieder. In seinem Kopf rief der Goldregenpfeifer, lockte der Strandläufer traurig und tröstlich zugleich. Und Möwen kreischten unaufhörlich, glitten anmutig auf Silberschwingen durch die Luft und webten Muster in den Himmel.

Er gab die Suche nach der Tür auf. Immer war da die letzte, unüberwindliche. Schließlich drehte er durch, schrie und schlug um sich und schlief nicht, weinte sich in den Schlaf, bis die letzte Widerstandskraft erlahmte – es gab keinen Ausweg, keinen. Er wußte, daß es das war, was die Leute krank nannten. Er hatte seine Schwestern krank gesehen und die Tiere, aber er selbst war zuvor nie krank gewesen.

Aber jetzt hatte er beschlossen zu sterben. Er wußte, daß es mit ihm zu Ende ging. Er hatte tote Schafe gesehen, tote Katzen und Vögel, und einmal hatte er erlebt, wie eine Kuh elend zugrunde gegangen war, als sie gekalbt hatte. Er spürte, wie sein Blut eintrocknete. Sein Herz schrumpfte in seiner Brust zusammen. Und seine Haut war schlaff und grau geworden.

Früher war ihm nie der Gedanke gekommen, daß er – oder ein anderer Mensch – sterben könnte. Aber er wußte, wie es war. Es mochte lange dauern. Er hätte gern Odin wiedergesehen. Und seine Höhle. Und die auf den Felsenklippen kauernden Krabbentaucher. Und ganz besonders die Papageientaucher, die besonders . . .

Inga wußte, daß Oslo sechzehnhundert Kilometer südöstlich von Heimaey lag, aber ihrem Empfinden nach trennten Lichtjahre die beiden Orte. Das Unwahrscheinliche war geschehen: Baldvins Werk hatte weltweite Anerkennung gefunden. Und er konnte sich seinen geheimen Wunsch erfüllen und zusammen mit ihr die großen Kunstwerke der ganzen

Welt ansehen. Ihr Traum war Wirklichkeit geworden.
Alles hatte mit der Ausstellung des Gemäldes »Helgafells Rache« in einem Museum in Reykjavik begonnen. Ein Amerikaner namens Todd Squier, mit einer Isländerin verheiratet, hatte das Bild so faszinierend und erregend gefunden, daß er auf eigene Faust einige der berühmtesten privaten Kunstsammler der Vereinigten Staaten benachrichtigt hatte. Ein Kurator war nach Reykjavik geflogen, hatte das Bild betrachtet und einen guten Kaufpreis angeboten; es hing jetzt in einer bekannten Kunstgalerie in Washington. Erstaunlicherweise hatte Baldvin sich zuerst nicht von ihm trennen wollen. Aber als ihm aufging, welche Möglichkeiten ihm das Geld erschließen würde, hatte er dem Verkauf zugestimmt.
Sie waren nach New York geflogen, nach Washington, wo sie groß gefeiert wurden, nach London und Paris, dann nach Amsterdam. Sie hatte ihre Eltern und Brüder und Schwestern in Kopenhagen besucht – es waren vergnügte Tage! Baldvin hatte alles mit solcher Intensität genossen, daß Ingas einzige Sorge seinem Blutdruck galt.
In Oslo bekamen sie im Hotel überraschenden Besuch: von Arni Loftsson, dem Lehrer aus Vestmannaeyjar. Er hatte von ihrer Ankunft aus der Zeitung erfahren. Er war nun Seemann auf einem norwegischen Tanker, sagte er, ohne seine Frau zu erwähnen, an die Inga sich erinnerte, obgleich sie sie kaum kannte. Es war ein unbehagliches Treffen: Arni schien zu leiden, sein früher so gesundes Gesicht wirkte eingefallen, und in seinen Augen war ein unergründlicher Ausdruck von Trauer und Pein. Er schien um Jahre gealtert. Sogar seine breiten Schultern waren eingesunken. Er erkundigte sich nach ihrem Befinden, ihrem zerstörten Haus, dem Grund ihres Besuchs in Oslo. Aber das alles schien ihn nicht wirklich zu interessieren. Sie boten ihm etwas zu trinken an. Er akzeptierte hastig, und Inga entsann sich der Gerüchte, daß er häufig den Unterricht versäumt hatte wegen seiner Sauferei;

sie bedauerte ihren Vorschlag. Er bestellte Rum, der in der Hotelsuite serviert wurde. Er trank. Er redete. Ob sie das historische Museum besucht hätten? Das Wikinger-Drachenboot besichtigt, das die Normannen vor tausend Jahren benutzt hatten? Bis nach Island waren sie in solchen Schiffen gefahren! Und bei Frederikstad die Felsmalereien von den frühesten Wikingerschiffen, seltsam geschwungenen Booten aus der Zeit um 500 v.Chr., man stelle sich vor! Während er heute in dieser häßlichen mechanisierten Welt auf einem flachen Blechgiganten von dreihundert Metern Länge mit einem Fassungsvermögen von zweihunderttausend Tonnen Öl fuhr. Ein Gefängnis, wirklich, ein stinkendes Gefängnis! Am Ende schien er mehr mit sich zu reden als mit ihnen. Er ließ sie traurig und deprimiert zurück. Der Junge war völlig aus der Bahn geraten und so weit von zu Hause entfernt.

Aber hatte er noch ein Zuhause?

Und sie selbst?

Ja, sie waren dabei, sich ein neues Leben aufzubauen, ein angenehmeres, befriedigenderes. War Baldvin auch der Meinung?

Sie schlenderten durch gewundene Straßen, flankiert von mittelalterlichen Gebäuden, als sie ihm die Frage stellte.

Baldvin blieb stehen. »Was hast du gesagt, Inga?«

Aber er hatte es wohl verstanden. Mittlerweile war Anfang April, und der Vulkan war noch immer tätig und brachte neue Zerstörungen. Gab es etwas, das die Rückkehr lohnte? Sie liebten beide Paris – wie aufregend ließ sich dort das Leben gestalten. Sie sprach ausreichend französisch, und er würde es schnell lernen. Er konnte dort arbeiten – einige der großartigsten Gemälde der Welt waren in Paris entstanden.

Aber sie war doch in Vestmannaeyjar immer so zufrieden gewesen, sagte er. Das hatte ihn immer überrascht und erfreut.

Vestmannaeyjar war nicht mehr wie früher.

Eines Tages aber würde es wieder so sein.

Möglich, eines Tages. Aber in der Zwischenzeit hatten sie Geld, und er würde weitere Bilder verkaufen können. War er nicht in Amerika um neue Gemälde gebeten worden? War dies nicht eine Chance?

Nein.

Aber warum?

Weil er Isländer war. Er war kein Pariser und kein Amerikaner; dort wäre er im Exil. Nein.

Sie gingen, etwas Distanz haltend, nebeneinander her, und es war kein Spaziergang mehr. Die Dunkelheit brach herein. Lichter erstrahlten in den Gebäuden entlang den Straßen.

Wieder versuchte sie zu argumentieren. Verstand er nicht, daß es kein Vestmannaeyjar mehr gab? In einem Monat oder zweien waren nur noch ein paar alte Ruinen übrig.

Unter einer Bogenlampe blieb er stehen und wandte sich ihr zu. Sein fleischiges Gesicht war in Farbe getaucht, in dunkles Rot. Seine Augen funkelten. Er bewegte die Lippen, aber kein Ton kam heraus. Die massigen Schultern hoben und senkten sich. Entsetzen packte sie. Alle Warnungen Dr. Palls schossen ihr durch den Kopf.

Dann sah sie, wie sein schwerer Körper auf das Pflaster stürzte, und hörte einen Schrei, der aus ihrer Kehle stammen mußte. Als sie Luft holte, kamen eilige Schritte näher, und dann schrie sie wieder und konnte nicht aufhören, sank auf die Knie und legte ihr Gesicht an seine Wange, versprach in drängendem Flüstern alles, ja, alles, was er wollte, sie würde mit ihm zurückkehren, bitte, sie würden heimfahren, und die Stadt würde wieder die alte sein, so wie einst, nur bitte ...

Die Sterne waren wieder da. Ab und zu konnten Rolf und Donna einen Stern erblicken, wenn sie sich vom gleißenden Lichtschein und den brodelnden dunklen Wolken abwandten, die noch immer den Himmel über dem Vulkankegel und der rauchenden Erdspalte verhüllten. An manchen Tagen, aber nicht oft, erhaschten sie einen Silberstreifen, und seit ein paar Abenden war sogar die Sonne zu sehen, wenn sie hinter den westlichen Kuppen unterging. Im Osten aber nahmen die Ausbrüche kein Ende.

Während er noch an Krücken ging, hatte Rolf in einer Reparaturwerkstatt geholfen, weil auf Befehl von General Patton niemand auf der Insel bleiben durfte, der nicht arbeitete. Nun war er wieder den Straßen- und Dachräumkommandos zugeteilt, und am späten Abend kehrte er todmüde zu der kleinen Buchhandlung zurück, seinem früheren Arbeitsplatz, wo Donna es ihnen nun gemütlich machte.

Es gab in dem Gebiet keinen Strom, so daß sie mit Kerzen lebten. Donna hatte sie organisiert, genauso wie die Leinentischdecke, die Eisenbratpfanne, die Kaffeekanne und den Gasbrenner, ganz zu schweigen von dem Sekt für die Feier seines achtzehnten Geburtstags. Jetzt sind wir beide achtzehn, hatte sie fröhlich gesagt. Das vertraute Haus war ein Refugium für beide geworden, verzaubert und anheimelnd.

Er ging oft mit ihr spazieren, mit diesem Mädchen aus den Vereinigten Staaten, das ihm fremd und erregend erschien, und sie wanderten durch die öden, dunklen Straßen, als wären sie blütenübersäte Alleen. Bei ihren Spaziergängen kam ihnen sogar der ätzende Schwefelgeruch wie der Duft exotischer Blumen vor.

Bald wurden sie Tag für Tag denselben Arbeitsgruppen zugeteilt, und Rolf kam dabei der Verdacht, daß General Patton von ihrem gemeinsamen Domizil wußte. Seitdem Rolf das erste Opfer des schleichenden Gases geworden war, mußten in bestimmten Gebieten Gasmasken getragen werden, und während der Arbeit sah Donna ebenso vermummt, anonym und geschlechtslos aus wie die anderen Freiwilligen mit ihren Skibrillen, Gasmasken und Helmen, aber nachts, im Schlafsack auf dem Boden des Ladens, überwältigten ihn ihre Weichheit, ihre unglaubliche Wärme, ihr Duft und das Fleisch, ihr Fleisch. Alle Nächte waren wie verzaubert. Und Rolf kam zu der Erkenntnis, daß man nur eine richtige Frau finden mußte, damit die Suche und die vielen Fragen ein Ende nahmen. In einer Frau wird man alle Antworten entdecken. Die übrige Welt, selbst die allgegenwärtige Bedrohung durch Kirkjufell, rückte in die Ferne, wurde unscharf und verschwommen.

»Bist du so schon mit vielen anderen zusammen gewesen?«

»Mit ein paar. Ja, einigen.« Sie sprach nun oft isländisch, wenn auch in einfachen Sätzen. »Vielen – nein. Und du?«

»Nur ein paar«, log er – und hatte den Eindruck, durchschaut zu werden. Mit einer, nur einer, Odette. Aber so war es mit ihr nicht gewesen.

Nichts reichte da heran.

In einigen Nächten, wenn Kirkjufell mit Donnerschlägen drohte oder mit einer Reihe von spastischen Explosionen, wurde sie wach und kuschelte sich eng an ihn, zitternd und schutzsuchend, und dann umfing er sie und mußte an die kleine erschreckte Gestalt im Inferno der Funken und Flammen und im Steinhagel denken, die in Panik am Rande der Klippe verschwunden und in die eiskalte See getaucht war. Er erinnerte sich an Dr. Palls zorniges Gesicht, als er ihm die Stiefel aufgeschnitten hatte, an sein Knurren beim Anblick des versengten, angeschwollenen rohen Fleisches und an den Rat, nach Reykjavik zu fliegen, wo eine bessere Behandlung möglich wäre als in der Kranken-Station hier. Doch Donna hatte – auf isländisch – darauf bestanden, daß sie in erster Hilfe ausgebildet sei und noch dazulernen könne. Da hatte sich der Ärger des Arztes etwas gelegt: »Das traue ich Ihnen sogar zu, kleines Fräulein, aber Sie sehen aus, als hätten Sie eine Behandlung noch nötiger als er. Ich bin froh, daß Sie Angst bekommen haben. Wir müssen uns hier schon um genug kümmern, ohne daß jemand auch noch mutwillig Kopf und Kragen riskiert.«

Und Rolf war zu der Erkenntnis gelangt, daß Dr. Pall recht gehabt hatte: Ihre seelischen Verletzungen waren ernsterer Natur als seine äußerlichen Wunden. Und er fragte sich wieder, ob die Angst nicht ihrer Gemeinsamkeit und Liebe ein Ende bereiten würde.

Karl Sveinsson hatte Anweisungen anschlagen lassen und immer wieder Befehle herausgebellt: Wer sich in die Nähe des Vulkans wagen würde, müsse mit seiner sofortigen Ausweisung rechnen, so dringend auch jede Arbeitskraft gebraucht werde.

Als Flakkari auf so mysteriöse Weise entstanden war, hatten Rolf und Donna sich wie die anderen in die Nähe des Lavastroms gestellt und ihn mit Entsetzen und Spannung betrachtet. Dann aber hatte Donna sich abgewendet und war wie wild weggelaufen. Er hatte sie zitternd und zusammengekauert in der Buchhandlung gefunden: Wußte er, daß Flakkari in zwei Tagen bereits fast hundertfünfzig Meter gewandert war, obgleich man mit dem bloßen Auge keine Bewegung feststellen konnte, daß die Geschwindigkeit sich verlangsamt hatte und niemand ahnte, in welcher Richtung es weitergehen würde, wußte er das?

Die tiefverwurzelte Panik war nicht abzuschütteln, und eines Tages würde sie ihr zu entrinnen versuchen, soviel war Rolf klar. Doch was dann? Der Gedanke erfüllte ihn mit Traurigkeit – einem Gefühl unausweichlichen Verlustes.

Immer wieder dankte sie ihm. Du hast mir das Leben gerettet, nicht wahr? Er wehrte zwar ab, wußte es aber besser und war ein wenig stolz darauf. Doch es steckte noch mehr dahinter. Er erkannte, daß er durch die grimmige Erfahrung die eigene Unreife überwunden hatte, war sich aber auch dessen bewußt, daß es ein Zeichen von Schwäche und Dummheit war, ihrer leichtsinnigen Laune nachgegeben zu haben. Trotzdem war er auf widersprüchliche Weise für eine so erschütternde Erfahrung dankbar, wie er sie wohl nie mehr erleben würde und wollte. Er hatte sehr wohl registriert, daß sie mit ihm erst schlief, seitdem sie beim Krater gewesen waren. War es eine Art Bezahlung? War Liebe eine Sache von Geschäft und Gegenleistung?

Im April dunkelte es später, und die Arbeitszeiten wurden länger. Sie kehrten in kaltem Nieselregen in den Laden zurück – die Straßenlampen brannten wieder – und trafen dort Kristrun an. Sie stand auf, schlank und hochgewachsen mit ihrem zurückgekämmten flachsblonden Haar, und lächelte sie an.

Verlegenheit lag in ihrer Stimme: »Schaut nicht so erschrokken. Rudolf hat mir gesagt, daß ihr hier seid. Und daß er es auch erlaubt hat. Was mich sehr überraschte, wie Sie verstehen würden, Miss Blakeley, wenn Sie meinen Mann kennen würden.« Sie streckte ihr die Hand entgegen. »Ich bin Kristrun. Und Sie sind so hübsch, wie Rudolf sagte.«

»Danke«, entgegnete Donna. »Möchten Sie Kaffee?«

»Ja, es tut vielleicht gut.« Sie setzte sich wieder auf den Bürosessel und betrachtete Rolf. »Du wirkst älter, Rolf. In so kurzer Zeit. Nun ja, wir ändern uns alle, nicht wahr? Wenn ich mir überlege, daß ich früher stundenlang von tropischen Inseln und dauerndem Sonnenschein geträumt habe . . . Jetzt ist mein einziger Gedanke, wie schnell ich die Buchhandlung wieder aufmachen kann. Vielleicht merkt man erst durch die Trennung, was man wirklich liebt . . .«

Sie schwieg; es genügte auch so. Rolf wußte, was dieser Besuch bedeutete: Es ging alles zu Ende, was er im Grunde die ganze Zeit schon wußte. Doch das war nicht alles. »Hast du noch Nachrichten für mich, Kristrun?« fragte er und ahnte die Antwort bereits.

Kristrun schaute ihn offen mit blauen Augen an. »Ja.« Sie sprach nicht mehr englisch. »Dein Vater war bei mir. Er

befürchtet, daß die See deine Mutter genommen hat, Rolf.«
Die See.
Er konnte es nicht glauben. Er wandte sich an Donna. »Ich muß zu meinem Vater.«
»Ich weiß«, erwiderte Donna. »Ich habe verstanden.« Aber sie bot nicht an mitzukommen, und so ging er allein durch den Regen zum Flugplatz. Er erinnerte sich, daß er Kristrun nicht einmal gedankt hatte. Er erkundigte sich nach einem Platz im Flugzeug. Seine Mutter erwähnte er nicht, weil er es noch immer nicht fassen konnte. Ein amerikanisches Marineflugzeug startete. Es war gedrängt voll mit erschöpften und abgerissen aussehenden Amerikanern, von denen einige schliefen, andere lautstark und aufgedreht Dampf abließen. Er schaute nach unten. Kirkjufell flackerte und rauchte. Dann das Meer, tief und kalt, mit seinen Geheimnissen.
Daran wollte er nicht denken. Auch nicht an Donna.
Lieber an seinen Vater. Der Skipper schlief jetzt oft auf seinem Schiff, angeblich damit er frühzeitig auslaufen konnte.
In jener Nacht hatte sein Vater gesagt: »Du mußt deine Mutter besuchen, Rolf. Sie fragt nach dir.« Und so war er eines Tages bei bewegter See und grauschwärzlichem Himmel mitgefahren, hatte auf Vorschlag seines Vaters selbst am Steuer der *Njord* gestanden. Und unterwegs: »Damit du nicht unvorbereitet bist, Sohn, sie hat einen Schock erlitten.«
Das Gesicht seiner Mutter war eine Maske gewesen. Das Haar verfilzt und strähnig – und fast weiß. Kein Leuchten in den Augen, bis sie einmal erkennend und erleichtert kurz aufgeflackert waren, um nach einer Sekunde wieder glanzlos und starr zu werden. Der fremde Raum war noch unordentlicher und vollgestopfter als während der Zeit, als Rolf noch im Haus gewohnt hatte. War das wirklich seine Mutter? Diese früher lebhafte, glückliche Frau wirkte schlaff, in einer Apathie gefangen, die Rolf noch verzweifelter anmutete als all die

verkohlten und schwarzen Trümmer auf der Insel. Wie unfaßbar, wie fremd – eine Frau, die noch vor zwei Monaten selbstsicher und fröhlich und liebevoll und lebenslustig gewesen war und jede Minute genossen hatte. Er mußte den Blick abwenden. Er erkundigte sich nach Rosa.

»Rosa erwartet ein Kind. Ja, ausgerechnet Rosa. Sie weiß nicht einmal, von wem es ist«, hatte sie mit trockener Stimme gesagt, aus der Verwirrung und auch Verbitterung klangen. Und in einem gebrochen-rauhen Ton, den er nicht an ihr kannte: »Was ist geschehen? Weißt du es? Sag mir Rolf, weißt du, was geschehen ist?«

Er hatte keine Worte. Und war sich bewußt, daß Worte ihr nichts nützten.

»Hier sind immer Geräusche, Rolf. Knacken in den Wänden. Und Wasser tropft. Und es riecht immer verbrannt. Riechst du es auch?«

»Nein, Mutter, hier nicht«, hatte er sanft gesagt. »Dort schon, aber nicht hier.«

Sie hatte aber nicht zugehört, weil sie unvermittelt wissen wollte: »Hat er es verkauft?«

»Was verkauft, Mutter? Das Haus?«

Ihre schwache Stimme klang härter: »Es gibt kein Haus mehr. Das Boot. Hat dein Vater die *Njord* verkauft?«

Plötzlich war Rolf klar, warum sein Vater so viele Nächte auf seinem Schiff verbrachte: Er konnte den Anblick des gealterten und verwüsteten Gesichts nicht ertragen. Rolf war es Gewißheit, aber woher? Seit wann konnte er seinen Vater verstehen und richtig einschätzen?

»Ich bin jetzt müde«, hatte seine Mutter gesagt. »Ich werde jetzt schlafen. Ich schlafe viel. Ja, ich schlafe viel.«

Rolf hatte sich geschämt, daß er erleichtert war, aufstehen zu können. Er beugte sich hinab und küßte sie auf die Wange: Die Haut fühlte sich wie trockenes Leder an. Und ihre Wangen waren immer rot und weich und warm gewesen.

»Komm bald wieder, Rolf. Du fehlst mir.« Ihre Augen waren geschlossen.
Als das Flugzeug den Landeanflug vor Keflavik begann, fragte sich Rolf, ob das wohl die letzten Worte gewesen sein mochten, die er von ihr gehört hatte.
Bei der Ankunft in dem Haus in Reykjavik sah er in das verhärmte und eingefallene Gesicht seines Vaters und wußte Bescheid. »Zwei Tage ist es her, Rolf. Zwei Tage und zwei Nächte. Sie ist in die See gegangen. Ich hätte sie hier nicht so oft allein lassen sollen.«
»Mach dir keine Vorwürfe, niemand ist schuld, Vater«, tröstete Rolf.
Niemand und jeder. Und vor allem Kirkjufell.
Er besuchte Rosa. Er spazierte am Seeufer entlang. Ein eisiger Wind schnitt ihm ins Fleisch, durch die Kleider. Er weinte nicht. Um den See gruppierte sich die Stadt: die Häuser mit den spitzen Giebeln in verschiedenen Farben, die zwei hochragenden Kirchtürme in der Ferne. Rotwangige Kinder glitten mit Geschrei auf dem Eis vorbei, das unter ihren Schlittschuhkufen wegstob. Er dachte an seine Mutter. Der Kern ihrer Verzweiflung war größer und lag tiefer, als er oder sein Vater oder Rosa erkannt hatten oder wahrhaben wollten.
Rosa weinte. Ihr blondes Haar hing ihr wirr ins Gesicht und über die Augen. Ihre Schuld war es, ihre, sagte sie, und seine auch und Vaters. Sie hatten kein Ohr für sie gehabt. Sie hatten nicht zugehört. Hört überhaupt noch jemand einem anderen zu? Und wie erging es Rosa nun? Sie ließ sich als Stewardess ausbilden; aber der Traum von den fernen Ländern war ausgeträumt. Wußte er es nicht? Sie erwartete ein Kind. Wußte er nicht Bescheid? Doch. Sie hatte keine Ahnung, was sie tun sollte oder tun konnte. Wie stand es nun in Vestmannaeyjar? Er berichtete. Sie neigte den Kopf. Sie dachte daran heimzukehren, ja, aber nur, weil sie hier nicht mehr leben konnte, keine Chancen mehr hatte.

Ihr blieb nur übrig zu warten, bis sie eine alte Frau war, und sie war allein. Sie weinte. Über ihr Schicksal, ihre Mutter, die verlorenen Träume, die Vergangenheit oder die Zukunft?

Er verließ sie und lief durch die Straßen der Stadt. Es fing zu regnen an.

Er ging zum Kai und wartete auf seinen Vater.

Mögen die Regenschwaden sie bedecken, dort in der See. Mag die Sonne bald wieder scheinen. Mag der Mond sich im Wasser spiegeln. Sie würde es nicht mehr sehen.

Auf der Rückfahrt nach Heimaey übernahm er das Steuer und bestimmte den Kurs, während sein Vater auf dem Deck vor dem Steuerhaus stand, in einem schmalen Lichtstreifen. Er rauchte seine Pfeife und starrte über die kalten, dunklen Wasser. Hielt er in Gedanken ein Requiem? Ihr läutete keine Glocke. Außer in ihren Erinnerungen.

Rolf erblickte die rötliche Flammenfront am Horizont, die wie ein mitternächtlicher Sonnenuntergang glühte, und etwas später auch die Rauchwolken. Er dachte an all die Menschen, die sich nicht unterkriegen lassen wollten, Tod und Verderbnis vor Augen. Und er dachte daran, wie er am Kraterrand gestanden hatte, und er dachte an Donna, die nun wartete, und er erkannte, daß es eher ein Beweis von Männlichkeit gewesen wäre, Donnas Wunsch abzuschlagen, als mit ihr zum Vulkanschlot zu gehen und das Leben zu riskieren. Was er aufs Spiel gesetzt hatte, war alles, was der Mensch besitzt, und das nur für eine ungewisse Spanne Zeit. Er wußte es nun auch. Er hatte gelernt, was Tod bedeutete.

Er roch den würzigen Tabakrauch, noch ehe er merkte, daß sein Vater neben ihn getreten war.

»Was nun, Vater?« fragte er. »Wirst du auf dem Schiff wohnen?«

»Ich werde mir wahrscheinlich ein Zimmer suchen. Aber

nicht hier.« Bedauern lag in seiner schweren Stimme, aber auch Resignation. »Vielleicht in Reykjavik.«
»Und was wird mit der *Njord*?«
»Da sind doch diese Norweger, die sie kaufen wollen. Es ist ein feines Schiff.«
»Ich weiß.«
Sein Vater drehte am Funkgerät, gab nach Vestmannaeyjar die Position durch. Jonas Vigfusson antwortete, und nachdem er sich bedankt hatte, berichtete er: »Bis jetzt kann man es noch nicht mit Bestimmtheit sagen. Aber wir glauben, die Lava ist gestoppt worden!«
Rolf stellte sich das Stadtzentrum vor, die Bank, das Rathaus, die Post, das Hotel, das Aquarium. Gerettet?
»Was ist mit dem Hafen, Jonas?« hörte er sich fragen.
»Wir sind nicht sicher«, entgegnete Jonas, und die freudige Erregung in seiner Stimme klang trotz der Nebengeräusche durch. »Aber wir glauben, es ist zu Ende.«
Agnar hatte nichts gesagt. Es war, als sei es ihm gleichgültig. War es Rolf weniger gleichgültig? Wenn der Kampf gegen die Elemente zu Ende ging, was war dann mit Donna?
Nachdem er die *Njord* vertäut hatte, rannte er durch die erleuchteten Straßen zur Buchhandlung und öffnete die Tür, mit einem Gefühl des Unausweichlichen, das sein Herz verkrampfte. Er sah, was er erwartet hatte.
Der Raum wirkte fremd, verlassen. Aber ihr Bündel lag auf dem Boden. Sie kam aus dem Lagerraum.
Sie schauten sich lange an.
Dann fragte sie: »Kommst du mit?«
Wieder mußte er an die Nacht des Vulkanausbruchs denken – an die Angst und den Zorn.
Langsam schüttelte er den Kopf.
»Ich wußte es«, sagte sie mit einem leichten Achselzucken. »Ich verstehe es schon.«
Wirklich? Wie sollte sie es begreifen, wenn er selbst damit

Schwierigkeiten hatte?

»Die Lava ist gestoppt«, erklärte sie. »Hast du es schon gehört?«

Er nickte. Aber er wußte, daß es nicht ihr wahrer Grund war.

Sie lächelte traurig. »Zu Ende ist es noch nicht. Kirkjufell hat gestern nacht schrecklich gewütet.« Sie trat einen Schritt auf ihn zu. »Bitte, Rolf – verstehe mich. Ich bin verhext.«

»Ich weiß.«

»So ist es schon, seitdem du ... seitdem wir hinaufgegangen sind und hineingeschaut haben.« Und als er nur nickte: »Ich ertrage es nicht mehr. Gestern abend, als du nicht hier warst ...» Sie schüttelte den Kopf, und ihre bernsteinfarbenen Haare fielen in ihr blasses, verstörtes Gesicht. »Kirkjufell hat wie ein Wahnsinniger getobt, wirklich, Rolf. Ich dachte, ich werde verrückt.« Sie kam näher. »Verstehst du jetzt?«

In der Tat. Aber er wußte auch, daß dies nur ein Teil des Problems war. Ihre Angst lag tiefer.

»Wann?« fragte er.

»Jetzt ... Wenn wir ... wenn ich mich beeile. Ich mußte dich noch einmal sehen, unbedingt.«

Er beugte sich hinunter und hob ihr Bündel auf. Wie konnte ein zerbrechliches Mädchen soviel schleppen?

Auf der Straße wandte sie sich dem Hafen zu, nicht dem Flugplatz. »Er sagte, er würde bis zur vollen Stunde warten.«

Er? Rolf fragte nicht.

Aber sie fuhr fort: »Ich habe ihn gestern nacht getroffen. Ich mußte mit einem Menschen reden. Ich hielt es hier nicht allein aus. Ich habe dir doch gesagt, daß ich ...«

»Verhext. Ja, das hast du gesagt.«

Aber sein Zorn war seltsam gedämpft.

»Er war sehr nett.«

Die beiden miteinander im Laden. Er war überrascht, wie kühl er es aufnahm. Das Gefühl des Betrogenseins gehörte

mit zu dem Unvermeidlichen. Hatte er auch das erwartet, ohne es genau in Worte fassen zu können?
Am Kai schwappten die Wellen träge an die Pfosten im Wasser, und er hörte das Dröhnen der Pumpen auf den Schiffen und, weiter entfernt, das Donnern von Kirkjufell, das vielleicht nie mehr verstummte. Nein, sie verließ ihn nicht wegen des Vulkans oder wegen ihrer Furcht allein, sondern wegen einer Eigenschaft, die er nicht begriff – der gleichen Ratlosigkeit und Wurzellosigkeit, die sie veranlaßt hatte hierherzukommen. Sie nahm ihm das Gepäck ab. Die Crew befand sich schon an Bord, das Schiff war erleuchtet, und die Maschine tuckerte. Eine Pfeife schrillte.
»Er ist nett«, sagte sie, »aber schön ist er nicht. Du, mein Junge, bist schön.« Sie neigte sich zu ihm und küßte ihn auf die Lippen, und das Gefühl des Verlusts überfiel ihn, eine nie gespürte Trauer. Sie lehnte sich an ihn. »Vergiß mich nicht, Rolf.«
Wie sollte er.
Aber das konnte er nicht sagen.
»*Au revoir*, Rolf.«
»*Bless.*«
»Ja!« Die vertraute Fröhlichkeit stieg in ihre Stimme, in ihre Augen. »Ja, *bless – bless*!«
Er sah ihr nach, wie sie sich abwandte und die dünne Planke hinaufging. Schemenhafte Gestalten zogen sie an Bord. Stimmen ertönten. Die Leinen wurden losgeworfen. Das Boot glitt fort. Sie stand an der Reling.
Er regte sich nicht. Sie blieb an der Reling, ein Schatten, bis er ihre Umrisse nicht mehr unterscheiden konnte. Noch immer verharrte er, bis das Schiff im Dämmerschein verschwand, nur noch ein blasser Lichtschein auf dem Wasser war und dann das Vorgebirge umrundete, das die Hafeneinfahrt schützte.
Bless, Donna Blakeley aus Boston, Massachusetts.

Er ging an den Docks entlang, bis er zur *Njord* kam. Es brannte kein Licht. Der Geruch von Salz und Fisch und nassem Metall war so vertraut wie der Hafen, der jetzt bis auf das schwach erleuchtete Pumpschiff am anderen Ende des Beckens verlassen und dunkel dalag.
Plötzlich wußte er, daß er auf unvorstellbar verschlungenen und seltsamen Wegen zu Hause angelangt war. Er beschloß, auf die Suche nach seinem Vater irgendwo in der Stadt zu gehen und mit ihm etwas zu trinken. Sie waren beide einsam in dieser Nacht. Er ließ die Buchhandlung zu seiner Linken liegen, das Aquarium zu seiner Rechten und marschierte zum Hotel, wo die Fenster erleuchtet waren.

Die Schlacht zwischen Kirkjufell und der kleinen Stadt war noch nicht beendet, keine Partei hatte gewonnen. Und den Anzeichen nach, wie einige Geologen meinten, stand ein langer Krieg bevor, vielleicht noch ein Jahr oder länger.
Man brauchte nur an Hekla zu denken. Oder an Surtsey. Andere stimmten Dr. Alexej Varanin zu.
War der Fluß der Lava auf die Stadt und auf den Hafen zu gestoppt und abgelenkt worden? Wenn ja, dann war es zum ersten Mal in der Geschichte, daß Menschen dies mit Hilfe von kaltem Wasser geschafft hatten. Tag und Nacht waren stündlich viertausendfünfhundert Tonnen Wasser auf die geschmolzenen Gesteine mit einer Temperatur von 1000 Grad Celsius gegossen worden und hatten sie zum Abkühlen und Erstarren gebracht.
Flammen standen nicht mehr über der Stadt. Ganze Tage und Nächte lang drang aus dem Kegel nur noch ein schwaches Feuer, manchmal kaum noch zu sehen, das mehr zitronengelb als scharlachrot in bizarrem Züngeln über den Kraterrand schlug. Darüber wogten in turbulenten Schwaden Dampf und Rauch in allen Grau- und Schwarztönen, manchmal

sogar in sanftem Weiß, stiegen je nachdem, wie die Windverhältnisse waren, gerade hoch oder breiteten sich horizontal aus und legten sich wie eine Decke über das Meer und die Stadt, als solle nun alles verbliebene Leben erstickt werden. Zu solchen Zeiten war auch wieder das dumpfe Grollen lauter, eine Erinnerung daran, daß die Bestie allenfalls ruhte, aber keineswegs tot war. Und im Krater und auf dem Lavafeld blubberte und brodelte es noch immer als ständige Drohung. Dann, nach einem Tag und einer Nacht unheimlicher Stille, wenn einige Furchtsame schon langsam zu hoffen wagten, daß das Fegefeuer zu Ende sein könnte, schoß eine wilde Feuersäule tausend Meter in die Luft, erbebte die Stadt wieder unter dem Ausbruch und wurde mit einem Aschen- und Funkenregen und mit Geröllbrocken überzogen. An einem solchen Tag krachte eine Lavabombe in ein Dach und setzte ein weiteres Haus in Brand.

Die Tage wurden allerdings fast unmerklich länger. Ab und zu konnte man die Sonne als strahlenden Ball sehen, nicht die bleiche, schiefergräuliche Scheibe, wie sie in den vergangenen Monaten kaum über den Horizont gestiegen war. Sie hatte manchmal einen goldenen Schein. Der Frühling kündigte sich an.

Vier der unzerstörten Fischverarbeitungsfabriken nahmen ihren Betrieb wieder auf, und die Fischerboote schaukelten an den Anlegestellen wie vor der Katastrophe. War der Hafen wirklich gerettet?

Die Küstenschwalben kehrten heim. Seit dem Winteranfang waren sie viele tausend Kilometer zur Antarktis geflogen und dann wieder viele tausend Kilometer nach Norden – wie jedes Jahr.

War es möglich, daß die Prüfung sich dem Ende näherte – ohne ein einziges Menschenleben gefordert zu haben?

Er mußte seine Medizin bekommen. Ohne Medikamente konnte er die Schmerzen einfach nicht mehr ertragen. Der verdammte Dr. Pall. Es waren nicht nur die Schmerzen. Das Zittern und Schwitzen, er war am ganzen Leib naß, und das bei der Kälte auf der Straße. Es war Nacht, hier war immer Nacht.
Unter den gelbleuchtenden Straßenlaternen lag die Straße in glänzendem Schwarz, schien sich wellenartig zu heben. Fieber durchraste ihn, drückte auf die Brust, pochte im Arm und stieg ihm in den Kopf.
Juliana, wo bist du?
Dr. Pall wußte es nicht, wenigstens sagte er das. Dr. Pall, Lügner, denn er wußte Bescheid. Genau wie er ihm ein Medikament hätte geben können, wenn er Mitleid empfunden hätte. Früher hatte er Mitgefühl gezeigt, war er Olaf Jonsson ein Freund gewesen. Das Medikament brachte zuerst Erleichterung und dann das angenehme Gefühl im Kopf und die Ruhe in allen Gliedern. Aber sogar Dr. Pall hatte ihn im Stich gelassen. Nie wieder, hatte er gesagt, nie wieder. Dr. Pall hatte ihm vorgeschlagen, nach Reykjavik zu fahren, wo Fachärzte ihn kurieren konnten. Von was kurieren? Sein Arm war verheilt, es war nur der Schmerz – kurieren, was meinte der Lügenbold Pall?
Rotes und gelbes Leuchten irgendwo, das ständige dumpfe Grollen und der Rauch. Er hatte nichts, nicht einmal Brennivan, nichts, und er hatte Stiche in den Lungen, sein Kopf war ein Feuerball, sein Arm ein schmerzendes, fremdes Anhängsel; niemand kümmerte es.
Juliana, wo bist du?
Er kam zum Krankenhaus. Es brannte kein Licht. Dr. Pall schlief hier. Er wußte das, o ja. Aber er würde vorsichtig sein. Er würde ganz leise sein.
Er betrat das Haus. Seine Schritte hallten in der Leere. Er ging im Dämmerschein von Zimmer zu Zimmer, roch den asepti-

schen Geruch, die Ausdünstungen des Todes, aber hier war nichts, nichts, das Gebäude war leer, eine dunkle Höhle.
Er torkelte wieder auf die Straße. Nichts regte sich. Nur das Flackern am Himmel und dieses Geräusch.
Juliana, wo bist du?
Aber jetzt war er nicht auf der Suche nach Juliana. Er wußte ja, wo sie war. Er hatte ihrem Mann die Wahrheit entrungen, Halldor Danielsson, den er haßte und fast umgebracht hätte, in der Thorroblot-Nacht, den er getötet hätte, wenn sich nicht die verdammten Yankees eingemischt hätten. Halldor, der Verhaßte, hatte ihm Juliana genommen und nun das Kind, Jakobina, und jetzt war auch Halldor weg, wie vom Erdboden verschluckt, so daß Olaf, von Alkohol und Medikamenten benebelt, sich fragte, ob er ihn nicht doch umgebracht hatte.
Jakobina. Sein Kind.
Er ging weiter. Seine Beine zitterten vor Schwäche. Der übrige Körper war wie abgestorben. Außer dem Arm: ein bohrender, brennender Schmerz.
Er wußte, wohin er ging. In die Apotheke. Ja, sie war evakuiert, aber sie mußten doch noch etwas zurückgelassen haben, irgend etwas, was ihn von seinen Qualen befreien würde, den Geist und den Arm einlullen.
Er wußte, was er zu tun hatte: Er mußte in die Vereinigten Staaten fahren. Dort war er schon gewesen. Key West. New York. San Francisco.
Er würde wieder hinfahren.
Seine Tochter. Jakobina. Er kannte jetzt ihren Namen.
Und Juliana.
Der verdammte Pastor Petur. Lügner. Auch ein Lügner.
Aber er, Olaf, hatte selbst in den Kirchenbüchern nachgesehen. Er hatte die Daten verglichen – die Heirat, die Geburt, die Taufe.
Lügner, allesamt Lügner.

Das Kind war über ein Jahr nach dem Tag geboren worden, an dem er die Insel verlassen hatte.
Fünfzehn Monate.
Sein Kind.
Nein.
Es mußte sein Kind sein.
Pastor Petur hatte freundlich und gütig mit ihm gesprochen. Lügner. Was könne er tun, könne er ihm helfen?
Nein.
Niemand konnte etwas tun.
Niemand konnte helfen.
Außer seinen Medikamenten. Wenn er sich die Medikamente beschaffen konnte, die Dr. Pall ihm verweigerte ...
Die Tür der Apotheke war angelehnt. Er schob sie auf. Ein merkwürdiger Geruch lag in der Luft.
Er zündete ein Streichholz an, dann noch eines. Die Regale waren leer, von einer dünnen, schwarzen Staubschicht bedeckt. Gespenstischer Raum, mit einer Theke, mit Schränken. Und alles ausgeräumt.
Aber da war noch der Keller. Sie hatten die Medikamente im Keller versteckt.
Er fand die Treppe hinter einer Tür. Jetzt roch es noch stärker. Er kannte den Geruch, hätte ihn aber nicht definieren können. Nicht bei diesen Schmerzen, dem Brennivan in seinen Adern, dem Fieber, dem schmerzenden Arm.
Er stieg die Stufen hinab.
In seinem Kopf drehte sich alles. Bei jedem Atemzug stach es ihm in der Brust. Vor ihm lag Dunkelheit.
Er stürzte in sie hinein.
Dann befand er sich auf einer schneebedeckten Straße, und Lachen erfüllte ihn, fröhliche Erregung, und neben ihm befand sich ein Mädchen, hielt seine Hand, mit strahlendem Gesicht und feurigrot glänzenden Haaren, hellen und warmen Augen trotz der Kälte, und dann war es Sommer, und sie

befanden sich am Meer, und er sah Juliana von Sonnenschein überflutet unter einem weiten, blauen Himmel, und er spürte wieder die ungeheure Macht der Schönheit und wußte, daß er niemals sterben würde.

Zwei Tage später entdeckte der Geologe Geir Helgi Olaf Jonssons Leiche. Sofort alarmierte er Dr. Pall und die Polizei und riet ihnen, Gasmasken aufzusetzen. Der Polizeichef erreichte den Schauplatz als erster. Er war todmüde, am Rande der Erschöpfung. Dr. Pall brachte im Ambulanzwagen zwei Sanitäter der US-Marine mit. Es war nichts mehr zu machen, außer den Leichnam ins Krankenhaus zu überführen, einen Leichenbestatter in Reykjavik zu benachrichtigen, wie es auch im Fall von Frosti Runaldssons Tod geschehen war, und die Beerdigung mit Pastor Petur zu arrangieren.
Dr. Pall zog es vor, zu Fuß ins Krankenhaus zurückzukehren, anstatt den Toten im Wagen zu begleiten. Er hatte die nötige Energie. Seltsam: Zu Beginn der Katastrophe war er so müde gewesen, daß er Mühe hatte, morgens aufzustehen; jetzt aber schien er unermüdlich und von rastloser Tatkraft erfüllt, selbst wenn ihn wie in diesen Minuten Trauer übermannte. Trauer und Reue. Was aber sollte er bereuen? Weshalb Schuldgefühle haben? Weil er schon wieder Gott ins Handwerk gepfuscht hatte. Aber er konnte ihn doch nicht dauernd mit diesen Mengen Medikamenten füttern. Warum eigentlich nicht? Was hätte es wirklich ausgemacht? Wenn der Qualen leidende kleine Seemann seine seelischen Kümmernisse wie seine körperlichen Schmerzen betäuben und sich in eine Traumwelt zurückziehen wollte ... was schadete es?
Pall konnte sich genau vorstellen, was er in der Apotheke gesucht hatte. Und nun war er tot. War das eine Gnade?
Was war ein gnädigeres Schicksal? Und wer entschied dar-

über? Dr. Pall stieg die Stufen zum verlassenen Krankenhaus hinauf und erkannte, daß er im Gegensatz zu Baldvin und Petur sein Leben zu Ende führen würde, ohne sich die Illusion irgendeiner Gewißheit zu machen oder zu meinen, eine Lösung der Rätsel zu finden, die ihn umgaben.

Nach dem Abendessen, bei einer Tasse Kaffee und einem Glas Brandy im Wohnzimmer, erkundigte sich ihr Vater wie nebenbei: »Warum hast du es mir nicht gesagt, Elin?«

»Was gesagt?«

»Natürlich habe ich gemerkt, daß etwas nicht stimmt. Also habe ich bei meiner alljährlichen Vorsorgeuntersuchung einfach auf den Busch geklopft und Dr. Indridi gefragt, wie es mit dir voranginge.«

Ihre Hand, in der sie die Kaffeetasse hielt, zitterte etwas, und deshalb stellte sie die Tasse auf den niedrigen Marmorcouchtisch. »Und . . . ?«

»Und . . . er hat mich informiert. Er sagte, daß die Antibiotika langsam die Infektion abklingen ließen. Er nahm selbstverständlich an, daß ich Bescheid weiß.«

Elin war entsetzt und erschrocken; sie mußte sich schnell etwas einfallen lassen. Sie hob den Schwenker, nippte an dem Brandy und sagte dann: »Ich bezweifle, daß Thurbjorn selbst eine Ahnung hatte – ich meine, von seiner Infektion – sonst würde er doch nicht . . . » Aber der Ausdruck im markanten Patriziergesicht ihres Vaters ließ sie verstummen, und ihr Herz begann, heftig zu pochen. »Ja, Vater – Thurbjorn. Natürlich.«

»Aber Thurbjorn ist schon seit vielen Wochen nicht hier gewesen.« Sein Ton war sanft, sogar zärtlich, aber, wie sie bemerkte, gefährlich zurückhaltend.

»Er . . . Thurbjorn kam eines Nachmittags, als du im Club warst.«

»Und das hast du zu erwähnen vergessen ...«
»Er bat mich ... er wollte nicht, daß du es erfährst.« Und um die Lüge zu untermauern, fuhr sie fort: »Es war, nachdem die Fabrik niedergebrannt war und dein Verhalten so ... »
»Ja?«
Das Zittern wurde heftiger. »Du bist zu ihm am Telefon so ... grausam gewesen, als er dir von dem Feuer berichtete.«
»Grausam? Wenn ich mich recht erinnere, habe ich ihn lediglich daran erinnert, daß ich entgegen seinem Rat den Maschinenpark in Sicherheit gebracht hatte. Noch Kaffee?«
Elin nahm einen Schluck Brandy und stand auf. Sie hatte Thurbjorn, der wieder in Vestmannaeyjar war, angerufen, als sie es entdeckt hatte ...
»Elin«, sagte ihr Vater. »Thurbjorn war nicht hier, nicht wahr?«
Was wollte er damit sagen? Sie stellte sich an das große Fenster mit den vielen kleinen holzunterteilten Scheiben und schaute hinaus. Warum hatte sie ihrem Vater nichts von Thurbjorns Besuch gesagt? Es war ihre Idee gewesen, nicht Thurbjorns. Warum nur? Nun saß sie in der Falle. Sie bemühte sich um Konzentration. »Warum glaubst du mir nicht, Vater?« Sie hatte es ihrem Vater gegenüber nicht erwähnt, weil ihr Leben hier so friedlich war, so unproblematisch; auf keinen Fall wollte sie die Mißbilligung oder Kritik ihres Vaters heraufbeschwören. Eine andere Frage bohrte in ihr: Wie war Thurbjorn angesteckt worden, von wem, etwa von der französischen Hure auf der Insel?
»Haben die Dienstboten ihn gesehen?« fragte der Vater.
»Sie hatten an dem Nachmittag frei.« Sie hatte Thurbjorn angerufen, um ihn zu informieren, zu warnen, aber er hatte sie nicht angerufen – warum?
»Wie passend«, kommentierte der Vater.

Sie wirbelte herum. Sie verstand nicht. »Was denkst du denn von mir?« Sie hörte selbst, wie schrill ihr Ton klang, genauso wie in jener Nacht des Ausbruchs in Thurbjorns Büro. »Was meinst du damit?« wollte sie wissen. »Was?«
»Genau was ich sagte. Wir können dem armen Thurbjorn doch nicht alles in die Schuhe schieben, oder?«
Sie begann am ganzen Leib zu zittern und begriff. »Du glaubst, ich hätte mich mit anderen Männern eingelassen.«
»Die vielen Nachmittage im Kino. In Ausstellungen.« Er erhob sich und reckte sich hoch auf. »Ich hatte schon die ganze Zeit den Verdacht.«
Verdacht? Warum nur ...
»Elin ... wie konntest du mir das antun?«
Der Schock durchfuhr sie wie ein glühendes Messer. Sie starrte ihren Vater an – ein Bild von einem Mann, einem Gentleman, mit silbergrauem Haar. Er sprach mit ihr, als sei er ihr Ehemann – oder Liebhaber.
Er war eifersüchtig.
Sie konnte es nicht fassen. Es wollte nicht in ihren Kopf. War er deshalb so erfreut darüber, sie nun bei sich zu haben? Lag darin der Grund für seinen Haß auf Thurbjorn?
»Elin, wenn du dir solche Eskapaden leisten willst, dann mußt du dir eine eigene Wohnung suchen.«
Sie traute ihren Ohren nicht. War es nicht schon schlimm genug, daß sie krank war? Voll Gift, vollgepumpt mit Medikamenten – reichte das nicht schon?
Sie ging zu ihm, stellte sich vor ihn, um Ruhe und Kontrolle bemüht, obgleich sie am ganzen Leib bebte. »Das ist nicht dein Ernst, Vater.«
In diesem Augenblick verwandelte er sich. Seine Augen funkelten wild, das Gesicht wurde eine abweisende Grimasse. Mit gestrafften Schultern und verkniffenen Lippen sagte er: »Ja, ja, ja! Eine eigene Wohnung! Thurbjorn hat jetzt genug Geld. Er hat Frostis Fabrik in Betrieb genommen. Wenn es

nicht reicht, schieße ich etwas zu. Aber hier kannst du nicht bleiben!« Er wandte sich ab, stelzte aus dem Raum und die Treppe hinauf.
Betäubt und von ohnmächtiger Wut geschüttelt blieb sie wie angewurzelt stehen. Allein. Ganz verlassen. Und es dämmerte ihr. Was hatte Thurbjorn am Telefon gesagt, als sie ihn informiert, gewarnt hatte? *Ja, ich weiß es, Elin. Aber ich bin schon geheilt!* Nach ihr hatte er überhaupt nicht gefragt. Er hatte ihr auch nicht Bescheid gesagt, nachdem er es wußte. Oder sollte er es schon vorher gewußt haben?
Nein. Thurbjorn würde so etwas nicht tun. Unmöglich. Gleichgültig, wie verletzt er war und wie wütend auf ihren Vater, auf sie – dazu war er nicht imstande! Nein! Nein!
Ich bin geheilt, hatte er gesagt. *Deshalb haben sie mir erlaubt, wieder auf die Insel zu kommen.*
Also hatte er es gewußt, als er nach Reykjavik gekommen war! Deshalb also hatte er sie besucht.
Rache. In dem Bewußtsein, wie sehr ihr Vater sie liebte – liebte, ja, aber auf eine Weise, die über ihre Vorstellungskraft hinausging.
Und nun? Sie konnte nicht zu Thurbjorn gehen. Es sei denn, um ihn umzubringen.
Hier konnte sie auch nicht bleiben.
Sie preßte die Knöchel in den Mund und brüllte; ein stummer Aufschrei des Entsetzens, den nur sie hörte, der ihr aber gellend in den Ohren klang.

Der Frühling hielt seinen Einzug auf den Westmännerinseln früher als auf der isländischen Hauptinsel. Am Karfreitag wachten die Arbeitskommandos, die in den vergangenen Wochen auf fast vierhundert Mann angewachsen waren, von der Ruhe auf. Stille. Zum ersten Mal. Das Schweigen war gespenstisch und unwirklich. Die Freiwilligen und die wenigen

Frauen, die zurückgekehrt waren und ihre Häuser in Ordnung zu bringen versuchten, sprachen auf einmal wieder in normaler Lautstärke miteinander. Aber die Wendung der Ereignisse blieb unerwähnt, als hätten sie Angst, schlafende Hunde zu wecken, oder als glaubten sie noch nicht an eine Veränderung.

Kristrun strich die Innenwände der Buchhandlung neu. Während sie, die hochgetürmten blonden Haare unter einem Kopftuch verborgen, arbeitete, kam ihr eine Idee. Es würden Touristen auf die Insel kommen, viele Hunderte, Tausende, falls . . .

Wie nun, wenn die Läden auch Souvenirs verkauften? Fotos, Geröllbrocken, vielleicht sogar bizarres Lavagestein? Der Gewinn könnte dazu verwendet werden, die ungeheuren Aufräumungsarbeiten, die bevorstanden, zu finanzieren. Falls . . .

Das Wort schwang in ihren Gedanken nach.

Falls.

Sie merkte, daß sie zitterte. Was wollte sie eigentlich hier? In der Stille – die nach Rudolfs Worten so ungewohnt war, daß sie schon erschreckend schien – erkannte sie, daß sie nicht den Widerwillen gegen die häßliche Schwärze der Umgebung mit Arbeit zu betäuben versuchte, sondern etwas anderes, ihr bisher Fremdes: Angst. Es konnte wieder geschehen, jeden Tag oder jede Nacht, jeden Augenblick. Und das nächste Mal . . . Sie hatte von dem Todesfall gehört, und gegen Rudolfs Vorschlag, mit Gudrid einen Spaziergang durch die Stadt zu machen, hatte sie protestiert. Rudolf hatte ihr versichert, daß die Gase zu ebener Erde keine Gefahr mehr darstellten. Die Erde und die Schlacken seien dicht genug, um den größten Teil der Gase zurückzudämmen. Dämpfe stiegen nur dort auf, wo tiefliegende Fundamente von Häusern unter die Ebene der porösen Helgafell-Lava hinabreichten. Diese Häuser, so erklärte er, wirkten wie Luftschächte. Jetzt trug

niemand mehr Gasmasken.
Trotzdem konnte sie ein Schaudern nicht unterdrücken, während sie fieberhaft weiterarbeitete, als könnte sie sich so von der Angst vor der Zukunft befreien. Heute stiegen nur gelbliche Gasflammen und schwarze Rauchwolken vom stillen Krater auf. Der Ausbruch ebbte ab. Aber für wie lange? Sie hatte vor fast drei Monaten einen vernünftigen Entschluß gefaßt: Hier nie wieder zu leben. Sie wollte nicht einmal die ganzen Osterfeiertage hierbleiben. Sie konnte nicht.
Die Glocke über der Eingangstür klingelte, und dann stand Rudolf mit zufriedener Miene neben ihr. Sie hatte ihm von dem Entschluß nichts gesagt – hatte er ihn damals erraten, und nahm er nun die Tatsache, daß sie den Laden anmalte, als stillschweigende Kapitulation? Sie wollte sich ihm nun anvertrauen; es mußte ja sein. Aber er neigte sich zu ihr herüber und legte seine Wange an ihre. Dann wendete er sich ab, murmelte etwas von dringender Arbeit und war mit einem Glockenklingeln auch schon wieder verschwunden.
Gudrid stand an dem trüben, ascheverschmierten Schaufenster und sah auf den Heidarvegur hinaus, auf das gegenüberliegende Aquarium, dessen Wandgemälde mit den Vögeln und Fischen kaum noch zu erkennen war, wie so vieles andere hinter einer schwärzlichen Schicht verborgen. Gudrids Gesicht war ernst, besorgt. Und Kristrun mußte an die Voraussagung des Kindes im vergangenen Jahr denken, die mehr als nur eine Ahnung war, die sich als genaue Vorhersage erwiesen hatte. Aber Kristrun wehrte sich dagegen; Wahrsagen und Hexerei konnte sie nicht akzeptieren.
»Gudrid . . . Was ist, Kind!«
Ohne Bewegung sagte Gudrid: »Werden sie die Schule wieder aufmachen?«
»Ich denke schon«, entgegnete Kristrun.
»Ich habe unser Haus gesehen.«
»Es kann saubergemacht werden.«

Da drehte Gudrid sich zu ihr um und schaute ihr in die Augen. Ihr Ausdruck war gespannt, abwägend und fast höhnisch.
»Werden wir hier leben?«
Nein. Aber Kristrun sagte: »Das müssen wir entscheiden, Liebes, wenn alles vorüber ist.«
»Ich will nicht hierbleiben.«
Einen flüchtigen Augenblick lang war Kristrun sicher: Das Kind hatte wieder eine Vorahnung und fürchtete sich. »Sag mir's.« Gudrids Augen blinzelten nicht. »Es ist . . . es ist zu häßlich.«
Unwillkürlich erleichtert und trotz ihrer Zweifel besann Kristrun sich auf ihre vernünftige Natur: »Das läßt sich ändern.«
Gudrid schüttelte den blonden Kopf. »Es wird nicht mehr so sein, wie es war.«
Sanft sagte Kristrun: »Es dauert einige Zeit. Dann könnte es wieder wie früher werden.«
Gudrid setzte sich in Bewegung, stellte sich in eine Ecke, mit dem Rücken zu Kristrun. »Ich habe den Vulkan gesehen«, murmelte sie. »Ganz nah.« Sie holte tief Atem. »Er . . . er hat mir Angst gemacht.« Dann wirbelte sie mit blitzenden und tränenüberströmten Augen herum. »Ich will nicht, will nicht, zwing mich bitte nicht, ich hasse ihn, ich hasse ihn!«
Durch diese Gefühlsaufwallung bei einem Kind, das sich nur selten seine Emotionen anmerken ließ, zutiefst bestürzt – in der Nacht der Katastrophe hatte es sogar mehr Haltung gezeigt als mancher Erwachsene –, trat Kristrun zu ihr hin. »Gudrid«, hörte sie sich sagen, »liebe Gudrid, das Leben ist überall gefährlich. Für jedermann. In den Großstädten gibt es Unfälle und Verbrechen. Auf dem Land drohen Schneestürme und Orkane und Waldbrände.« In ihren Gedanken war alles klar, und sie klang überzeugt und selbstsicher. »An einigen Orten überfallen wilde Tiere die Eingeborenendörfer.

Und es gibt Kriege und Entführungen und Terroristen und Geiselnahmen und Vergewaltigungen. Überall in der Welt.« Sie holte Luft. »Die Gefahr ist ein Teil des Lebens, sie gehört dazu, Gudrid. Und bis jetzt haben wir hier in größerer Sicherheit gelebt als andere Menschen an anderen Orten.«

Gudrid nickte und sagte flüsternd, ohne daß aus ihrem Ton oder Blick Spott oder Feindseligkeit zu erkennen war: »Bis jetzt, bis jetzt.«

»Ja, bis jetzt.« Kristrun hob die Stimme, sie klang zu ihrem eigenen Erstaunen fest und sicher. »Seit fünftausend Jahren! Es hat auf Heimaey keinen Vulkanausbruch seit dieser Zeit gegeben, seit dem ersten, der die Insel schuf. Seit fünftausend Jahren!«

Schweigen. Bis Gudrid wieder den Kopf schüttelte. »Ich werde nicht hier leben. Nein.«

Kristrun durchfuhr ein jäher Zorn, was ganz selten bei ihr war. »Du wirst da wohnen, wo dein Vater und ich wohnen, Gudrid. Du wirst das tun, was alle anderen auch tun müssen und immer getan haben. Du wirst dich mit der Gefahr aussöhnen.«

Nun zeigte Gudrids Gesicht Verwirrung, aber ohne Rebellion. Fragend starrte sie ihre Mutter an.

Und bei diesem Anblick wurde Kristrun wieder weich. »Niemand ist umgekommen«, sagte sie sanft.

»Ein . . . Mann«, erwiderte Gudrid, aber in anderem Ton. »Vater hat es mir gesagt.«

»Das war seine eigene Schuld«, entgegnete Kristrun. »Nicht der Vulkan hat ihn umgebracht. Er ist gewarnt worden.« Sie trat dicht an ihre Tochter heran. »In Island ist seit über hundert Jahren niemand mehr durch vulkanische Tätigkeit ums Leben gekommen.«

Gudrid umarmte ihre Mutter, und Kristrun sank auf die Knie, um ihre Tochter eng an sich zu drücken.

»Ich werde es versuchen«, sagte Gudrid. »Wenn . . . wenn du es schaffst, kann ich es auch.«
Konnte sie es schaffen?
Ja. Und sie wollte es.
Ob sie nun Gudrid überzeugt hatte oder nicht, Kristrun erkannte plötzlich, daß sie sich selbst überzeugt hatte. Die Last war von ihr genommen.

Sie hatte nur selten Gelegenheit, englisch zu sprechen, und deshalb zögerte sie, als sie der Pilot – kaum dem Knabenalter entwachsen, mit ziemlich langen, schwarzen Haaren und einem übermütigen gewinnenden Lächeln – aufforderte, sich nicht in das leere Flugzeug, sondern zu ihm in das Cockpit zu setzen. Dann aber stieg sie ein und genoß hinter dem Instrumentenbrett den Start vom Flughafen Keflavik. Obgleich Karl Sveinsson am Flughafen arbeitete, war Lilja aus unerfindlichen Gründen nur selten geflogen. Während des zwanzigminütigen Flugs erzählte ihr der Pilot, daß er bald nach Hause dürfe – er nannte ein Nest in Iowa – und sich darauf freue, dieser gottverlassenen Gegend hier den Rücken zu kehren. Im gleichen Atemzug entschuldigte er sich, und sie lächelte und sagte, sie würde es verstehen, was sie keineswegs tat.
Sie sah zuerst den Rauch, in dicken, schwarzweißen, brodelnden Wolken, der sie bald einhüllte. Ein Feuer war nicht zu erblicken. Dann erkannte sie, in welchem Ausmaß die Stadt in Mitleidenschaft gezogen worden war. Die Bilder im Fernsehen konnten nicht entfernt die Verwüstungen wiedergeben, auf die sie hinunterblickte: Häuser, manchmal nur Dächer, die aus einem schwarzen Meer aufragten, dazwischen die freigeräumten Straßen wie unterteilende Bänder, schließlich aber ganze Häuserzeilen, die unzerstört schienen.

Der Pilot sah auch hinab und sagte: »Über vierhundert Gebäude sind verschwunden.« Dann fügte er hinzu: »Verdammte Scheiße. Verzeihung, Madame.« Sie lächelte nur, und er setzte zur Landung an, in die Schwärze hinein, so daß sie einen Moment lang ängstlich wurde. Doch der Pilot saß locker an den Kontrollen, und als sie in den sonnenlosen Nachmittag hinabstießen, konnte sie ein rotes Glühen ausmachen, aber noch immer keine Flammen.

»Ja«, sagte der Pilot. »Über vierhundert. Über dreißig Prozent, wie ich gehört habe. Und weitere zwanzig Prozent beschädigt. Aber es hätte schlimmer kommen können. Teufel, es hätt' 'ne Katastrophe werden können, wenn unser Feuerwehrchef nicht gewesen wäre. Heißt Sveinsson. Schon mal von ihm gehört?«

Ja. Scham und Schuldgefühle plagten sie, als sie jetzt das Südende der Insel unter sich vorbeiziehen sah. Das Gras sprießte bereits, und der schwache grüne Schimmer über dem Land stand in hoffnungsvollem Gegensatz zu den schwarzen Verwüstungen im Norden. Die Asche ist also nicht so weit nach Süden getragen worden, überlegte sie vordergründig, während ihr Rechtfertigungen durch den Kopf schwirrten dafür, daß sie sich aus Sorge um Karl so benommen hatte. War sie deshalb losgeflogen, ohne ihn von ihrem Besuch zu informieren? Wieder in dem nun schon vertrauten Zustand der Verwirrung, den sie so haßte – warum gibt es nichts Einfaches, Unkompliziertes? – , erkundigte sie sich beim Piloten, ob mit einem weiteren Ausbruch zu rechnen sei.

»Jeden verdammten Moment«, antwortete er. »Jederzeit. An so einem Ort möchte ich nicht einmal begraben sein. Die Leutchen müssen verrückt sein.« Dann fügte er hastig hinzu, ohne sie anzusehen: »Tut mir leid. Wohnen Sie ... wohnen Sie in ... ich kann nicht einmal den Namen aussprechen ...«

»In Vestmannaeyjar? Nein. Ich wohne in Keflavik.«
Erleichtert schwenkte der Pilot die Maschine in einen anscheinend viel zu schmalen Einschnitt zwischen den steilen Felsen und sagte: »Wenn Sie mich fragen, mir kommt die Insel wie ein Schiff auf dem Ozean vor mit einer Ladung Dynamit im Bauch, während jeden Moment ein Taifun ausbrechen kann.« Das Flugzeug schoß zwischen den Klippen hindurch und war kurz darauf bereits auf der Landebahn.
Der Pilot pfiff durch die Zähne. »Ich bin einmal nach Hongkong geflogen. Aber hier ist es schlimmer. Wir sind jedenfalls angekommen, ob es uns gefällt oder nicht.«
Als sie sich bei ihm bedankt hatte und ausgestiegen war, wurde sie durch die Wärme überrascht. Hier in nächster Nachbarschaft des Vulkans war noch ein Beben der Erde zu spüren, und sie hörte ein seltsames Geräusch, ein keuchendes, tiefes Grummeln wie aus der Ferne. Es ging ihr auf die Nerven, aber sie rief sich zur Ordnung.
In dem sehr kleinen, aschebedeckten Betonhäuschen war ein junger Mann in der Uniform der Icelandic Airlines keineswegs über ihre Ankunft erfreut und fragte sie, wo sie hinwolle.
»Wo Karl Sveinsson ist«, antwortete sie. »Er ist mein Mann.«
Sofort wurde ihr ein amerikanischer Jeep zur Verfügung gestellt, am Steuer ein Isländer mittleren Alters. Das Fahrzeug holperte über die mit Schlaglöchern übersäte Straße, bis sie die beiden Kegel, einer erloschen, einer rauchend, vor sich hatten. Rauchschwaden strichen über das ganze Gebiet, stiegen von zwei langgezogenen Erdspalten auf. Irgendwo erfaßte sie trotz der Verwüstungen eine Art Abenteuerlust, ein prickelndes Gefühl der Erregung. Und wieder war sie über sich selbst erstaunt. Hatte Karl ähnliche Empfindungen? Gleichzeitig verspürte sie auch

Bestürzung und Schrecken. Diese armen entwurzelten Menschen ...

Auf isländisch wandte sich der Fahrer an sie: »Sie sind Karl Sveinssons Frau, wie ich hörte?«

»Ja.«

»Sie sind früher schon einmal in Vestmannaeyjar gewesen?«

»Ja, vor Jahren.«

»Ihr Mann hat den Hafen und damit die Stadt gerettet. Aber das wissen Sie natürlich.«

»Ist die Stadt denn gerettet?« fragte sie.

»Das weiß niemand. Aber wenn es so wäre, dann müßte man Ihrem Mann ein Denkmal errichten.«

In ihre widersprüchlichen Gefühle mischte sich nun eine heiße Vorfreude, aber auch eine verzehrende Reue. In der kahlen Eingangshalle des Schulhauses hingen neben einem riesigen Schwarzen Brett mit gedruckten Anweisungen und einem Stadtplan noch ein paar verblichene Kinderzeichnungen an der Wand; es herrschte ein lebhaftes Kommen und Gehen.

Sie hörte seine Stimme, noch ehe sie ihn sah, und sie blieb lauschend stehen. Sie drang aus einem angrenzenden Zimmer und sprudelte Zuversicht und Sicherheit, obgleich sie nicht laut war. Die Worte rauschten an ihr vorüber: Schäden durch die Dampfschwaden, Holzverquellungen in den Häusern. Der heiße Dampf dringe vom Westen her in die Häuser, die von der Lava und dem Aschenregen verschont geblieben waren – könne man denn nichts unternehmen, damit der Dampf von der neuen Lava entwiche? Eine andere Stimme antwortete, für sie unverständlich. Dann wieder Karl: »Warum kann man nicht Löcher bohren, damit die Dämpfe abziehen? Oder einen Graben entlang der östlichen Grenze des Lavafeldes? Der verdammte Dampf richtet sonst mehr Schäden an, als wir schon hatten!«

Sie hatte nicht gemerkt, daß sich die Stimme näherte. Dann erblickte sie ihn. Er kam mit einem jüngeren, bärtigen Mann, der eine Rolle großformatigen Papiers trug und nickte, und wandte sich in Richtung Eingangstür.

Aber dann verharrte er noch einmal, mit dem Rücken zu ihr.

Sie hielt den Atem an.

Endlich drehte er sich um, langsam, und das Staunen und die Ungläubigkeit in seinen Zügen ließen sie vor Freude und Befriedigung erschauern. Lachend rannte sie zu ihm, in seine ausgebreiteten Arme, mit denen er sie fest umschloß. Der junge Mann schaute ihnen zu, aber es scherte sie nicht, sie küßte ihn, küßte ihn auf die Lippen und lachte immer noch, und dann mischten sich Tränen in das Lachen, und lachend und weinend preßte sie sich an Karl, der sie festhielt. Über seine Schulter sah sie den jungen Mann grinsend hinausgehen.

»Nicht hier, um Himmels willen«, sagte Karl, und ihre Tränen versiegten. Sie lachte wieder.

»Das macht nichts«, sagte sie zu ihm, »das ist statthaft. Ich bin Frau Patton!«

Eingehakt spazierten sie miteinander an der weißen Kirche vorbei, deren kastanienbraunes Dach gesäubert war, an der ebenfalls wieder weißen Madonna und dem Torbogen, durch den Menschen gingen, größtenteils Männer, aber mehr Frauen als erwartet – kehrten sie schon wieder zurück? Da fiel ihr ein, daß Karfreitag war, der Tag der Trauer und Buße vor Ostern, dem Fest der Freude und Wiederauferstehung. Trauer aber konnte sie nicht empfinden: Das Ganze gehörte zu der fernen und ihr fremd gewordenen Welt der Kindheit.

Von hier aus hatte sie freie Aussicht auf den neuen Vulkan: keine Flammen, nur Rauch und Dampf. »Ist es wirklich vorbei?« fragte sie.

Karl knurrte: »Wer kann das sagen? Wie soll man dieser

Ausgeburt der Hölle trauen?« Der bittere Zorn in seinem Ton überraschte sie wieder. »Die Hexe verhöhnt uns vielleicht nur und wartet ihre Zeit ab.« Aber in seiner Stimme lag auch ein Anflug von Triumph, eine Genugtuung, die die Rauheit nicht ganz überdecken konnte. »Ja, mein Mädchen, ich meine, daß wir gewonnen haben! Ich wage noch nicht, daran zu glauben, tu' es aber trotzdem. Sie schmollt jetzt und motzt, aber sie muß sich wohl geschlagen geben.« Karls Zuversicht war ansteckend, und sie drückte seinen Arm. Seine Worte wirkten wie eine persönliche Anklage, als sei der Vulkan ein Lebewesen.

Rätselnd fragte sie: »Warum ist der Vulkan in deinen Augen weiblich?«

Sie bahnten sich einen Weg durch ein Gewirr von Schläuchen und Rohren, die überall herumlagen. Die Luft dröhnte vom Knirschen und Rattern der Bulldozer.

»Weil er mich an jene Frauen in den Sagen erinnert«, antwortete Karl, »die grausamer und skrupelloser und blutdürstiger als Männer sein können. Mit eisernem Willen.«

»Eine Megäre«, sagte sie, und ihre Stimme sank.

»Genau!« stimmte Karl zu.

Sie sprachen nicht mehr, sie konnten es nicht, bis sie beim Hotel angelangt waren und die drei Treppen zu dem Zimmer im Dachgeschoß emporstiegen. In ihren Augen war es ein trauriger Raum, karg möbliert, ohne persönliche Note und Bequemlichkeit, einsam. Und hier hatte er gehaust, allein, nun schon seit drei Monaten.

»Wie ich«, sagte sie schließlich.

»Wer ist wie du?«

»Die Megäre«, sagte sie.

Ihre Blicke bohrten sich ineinander. Keiner rührte sich.

Endlich sagte Karl: »Nein.«

»Ja«, rief sie. »Ich habe mir Sorgen gemacht. Es war, als wärst du in den Krieg gezogen und ich würde dich nie mehr wieder-

sehen. Aber . . .«, und deshalb hatte sie die Reise gemacht, und das mußte nun gesagt werden, »aber ich habe mich wie ein besitzgieriges, egoistisches Kind aufgeführt, nicht wie eine Frau. Außer, daß ich dich liebe.« Ihre Stimme klang ganz ruhig. »Und ich liebe dich für das, was du getan hast, mehr – nicht weniger. Nein, für das, was du bist.«
»Es gab keine Stunde«, antwortete er, »in der mir nicht bewußt gewesen wäre, was ich dir damit antue. Ein Mann weiß nie genau, ob er die richtige Wahl trifft, ob er fair ist. Ich frage mich oft, ob es für einen Mann wirklich eine freie Entscheidung gibt.«
Sie nickte. Zu diesem Schluß war sie auch schon gelangt.
Dann war es mit der Ruhe plötzlich vorbei; sie zersprang wie splitterndes Glas. »Es tut mir leid!« rief sie.
Und Karl trat auf sie zu, nun mit einem Lächeln. »Schon gut, Mädchen. Es mag der Tag der Reue sein, aber du brauchst nicht Buße zu tun.« Seine Stimme klang sanft, und seine blauen Augen schauten noch zärtlicher drein. »Du bist gekommen – und das ist genug.«
Sie senkte den Kopf. »Wie lange noch?«
»Vielleicht noch einen Monat. Um die Aufräumungsarbeiten anzuleiern.«
Sie hob das Gesicht. »Ich bleibe.«
Der Moment dehnte sich. Er ging schwerfällig ans Fenster, schaute hinaus, zu dem Vulkan in der Ferne. Dann sagte er: »Nein. Ich habe meine Aufgabe. Du hast die deine. Und deine Pflichten liegen woanders.«
»Ich bleibe«, beharrte sie. »Die Mädchen können bei den Großeltern wohnen.«
Mit steifem Rücken sagte er noch einmal: »Nein.«
Zurückgestoßen, überfiel sie wieder der abscheuliche Gedanke, er hätte sich gegen sie gewendet wegen einer Rivalin. Hilflos kämpfte sie dagegen an, gegen Gefühle, die sie überwunden glaubte, und sie schwieg.

Er drehte sich zu ihr um. »Ich habe dir doch gesagt, Lilja, ich traue der Hexe nicht.«
Und da erkannte sie es – nicht Zurückweisung war es, sondern Sorge. Liebe. Und die Worte des Piloten schossen ihr durch den Kopf: *Jeden verdammten Moment. Jederzeit.*
»Was ist schon ein Monat«, fragte sie. »Wir sind jung. Du bist mir noch nie jugendlicher vorgekommen. Und ich fühle mich auch wie ein junges Mädchen.« Sie eilte zu ihm hin. »O Karl, ich bin stolz. Ich bin so stolz auf dich.«
Er küßte sie nicht. Er bückte sich, und ehe sie sich versah, hatte er sie auf die Arme genommen, war zum Bett getreten und hatte sie ausgestreckt darauf gelegt. »Wenn du wüßtest«, sagte er, »wie oft ich davon geträumt habe. Im Wachen und im Schlaf.«
Die vertraute Erregung. Die vertraute Hochstimmung. Wie vital dieser Mann war. Das alles überwältigte sie.
Sie lachte. »Es ist noch nicht mal Nacht.«
»Ich weiß«, sagte er, »aber sie kommt noch. Und sie dauert sehr lang.«

Inga ertrug den Anblick von Baldvins rechtem Arm und rechter Hand nicht. Jedesmal, wenn sie ihn sah, krampfte sich etwas in ihr zusammen. Morgen früh sollte Baldvin aus dem Krankenhaus in Oslo entlassen werden, und morgen wollten sie ein Flugzeug nach Reykjavik nehmen. Und dann?
Während der endlosen Zeit – in Wirklichkeit waren es drei Wochen – von Baldvins Krankenhausaufenthalt hatten beide jede Bemerkung über seine Arbeit vermieden. Baldvin hatte sich, zumindest in ihrer Gegenwart, ernst und nachdenklich, aber nie mutlos oder gar verzweifelt gegeben. Nach dem kleinen Schlaganfall, den er an jenem Abend auf der Straße erlitten hatte, war seine rechte Seite teilweise gelähmt. Er konnte gehen, wenn auch leicht hinkend, aber er konnte den

rechten Arm weder heben noch die rechte Hand benutzen. Inga, die das den Ereignissen vorangegangene Gespräch nie mehr vergessen würde, denn ein Streit war es ja nicht einmal gewesen, litt unter einem bohrenden Schuldgefühl, das sie nicht abzuschütteln vermochte. Kein Gedanke mehr daran, in Paris zu leben. Sie kämpfte in den Stunden bei ihm gegen die Tränen an und ließ ihnen abends im einsamen Hotelzimmer freien Lauf.

Der letzte Tag in der Klinik war anders als die vorangegangenen Tage. Das begann schon, als sie sein Zimmer betrat. Er saß im Sessel und hielt in der linken Hand ein großformatiges Buch mit Gauguin-Reproduktionen, das sie ihm unter einigen Bedenken geschenkt hatte. Nachdem er ihren Kuß erwidert und ihre rotgeränderten Augen betrachtet hatte, beschrieb er mit Genuß sein hervorragendes Frühstück, legte dann die Füße in den Pantoffeln auf die Bettkante und lehnte sich mit einem seltsamen Lächeln auf den breiten Zügen und einem triumphierenden Glitzern in den Augen zurück. Woran dachte er?

»Möchtest du noch immer in Paris leben?« fragte er.

Inga ließ sich mit weichen Knien auf den Stuhl sinken.

»Ich möchte da leben, wo du lebst, Baldvin.« Und es war die Wahrheit.

»Du weißt, wo ich leben möchte«, entgegnete Baldvin. »Also ist es vielleicht nicht möglich.«

Inga erkannte, daß dies ein ähnlicher Dialog war wie der, der den Schlaganfall ausgelöst hatte. Sehr sanft sagte sie: »Wenn es möglich sein wird, irgendwann, dann werde ich sogar gern in Vestmannaeyjar wohnen.« Fast weinte sie. Sie mußte vorsichtig sein und keine Emotionen zeigen, keine.

»Wenn also nicht in Vestmannaeyjar, dann eben Paris, wenn du das möchtest.« In seiner Stimme schwang Erregung mit, wie in den Tagen, als er sich mit Begeisterung in die Arbeit gestürzt hatte. »Ich habe experimentiert«, erklärte er. »Es wird noch ein Weilchen dauern – bestimmt noch eine ganze Weile. Aber ich werde es lernen. Ich werde mir beibringen, mit der linken Hand zu malen.«

Nun kamen die Tränen. Sie war hilflos, weinte, schluchzte, und das Weinen brachte ihr Erleichterung, und dann kniete sie auf dem Boden neben seinem Sessel, und er hielt sie mit dem linken Arm umschlungen. Den Kopf legte sie an seine breite Brust, und dann küßte sie seine verwelkte rechte Hand und benetzte sie mit Tränen.

»Wenn von Reykjavik aus Flugzeuge nach Heimaey fliegen, dann könnten wir zu Ostern dort sein«, sagte Baldvin.

Ostern? Sie war zu verblüfft, um antworten zu können.

»Da du nicht an meine Götter glauben kannst«, fuhr Baldvin fort, »und ich nicht an deinen Gott glauben kann, und da du so närrisch bist, die Schuld für meine Krankheit bei dir zu suchen, gelingt es vielleicht deinem Gott, dir dieses Schuldgefühl zu nehmen.«

Sie hob den Kopf. Er lächelte sie an. Er wußte Bescheid, hatte es schon lange erkannt.

»Ja«, sagte sie sanft. »Und außerdem – bei irgendwem muß ich mich ja bedanken, daß du noch am Leben bist.«

Agnar hörte die Stimme seiner Tochter wie aus weiter Ferne. In letzter Zeit schien alles – Stimmen, Laute, Szenen – aus einer weiten, öden Ferne an ihn heranzudringen. Und er sagte: »Frag Rolf. Rolf wird mit der *Njord* kommen und dich abholen.«

Von der Schlamperei war nichts mehr zu sehen; Ordnung herrschte in dem noch immer fremden Haus in Reykjavik, dank Rosa. Nur Ruths Geist war noch gegenwärtig. Und würde auch nie verschwinden.

»Komm doch mit, wenigstens am Ostersonntag«, bat Rosa.

»Nein, Rosa, nein.« Denn wenn er jetzt in die Kirche ginge wo er nicht mehr glauben konnte, wäre es Hohn und Spott. Auf gewisse Weise Heuchelei, oder noch schlimmer – ein Sakrileg. Und wie sollte ein Mann noch glauben können nach dem, was mit Ruth geschehen war.
»Willst du denn nie mehr zurück?« fragte Rosa.
Hatte er das beschlossen? Ja. Er mußte unbewußt zu diesem Entschluß gekommen sein. Er dachte an die Küche, und an Ruth; an das Wohnzimmer, und an Ruth; an das Schlafzimmer, und an Ruth. Das Haus existierte nicht mehr. Aber im Geiste sah er es gestochen deutlich vor sich, mit seinem strahlendblauen Dach, das Ruth so geliebt hatte. Und auch Ruth existierte nicht mehr. Nur noch in seinen Gedanken. In seiner Erinnerung würde sie immer lebendig bleiben. Nicht die fremde Frau, die ziellos durch die Räume gewandert war wie ein wahnwitziges Gespenst. Die in seinen Gedanken weiterlebende Ruth war wie früher, zufrieden und lächelnd und immer geschäftig, das junge Mädchen, das er geheiratet hatte ...
Rosa saß ihm am Kaffeetisch gegenüber. »Ist das dein Ernst – nie mehr?«
Er regte sich nicht. »Es ist mein Ernst«, antwortete er.
»Ich werde Rolf bitten. Ich dachte ... nur für Ostern ... Wieder einmal zum Gottesdienst, wie ich es seit der Kindheit gewohnt war. Glücklich, und wie ein Kind ...«
Ostersonntag. Das frohlockende Geläut der Glocke, Durcheinander in der Küche, die vor Sauberkeit blitzte, der Blick zur Uhr, alle in Eile, um an den Kaffeetisch zu kommen, über den Ruth fröhlich, aber mit fester Hand herrschte, dann die Kirche, die Gemeindemitglieder – in Sergeanzügen unter schweren Mänteln, mit Krawatten und Spitzenhäubchen und Schleifen –, die einander zunickend und grüßend mit angedeutetem Lächeln das Chorgestühl füllten, unruhig hin- und herrutschende, zu Streichen aufgelegte Kinder, stirnrunzeln-

de Eltern, dann die Hymnen, von einigen lauthals gesungen, von anderen hingemurmelt oder nur im Sprechgesang begleitet, dann die Gebete, mit geneigten Häuptern, und dann die Predigt, unsicher und mit hörbarem Stammeln, fast entschuldigend von Pastor Petur gehalten, und mit Bibelzitaten gespickt, vorüberrauschende Worte, bei denen ein Mann schon einnicken konnte . . .

»Was machst du den ganzen Tag, während ich im Dienst bin?«

Rosa. Die Gegenwart. Rosa als erwachsene Frau mit einem Kind unter dem Herzen.

»Ich gehe spazieren. Oder manchmal lese ich etwas. Ich gehe runter zu den Docks. Ich schaue beim Löschen und Laden zu. Ich überlege mir, wo sie hinfahren.«

Rosa sagte nach einer Pause: »Ich will nicht in die Kirche gehen, weil ich an Gott glaube. Da bin ich mir nämlich nicht mehr sicher.«

»Rosa«, sagte Agnar, »es ist nicht wichtig, ob man an Gott glaubt oder nicht. An das Leben muß man glauben.«

»Glaubst du an das Leben?«

Nein.

»Ja«, sagte er. »Und wenn ich in deinem Alter wäre und ein Kind erwartete . . . Wenn ich in deinem Alter wäre und das Leben vor mir läge, dann würde ich noch mehr daran glauben.«

»Wie kann ich mich mit Rolf in Verbindung setzen, wenn er auf der *Njord* ist?« erkundigte sich Rosa.

»Jonas«, war die Antwort ihres Vaters. »Er kann dich mit der *Njord* verbinden, wenn sie ausgelaufen ist. Und wenn nicht, dann sorgt er dafür, daß Rolf dich zurückruft.«

Rosa stand auf, ein hochgewachsenes, blondes Mädchen, fast selbst noch ein Kind. »Bist du sicher, daß du . . .« Aber sie brach ab und zuckte mit den Achseln. Sie ging aus dem Zimmer.

Agnar fühlte sich steif und wie ausgehöhlt. Es gab Zeiten, da wurde er zornig: daß eine Störung kilometertief im Erdinnern dieses Unheil anrichten konnte. Und voller Scham und Schuldgefühl erstreckte sich dieser Zorn auch auf Ruth. Ruth, wie konntest du uns, uns allen, das antun, wie konntest du nur? Denn soviel er auch darüber nachsann, beim Spazierengehen und in schlaflosen Stunden, er würde es nie verstehen. Niemals.

Nun, in der zweiten Aprilhälfte, war die Luft nicht so kühl wie in jener Nacht, als sie vor drei Monaten die Insel verlassen hatte, aber dennoch war es kalt an Deck des Fischkutters. Margrets Gefühle waren noch immer in Aufruhr; Furcht gemischt mit Vorfreude, frohe Erregung. Drei Monate – und in ihnen hatte sich ihr ganzes Leben verändert. Aber in welcher Richtung?

Das Schiff schob sich durch dichten Nebel, hatte alle Lichter gesetzt, die aber nur fahl schimmerten, und die Buglaterne erleuchtete die milchige Dämmerung nur wenige Meter. In regelmäßigen Abständen gab der Skipper – Rolf hieß er, wie sie nun wußte – Doppelwarnungen mit der Dampfpfeife. Aber Margret machte sich keine Sorgen; Kollisionen kamen in diesen Gewässern selten vor. Sie überlegte, ob der Vulkan zu sehen wäre, wenn man sich der Insel näherte.

Neben ihr an Deck schwieg Owen sich aus, als warte er darauf, daß sie das Wort ergriff, genau wie er es geduldig ihr überlassen hatte, sich zur Rückkehr zu entscheiden. Owen, das hatte sie gelernt, war ein Mann, der Schweigen respektierte. Sein Gesicht, das sie bei der Beleuchtung nur schwach erkennen konnte, war glatt rasiert, die Wunden waren verheilt, aber unter dem irischen Tweedhut, der die roten Haare bedeckte, wirkte er bekümmert, aufmerksam und etwas angespannt. Nach vorn schauend, vermied er ihre Blicke. Sie wußte, weshalb er sich sorgte: War es richtig gewesen, daß er so bereitwillig zugestimmt hatte, war sie in der Lage, die Stadt wiederzusehen, waren auch ihre Wunden, die innerlichen, geheilt? Seine Sorge galt ihr, immer nur ihr. Aber wenn er sich um ihretwillen den Kopf zerbrach, hätte sie dann nicht lieber allein fahren sollen?

Als die *Njord* sich der Hafeneinfahrt näherte, sah sie durch den Dunst eine scharlachrot schimmernde Säule wie eine Halluzination, begleitet von Donnergetöse. Ihre Kehle verkrampfte sich, die Erwartung fror ein, wurde zu Ekel und Furcht, und sie fröstelte. Sie war sich Owens Nähe bewußt, aber das konnte sie nicht trösten. Hatte der junge Skipper nicht in Reykjavik am Kai gesagt, daß der Vulkan kaum noch tätig war? Anscheinend aber hatte er während der Nacht neue Kräfte gesammelt. Was bedeutete das aber – weitere Monate und vielleicht Jahre der Verwüstung, des Chaos?

Denn Chaos traf sie auf der Insel an. Sie war überwältigt, meinte, in der staubigen Schwärze zu ertrinken, die in alle Poren drang und ihr die Luft nahm. Alle Gebäude waren damit überzogen, einige davon erdrückt. Die mit Bulldozern geräumten Straßen waren nicht mehr wiederzuerkennen, schwärzliche Rinnen in einem düsteren Meer, ebenholzfarbene Dünen, auf denen Häuser standen, manche intakt, andere wie gestrandete Schiffe, Wracks. Im Vorübergehen schauderte ihr.

Sie spürte Owens ermunternden Griff an ihrem Arm. Wann hatte er ihn gepackt?

Nachdem sie am Hotel vorübergekommen waren, erreichten sie die Ecke des Kirkjuvegur, und da waren die beiden Kegel deutlich zu erkennen. Unwillkürlich wandte sie sich nach Westen, zu ihrem Haus. Oder dem, was ihr Haus gewesen war. Ihr früheres Heim. In einem anderen Zeitalter. Es stand aufrecht da, rußbedeckt, aber intakt. Selbst das bunte Dach war abgeräumt.

Aber es war nicht ihr Haus. Es gehörte einer anderen Person. Einem Menschen, den sie früher mal gekannt hatte. Die Tür war geschlossen. Sie hatte keine Lust hineinzugehen. Das war verwunderlich, aber sie nahm es hin. Zuhause. Sie hatte kein Zuhause. Owen an ihrer Seite sagte nichts. Er hatte ihr berichtet, daß das Haus noch stand. Ganz hatte sie es ihm aber nicht glauben können. Und mit einem leichten Schock stellte sie eine gewisse Enttäuschung bei sich fest. Hätte es nicht wie die anderen zerbersten, zusammenstürzen können? Sie wandte sich ab.

Entlang den Straßen, die sie ihr Lebtag gekannt hatte und die ihr nun nur entfernt bekannt vorkamen, gingen sie zum Haus ihrer Schwester. Das gelbe Dach war gesäubert worden, aber zu spät: Eine Ecke des Baus war zusammengebrochen, als das Dach dort eingeknickt war. Und alles war mit schwarzer Schmiere bedeckt. Sie entsann sich, daß ihre Schwester etwas von einer Plünderung gesagt hatte; vermutlich war es Arni gewesen, der die Schranktüren herausgerissen und das Geschirr zerschlagen hatte. Zum Teufel mit Arni, mochte er in den tiefsten Schlünden der Hölle schmoren! Gewalt, immer Gewalt ... Da war er wieder, der ätzende Haß, wie eine schleichende Krankheit. War er für immer Teil ihres Lebens geworden? Owen hatte in einem seiner seltenen Momente der Ungeduld und des Ärgers gesagt, daß man damit nicht leben könne. Haß zerstört, war seine Warnung gewesen, er frißt an dir, Margret.

Als sie um die Ecke bogen, sah sie einen Mann, den sie vom Sehen kannte, einen Bauer von riesenhafter Gestalt, der mit seiner verkniffenen Frau und seinem Sohn in der Nacht der Evakuierung im selben Boot gesessen hatte. Neben seinen stämmigen Beinen ging der Hund, den sie immer mit dem Jungen gesehen hatte. Josef, ja, so hieß er. Sein Vater trottete vor sich hin, mit kantig vorgeschobenem Kinn. Sie trat ihm in den Weg. Das war für sie ungewöhnlich, aber sie war nicht mehr die alte. Das flache Gesicht über ihr zeigte ein Stirnrunzeln. Wie ging es Josef? Angesichts des Kummers in seinem Blick bedauerte sie, gefragt zu haben, und eigentlich wollte sie es auch gar nicht wissen.

»Josef ist tot«, sagte der Mann in einem Ton, als könne er es selbst nicht fassen. Dann nickte er. »Ja. Er ist in der Krankenanstalt gestorben. Da drüben. Sie sagten, sie würden gut für ihn sorgen.«

Er wirkte so verlassen und elend, daß ihr die tröstenden Worte im Hals steckenblieben.

»War vielleicht das beste«, fuhr er fort. »Sie haben Josef nicht verstanden.«

Unwillkürlich streckte sie eine Hand aus, strich ihm über die rauhe Wolle des Ärmels. Tränen stiegen in ihr hoch. Der Mann schüttelte wieder das gewaltige Haupt. »Ja, Josef geht es vielleicht jetzt besser. *Bless.*« Steif ging er weiter, mit dem Hund bei Fuß.

Sie spürte Owens Griff an ihrem Arm. Aber seine Gegenwart konnte sie nicht trösten. Der Junge war anders gewesen als andere Menschen. Aber in der Stadt hatten sie das nicht verstanden. Nur hier in Vestmannaeyjar war er verstanden und akzeptiert worden. War also doch hier ihre wirkliche Heimat, trotz allem?

Sie kamen an der Schule vorbei, in die sie gegangen war und in der Arni unterrichtet hatte. Verfluchter Kerl, sollte er doch verrecken. Sie sahen die Kirche, die wieder so weiß war wie ehedem. Dann überquerten sie die drei Block breite Schneise, die die feurige Lawine durch die Stadt gewalzt hatte. Entsetzt wollte sie weitereilen, als Owens Hand sie zurückhielt.

Als könne er ihre Gedanken und Gefühle erraten, sagte er: »Von hier aus kannst du alle Häuser sehen, die dem Unheil entronnen sind.«

Sie blickte nach Westen. In langen Reihen nebeneinander standen die Gebäude an den Straßen mit gesäuberten Dächern, vielfarbige Symbole der Hoffnung, intakt und mit den Läden wie einst. Solide und vertrauenerweckend? Sie war schon vorher durch Straßen spaziert, die nur kaum beschädigt waren – aber sie hatte keine Augen dafür gehabt. Ihr fiel ein, daß nur ein Drittel der Gebäude vernichtet worden war. In ihrem Schockzustand waren ihr nur die Verwüstungen aufgefallen.

Sie ging weiter, hätte eigentlich Owen dankbar sein müssen, fand aber keine Worte. Das Krankenhaus lag zu ihrer Linken, direkt neben dem Lavaausläufer, mit intaktem Dach und nach Osten verschalten Fenstern, die Schäden repariert. Sie spürte, daß etwas von der Starre von ihr gefallen war. Sie erreichten die Ecke der Bank. Die Zeiger standen nicht mehr auf 1.55 Uhr – die Uhr lief wieder.

Beim Einbiegen in die Vestmannabraut gingen die Straßenlaternen an, und sie merkten, daß es dunkel wurde. Rechts lag die Post mit der Funkzentrale. Und die Apotheke mit schwarzen Fenstern. Sie dachte an den Zeitungsbericht von dem Mann, der hier gestorben war. Das einzige Todesopfer der Katastrophe, hatte es geheißen. Zählte Josef nicht? Oder die Frau des Kapitäns der *Njord*? Oder so manche andere, von denen sie nichts wußte?

Und die überlebenden Opfer? Wie Margret Magnusdottir?

Diesmal bemerkte Owen ihre Konzentration auf die Apotheke, interpretierte sie aber falsch. So sanft er konnte, um die anderen Geräusche zu übertönen, an die sie sich schon fast gewöhnt hatte, sagte er: »Die Gasgefahr ist mehr oder weniger vorüber. Nur in hermetisch verschlossenen Häusern oder Kellern droht sie noch. Sonst würden wir Masken tragen.«

Sie nickte nur. Aber es rührte sie, wie gütig und einfühlsam und besorgt dieser Mann war. Bei ihm hatte sie zum ersten Mal erfahren, daß ein Mann, um seine Männlichkeit zu beweisen, nicht überwältigend bestimmend und grausam be-

sitzergreifend sein mußte, daß die körperliche Liebe ein gegenseitiges Geben und Nehmen war, nicht eine halbe Vergewaltigung. Hatte er ihr nicht bewiesen, daß ein Mann mit Zärtlichkeit und Anteilnahme viel männlicher war? Wenn schon alles andere vergebens war, sie hatte wenigstens begriffen, was Männlichkeit ausmachte.
Sie erreichten wieder Heidarvegur, und beim Einbiegen konnten sie den Hang zum Hafen hinabschauen, über dem Dampf und Rauch und Nebel brodelten.
Auf der anderen Straßenseite lag das Aquarium, dessen Wandgemälde von einer Schmutzschicht überzogen waren. Sie überquerte die Straße. Die Tür war nicht verschlossen. Im Inneren bot sich das vertraute Bild, und sie konnte wieder leichter atmen. Hier war es gedämpft und still wie immer. Die ausgestopften Vögel und Tiere standen in ihren Glaskästen, wirkten lebendig und unverändert. Im größeren Raum dahinter schwammen die Fische in ihren Glastanks herum. Hier fühlte sie sich zum ersten Mal wirklich in Vestmannaeyjar zu Hause.
Sie ließ sich auf eine Bank sinken und starrte einen häßlichen Katzenwels an. Und merkte erst jetzt, daß Owen nicht da war. Wie typisch für ihn, daß er ihr Einsamkeitsbedürfnis gespürt hatte. Einen solchen Menschen hatte sie noch nie gekannt. Und sie fragte sich, ob es ihr je wieder möglich sein würde, den Wochen und Monaten einen Sinn zu geben – diesen Tagen und besonders diesen Nächten, in denen sie immer mehr in dem Gefühl erstarrte, daß alles unausweichlich auf ein schreckliches Ende zusteuerte. Hatte Owen deshalb nicht gezögert, mit ihr hierherzufahren? In Anbetracht des vergangenen Schreckens und der an ihr nagenden Angst hatte er vielleicht geglaubt, daß der Anblick der Verwüstungen und des Kampfes der Menschen gegen die Naturgewalt ihr neuen Mut geben konnte, das eigene Schicksal auf sich zu nehmen und gegen ihre Dämonen anzukämpfen.

Selbst wenn er nicht mehr zweifelte, daß sie sich fangen konnte, sie war keineswegs zuversichtlich.
Hatte er noch Zweifel gehabt, als er in Reykjavik in ihr Hotelzimmer gestürmt kam und seine Liebe gestand? *Du mußt mich nicht lieben, Margret. Es reicht, wenn ich dich liebe.* Entschlossen, das Ziel vor Augen. Und sie war bereit gewesen, mit ihm in den Norden zu fahren, ihre Leidenschaft zu erneuern. Am frühen Morgen waren sie noch bei Dunkelheit und Kälte in dem gemieteten Campingbus aufgebrochen, über schneeverwehte Nebenstraßen in eine kahle und jungfräuliche, eisglitzernde Gegend. Und hier hatte ihre Heilung begonnen.
Auf den unwegsamen Straßen dauerte die Reise einen ganzen Tag bis zu ihrem Ziel. Die Nacht verbrachten sie hinten im Campingbus in einem Schlafsack, liebten sich mit einer drängenden Intensität, völlig hingegeben, und später dann noch einmal sanft und zärtlich, kosteten einander aus, bis sie ineinander verschlungen in einen Halbschlaf versanken, von einer atemberaubenden Stille umgeben, in urweltlicher Einsamkeit.
Er verbrachte zwei Tage mit Fotografieren, suchte kletternd neue Blickwinkel, wechselte Objektive, stellte Entfernungen ein und stieg auf den Campingbus, um ein weiteres Schußfeld zu bekommen. Während der Arbeit war Owen völlig konzentriert, sehr geschäftig und dabei ungeheuer geduldig; jedes Bild mußte sitzen.
Als er alle Filme belichtet hatte und bedauerte, nicht auch eine Luftaufnahme machen zu können, hatte sie noch keine rechte Lust, nach Reykjavik zurückzukehren. Was wollte sie eigentlich? Auf dem Heimweg entdeckte sie ein handgefertigtes Schild an einem Briefkasten an der Straße: Hotel. Ohne ein Wort bog er in den engen Zufahrtsweg ein. Das Hotel war ein anheimelndes weißes Haus in einem kleinen Fischerdorf.
Wieder ein Dach über dem Kopf, ein Zuhause. Ein Refugium.

Wieder Tage und Nächte bebender Erregung und entspannten Friedens. Und diesmal keine plötzlichen Stimmungsschwankungen, Ausbrüche von jähem Ärger oder stiller Verzweiflung. Kein Versinken im Morast der Widersprüche. Aber sie hatte das Wort Liebe nie in den Mund genommen. Konnte es nicht. Sie wagte nicht, etwas zu riskieren. Arni war auch einmal sanft gewesen. Am Anfang. Immer wieder drängte sich sein Name, sein Bild in ihre Gedanken, und dann hatte sie einen gallebitteren Geschmack im Mund, rasierklingenscharfe Schmerzen im Hals, war von Haß überschwemmt. Hand in Hand ging die kühle Gewißheit, daß volle Hingabe gleichbedeutend mit der Hingabe an ein neuerliches Desaster war. Also waren die Tage in dem Fischerdorf nur ein Zwischenspiel – ein kostbares und merkwürdiges Vergnügen, aber eine Flucht vor der Wirklichkeit, eine Episode.
Auch sie neigte sich dem Ende zu. Sie beschwor es herauf. Weil nach einer kurzen Atempause die Unsicherheit aufs neue einsetzte. Sie zu verschlingen drohte. So wie Owen sie zu verschlingen drohte. Sie spürte die Gefahr, erkannte sie, befürchtete sie. Es durfte nicht sein. Also hatte sie ihn eines Abends gebeten, sie nach Vestmannaeyjar zu bringen. Und ohne Zögern, als habe er es schon erwartet – vielleicht sogar erhofft? –, hatte er zugestimmt.
Wieder auf der Straße im Campingbus vor Anbruch der Dämmerung hatte sie über diesen Entschluß nachgesonnen: Befand sie sich schon wieder auf der Flucht, oder erhoffte sie sich eine Konfrontation mit ihrem eigenen, neuen Ich? Und was war mit Owen? Was für Vorstellungen hatte er? Daß sie sich aus der dunklen Nacht ihrer Seele befreit und Haß und Verbitterung hinter sich gelassen hatte? Sie wünschte, es wäre so. Als sie die Vororte von Reykjavik erreichten, sagte sie: »Owen . . . ich glaube, ich würde gern Arnis Mutter besuchen.« Sie hoffte, er würde nicht nach dem Grund fragen, denn den hätte sie nicht zu nennen vermocht.

Ohne Erstaunen erwiderte Owen: »Ich kenne den Weg.« Sein Ton war trocken und voll Selbstironie. »Wenn du es nicht glaubst, so schau mein Ohr an.«
Sie schaute hin. »Armer Owen.« Sie streichelte es. »Es ist das schönste Ohr, das ich je gesehen habe.« Und zärtlich küßte sie es.
Arnis Mutter kam selbst an die Tür des aprikosenfarbenen Hauses am See. Das knochige Gesicht mit der spitzen Nase blickte kalt. Sie geleitete Margret hinein – kein Zeichen der Verwirrung oder der Überraschung – und schleuderte ihr dann eine wilde Anschuldigung ins Gesicht:
»Du bist daran schuld, daß er fort ist!«
Margrets Mitleid verkroch sich vor dieser messerscharfen Stimme.
»Du bist eine treulose Ehefrau gewesen, und wage nicht, das Gegenteil zu behaupten. Sogar jetzt hast du draußen vor der Tür einen Mann warten!«
Margret saß wie erstarrt und entdeckte hinter dem wild funkelnden Blick, wie die Frau unter der Trennung und der Einsamkeit litt. Trotzdem konnte sie sich nicht bereitfinden, etwas Unwahres zu bekennen, das vielleicht der Mutter ein Trost war, aber sie in falschem Licht erscheinen ließ. Sie wandte sich zum Gehen, als die Frau ihren Arm in einen klauenartigen Griff nahm.
»Bitte nicht. Trink Kaffee mit mir. Bitte.«
Das nackte Flehen rührte Margret. Sie blieb. Sie trank Kaffee. Sie fragte sich insgeheim, weshalb sie überhaupt hergekommen war, was sie zu erreichen gedacht hatte. Und für wen?
»Wo kann er nur sein?« fragte Arnis Mutter. »Wenn du es weißt, Margret, dann sag es mir bitte.«
Aber sie wußte es nicht und sagte es.
»Denkst du darüber nach?«
Manchmal ja.

»Liebst du ihn noch?«
Margret holte tief Luft, schüttelte aber ohne Zögern den Kopf. Unvermittelt wollte die Frau wissen:
»Glaubst du, er haßt mich?«
Verblüfft antwortete Margret: »Ich weiß nicht. Arni . . . steckte voller Haß.«
Die Frau nickte mit verschleiertem Blick: »Ich bin es. Ich bin diejenige, die er eigentlich haßt.« Und mit einem verlassenen, abwesenden Ausdruck: »Alle haben mich immer gehaßt . . . Margret, ich muß dir etwas sagen. Ein Mensch hat mich einmal geliebt. Vor langer Zeit. Arnis Vater. Er war der einzige. Aber er starb. Er war nicht mein Ehemann. Mein Mann starb auch. In diesem Haus. Als er von Arnis Vater hörte. Arni hat den Schuß gehört. Ist es ein Wunder, daß er mich haßt? Ich habe es ihm nie gesagt, aber irgendwie wußte er es. Warum erzähle ich dir das alles?« Sie brach ab, und Margret glitt impulsiv auf den Boden zu Füßen der Frau.
»Ich komme wieder«, sagte sie in der Erkenntnis, daß hinter der Grausamkeit Leiden verborgen lag. »Ich werde dich besuchen.« Sie sah ein Lächeln bei ihrer Schwiegermutter, die sie nie zuvor hatte lächeln sehen.
»Nett, daß du das sagst, aber lieber nicht.«
Margret ging in die Diele, ernüchtert und betrübt und seltsam erleichtert. »*Bless*«, sagte sie, ehe sie die Tür öffnete. Und Arnis Mutter fragte:
»Warum, Margret? Warum habe ich gelogen? Schiebe nicht alle Schuld auf Arni. Ich war es, die gelogen hat. Und wußte, daß es gelogen war. Er war . . . er ist alles, was ich habe. Und das einzige, was mir von seinem Vater . . .« Sie schüttelte den Kopf mit dem silberweißen Haar. »Warum habe ich gelogen? Das werde ich mich noch lange Jahre fragen. *Bless.*«
Und als Margret zu dem am Bordstein wartenden Wagen

floh, überlegte sie, ob sie es nicht Owen verdankte, wenn aus ihr nicht auch so eine traurige, verbitterte Gestalt wurde. Oder war sie schon auf dem besten Weg dazu?
Wieder im Wagen, weinte sie unverhüllt und ohne Scham – und nicht über sich. Obwohl Owen nicht fragte, erzählte sie ihm alles. »Sie merkt jedenfalls, daß du ihr vergeben hast«, sagte er während der Fahrt. Woher konnte Owen das wissen? »Bist du nicht eigentlich deshalb hergekommen? Weine nicht, Margret. Lächle. Lächle trotz allem.«
Wegen des schlechten Wetters flogen keine Maschinen nach Heimaey. An den Docks erfuhren sie, daß der kommerzielle Schiffsverkehr mit Heimaey ruhte. Sie hatten schon beschlossen, sich ein Hotel zu suchen und bis zum morgigen Ostersonntag zu warten, als Margret eines der am Pier vertäuten Schiffe erkannte. Und als sie den Namen am Bug las – *Njord* –, war sie sicher. Der Skipper war ein junger Mann, fast noch ein Knabe, den sie vom Sehen her kannte; er trug seine Kapitänsmütze verwegen schräg, rauchte eine Pfeife und blickte fast fröhlich drein. Willkommen an Bord. Das Schiff war groß genug und wartete nur noch auf einen Passagier – seine Schwester. Nach einer Weile traf sie ein: Rosa, ein schlankes, blondes Mädchen mit sorgenvollem Blick. Sie war nicht allein gekommen. An Deck stellte sie Rolf ihrer Freundin vor, einem viel kleineren und sehr jungen Mädchen mit honigblondem Haar und einem weichen, geröteten Gesicht.
»Sigrud!« rief Rolf. »Was ist denn mit dir passiert!«
Das Mädchen lächelte wissend, mit verhaltenem Spott. Und Rosa erklärte: »Sie arbeitet jetzt mit mir bei der Fluggesellschaft im Büro.«
»Du hast dich aber herausgemacht«, stellte Rolf mit Bewunderung fest. »Und in so kurzer Zeit. Na, du bist ja groß genug, um mir bei der Navigation zu helfen. Komm.«
Nachdem er Margret vorgestellt hatte und sie die anderen mit

Owen bekannt machte, den Rolf von gemeinsamen Arbeitseinsätzen in Vestmannaeyjar her kannte, kletterte Rolf die Stufen hinauf ins Steuerhaus und half Sigrud hinauf. Während der Fahrt, die Rosa schweigend und in sich gekehrt verbrachte, tönte immer wieder Lachen heraus, Sigruds Kichern und Rolfs tiefe Stimme, die gelegentlich in lautes Gelächter ausbrach.

Die Menschen überleben so viele Tragödien und grausame Schicksalsschläge. Aber sie schaffen es. Irgendwie. Und hinterher können sie sogar wieder lachen.

Einige überleben. Einige.

Sie hatte doch auch überlebt, oder?

Saß sie jetzt nicht hier im Aquarium in Vestmannaeyjar, wohin sie sich so oft zurückgezogen hatte, um Einsamkeit und Ruhe zu finden oder wenigstens die Illusion von Geborgenheit? Hier war alles vertraut und am gewohnten Platz. Draußen mochte das Chaos herrschen, direkt vor der Tür, aber hier hatte alles seine Ordnung. Und das war ein Trost, wie früher auch.

Sie erhob sich von der Bank und schlenderte an den Aquarien vorbei. Die vertrauten Fische – schlank und silbern, schwarz, gefleckt, golden – glitten wie immer hinter dem Glas auf und ab. Vom Krach der Baumaschinen und der Lastwagen und der Pumpen war nichts zu hören; sogar Kirkjufells Donnern wirkte gedämpft, wie in weiter Ferne. Hier war der einzige Ort, der das Gefühl vermittelte, sie hätte die Insel nie verlassen.

Sie hörte ihren Namen, schaute über die Schulter und versuchte, ihm zu Gefallen ein Lächeln aufzusetzen, was mißlang. Es war aber nicht Owen, sondern Arnis Freund Jonas. Er stand drei Glasbehälter weiter, mit drei Jungen, die flüsterten und kicherten und mit den Fingern an die Scheiben klopften, um Kontakt mit den Fischen herzustellen.

Das offene Gesicht des Mannes verzog sich zu einem ent-

schuldigenden Lächeln, als bedaure er, sie gestört zu haben.
»Du bist also zurückgekommen, Margret?«
»Nur über Ostern, um mich umzusehen. Und wie steht's bei euch?«
»Wir sind wieder zusammen, meine Frau und drei von meinen vier Jungen. Der älteste wird bis zum Ende des Schuljahres in Reykjavik bleiben.« Er zuckte mit den breiten Schultern. »Er möchte gern ganz drüben bleiben, aber er ist noch zu jung. Meine Frau erzählte, daß es auch anderen so geht, besonders den Jüngeren.« Er schüttelte den Kopf, als sei das für ihn unvorstellbar. »Dein Haus steht noch.«
»Ja, ich habe es gesehen. Und deines?«
»Es ist abgebrannt. Aber wir haben ein anderes und richten es gerade her. Es hat Frosti Runaldsson gehört.«
Sie entsann sich nur verschwommen an den Mann, hochgewachsen, würdevoll und ergraut.
»Er hat keine Angehörigen, und deshalb . . .« Er brach ab.
»Es ist also alles vorüber?« fragte sie. »Wenn du deine Familie zurückgeholt hast . . .«
»Das läßt sich nicht voraussagen. Niemand kann es. Gestern war es ruhig, und heute nacht, ohne Vorwarnung – du hast es ja gehört und gesehen. Es fließt viel weniger Lava. Aber . . . das Risiko ist noch vorhanden.« Risiken überall, innerliche und äußerliche, und nur wenige waren stark, mutig genug, ruhten in sich, um . . .
»Aber was soll's?« sagte Jonas. »Ohne Gefahr kann niemand leben. Der alte Kirkjufell hat mir das beigebracht in den vergangenen dreizehn Wochen.« Das Lächeln war verschwunden, und seine Stimme war ernst. »Ich habe gehört, daß du hier bist, Margret. Neuigkeiten haben sich hier schon immer schnell verbreitet, und jetzt unter so wenigen Menschen . . .« Er griff in die Tasche seiner dicken Jacke. »Ich habe einen Brief für dich aufgehoben.«

Sie wollte ihn nicht. Sie würde ihn nicht lesen. Nein! Zerreiß ihn bitte, zerfetze ihn, bitte!
»Ich wollte ihn dir in Reykjavik geben, aber niemand hat gewußt, wo du steckst . . .«
Sie starrte den Umschlag an. Bitte, zerreiß ihn, ich will ihn nicht haben.
»Er kommt aus Istanbul in der Türkei. Er hat mich gebeten, ihn dir auszuhändigen.«
Sie blickte die haarige Hand mit dem Umschlag an. Owen, wo bist du, ich brauche dich. Sie nahm den Brief mit spitzen Fingern.
»Danke«, sagte sie, und die Hand zitterte.
Jonas zögerte einen Moment, der wie eine Ewigkeit schien. Dann sagte er: »Ich wußte nicht recht, was ich tun sollte. Aber Arni war . . . Arni ist mein Freund.«
Er sprach wie Arnis Mutter, Arni war . . . Arni ist . . . Dann war Arni also noch am Leben.
»Kommt, Jungs«, rief er, und dann verabschiedete er sich von ihr. »*Bless.*« Sie war wieder allein.
Steif ließ sie sich auf die Bank sinken und beschloß, daß sie der Brief, was er auch enthalten mochte, jetzt nichts mehr anging. Arni war tot. Selbst wenn er nicht gestorben war, für sie war er tot. Oder nicht? Warum zitterte sie am ganzen Leib?
Sie riß den Umschlag auf und las, was in dem Brief in schulmeisterlicher Handschrift stand:
Liebe Margret,
sie erlauben mir jetzt zum ersten Mal zu schreiben. Einen Brief nur. Türkische Gefängnisse sind nicht besonders angenehm, aber ich muß mich damit für die nächsten fünf Jahre abfinden. Ich verdiene das Ungeziefer, das menschliche und das andere. Ich beklage mich nicht. Wenn ich es nicht für das verdiene, was hier vorgefallen ist – was bin ich doch für ein Berserker, wenn ich trinke – dann doch für das, was ich früher gemacht habe, was ich Dir angetan habe. Es wäre unsinnig

und nutzlos zu schreiben, daß es mir leid tut. Diese Worte sind viel zu schwach für meine Reue und meinen Kummer und meine Schuld. Ich möchte Dir nur sagen, Margret, daß ich alle juristischen Dokumente, die du mir schickst, unterschreiben werde. Sie haben mir zugesagt, daß sie es gestatten werden. Ich wünschte, ich wäre ein frommer Christ, weil ich dann jetzt daran glauben könnte, daß ich büßen darf und daß mein Leben, mein lebendiges Begrabensein hier in Steinmauern, Dreck und Brutalität, zu einer Vergebung meiner Schuld führen kann. Die einzige Frage, die mich Tag und Nacht verfolgt und unerträglich quält, ist die: Hat Dr. Pall mir die Wahrheit gesagt? Habe ich wirklich das getan, wessen er mich beschuldigt? Ich habe nämlich keine Erinnerung an das, was geschehen ist. Ich weiß nur, was Dr. Pall mir hinterher sagte. Wenn Du es über Dich bringen kannst, gib mir bitte Antwort darauf. Habe ich wirklich mein eigenes Kind umgebracht?

Mit großer Ruhe, denn das Zittern war seltsamerweise verebbt, beschloß Margret ihr weiteres Vorgehen. Sie würde heute abend noch den Brief schreiben – die juristischen Formalitäten hatten Zeit bis später – und seine Frage beantworten. Eine Lüge wollte sie ihm schreiben, die ihn wenigstens teilweise von der Qual befreien würde: Dr. Pall wollte dich nur für das bestrafen, was du mir angetan hast. Deine Mutter hat dich angelogen. Ich hatte kein Kind unter dem Herzen.

So konnte sie selbst Befreiung finden, seinen Mord vergeben und den Mörder von der Schuld freisprechen. Indem sie ihm Frieden und Freiheit gab, erlangte sie beides auch in gewissem Maße selbst. Schluß mit dem krankhaften Haß; nur Anteilnahme war geboten. Fünf Jahre für einen stolzen Mann wie Arni, gefangen und im Dreck, das Gegenteil des Helden seiner Träume, nicht ehrenvoll in der Schlacht gefallen und in die Walhalla aufgenommen, nicht in die Unsterblichkeit der Helden eingegangen, sondern gedemütigt und in unvorstellbarer Schande . . .

Einen Moment lang kämpfte sie gegen aufsteigende Tränen. Ihr fiel ein, was Owen über Mitleid gesagt hatte – daß es ein Teil der Liebe sein konnte. Warum nicht? Aber es mußte nicht so sein, denn man kann auch Mitleid haben ohne Liebe. Und sie liebte Arni nicht mehr. Und haßte ihn auch nicht mehr. Mitleid kann auch Haß auslöschen – Owen, hast du das gewußt? Sie hatte es erkannt. Jetzt wußte sie es.

»Was ist los, Margret?« Sie hatte ihn nicht kommen hören. Er stand vor ihr und schaute zu ihr hinunter. »Du bist blaß.« Sie blickte ihm in die Augen, sah Sorge und Mitgefühl. »Erlösung«, sagte sie mit einem angedeuteten Lächeln. »Es ist die Jahreszeit dafür.«

Es war typisch für ihn, keine Erklärung zu verlangen. Seine Beschützermiene wurde ernst, drückte ein gewisses Zögern aus. Was hatte er ihr sagen wollen?

»Und was hast du die ganze Zeit getrieben?« fragte sie und hörte selbst das fast schon vergessene Singen in ihrem Tonfall.

»Dr. Pall hat mich im Krankenwagen mitgenommen und mir ein Haus gezeigt. Es liegt etwas außerhalb, ein altes Bauernhaus auf einer Klippe über dem Meer. Innen ist es weiß gestrichen und . . . sehr gemütlich.«

Etwas in ihr zuckte zurück, wurde wachsam. Ihr Lächeln erlosch. »Das Haus, in dem der holländische Schriftsteller gelebt hat. Und seine französische Frau.«

»Sie ist fort.« Er sprach in einem gleichmäßigen Flüstern, als wolle er seine Aufregung überspielen, die sie sehr wohl erkannt hatte und die sie erschreckte. »Dr. Pall hat ihr das Haus abgekauft. Wahrscheinlich, damit sie das Geld bekam, um nach Frankreich zurückzukehren.«

Sie verstand schon, was er meinte, was er ihr klarmachen wollte. Bitte nicht, Owen. Bitte sprich es nicht aus.

Ohne Gefahr kann niemand leben.

Dann sagte Owen: »Ich habe keine Angst vor dem Vulkan, wenn du keine hast.«
Aber er wußte es besser. Nicht der Vulkan schreckte sie. Es war etwas anderes: die Gefahr, sich jemals wieder ganz hinzugeben. Er wußte es. Die Menschen ändern sich. Arni war auch einmal gütig und zärtlich gewesen. Ein Liebender.
Owen wartete schweigend.
Sie konnte ihm nicht mehr in die Augen schauen.
Sie wandte sich ab und floh.
Sie hatte sich nicht erholt. Niemals würde sie sich von den Schrecken erholen können.
Draußen war es dunkel geworden. Durch den Tränenschleier sah sie nur die Straßenlaternen und die Feuersäule über den Dächern.

Am Sonntagmorgen war es so still, daß die Kirchenglocke deutlich in der ganzen Stadt zu hören war. Als sie schwieg, setzte die Orgel ein. Pastor Petur Trygvasson war allein in der Sakristei und wartete darauf, daß seine Frau an der Tastatur ihm durch ein Crescendo anzeigte, daß die Gemeinde Platz genommen hatte. Er wußte nicht, mit wie vielen Kirchgängern er rechnen konnte. Immer mehr Heimaeyer kehrten auf die Insel zurück, und an einem Sonntag kamen viele Angehörige zu Besuch, um die Verwüstungen mit eigenen Augen zu sehen.
Petur war vor jedem Gottesdienst nervös, aber heute aus einem besonderem Grund. Er war nicht sicher, ob es ihm überhaupt zustand, den Gottesdienst zu halten. Seit der Ankunft vor Wochen hatte er mit seinen Zweifeln gelebt. Mindestens neunmal hatte er die Predigt geschrieben und umformuliert: Was hier geschah, ist der Wille Gottes, auch wenn unser kleinmütiger Geist es nicht versteht. Der Mensch muß glauben und sich damit abfinden. Alles hat eine Bedeutung, und

wir alle sind Sünder, die Bestrafung verdienen. *Die Rache ist mein, spricht der Herr.* Rache wofür, Vergeltung für welches Verbrechen, für welche Sünden? *Wen der Herr liebt, den weist er zurecht.* Petur konnte, so sehr er sich mühte, keine Gerechtigkeit darin erkennen. Aber hatte sein Vater, der Bischof, nicht immer gesagt, daß man an Gott zweifle, wenn man an seiner Gerechtigkeit zweifle?

Zweifelte er denn an Gott? War man erst einmal an diesem Punkt angelangt, hatte man eine Grenze überschritten, und vor einem lag das Nichts. Wenn er so empfand, wie konnte er dann die Predigt halten, die er als zusammengerolltes Manuskript in der Hand hielt?

Die Orgelklänge schwollen mächtig an, wurden dann leiser und tönten weiter. Nervös fingerte er an seinem braungoldenen Ornat, öffnete flach atmend die Tür zur Kanzel, und dann stand er im Kirchenschiff vor der zahlreich erschienenen Gemeinde. Die Gesichter hatten an diesem Morgen nicht den eingefallenen, abgearbeiteten Ausdruck wie bei den abendlichen Andachten im Kerzenschein, und auch die Augen blickten nicht trüb und müde. Die Anwesenden erhoben sich von den harten Kirchenbänken und standen mit ruhiger Würde da, und zu seinem Erstaunen empfand auch er eine gewisse Ehrfurcht. Wenn nicht vor Gott, dessen Existenz ihm nicht mehr sicher schien, dann vor wem, für wen? Während sein Blick über die Versammelten schweifte, fühlte er eine Verbundenheit mit ihnen, eine Solidarität, die er vor seiner Rückkehr und den Renovierungsarbeiten an der Kirche nie gekannt hatte.

Fremde waren gekommen, und es fehlten viele vertraute Gesichter ... Wie viele würden nie mehr den Weg zurück finden? In den letzten beiden Bänken standen amerikanische Soldaten in Uniform. Petur war bewußt, daß es viele mehr aus Heimweh und Gewohnheit hergetrieben hatte, denn aus Gläubigkeit – aber das verstand er.

Als das Präludium ausklang, drehte sich seine Frau auf der Orgelbank herum und schaute ihn an. Zuneigung erfüllte ihn. Ihr Vater war noch immer krank und dem Tod näher denn je, und doch war sie gekommen. Um zu Ostern bei ihm zu sein, wie sie gesagt hatte. Mittlerweile hatte sie sich zum Bleiben entschlossen. »Das ist mein Platz«, war ihr Kommentar.

Anstatt die Gemeinde mit einer Geste zum Sitzen aufzufordern, trat er einen Schritt vor und zitierte entgegen seinem Konzept aus den Psalmen: *Wir gingen durch Feuer und Wasser.* Nach einer Pause, während der ihm Noah in seiner Arche inmitten der unendlichen Wasserwüste vorschwebte, fuhr er fort: *Ein Ölblatt hatte sie abgebrochen und trug's in ihrem Schnabel.* Was wollte er ihnen damit anbieten – Hoffnung? Ein Versprechen?

Um solchen Gedanken zu entgehen, ließ er eine Hymne anstimmen, und die Orgel setzte ein. Während des Gesangs betrachtete er seine Schäflein und war verblüfft: Baldvin und Inga standen in einer Reihe neben dem Mittelgang, und Inga sang mit. Baldvin in einer christlichen Kirche! Aber warum hatte er ihn nicht besucht? Betrachtete er sich nicht mehr als sein Freund? Ein Gefühl der Trauer und des Verlusts überkam ihn. Unvorstellbar, eine Freundschaft einer abweichenden Meinung zu opfern! Dann fiel ihm Baldvins Gemälde ein, und seine Verblüffung wuchs.

Inmitten des Lobgesangs fiel Ingas Blick auf Baldvins linke Hand, die auf der Rücklehne der Vorderbank lag. Neuerdings schien sie immer in Bewegung zu sein. Außer im Schlaf lockerte und übte er sie ständig.

Peturs schweifender Blick traf auf eine noch erstaunlichere Erscheinung: Dr. Pall. Seit dem Tod seiner Frau war Pall nie in die Kirche gegangen, außer bei Hochzeiten und Beerdigungen. Ihre Blicke trafen sich. Anstatt Pall wegen seines Skeptizismus oder gar Atheismus zu verdammen, beneidete ihn

Petur heute wegen seiner unkomplizierten Einstellung: der fraglosen Hinnahme des Zufälligen. Petur hatte es einst für Arroganz gehalten. Jetzt ... jetzt war er nicht mehr so sicher. Wenn den Herren zu verleugnen zur ewigen Verdammnis führte, dann war Petur bereits verdammt. Seit Wochen schon lebte er in seiner eigenen Hölle. Und so konnte er nicht weiterleben.

Dr. Pall hatte die geistige Krise seines alten Freundes schon in jener Nacht in seinem alten Krankenhausbüro gespürt und fragte sich nun beim Anblick des Geistlichen, in welche Abgründe sie ihn mittlerweile geführt hatte. Wie dumm, wie kindisch und närrisch, sich vorzustellen, man müsse unbedingt Teil eines gesetzmäßigen Ganzen sein, das das Universum umschließt. Pall hatte sich nicht aus einem frommen Impuls heraus zum Kirchgang am Ostersonntag entschlossen, sondern wegen des neuentdeckten Bewußtseins der Zusammengehörigkeit mit diesen Menschen, die er zeit seines Lebens gekannt und behandelt hatte.

Als die Stimmen zum Schluß des letzten Verses anschwollen, fühlte sich Petur mit einem Mal einsam, verschreckt, in der Gegenwart der vielen Menschen isoliert und allein. Nie würde er es wagen, seine Bedenken, seine geistige Rebellion jemandem anzuvertrauen, nicht einmal seiner Frau. Vielleicht hatte Pall dafür Verständnis. Waren sie nicht Freunde?

Die Musik endete. Er hob die Arme, und die Leute setzten sich. Normalerweise kamen nun die Ankündigungen: Hochzeiten, Rügen, Programmpunkte für gesellige und soziale Treffen. Heute hatte er nur eine Ankündigung zu machen. Er sprach wie immer zögernd und schämte sich wegen des unsicheren Tons: »Es ist meine traurige ... meine etwas abwegige Aufgabe ..., Sie zu informieren, daß ... unser Vulkan von der Isländischen Geografischen Namenskommission einen Namen bekommen hat. Mir wurde gesagt, daß Kirkjufell für Berge vorbehalten ist, die die Form einer Kirche haben. Demzufolge wurde Kirkjufell auf den Namen Eldfell getauft.« Er sah in einigen Gesichtern Mißbilligung. Den amerikanischen Helfern in der letzten Bank zuliebe wiederholte er es auf englisch und fügte hinzu: »Der Vulkan heißt offiziell in der Übersetzung Feuerberg.« Während er sich der Kanzel zuwandte, dachte er, daß der nun 240 Meter hohe Vulkan bei seinen Leuten, die er so gut kannte, immer Kirkjufell heißen würde.

Er stieg die Treppe empor und verharrte eine Weile schweigend. Dann begann er seine Predigt, wie er sie aufgeschrieben hatte: »Und in der Erde Blut und Feuer und Rauchsäulen.« Die erwartungsvollen Mienen seiner Mitbürger, frohgemut und auf ihre Erfolge stolz, rührten ihn.

Er kam zu dem Schluß, daß die Predigt in seiner Hand nicht genügte. Er legte die Blätter beiseite. Seine Stimme setzte mit festerem Ton ein. Aus dem Gedächtnis zitierte er Moses: *»Solange die Erde steht, soll nicht aufhören Saat und Ernte, Frost und Hitze, Sommer und Winter, Tag und Nacht.«*

Dann begann er seine Predigt ohne Stocken, in die angespannte Stille und Aufmerksamkeit hinein: »Der Mensch ist immer der Gnade der Natur ausgeliefert.« Er hatte nicht Gott gesagt. »Und die Natur bleibt ein Geheimnis . . .«

Er sprach weiter, machte kaum eine Pause, wägte die Sätze nicht vorsichtig ab. Sein Blick fiel auf Kristrun Egilsdottir mit ihrem Mann und ihrer Tochter, deren Namen ihm entfallen war, die angeblich die Katastrophe vorausgesehen hatte. Konnte er sicher sein, daß das nicht zutraf? Gab es nicht im Alten Testament Propheten? Warum wertete man Voraussagen in der Bibel als Gottes Wort und Voraussagen heute als Aberglauben?

In einer hinteren Bank saß in der Mitte Rolf Agnarsson zwischen seiner Schwester Rosa und einem Mädchens namens Sigrud; Petur hatte sie als Kind in Erinnerung, was sie keineswegs mehr war.

». . . nur wenige. Nur wenige sind der Verzweiflung zum Opfer gefallen. Ihnen gebührt unser Mitleid, nicht unsere Verachtung. Wir gedenken ihrer mit Liebe und Anteilnahme.«

Ein anderes Gesicht stach aus der Menge hervor, das er noch nie in der Kirche gesehen hatte: der als Patton bekannt gewordene Mann. »Wir können stolz sein«, fuhr Petur mit selbstsicherer Stimme fort, die das Kirchenschiff füllte, »wir können stolz auf das sein, was wir erreicht haben.« Dann brachte er wieder ein Zitat: »*Hochmut kommt vor dem Fall* . . . Das ist nicht wahr. Der Mensch hat ein Recht, stolz und hochmütig zu sein!« Patton saß neben einer Frau, deren Gesicht bei diesen Worten erstrahlte. »Was hier erreicht worden ist – von euch allen und mit Hilfe von Fremden –, ist grandios. Wenn wir jemandem dafür danken sollen, dann ihnen und uns selbst.« Er schloß sich mit ein, denn er gehörte nun zu ihnen. Dann malte er die Zukunft aus, in der Heimaey in altem Glanz erstehen würde, mochte es Monate oder Jahre dauern. »Wir werden den Ort ausgraben und Lavagestein und Schlakke für neue Straßen und Häuser und eine neue Rollbahn verwenden. Das glühende Magma wird uns als Heizung dienen für unsere Häuser. Die noch stehenden Fischverarbeitungsfabriken werden ihre Tore wieder öffnen, und die zerstörten Fabriken werden wieder aufgebaut. Die Schulen werden wieder ihren Betrieb aufnehmen, Gras wird gesät, vielleicht sogar von Flugzeugen aus, Humus wird in die Vorgärten geschafft, und die Blumen werden wieder blühen!« Die Stille vibrierte im Raum. Was er aus ihren Gesichtern las, erfüllte ihn mit einer nie gekannten Befriedigung. Ihre Augen strahlten, einige unter Tränen. Sie lächelten. Dann schloß er feierlich: »Unser einziger Feind ist die Angst. In Angst zu leben ist so gut wie gar nicht leben.« Wer hatte ihm das eingegeben?

Er drehte sich um und schritt von der Kanzel herab. Seine

Frau schaute ihn mit einem ganz merkwürdigen Ausdruck an. Wieder stand er vor ihnen im Kirchenschiff – vor seinem Volk, seinen Freunden, die er liebte. Die zu lieben er auf seltsame Weise gelernt hatte. Er verspürte einen Moment des berauschenden Triumphs, sah die ringsum wiedererwachte Hoffnung.

»Laßt uns beten.«

Während er sich umwandte, stand die Kirchengemeinde auf, einige knieten nieder. Er senkte das Haupt, aber er sprach ihnen nicht das Gebet vor. Er wußte nicht genau, wie es lauten sollte und an wen es sich richtete. Er hatte nicht dem Allmächtigen gedankt, der den größten Teil der Stadt verschont hatte, ebenso wie ihr Herzstück, den Hafen. Vielleicht hatten diese Menschen hier das Rettungswerk vollbracht. Er war durch seine eigenen Worte und das, was er dachte und fühlte, erschüttert. Ein Ketzer! Das Blut durchpulste ihn heiß, und sein Körper vibrierte vor Leben.

In die Stille hinein drang ein Grollen, vom Berg im Osten her. Ein kurzes Aufstöhnen. Eine Warnung?

Owen Llewellyn konnte den Worten nicht folgen, aber die Begeisterung war für ihn unverkennbar. Er hielt den Eifer des Geistlichen für ein Dankopfer an seinen persönlichen Gott. Margret, die neben ihm saß, beugte sich zu ihm herüber und flüsterte: »Owen . . . wirst du immer gut zu mir sein?« Margret wußte nun endlich, was ihr wohl schon immer klar gewesen war: daß sie nicht ihr Leben auf der Flucht verbringen konnte. Owen runzelte zuerst erstaunt die Stirn und lächelte dann, und da merkte sie, was sie gesagt hatte. Sie legte den Handrücken vor den Mund, erinnerte sich an die Hütte mit dem grünen Dach und an die Bedeutung dieser Worte. Immer. Ihre Augen glitzerten vor unterdrückter Freude. Sie formte mit der Hand einen Trichter vor den Lippen, lehnte sich noch näher zu ihm herüber und flüsterte: »Ja, so kannst du es ruhig auffassen.«

In der Stille kam Petur zu einem Entschluß: Hier konnte er so nicht weitermachen. Wie sollte er, der zweifelte, Glauben predigen? Denn die meisten dieser Menschen hinter ihm brauchten einen Glauben an eine bestimmte Gesetzmäßigkeit, an einen Daseinssinn, an eine große Ordnung und letztendliche Bedeutung, mochte der Glauben Illusion sein oder nicht.
Langsam wandte er sich ihnen wieder zu. Die vorher gekniet hatten, waren aufgestanden. Und angesichts ihrer hoffnungsvollen und vertrauensvollen Gesichter erkannte er das Ausmaß seiner Liebe für diese Menschen hier, für seine Frau, für die ganze Menschheit. Er hatte zum ersten Mal in seinem Leben das überwältigende Gefühl, Religion zu erfahren. Die Art von Glauben, die Christus, falls er existierte als Gott oder Mensch, verstanden hätte.
Er kündete die abschließende Hymne an.
Etwas überrascht blätterte seine Frau in den Noten und stimmte die ersten Akkorde des Halleluja an. Zuerst hatte die Predigt sie verblüfft. War es eigentlich eine Predigt? Je flüssiger und gewandter und mitreißender er sprach, desto mehr war sie ergriffen. Ihre erst kürzlich entdeckte fleischliche Natur trieb ihr die Röte ins Gesicht und eine prickelnde Erregung in den ganzen Körper. In der Kanzel war Petur nicht mehr der zerbrechliche, unsichere und verletzliche Mann in Schwarz, der mit schüchternem Nicken die Straßen durcheilte; vor Vitalität strotzend erschien er ihr, von dem überzeugt, was er sagte, mitreißend und inspirierend.
Erst jetzt merkte sie, daß er an diesem höchsten christlichen Festtag nicht einmal gesagt hatte: *Ich bin die Auferstehung und das Leben.* Nicht ein einziges Mal hatte er Gott erwähnt. Oder den wiederauferstandenen Heiland. Oder die Wiedererneuerung, die zu feiern sie sich versammelt hatten. Und doch ... was hatte er beschrieben, wenn nicht eine Wieder-

auferstehung? Nicht die eines Menschen oder Gottessohnes, sondern einer ganzen Stadt.

Die kräftigen Stimmen erfüllten im Gleichklang die Kirche. Und mit Staunen wurde ihr bewußt, daß sie noch bei keinem Gottesdienst eine solche Aura von Frieden und Hoffnung und religiöser Begeisterung gespürt hatte wie jetzt. Mit mächtigen Akkorden beendete sie den Choral.

Petur trat einen mächtigen Schritt vor. Wie groß, entschlossen und konzentriert er dastand! Eine Sekunde lang hatte sie den schwindelerregenden Einfall, Gott oder Kirkjufell für diese wundersame Veränderung danken zu müssen. Er machte keine Geste des Entlassens. Er sagte schlicht: »*Ich lebe, und ihr sollt auch leben.*«

Während des Chorals war Petur zu einem Entschluß gekommen – einem anderen als dem vor einigen Minuten. Wenn er auch mit der Ungewißheit leben konnte, seine Gemeinde konnte es nicht. Wenn er jetzt seine Loyalität auf sie richtete, auf diese Menschen und nicht auf Gott, durften sie es niemals erfahren. Keiner außer Pall würde es jemals ahnen oder gar wissen. Nun endlich war er einer der ihren. Er hatte einen neuen Glauben an die Stelle des alten gesetzt. Sie waren seine Brüder, und er liebte sie. Und um ihretwillen würde er bleiben. Wenn sie die Wiederauferstehung eines Gottes brauchten, an den er nicht mehr glauben konnte, würde er ihre Bedürfnisse erfüllen.

Die Kirchenglocke ertönte mit hellem und fröhlichem Geläut, es gab Füßescharren und Händeschütteln und Zunicken und Umarmungen, und darüber jubilierte das Nachspiel der Orgel.

Das triumphierende Glockenläuten, trotzig und optimistisch, war bis zum Hafen hinunter zu hören und hallte über das Wasser und von den Klippen, bis es sich in der Weite des Nordmeers verlor.

Auf dem Heimweg entlang Kirkjuvegur hörten sie den Glokkenklang hinter sich. Am Heidarvegur riß Margret sich von Owen los und wandte sich nach links, vom Stadtzentrum weg. Noch immer fassungslos über die während des Gebets hingeflüsterten Worte wußte Owen sofort, wohin sie wollte. Er folgte ihr. Sie rannte auf einer schmalen, roten Lavaschotterstraße dahin, schwerelos und hüpfend wie ein Kind. Sie war ein Kind! Mit steigendem Entzücken schaute er zu, wie sie stehenblieb und dann zurück in seine Arme rannte, ihn an sich drückte und dann im Gleichschritt neben ihm ging.

»Siehst du das Grün?« fragte sie. »Je weiter man kommt, desto saftiger wird es. Der Schlackenregen muß hier nicht so schlimm gewesen sein.«

Zu beiden Seiten erstreckten sich Wiesen, auf denen es zaghaft sprießte. Die Schwärze lag hinter ihnen. Sie konnten noch immer aus der Ferne die Kirchenglocke hören. Der Himmel wölbte sich über ihnen, ohne Sonne, aber mit dahinziehenden weißen Wolken, und überall sangen Vögel.

»Bald«, sagte sie, »bald werden die Gänseblümchen blühen und die Strandwicken und die Butterblumen und der Löwenzahn und gelber Engelwurz an den Felsen. Bald, Owen, bald!« Sie blieb stehen und preßte seinen Arm an sich, so daß er auch verharrte.

»Du hast es nicht verstanden, nicht wahr?« Ihr offenes Gesicht schaute schuldbewußt drein. »Du hast von der Predigt kaum ein Wort verstanden.«

Das amüsierte ihn. »Ich habe es schon verstanden, wenn auch nicht die Worte.«

Nun lächelte sie, strahlend über das ganze Gesicht, so daß ihr ganzes Wesen erhellt war. »Weißt du, was Heimaey bedeutet, Owen, in deiner Sprache?«

Er wußte es. Aber er fragte: »Was heißt es denn, Margret?«

»Es heißt ... Heimatinsel.« Das Lächeln wurde zu einem

kehligen Lachen. »Und da sind wir angelangt.«
Sie ließ seinen Arm los und rannte weiter, auf das Haus am Berg zu. Nicht länger ungläubig beobachtete er sie. Wenn sie heimgekehrt war, dann hatte auch er sein Zuhause gefunden. Endlich!